HEYNE <

Zum Buch

Die Fähre setzte sich in Bewegung. Susannah umklammerte die grüne Eisenreling mit beiden Händen und versuchte, die in ihrer Brust aufsteigende Angst zu dämpfen. Das blaugraue Wasser umspielte das Schiff in sanften Wogen, und kleine Schaumkronen bildeten sich auf dem Kamm der Wellen. »Es wird alles gut«, dachte sie. Die kräftige Brise ergriff ihr Haar und peitschte es ihr um das Gesicht. Einen Augenblick lang vergaß sie alle Furcht, und es überfiel sie ein plötzliches Gefühl der Freiheit. *Ich tu' es wirklich. Ich lasse all das hinter mir.*

Zur Autorin

Kathleen McCleary, geboren in Michigan, arbeitet als Journalistin für verschiedenste Magazine und Zeitungen, darunter die »New York Times«, »Good Housekeeping«, »Martha Stewart Living« und »Reader's Digest«. Sie lebt mit ihrem Ehemann und ihren Kindern in Virginia, wo sie an ihrem nächsten Roman arbeitet.

Kathleen McCleary

Das Leuchten der Insel

Roman

Aus dem amerikanischen Englisch
von Anita Krätzer

WILHELM HEYNE VERLAG
MÜNCHEN

Die Originalausgabe A SIMPLE THING
erschien HarperCollins Publishers, New York

Das vorliegende Buch ist ein fiktionales Werk. Bezüge zu realen Menschen, Ereignissen, Einrichtungen, Organisationen oder zur örtlichen Bevölkerung dienen lediglich der Erzeugung einer authentischen Atmosphäre und wurden fiktional umgesetzt. Alle zentralen Charaktere und die mit ihnen verbundenen Ereignisse sowie ihre Gespräche entspringen allein der Fantasie der Autorin und dürfen nicht als real interpretiert werden.

MIX
Papier aus verantwortungsvollen Quellen
FSC® C014496

Verlagsgruppe Random House FSC® N001967
Das für dieses Buch verwendete FSC®-zertifizierte
Papier *Holmen Book Cream* liefert
Holmen Paper, Hallstavik, Schweden.

Deutsche Erstausgabe 09/2013

Printed in Germany 2013
Umschlaggestaltung: Eisele Grafik-Design, München unter
Verwendung des Cover design von ©Mary Schuck;
Fotos: © Shutterstock/ feiyuwzhangjie und
© Stuart McClymont/Getty Images
Satz: KompetenzCenter, Mönchengladbach
Druck und Bindung: GGP Media GmbH, Pößneck
ISBN: 978-3-453-41023-7

www.heyne.de

Für meinen Vater Thomas R. McCleary,
in Liebe und Dankbarkeit

Vorwort

Ihre erste Fluchtfantasie entwickelte Susannah im Alter von dreizehn Jahren, als sie zusammen mit ihren jüngeren Geschwistern auf dem Rücksitz des grauen Buick ihrer Eltern saß und durch die Fenster beobachtete, wie die Bäume vorbeisausten. Die Straße wand sich durch kiefern- und espenbestandenes Hochland und durch üppige Wasserschwaden und Orchideen bewachsene Tiefebenen, und sie führte am Ufer eines Flusses entlang, dessen klares Wasser über Steine sprudelte, die glatt und sauber waren wie Knochen. In der Mitte des Flusses befand sich eine kleine Insel, auf der eine einsame Weymouthkiefer wuchs.

Susannah sah zur Insel hin und dachte darüber nach, wie schön es wäre, dort zu leben. Sie stellte sich ein kleines, aus Ästen erbautes Haus vor, das ein Moosdach und aus Zweigen und Kiefernholz gefertigte Stühle hatte. Möglicherweise würde sie Jon und Janie ebenfalls dort wohnen lassen – nur sie drei. Sie würden die leiterartig abstehenden Äste des großen Baums emporklettern, im kalten Wasser des Flusses baden und neben dem Feuer in Betten aus Balsamtanne schlafen.

Später in jenem Sommer, nach dem Unfall, fuhren sie

auf dem Heimweg erneut an der Insel vorbei. Und dieses Mal sah Susannah nicht in beiläufiger Träumerei, sondern voll verzweifelter Sehnsucht hinüber. Wenn sie nur auf dieser Insel leben könnte – inmitten des abgelegenen, einsamen Flusses. Allein. Für immer.

1. Kapitel

Susannah 2011

Ich laufe nicht weg«, dachte Susannah. Schließlich konnte man das, was sie tat, kaum als »weglaufen« bezeichnen. Sie brachte ihre Kinder mit – auch das Kind, das sie, wenn sie ehrlich war, am liebsten zurückgelassen hätte. Und sie verließ Matt nicht, auch wenn das die halbe Stadt dachte. Es ging hier nicht um Matt, auch wenn er sich ein wenig mehr hätte engagieren können. – Na gut, *erheblich mehr* hätte engagieren können. Sie tat einfach nur genau das, was zu tun sie vor vierzehn Jahren geschworen hatte, als ihr die Krankenschwester die wild strampelnde neugeborene Katie zum ersten Mal in die Arme gelegt hatte: Sie beschützte ihre Kinder.

Die Fähre setzte sich in Bewegung. Susannah umklammerte die grüne Eisenreling mit beiden Händen und versuchte, die in ihrer Brust aufsteigende Angst zu dämpfen. Das blaugraue Wasser umspielte das Schiff in sanften Wogen, und kleine Schaumkronen bildeten sich auf dem Kamm der Wellen. »Es wird alles gut«, dachte sie. Die kräftige Brise ergriff ihr Haar und peitschte es ihr um das Gesicht. Einen Augenblick lang vergaß sie alle Furcht, und es überfiel sie ein plötzliches Gefühl der Freiheit. *Ich tu' es wirklich. Ich lasse all das hinter mir.* Sie hob eine Hand, um sich das Haar hinter die Ohren zu schieben.

Quinn, ihr Sohn, stand neben ihr. Sein langes blondes Haar wehte im Wind, während er in das unter ihm vorbeiziehende Wasser starrte. Einige Hundert Meter entfernt fingen der Kiesstrand und die tannenbedeckten Hügel von Anacortes die Oktobersonne ein. Riesige Treibholzstücke, das ausgeblichene Gebein irgendeines fernen Waldes, lagen entlang des oberen Randes der felsigen Küste verstreut. Die Fähre tuckerte weiter.

»Ist das der Ozean?«, fragte Quinn.

»Ja«, sagte Susannah. Sie konzentrierte sich darauf, ihre Stimme Quinn gegenüber ruhig und gleichmäßig klingen zu lassen. »Das vermute ich. Wir sind hier in einer großen Bucht, aber auf der anderen Seite dieser Inseln liegt Vancouver Island und dann der Pazifik.«

Sie hatte die Karte studiert, die ihr ihre neue Vermieterin geschickt hatte, und sich die Namen und die Formen der Inseln, Meerengen und Buchten eingeprägt. Nun kannte sie die großen Landmassen von Orcas und San Juan, die winzig kleinen von Patos und Sucia, die merkwürdige H-Form von Henry Island und natürlich Sounder, ihr Ziel, das aus gut fünfzehn Quadratkilometern dichtem Wald und einer zerklüfteten Küste bestand und an der Nordspitze von San Juan Island lag.

»Guck mal.« Quinn zeigte zum Himmel, wo ein großer Vogel über dem Schiff kreiste.

Susannah schirmte ihre Augen mit der Hand gegen die Sonne ab und sah die schwarze Silhouette, die sich gegen den hellen Himmel abzeichnete.

»Das ist ein Adler!«, rief Quinn. »Ich habe bisher nur einmal einen gesehen.«

»Woher weißt du, dass es ein Adler ist?«

»Das sehe ich an der Art, wie er fliegt. Siehst du, wie er seine Flügel ganz flach und gerade ausbreitet? Daran erkennst du, dass es sich um einen Adler und nicht um einen Habicht handelt.«

Ihr Sohn liebte Tiere. Er hatte mehr als sechs Haustiere zu Hause gelassen, zu denen zwei Katzen, ein Kaninchen und ein Salamander gehörten. »Du kannst *ein* Tier mitnehmen«, hatte sie zu ihm gesagt, und er hatte sich für seine geliebte Scharnierschildkröte Otis entschieden. Er war in einem Transportkäfig aus Plastik untergebracht, der zu Quinns Füßen stand.

Susannah beobachtete, wie der Adler aufstieg und schließlich hinter ihnen wegflog, zurück zum Ufer. Wann hatte sie das letzte Mal auch nur eine Minute Zeit gehabt, einfach in den Himmel zu schauen? Daheim in Tilton war ihr Leben eine totale Katastrophe aus Arbeit, Schule, Fußballtraining, Tauchteam, Flötenstunden, Schlagzeugstunden, Basketball, Little League, Umweltklub und – nicht zu vergessen – Young-Zookeepers-Club. Dort, in ihrem netten kleinen Vorort im nördlichsten Winkel von Virginia, begann der Wahnsinn im September, wenn sich die Blätter an den Kirschbäumen rostig rot verfärbten, und dauerte bis in den Juli, wenn die ersten Tomaten reiften. Mit dem ersten Schultag wurde die gesamte Familie schlagartig in eine hektische Betriebsamkeit auf ständigem Höchstgeschwindigkeitsniveau geschleudert, und sie glich dann sehnigen Windhunden, die hinter einem Köder hersprinten, den sie nie wirklich zu schnappen kriegen.

Susannah musste als Gedächtnisstütze kleine rosafarbene Haftnotizen an das Armaturenbrett ihres Autos heften, damit sie wusste, wann sie wo sein musste. »Quinn Zoo, 15.00 Uhr: Stiefel bringen«, »Mr. Mumbles: 16.30 Uhr zum Tierarzt«, und »Müsliriegel und Saft zum Fußballplatz, 18.00 Uhr«. Wie alle anderen in Tilton, verbrachte auch Susannah ihre Nachmittage, Abende und Wochenenden damit, von einem Unterricht oder Spiel oder Training zum nächsten zu fahren, während die Kinder im Auto aßen und die Krümel von ihren Schenkeln schnippten. »Wir haben so viel um die Ohren«, klagten die Eltern. »Die Kinder bekommen nie genug Schlaf, und meine Familie glaubt, ein selbst gekochtes Essen bestünde aus einem überbackenen Käsesandwich.«

Aber für Susannah bestand ein selbst gekochtes Essen natürlich nicht aus einem überbackenen Käsesandwich, sondern aus einer selbst gemachten Pizza und Suppen, die stundenlang vor sich hin köchelten, und selbst gebackenen Keksen. Sie hatte ein Jahr nach der Geburt von Quinn aufgehört zu arbeiten und widmete sich seither ganz der Aufgabe, ihren Kindern die Kindheit zu schenken, die sie selbst nie gehabt hatte, und das Vorbild abzugeben, das ihr nie zur Verfügung gestanden hatte. Neben der Bewältigung des vollgepackten Terminkalenders der Kinder arbeitete sie zweimal wöchentlich ehrenamtlich in der Schulbücherei, wirkte im Vorstand der Tilton Arts Foundation mit, kochte jeden Monat für das Obdachlosenheim von Tilton und verrichtete Sekretariatsdienste für den Lehrer-Eltern-Ausschuss. Es war aufreibend, die ganze Zeit so viel Verantwortung zu tragen und ständig gut sein zu müssen.

»Jetzt nicht mehr«, sagte Susannah.

»Was jetzt nicht mehr?«, fragte Quinn.

»Nichts«, erwiderte Susannah und lächelte ihn an. »Ich habe nur laut gedacht. Danke, dass du mir den Adler gezeigt hast. Ich sehe jetzt mal nach Katie. Lehn dich nicht zu weit über die Reling.«

Wieder stieg die Angst aus ihrem Magen auf und füllte ihre Brust. Eine leichte Übelkeit überkam sie.

»Mom, ich bin elf und kein Baby mehr!«, protestierte Quinn, aber er lächelte sie dabei an.

Der Gedanke, nach Katie zu suchen, verstärkte ihre Übelkeit. Im vergangenen Jahr hatten das Nachdenken über Katie, die Sorge um Katie und das Sehen nach Katie jeden Augenblick ihres Wachseins ausgefüllt und auch die meisten ihrer Träume beherrscht.

»Du kannst nur so glücklich sein wie dein unglücklichstes Kind«, pflegte Matt ihr gegenüber zu zitieren. Aber Susannah glaubte das nicht. Wenn, dann war sie *unglücklicher* als Katie – und zwar wegen Katie. Die Fähre konnte sie gar nicht schnell genug von jenem Leben wegbringen.

Susannah holte tief Luft und stieß die breiten Schwingtüren auf, die zur Hauptkabine führten. Sie sah sich um und ließ ihren Blick über ein Kleinkind streifen, das sich auf dem grauen Linoleumboden wälzte, über Rucksäcke und Aktentaschen und Passagiere, die ihre Kaffeebecher umklammerten, bis sie ihre Tochter entdeckte. Katie lümmelte in einer Sitzecke, den Rücken an das Fenster gelehnt, die Füße auf der braunen Vinylbank, die Augen auf eine Illustrierte in ihrem Schoß fixiert.

»Hallo«, sagte Susannah und glitt neben sie auf die Bank.

Ohne aufzusehen, sagte Katie: »Mein Handy geht hier nicht.«

Susannah ignorierte ihren Kommentar. Natürlich konnte sie nicht erwarten, dass Katie über diesen Schritt froh war. Sie hoffte einfach nur, dass Katie die *Notwendigkeit* begriff.

»Quinn hat mir gerade einen Adler gezeigt«, sagte Susannah. »Willst du nicht mit rauskommen und sehen, wie es hier ist?«

»Ich weiß, wie es ist«, erwiderte Katie, die Augen weiter auf die Illustrierte geheftet. »Wasser, Insel, Wasser, Insel, Wasser, Insel. Das Leben mit den Walen wird mein Leben verändern. Ich bin die Idealbesetzung für *Free Willy – Ruf der Freiheit*. Juhu!« Sie hob einen Finger in die Luft und ließ ihn kreisen.

»Wir sind noch einige Stunden entfernt«, meinte Susannah. »Gib der Sache eine Chance.«

Katie legte die Illustrierte hin, ließ ihre langen Beine unter den Tisch gleiten und kehrte Susannah den Rücken zu. Ihr dichtes schwarzes Haar war zu einem Pferdeschwanz zurückgebunden, und Susannah konnte die zarte Kurve ihres Ohrs gleich über dem Ohrläppchen sehen. Sie erinnerte sich daran, wie sie über den Abstand nachgegrübelt hatte, als Katie noch ein Baby gewesen war und beim Stillen ihr muschelähnliches Ohr Susannahs Gesicht zugewandt hatte. Sie fühlte ein plötzliches Bedürfnis, sich vorzubeugen und mit ihren Lippen an dem Ohrläppchen ihrer Tochter entlangzustreichen, wie sie es damals getan hatte, um den wunderbar warmen Geruch ihres Halses einzuatmen. *Dies ist jenes Kind. Sie ist noch immer irgendwo hier.* Und in genau dem Augenblick, in dem sie sich wie gebannt vorbeugte, schnellte Katie hoch und sagte:

»Mein Gott, Mom! Wie wäre es mit ein wenig persönlichem Freiraum?«

»Katie ...«, setzte Susannah an.

»Ich bin hier«, antwortete Katie. »Aber ich will nicht hier sein, und ich werde nicht mit dir und Quinn an Deck gehen und irgendeinen Freudentanz über die Bäume und die Adler aufführen. Kannst du mich erst einmal einfach in Ruhe lassen?«

»Katie! Nun komm schon. Es ist ein Abenteuer.«

Katie drehte ihren Kopf zu ihrer Mutter um und sah sie ruhig an. »Loszuziehen, um auf einer Insel ohne Elektrizität zu leben, ist kein Abenteuer. Das ist verrückt.«

»Es ist etwas anderes. Es ist eine Veränderung. Es ist eine Chance, aus dem Trott herauszukommen, in dem wir gesteckt haben.«

»Ich habe in keinem Trott gesteckt.«

Susannahs Magen krampfte sich in einer vertrauten Angst zusammen. *Ihr geht es gut*, sagte sie sich. *Sie ist jetzt in Sicherheit.* »*Trott* ist eine freundliche Umschreibung dafür«, sagte sie laut.

»Freundlich?«, fragte Katie. »Warum? Weil es in Wirklichkeit eine ›totale Katastrophe‹ oder so was war?«

»Nein«, antwortete Susannah. »Es besteht kein Grund, das melodramatisch zu überhöhen.«

»Ganz genau!«, gab Katie zurück. »Schließlich ist es nicht weiter melodramatisch, wenn man mich aus der Schule reißt und mich auf eine Insel bringt. Völlig normal, so was.«

Katie hatte nicht ganz Unrecht, auch wenn sie zu jung – und zu furchtlos – war, um das große Ganze zu verstehen und zu begreifen, wie schnell und leicht sich etwas Spaßiges und Einfaches in etwas Finsteres und Unheilbringendes verwandeln und zu einer das Leben umkrempelnden Katastrophe werden konnte.

»Also gut, zugegeben. Wir vollziehen eine sehr große Veränderung. Aber dieser Zach …« Susannah hielt inne. »Die Party in jener Nacht …«

»O mein Gott«, stöhnte Katie. »Ich bin ja so froh, dass wir hier sind und hier unser neues Leben beginnen, in dem du dann auch weiterhin über alles meckern kannst, was ich jemals falsch gemacht habe.«

Als sich die Dinge in diesem Jahr zu entwirren begannen, hatte Susannah gemerkt, dass sie noch so viele Aktivitäten organisieren und steuern, noch so viele Bücher über Kindererziehung lesen, noch so viele Therapeuten zurate ziehen und noch so viele Problemlösungsgespräche mit Matt führen konnte – all das änderte nichts an einer verdammten Tatsache: Ihre verrückten Terminpläne mit diesem endlosen Kreislauf von Aktivitäten sollten eigentlich das Gegengift zu dem heimtückischen Einfluss von etwas sein, das Susannah noch nicht einmal benennen konnte – aber dieses Etwas sickerte trotzdem in ihre Familie ein.

»Es geht nicht nur um dich. Auch Quinn braucht eine Veränderung.«

»Quinn ist ein Freak«, entgegnete Katie.

Susannah unterdrückte den Impuls, sie an beiden Schultern zu packen und zu schütteln. Dieses Kind, mit dem sich Susannah Herzschlag für Herzschlag identifiziert hatte, war jetzt jemand, den sie überhaupt nicht kannte. Manchmal, wenn sie nachts in ihrem Bett wach gelegen hatte, während Matt leise vor sich hin schnarchte, hatte sie sich gefragt, ob sie die Grenzen der angeblich unbegrenzten Mutterliebe erreicht hatte. Es war, als würde sie ins All geschossen, um dann gegen eine große schwarze Betonmauer zu krachen und festzustellen, dass es durchaus eine Grenze des Universums gab.

Susannah erinnerte sich an die ersten Wochen nach Katies Geburt, als sie, halb verrückt vor lauter Hormonen und Schlafentzug, dagesessen und stundenlang ununterbrochen ihr Baby angestarrt und dabei vor Ehrfurcht und Dankbarkeit geweint hatte. »Dies wird für immer die größte Liebe meines Lebens sein«, dachte sie. »Egal, ob ich noch andere Kinder bekomme oder was mit Matt wird. Dies hier.« Und Katie war die Art von Kind, das besonders tiefe Gefühle wachrief. Als sie noch klein war, hatte sie sich an Susannah geklammert, ihre gummiartigen Lippen an Susannahs Kinn gepresst und so wild genuckelt, als wollte sie Susannahs Seele in sich einsaugen.

Katies Ungestüm wuchs weiter, und sie wurde zu einem kleinen Mädchen, das sich um alles kümmerte – innigst und übertrieben intensiv. In der Grundschule organisierte sie einen Protest gegen die Hilfskraft, welche die Mittagspause überwachte. Sie setzte einen Brief auf, in dem sie die Verfehlungen der Hilfskraft ganz genau auflistete, von den verständlichen (es war verboten, oben auf den Klettergerüsten zu stehen) bis zu den haarsträubenden (Kinder wurden von ihr in der Pause gekniffen). Mehr als fünfzig Kinder unterschrieben Katies Brief, und die Hilfskraft kündigte. Der Sturm von leidenschaftlichen Reaktionen, den Katie entfachte – einerseits Retterin der Kinder, andererseits Fluch für die Schulleitung –, legte sich nie. Unablässig wirbelte er weiter wie die Steppenläufer, die der Wind beständig über die Prärie treibt.

Aber als sie vor über einem Jahr in die siebte Klasse kam, änderte sich alles. Das Mädchen, das Stunden damit zu verbringen pflegte, Stücke für Quinn zu schreiben, in denen er die Rolle des milden Königs oder des tapferen Prinzen einnahm; das Mädchen, das die ganze Nacht aufgeblieben war, um ihm dabei zu helfen, einen geschwächten Jungvogel zu versorgen, den er im Gras gefunden hatte; diejenige, die in Susannahs Bett gekrabbelt kam, sie umarmte und flüsterte: »Stirb niemals, Mommy, weil ich es nicht ertragen könnte, ohne dich zu sein!« – dieses Mädchen war nun mürrisch und wild und manchmal schlichtweg gemein geworden.

Sie begann, Quinn zu piesacken – den süßen, sensiblen Quinn mit seinen dünnen Beinen und seinem breiten Lächeln. Sie erzählte ihm von schrecklichen Viren wie

Ebola oder Marburg, bis er damit begann, in der Pause ein Tuch über Mund und Nase zu ziehen, das ihn gegen die Keime schützen sollte. Sie erzählte während der Infodurchsagen über die Lautsprecheranlage der Schule einen zotigen Witz. Sie kletterte als Mutprobe auf das Dach der Schule und machte ein Foto von sich, wie sie in schwindelnder Höhe neben dem Glockenturm stand. Sie wurde für zwei Tage der Schule verwiesen, nachdem sie zweihundert Kopien ihrer eigenen Version der Schülerzeitung verteilt hatte. Diese enthielt auch eine verletzende Geschichte über die beliebte Abby Whittle, die Katies Blatt zufolge ihren Artikel über das verantwortungsbewusste Einhalten der Bürgerpflichten, der ihr einhundert Dollar und die namentliche Erwähnung in der *Washington Post* einbrachte, anderswo abgeschrieben hatte.

Dann gewannen die *Schwierigkeiten mit Katie*, wie Matt es nannte (als handelte es sich um ein Buch oder einen Film und nicht um etwas, das sie täglich durchleben mussten), an Dynamik, wie ein Wirbel schwerer warmer Wolken, der vor dem Einsetzen eines Hurrikans an Kraft zunimmt. Eines Tages kam Susannah beispielsweise früher als geplant nach Hause und fand Katie auf der Couch vor, wo sie irgendeinen Jungen küsste. Dann war da der Tag, an dem Katie die Schule schwänzte und mit jenem Mädchen ins Einkaufszentrum ging, das zweimal wegen des Verkaufs von Marihuana verhaftet worden war. Oder die Nacht, in der Katie aus ihrem Schlafzimmerfenster stieg und den Kirschbaum hinabkletterte und um Mitternacht ein paar Freunde im Park traf. Eines der Kinder hatte Bier dabei, und Katie kam leicht angetrunken nach

Hause – im Alter von vierzehn. Innerhalb eines Monats kam es zum abschließenden, alles entscheidenden Vorfall.

Susannah wurde schlecht, wenn sie daran dachte: an die grauenhafte Fahrt zur Notaufnahme, während Katie blass, kalt und schlaff in ihren Armen lag und Matt mit ihrem alten Subaro über rote Ampeln schoss und wieder und wieder fragte: »Atmet sie? Atmet sie noch?« Sie erinnerte sich daran, wie sie Katies langsame Atemzüge gezählt – zehn pro Minute, dann acht pro Minute – und versucht hatte, sie aufrecht zu halten, damit sie nicht erstickte, falls sie sich erbrach. Und sie erinnerte sich an den Blick, den ihr die Krankenschwester in der Notaufnahme zuwarf, nachdem sie Katies Puls gefühlt und ihre Reflexe überprüft hatte – ein mitleidiger Blick, der Susannah mehr erschreckte als alles, was in jener Nacht bereits geschehen war.

»Wir mussten etwas unternehmen«, sagte Susannah.

Katie saß noch immer zum großen Fenster gewandt und blickte nach unten auf ihre Illustrierte. »Du hast überreagiert«, erwiderte sie.

»Ich habe überreagiert?«, empörte sich Susannah. »Mein Vater war *Alkoholiker*. Du bist vierzehn. Du hast so viel getrunken, dass du bewusstlos warst …«

»Hör auf damit!«, rief Katie. »Ich weiß das! Ich hätte sterben können! Ich habe mir die Predigt schon eine Million Mal anhören müssen.«

Sie warf ihre Illustrierte hin, zog die Knie an ihre Brust und schlang die Arme um die Beine. Plötzlich wirkte sie jung und verletzt.

»Katie«, lenkte Susannah mit sanfter Stimme ein. »Es hat uns erschreckt. Hätte Annie nicht angerufen …«

»Es war ein Mal, Mom«, murmelte Katie mit von den Knien halb erstickter Stimme. »*Ein Mal.* Ich habe es dir erklärt. Wir haben bloß rumgealbert und wussten nicht, dass wir zu viel tranken. Es ist ja nicht so, dass ich das jeden Tag gemacht hätte oder kurz davor gewesen wäre, es zu tun. Es ist ja auch nicht so, dass andere Kinder nicht ebenfalls herumexperimentieren.« Ihre Stimme klang jetzt belegt, als sei sie den Tränen nahe. »Aber *deren* Eltern benutzen das nicht als Ausrede dafür, sie von der Schule zu nehmen und in die Verbannung zu schicken.«

Ein Mal, dachte Susannah. Genau das hatte ihr Vater zunächst auch immer gesagt – bis es so klar und offensichtlich wurde, dass es sich um eine Lüge handelte, dass selbst er sie nicht mehr über die Lippen zu bringen vermochte. Sie konnte ihn noch vor sich sehen, wie er in der Küche stand, mit dem Rücken zum Ausguss, und ihre Mutter ansah – zunächst flehend, dann wütend –, während sie und Jon in ihren Stühlen abtauchten, die Köpfe gesenkt, die Schultern hochgezogen, nach vorn gebeugt und bemüht, sich wie Schlangen in sich selbst zu verkriechen.

»Es ist keine Verbannung, Kate«, widersprach Susannah.

»Stimmt«, meinte Katie und sah, den Rücken zu Susannah gekehrt, zum Fenster hin. »Es ist nur so, dass ich von all meinen Freunden weggerissen und irgendwohin verschleppt werde, wo mich niemand auch nur besuchen kommen kann. Wo uns selbst *Dad* kaum besuchen kann.«

»Mom.« Quinn erschien neben ihr. Sein Gesicht war vom Wind gerötet und kalt. Seine Nase tropfte.

Susannah legte eine Hand auf Katies Bein, eine Berührung, die ihr Trost spenden und sie beruhigen sollte. Aber Katie schreckte davor zurück, als wäre sie verbrannt worden.

»Mom.«

Sie drehte sich zu Quinn hin. »Was ist? Du siehst durchgefroren aus.«

»Es ist bloß windig.« Quinn wischte seine Nase am Ärmel seines orangefarbenen Sweatshirts ab. »Mom, ich habe jemanden kennengelernt, der auf San Juan Island wohnt. Er hat gesagt, dass er da seit fünfundzwanzig Jahren wohnt und nie auf Sounder gewesen ist. Er hat gesagt, dass die Leute von Sounder keine Fremden mögen und dass er einmal da hingegangen ist, um Fotos zu machen, weil da ein paar Kormorane gebrütet haben. Und die Leute haben ihn noch nicht mal vom Dock runtergehen lassen.«

»Das ist die Ansicht eines Menschen, Schatz. Unsere Vermieterin war sehr freundlich, als ich mit ihr sprach.«

Katie hob den Kopf: »Ich wusste es«, sagte sie. »Ich habe gewusst, dass es verrückt ist, auf dieser blöden Insel *Unsere kleine Farm* zu spielen.«

Susannah sah die Falte zwischen Quinns Brauen und die Sorge in seinen strahlendblauen Augen. Im Lauf der vergangenen Monate war er immer mehr zum Einzelgänger geworden. Susannah und Matt hatten mit seinen Lehrern und dem Schulleiter gesprochen, aber das Mobbing war fein und heimtückisch erfolgt – spöttische, leise geflüsterte Bemerkungen auf dem Schulhof, zufällig wirkende Stöße auf den Gängen, wenn der Lehrer gerade woanders hinsah. Sie hatten ihn wegen seiner Keimphobie zu einem Therapeuten gebracht, aber die Stigmatisierung blieb. Sicher – er hörte auf, ein Tuch über Mund und Nase zu tragen, aber er war noch immer das Kind, das Schildkröten liebte; das Kind, das eine Million obskurer Fakten über alles Mögliche von der Verdauung des Regenwurms bis zur Fortpflanzung von Kaninchen aufzählen konnte und das auch nur zu gern tat; das Kind, dem sein intensives Empfinden zu oft Tränen in die Augen trieb, als dass er zu den anderen gepasst hätte. Vor zwei Wochen war er blutverschmiert von der Bushaltestelle nach Hause gekommen. Das war an dem Tag vor Katies Saufgelage gewesen. Damit war das Maß voll gewesen.

»Was, wenn uns keiner auf Sounder mag?«, fragte Quinn. Seine Wimpern waren so hell, dass sie kaum sichtbar waren, was seinem Gesicht einen Ausdruck großäugiger Unschuld verlieh.

»Das wird nicht so sein, mein Süßer. Du wirst sehen. Du wirst ein paar tolle neue Freunde finden.«

»Ja, wenn sie dich nicht vorher am Marterpfahl verbrennen«, warf Katie ein. »Kennst du den Film *Wicker Man – Ritual des Bösen* – über den Polizeibeamten, der auf eine einsame Insel fährt? Und dann stellt sich heraus, dass alle Leute dort einem bizarren Kult angehören. Und sie bringen ihn als Menschenopfer dar und verbrennen ihn.«

»Kate! Halt den Mund!«

»Gut«, erwiderte sie. »Ich sag's ja nur.« Sie nahm ihren iPod aus dem Rucksack, steckte sich die Stöpsel der Kopfhörer in die Ohren und schaltete das Gerät ein.

»Mom?«, fragte Quinn. »Ist das wahr? Hast du den Film gesehen?«

Sie sah die beiden an und erinnerte sich an Schnappschüsse von anderen Katies und Quinns: Der vierjährige Quinn im Park, der ihre Taschen mit seinen Geschenken füllte – einem Stein, einer Samenhülse von einem Ahornbaum, der Kappe einer Eichel. Die noch nicht ein Jahr alte Katie, die am ersten warmen Frühlingsmorgen mit ihren nackten Füßen vergnügte Babyschritte im jungen Gras machte und dabei vor Freude jauchzte. Dies waren ihre Kinder und doch nicht ihre Kinder. Sie liebte sie wie eh und je, hatte aber zuweilen auch fast das Gefühl, sie nicht ertragen zu können. Die Dinge, die in diesem Jahr geschehen waren, hatten so viel Aufmerksamkeit und Wachsamkeit erfordert – von den schmerzlichen Gefühlen gar nicht zu reden –, dass sie sich total erschöpft fühlte.

Susannah sah aus dem Fenster der Fähre. Am Horizont zeichnete sich eine scharfe, durch die Tannenspitzen gezackte Linie ab, die so ganz anders war als die weiche, runde Silhouette der Laubbäume daheim in Virginia. Der schneebedeckte Gipfel des Mount Baker schwebte am Horizont. Friday Harbor, das Ziel der Fähre, war die größte Stadt von San Juan, aber sie hatte noch nicht einmal eine Verkehrsampel. Von dort aus mussten sie noch eineinhalb weitere Stunden mit einem Boot bis Sounder fahren, wo es keine asphaltierten Straßen, keine Festnetztelefone, keine Elektrizität und lediglich fünfundsiebzig Menschen gab.

Susannah warf ihrer Tochter, die sich im hintersten Winkel der Sitzbank wütend zusammengekrümmt hatte, und ihrem Sohn, der mit aufgerissenen Augen und voller Angst neben ihr stand, einen Blick zu. Sie dachte an ihren Mann, der fast fünftausend Kilometer entfernt allein in ihrem großen Haus war, und sie dachte mit einem gewissen Schuldgefühl an die Erleichterung, die sie dabei empfunden hatte, ihn zurückzulassen.

Sie hoffte, dass sie nicht den größten Fehler ihres Lebens beging.

2. Kapitel

Betty 2011

Betty Pavalak stand an ihrem Spülbecken und starrte aus dem Fenster, obwohl sie nichts als ihr eigenes Spiegelbild sehen konnte. Die Dämmerung trat jetzt schon früh ein. Die Nächte hier waren dunkler und schwärzer als alles, was ihr je begegnet war. Anfangs hatte sie das gehasst – die Nächte, die so dunkel waren, dass man draußen keinen Schritt machen konnte, ohne zu stolpern, und sich nicht sicher war, wo der Boden unter den Füßen begann. Nach dem hellen Licht und dem weiten Himmel von Seattle hatten diese am Rand der Wälder so früh anbrechenden Nächte sie bedrängt, als stünde sie in einem überfüllten Fahrstuhl. Mehr als einmal war sie aus dem Bett aufgestanden, hatte die obersten Knöpfe ihres Nachthemds aufgerissen und war auf die Veranda gestolpert, um durchzuatmen – das Gesicht zum Meer gewandt, ihrem Fluchtweg.

Betty zündete sich eine Zigarette an und nahm einen tiefen Zug, wobei sie beobachtete, wie der winzige rote Glühpunkt ihr Spiegelbild im Fenster aufleuchten ließ. Komisch, dass diese neue Mieterin, Susannah, herkam, weil sie das *wollte*. Betty hatte ebenfalls hier sein wollen, und zwar etwa sechs Monate lang, bis sie erkannte, dass das Leben auf einer entlegenen Insel nicht das Geringste an Bill Pavalak änderte und dass sie sich lediglich eine Art von Lebensstil aufgehalst hatte, die sich kein Mensch gegen Bezahlung antun würde – aufstehen bei Tagesanbruch, Hühner und Ziegen füttern, Holz für den hungrigen Ofen hacken, kochen und waschen und den ganzen Tag irgendwelche Arbeiten verrichten, und all das, ohne auch nur eine anständige Glühbirne brennen zu haben, die es ihr zumindest ein wenig erleichtert hätte. Aber nach sechs Monaten war sie schwanger geworden, und das Einzige, was sie sich noch mehr wünschte, als nach Hause zu ihrer Familie in Seattle zurückzukehren, war ein Baby. Daher war sie nach ihrer Flucht von der Insel wieder zurückgekommen und dann geblieben.

Inzwischen mochte sie die Nächte und empfand die Dunkelheit als sanft und tröstlich. Wenn sie aufs Festland fuhr, um sich mit ihren Schwestern in Seattle zu treffen oder den Arzt in Bellingham aufzusuchen, erschien ihr der überall herrschende Lichterschein hart und aufdringlich, eine visuelle Kakophonie. Sie wusste nicht mehr, ab wann genau ihr die hiesige Dunkelheit wohltuend vorgekommen war, ebenso wenig wie sie sich daran erinnern konnte, von welchem Moment an das Geräusch des auf das Dach hämmernden Regens einen beruhigenden Rhythmus angenommen hatte und nicht mehr das gleichförmige, aufdringliche Geprassel war, das sie in jenem ersten Jahr an den Rand des Wahnsinns getrieben hatte. Es war immer eine Frage, wie man die Dinge betrachtete.

Betty trank einen letzten Schluck Kaffee und stellte

ihren Becher auf die Theke. Sie drückte ihre Zigarette in dem Becher aus und nahm ihren Parka vom Haken an der Hintertür. Musste sie irgendetwas mitnehmen? Sie öffnete die Tür und sah nach draußen in den Himmel. Die Sonne würde erst in einer Stunde untergehen. Wenn die Fähre also pünktlich angekommen und die See im Governor's Channel nicht zu rau war, müsste Jim in zehn Minuten am Kai anlegen, und sie würden diese neue Familie noch bei Tageslicht in der Hütte unterbringen können. Aber für alle Fälle nahm sie die Taschenlampe vom Tresen mit.

»Hallo Grim.« Hood, ihr ältester Enkel (wenn man denn die zwei Minuten, die er früher auf die Welt gekommen war als sein Zwillingsbruder, gelten lassen wollte), erschien in der Tür. »Bist du fertig zum Aufbruch?«

Selbst in dem gedämpften Licht konnte sie seine grünen Augen sehen, die genauso aussahen wie die seines Vaters und die seines Großvaters.

»Ja, ich bin so weit«, sagte sie. »Lass mich nur noch mal schnell den Eintopf umrühren.«

Hood verdrehte die Augen: »Nun komm schon. Wir wollen da sein, wenn sie ankommen.«

»Du wirst da sein«, erwiderte sie. »Hier.« Sie reichte ihm die Taschenlampe und sah sich suchend in der Küche nach ihrem Holzlöffel um, den sie schließlich im Spülbecken fand. Sie wusste, dass die Zwillinge aufgeregt waren. Seit Sally Lewis vor drei Jahren weggezogen war, hatte es kein Kind in ihrem Alter mehr auf Sounder gegeben.

»Wo ist dein Bruder?«

»Der wartet im Wagen. Lass uns gehen!«

Betty hob den Deckel von der gusseisernen Pfanne und rührte den Eintopf langsam und vorsichtig um. Sie plante, diese Susannah und ihre Kinder an diesem Abend zu verköstigen und ihnen ein paar Vorräte für das Frühstück am nächsten Morgen zu geben. Sie würde wetten, dass Susannah, die es gewohnt war, rund um die Uhr geöffnete Lebensmittelläden, Gemischtwarenläden und Restaurants in ihrer Nähe zu haben, gar nicht auf die Idee gekommen war, Lebensmittelvorräte für einen oder zwei Tage mitzubringen. Na gut. Betty hatte ebenfalls nicht daran gedacht, als sie ihre erste Nacht auf Sounder verbracht hatte. Sie und Bill waren mit wenig mehr als zwei Sandwiches, ihren Reisetaschen und der Wut auf den jeweils anderen im Hafen angekommen. Susannah würde früh genug lernen, dass man nichts voraussetzen konnte, wenn man an einem Ort wie diesem lebte.

»*Grim*«, mahnte Hood. Die Jungs nannten sie »Grim«, seit sie sprechen konnten, ein von Jim, ihrem findigen Sohn, geprägtes Kosewort, als sie sich dagegen verwahrte, »Grandma« oder »Gram« genannt zu werden. »Können wir jetzt los?«

»Wozu die Eile?« Sie tauchte den Löffel in den Eintopf, schöpfte ein wenig von der Brühe zum Probieren ab, hob den Löffel an ihre Lippen und blies, damit sie abkühlte. Sie neckte ihn, und er wusste es. Sie war fast genauso aufgeregt über die Ankunft der neuen Mieter wie er. Susannahs Miete würde das geringe Einkommen von Betty ordentlich aufstocken, und um ehrlich zu sein, fühlte sich Betty ein wenig einsam, seit die Ferien zu Ende waren, Jim wieder unterrichtete und auch die Jungs den ganzen Tag in der Schule verbrachten. Zudem war Fiona, ihre Schwiegertochter, fort. Es würde gut sein, Susannah in der Nähe zu haben. Und da Susannah ohne ihren Mann hier sein würde, war es wahrscheinlich, dass auch sie sich einsam fühlen würde.

»Gut«, sagte sie zu Hood. »Lass uns aufbrechen.«

Sie stiegen in den Pick-up. Hood fuhr, auch wenn er erst vierzehn war, weil man das auf Sounder halt so machte. Betty fuhr nicht mehr gern, und Hood und Baker beherrschten es beide gut genug.

Der Wagen rumpelte die unbefestigte Straße entlang. Zwischen Hütte und Hauptstraße mussten sie drei Gatter passieren, wobei die Hauptstraße selbst auch nicht viel mehr war als ein Weg aus festgestampfter Erde, deren Löcher man mit Schotter aufgefüllt hatte. Vor jedem Gatter hielt Hood den Pick-up an, und Baker sprang hinaus, um das Tor zu öffnen. Hood fuhr langsam hindurch und wartete auf der anderen Seite, bis Baker das Tor geschlossen und verriegelt hatte und wieder in den Wagen gestiegen war. Es war so sehr Routine für die Jungen, dass sich keiner von ihnen darüber beschwerte, obwohl sie es eilig hatten. Schließlich wollten sie später nicht Ziegen oder Alpakas durch die Wälder jagen, weil sie ein Tor offen stehen gelassen hatten.

»Weißt du denn, ob sie scharf aussieht?«, fragte Hood, während sie in die Norduferstraße einbogen. Selbst nachdem sie fünfundfünfzig Jahre hier war, verblüffte Betty dieses Paradox, der Kontrast zwischen der magischen Schönheit der Straßen auf Sounder und ihren profanen Namen noch immer. Die unbefestigte Straße, die eine Wiese mit blauen Prärielilien und gelben Pfingstveilchen durchschnitt, deren Farben jedes Frühjahr neu erstrahlten, hieß *Kiesgrubenstraße*. Den Weg, der sich an einem Fluss und an großblättrigen Ahornbäumen entlangschlängelte, die sich im Herbst golden verfärbten, hatte man *Hügelstraße* genannt. Und dieser Weg, der durch einen Wald mit uralten Hemlocktannen, Zedern und Douglasien führte, war, wie gesagt, die *Norduferstraße*. Die Pioniere von Sounder mochten mutig gewesen sein, aber gewiss nicht sonderlich kreativ.

»Was?«, fragte Betty.

»Das neue Mädchen«, sagte Hood. »Sieht sie scharf aus?«

»Ich habe nicht darum gebeten, dass sie dem Mietvertrag Fotos beilegen«, erwiderte Betty trocken. »Mein Fehler. Ich glaube nicht, dass ich den Mietvertrag auflösen kann, falls die Tochter hässlich ist.«

Hood verdrehte die Augen: »Sehr witzig, Grim.«

»Susannah hat auch einen Sohn«, sagte Betty. »Ich glaube, er ist zehn oder elf. Ich hoffe, dass ihr ihm ebenfalls das Gefühl vermittelt, willkommen zu sein.«

»Es ist seltsam, dass sie im Oktober herkommen«, meinte Baker. »Die Schule hat bereits angefangen. Warum ziehen sie um?«

»Ich hab euch alles gesagt, was ich weiß«, antwortete Betty. »Susannah sagte, dass sie eine Veränderung brauchen und dass sie sich seit ihrer Jugend irgendwie für San Juan interessiert.«

»Es ist seltsam, dass sie überhaupt herkommen«, warf Hood ein.

Betty verzichtete darauf hinzuzufügen, dass Susannah erwähnt hatte, ihre Tochter habe einige »Verhaltensprobleme«, und sie hoffe, das andere Lebenstempo auf der Insel möge helfen. »Lass sie unvorbelastet auf Sounder anfangen«, dachte Betty. Genau darum hatte sie sich selbst bemüht, als sie vor all den Jahren mit Bill hier eingetroffen war. Sie hatten die Farm ohne vorherige Besichtigung gekauft und waren mit allen möglichen Hoffnungen für ihren Neuanfang hergekommen, obwohl sie damals bereits seit vier oder fünf Jahren verheiratet gewesen waren.

Und Sounder hatte eine Zeit lang tatsächlich Wunder gewirkt. Jene ersten sechs Monate, nachdem sie sich an die harte Arbeit gewöhnt hatte, die mit einem Leben ohne Elektrizität und fließendem Wasser verbunden war. Sie hatte sich innerlich auf eine Weise entspannt, die sie nie zuvor erlebt hatte. Was sie dann fertigmachte und für eine Weile von der Insel forttrieb, hatte nichts mit Sounder und alles mit dem Mann zu tun, den sie geheiratet hatte.

Als sie zurückkam, hegte sie eine andere Art von Hoffnung: Hoffnung für ihr Kind. Das war es, was sie zurück nach Sounder trieb, und das war es, was sie dazu bewegte, all die Jahre hierzubleiben und die Anfälle von Einsamkeit und Langeweile durchzustehen. Sicher, sie bekam Briefe von ihrer Schwester Bobbie, die in Seattle wohnte und über eine Party berichtete, die sie veranstaltet, oder über einen Film, den sie gesehen, oder einen

Stoff, den sie gekauft hatte, um ihr Wohnzimmer neu zu gestalten. Und Betty dachte dann: »Ich könnte gehen. Ich könnte Jim nehmen und mit ihm nach Hause fahren, und ich könnte einen Film sehen und in einer Wohnung mit Geschirrspülmaschine und elektrischem Licht wohnen und brauchte mich mein Leben lang um kein verdammtes Huhn mehr zu kümmern.« Aber dann betrachtete sie Jim, ihren sensiblen, brillanten Sohn, und sah, wie ihn Sounder aufbaute, angefangen bei den langen, wilden Streifzügen, die er allein durch die Wälder unternahm, über die unzähligen Bücher und Comic-Hefte, die er, da sie kein Fernsehen hatten, wieder und wieder las, bis hin zu der Rasselbande, deren Mitglieder er seit seiner Geburt kannte – und es gab in den frühen 60er- und 70er-Jahren weiß Gott eine solche Rasselbande auf Sounder, als fünfundvierzig Kinder das Schulgebäude füllten und sich auf Partys in der alten Post (in der sich jetzt ein Waschsalon befand) derart drängten, dass das Haus aus allen Nähten platzte. Es waren nicht nur die Kinder, sondern auch die Eltern, die im wahrsten Sinn des Wortes eine Gemeinschaft bildeten und die Kinder der anderen genauso gut kannten, ermutigten und erzogen wie ihre eigenen.

Als sie überlegte, nach Seattle zu ziehen und sich dort Arbeit zu suchen – mit dreiunddreißig oder vierunddreißig, ohne eine nennenswerte berufliche Vita und mit keinen weiteren Fähigkeiten als beispielsweise der, ein Huhn in fünf Minuten vollständig rupfen oder die Armwunde eines Mannes mit gekochtem weißem Zwirnsfaden und einer spitzen Nadel zusammennähen zu können –, bekam sie Angst. Sie konnte sich und Jim nicht ernähren, und selbst wenn sie eine Arbeit fand, was dann? Wer würde auf Jim aufpassen, während sie täglich für acht oder zehn Stunden zur Arbeit ging? Sie würden in einer kleinen Wohnung leben müssen, und wer wusste, was für eine Nachbarschaft sie sich würden leisten können?! Eine ihrer Schwestern war krank und wohnte noch immer zu Hause. Ihre andere Schwester war verheiratet und hatte zwar ein eigenes Haus, aber auch eine eigene Familie. Nein, für Jim war Sounder das Beste, und daher blieb sie.

Dann, nach dem Unfall, dreizehn Jahre später, hatte sie kaum noch das Bedürfnis wegzugehen. Wenn sie nach dem Unfall draußen in der Welt gewesen wäre, hätte sie möglicherweise den Verstand verloren. Auf Sounder war sie an einem Ort, wo niemand sie danach beurteilte, was geschehen war, und wo sich Jim, der knapp über zwölf war, in Sicherheit befand sich oder zumindest so sicher war, wie man es in einer Welt voller Überraschungen eben sein konnte.

Betty seufzte.

»Was ist, Grim?«, fragte Baker.

»Nichts«, antwortete sie.

Irgendwie fühlte Betty gegenüber dieser jüngeren Frau, die auf die Insel kam, um in der Hütte zu wohnen, in der sie selbst ihr Kind großgezogen hatte, eine tiefe Verbundenheit, obwohl sie ihr noch nie begegnet war. Gedanken und Gefühle, die sie für längst vergangen und vergessen gehalten hatte, stiegen wieder in ihr auf wie junge Baumsprosse auf dem Waldboden – ausdauernd und beharrlich. Einige davon wollte sie nicht erneut denken oder fühlen. Nicht jetzt. Sie veränderte die Position ihres knochigen Körpers auf dem Vordersitz des Pick-ups.

»Weißt du denn, warum sie herkommen?«, fragte Baker.

Betty schüttelte den Kopf: »Keine Ahnung.«

Dabei wusste sie es. Susannah brachte ihre Tochter hierher, damit sie in Sicherheit war – so viel war klar. Aber das Leid ereilte jeden früher oder später, ob man nun weglief oder dort blieb, wo man war.

3. Kapitel

Susannah 2011

Das Erste, was Susannah an Jim Pavalak auffiel, waren seine Augen, die einen weichen moosigen Grünton hatten, genau wie das Wasser des Lake Michigan im Winter. Das Zweite, was sie bemerkte, war die Art, wie er zuhörte: den Kopf auf eine Seite gelegt und so, als habe er alle Zeit der Welt. Er sah sie unverwandt an, während er ihr die Hand schüttelte, sich nach der Fahrt mit der Fähre erkundigte und sie auf den San-Juan-Inseln willkommen hieß. Susannah, die an das für Gespräche an der Ostküste typische maschinengewehrartige Geplapper und die zerstreuten Blicke gewöhnt war, fand das ungewöhnlich. Das Dritte, was sie registrierte, war seine absolute Sicherheit hinter dem Steuer des Boots. Ihr Vater war genauso gewesen, so sicher auf dem Wasser, dass das Steuern des Boots so natürlich wirkte wie Atmen. Jims Gelassenheit – er ließ eine Hand auf dem Steuer ruhen und drehte den Körper zur Seite, sodass er Quinn ansehen konnte, während sie sich unterhielten – erinnerte sie so sehr an ihren Vater, dass es ihr auf die Nerven ging.

Jim hatte sie am Anlegeplatz der Fähre abgeholt, und dann waren sie unter dem weiten, goldgelb erstrahlenden Blätterdach alter Eichen durch die winzige Stadt Friday Harbor zum Jachthafen gegangen. Die Räder ihrer Koffer rumpelten über die Holzplanken des Stegs. Der aufmerksame Quinn erblickte zwei im Wasser neben ihnen herschwimmende Seeotter.

»Alle sind neugierig darauf zu erfahren, warum Sie sich für Sounder entschieden haben«, rief Jim über seine Schulter, während er das Boot rückwärts aus seinem schmalen Anlegeplatz hinaussteuerte. Er hatte Quinn bereits über Otis, die Schildkröte, befragt und sogar versucht, Katie mit einzubinden, die ihn angelächelt hatte, aber die weißen Stöpsel ihres Kopfhörers weiterhin in den Ohren behielt, was Susannah unendlich ärgerte.

»Warum Sounder?«, erwiderte Susannah. Sie sah aus dem Steuerhausfenster auf die sanften Wogen des graugrünen Meeres und hielt sich mit beiden Händen an den Rändern ihres Sitzes fest. »Ich bin ein Shackleton-Fan«, sagte sie dann und wandte sich zu Jim. »Ich liebe Abenteuergeschichten über ein Leben unter extremen Bedingungen – die »Donner-Party« oder die Überlebenden des Flugzeugabsturzes in den Anden oder dieser Mann, der im Zweiten Weltkrieg all die Tage im Rettungsboot überlebte und im Kriegsgefangenenlager eingesperrt war.«

Jim hob die Augenbrauen: »Und Sie glauben, dass das Leben auf Sounder so ist?«

»Nein, natürlich nicht«, erwiderte Susannah. »Aber es ist zumindest anders, hinreichend anders als das Leben, das wir gewohnt sind.«

Zum ersten Mal hatte sie in einem Artikel in der *New*

York Times vor einigen Jahren etwas über Sounder gelesen, und sie hatte ihn ausgeschnitten, unter »Dinge, die ich mag« abgeheftet und den Ordner in einer Schublade ihres Schreibtischs aufbewahrt. Es erinnerte sie an die kleine Insel in der Mitte des Fox River in Nordmichigan, ihre ersehnte Zuflucht. Als Katie dann begann sich so verrückt aufzuführen und Susannah anfing, darüber nachzudenken, sie wegzubringen – zu ihrer Mutter nach Michigan oder zu ihrem Bruder Jon nach Seattle –, erinnerte sie sich an Sounder, den kompletten Gegensatz zu Tilton.

»Leider muss ich Sie enttäuschen«, meinte Jim. »Wir haben sehr wenig Schnee, und wir haben bisher auch in harten Zeiten noch nicht die Körper unserer Nachbarn gegessen.«

»Noch nicht mal die Dicken?«, fragte Susannah lächelnd.

Jim lachte: »Nein, noch nicht einmal die Dicken.«

»Aber Sounder ist anders«, insistierte Susannah. »Kein Strom, kein Fernsehen, kein Festnetztelefon – quasi *unplugged* im Vergleich zu der Art, wie wir leben.«

»Vor der Zeit des Internets war es noch entschiedener anders«, erwiderte Jim. »Und der Handys. Viele Inselbewohner haben inzwischen Satellitenschüsseln, die sie mit beidem verbinden.«

»Prima!«, rief Quinn.

»Freu dich nicht zu sehr!«, bremste ihn Jim. »Sobald es regnet, verlieren wir die Verbindung. Und es regnet oft.«

»Was macht man an Halloween?«, fragte Quinn. Die Frage beschäftigte ihn ganz besonders, da Halloween schon in ein oder zwei Wochen war. Er dachte, dass er mit seinen elf Jahren möglicherweise das letzte Mal von Haus zu Haus gehen und Süßigkeiten einfordern konnte, und jetzt zogen sie auf eine Insel mit nur fünfundsiebzig Menschen, die in kilometerweit auseinanderliegenden Häusern wohnten.

»Wir benutzen Golfcarts«, antwortete Jim. »Viele Leute auf der Insel besitzen elektrische Golfcarts, und die Kinder fahren mit ihnen von Haus zu Haus, um sich ihre Süßigkeiten abzuholen.«

»Wirklich?« Quinn strahlte. »Aber Sie haben doch keinen Strom. Wie laden Sie die Carts auf?«

»Wir haben Generatoren und Solarkraft.«

»Warum haben alle Golfcarts?«

»Wir haben keine Benzintankstelle. Um auf Sounder ein Auto mit Benzin vollzutanken, muss man mit einem Boot rüber nach Orcas oder Friday Harbor fahren, was eine oder zwei Stunden dauern kann, einen Kanister mit Benzin füllen, den Kanister wieder mit dem Boot zurücktransportieren, was erneut ein oder zwei Stunden dauert, und ihn dann vom Dock zum Auto bringen. Glaub mir, das lässt dich lange und intensiv über jede Fahrt nachdenken, die du unternimmst. Darum haben wir die Motorräder. Die verbrauchen rund viereinhalb Liter auf hundert Kilometer. Die Jungs lieben es, damit zu fahren.«

Katie zog die Stöpsel aus ihren Ohren. »Wie alt sind Ihre Jungs?«, fragte sie.

Susannah bemerkte, dass Katie zweifellos die gesamte Unterhaltung mitgehört hatte.

»Vierzehn«, sagte Jim. »Es sind Zwillinge. Hood und Baker.«

»Hood und Baker? Mögen Sie die Berge?«, frage Quinn.

»Ja. Zum Glück haben wir kein Mädchen, nicht? Sonst hätte sie noch einen Namen wie ›St. Helen‹ verpasst bekommen.« Er grinste Katie an.

»Oder Shasta«, meinte Quinn. »Der liegt auch im Kaskadengebirge.«

»Oder Shasta«, bestätigte Jim, riss die Augen auf und nickte Quinn zu, um zu zeigen, dass er beeindruckt war. »Ich mag es, wenn ein junger Mann seine Berge kennt.«

»Mein Dad ist Geologe«, erklärte Quinn.

»Wieso dürfen Ihre Jungs Motorrad fahren, wenn sie erst vierzehn sind?«, fragte Katie. »Muss man dafür nicht sechzehn sein?«

Jim zuckte die Achseln: »Es ist Sounder. Manchmal siegt die Notwendigkeit über die Gesetzestreue.« Er hielt kurz inne und erläuterte dann: »Bei uns gibt es keinen Verkehr. Die Kinder müssen hier schon früh wissen, wie man fährt, damit sie bei der Landarbeit helfen können. Die meisten lernen es, sobald sie mit den Füßen die Pedale erreichen können.«

Kein Verkehr. Susannah hätte am liebsten gleich hier auf dem Boot einen kleinen Freudentanz vollführt. Wenn sie sich ein Leben gewünscht hatte, das sich so stark wie möglich von dem in Tilton unterschied, dann bekam sie es. Was konnte unterschiedlicher sein als nicht sechs Stunden täglich in einem Auto in endlosen Verkehrsschlangen eingesperrt zu verbringen? Allerdings ließ die Vorstellung von Katie auf einem Motorrad, die

Arme um irgendeinen Jungen im Teenageralter geschlungen, sie innehalten.

»Sie haben ein Motorrad«, stellte Susannah fest.

»Ja«, bestätigte Jim. »Aber im Moment wird es nicht benutzt. Sie können also Ihre *Easy-Rider*-Ängste wieder ablegen.«

»Sie können meine Gedanken lesen.«

Jim neigte bestätigend den Kopf: »Eine meiner vielen Fähigkeiten.«

Plötzlich nahm der Seegang zu, und die Wellen wurden kabbelig und rau. Die beruhigende Form von San Juan Island zu ihrer Linken war verschwunden, und sie befanden sich in einem breiten offenen Kanal. Jim legte nun beide Hände an das Steuer.

»Governor's Channel«, erklärte er. »Das tiefste Wasser der San Juans. Die Strömungen können hier ein wenig verrückt sein.«

Susannah versuchte, ihre Angst zu unterdrücken. Es war über dreißig Jahre her, dass sie sich auf einem anderen Wasserfahrzeug als der Fähre befunden hatte, mit der sie gerade gefahren waren, um herzukommen. Aber das war der andere Zweck dieses Abenteuers, nicht wahr? Sie lief nicht fort. Sie konfrontierte sich unmittelbar mit ihren eigenen dunkelsten Ängsten.

Susannah hatte versucht, Matt dies zu erklären, als sie nach jener schrecklichen Nacht im Krankenhaus darüber gesprochen hatten, was sie tun sollten. Zach, der Siebzehnjährige, mit dem sich Katie hinter ihrem Rücken traf, hatte sie auf eine Party mitgenommen und ihr so lange Cola mit Rum eingeflößt, bis sie das Bewusstsein verlor. Nur die schnelle Reaktion von Katies Freundin Annie, die erst spät auf die Party kam und Katie in einer dunklen Ecke mit Zach auf dem Sofa liegend vorfand, bewahrte sie vor Gott weiß was mit Zach und rettete ihr wahrscheinlich das Leben. Annie schrieb eine SMS an ihre eigene Mom, die sofort Susannah anrief, woraufhin diese auf der Stelle zusammen mit Matt zur Party raste.

Ein paar Tage später rief Annies Mom erneut an und hatte weitere Nachrichten. Zach besaß eine Website und hatte mit anderen Jungs von der High School Wetten darüber abgeschlossen, ob er Mädchen dazu bringen konnte, ihm ihre Jungfräulichkeit zu schenken. Er stufte alle ein und veröffentlichte auf der Website die Gewinnchancen. Katie stand ebenfalls auf seiner Liste, und er hatte Zwei zu Eins darauf gewettet, dass er am 1. November Sex mit ihr haben würde.

Susannah und Matt erwogen rechtliche Schritte, aber sie wohnten in einer Kleinstadt. Susannah hatte bereits gehört, was man sich über Katie und über ihre Erziehung erzählte. Sie wollte nicht zum Gegenstand endloser Klatschgeschichten werden, während der Fall durch die Instanzen ging und im Lokalblatt breitgetreten wurde. Ihr Wunsch wegzugehen, kam wie ein intuitiver Reflex.

»Ich muss sie hier rausnehmen«, sagte sie zu Matt. »Zach …«

»Dieser elende Wichser«, stieß Matt zwischen seinen zusammengepressten Lippen hervor. Einen Augenblick lang sah Susannah ihn als wütenden zwölfjährigen Jungen, der um seine Selbstbeherrschung kämpfte. Dann hatte er gezittert, heftig den Kopf geschüttelt und auf seine rationale, für ihn typische Art begonnen zu planen, was als Nächstes zu tun sei. »Weglaufen ist keine Lösung«, meinte er.

Susannah legte gerade die Wäsche zusammen, als sie sich unterhielten. »Es geht nicht nur um Zach. Es geht um Katie!«, sagte sie. »Was bringt sie dazu, mit einem Kerl wie Zach ausgehen zu wollen oder auf diese Party zu gehen, von der sie weiß, dass keine Erwachsenen da sein werden? Wir müssen sie von hier wegbringen, zumindest für eine Weile.«

»Aber sie wird immer noch Katie sein, unabhängig davon, wo sie ist«, wandte Matt ein.

»Hier gibt es mehr Verlockungen.« Susannah konnte sich noch an das weiche T-Shirt erinnern, das sie während dieses Gesprächs in den Händen hielt. »Und *Probleme*. Es geht auch um Quinn.«

Sie musste nichts weiter erklären. Quinns Isolation quälte Matt, der als Junge ebenfalls ausgegrenzt worden war – als das Kind mit der billigen Kleidung; das Kind, das ein kostenloses Schulmittagessen bekam; das Kind, das nicht beim Sport mitmachen konnte, weil es arbeiten musste. Aber sein Anderssein hatte Matt abgehärtet. Bei seinem Sohn war das nicht so.

»Wir wissen nicht, ob der Kampf, in den er an der Bushaltestelle hineingeraten ist, der erste oder der zehnte war. Sicher, das war das erste Mal, dass es einen physischen Beweis dafür gab, dass er schikaniert wurde, aber …« Susannahs Stimme erstarb. »Und Katie …«

Matt sah sie an: »Es ist fast so, als wolltest du das«, sagte er. »Damit du einen Grund hast zu gehen.«

»Was soll das heißen?«, fragte sie.

»Nichts«, erwiderte er. Er nahm einen Baseball von Quinn vom Wohnzimmertisch und starrte ihn an, während er ihn unablässig in seinen Händen drehte.

Aber sie wusste Bescheid. Ihre Mühen mit beiden Kindern im vergangenen Jahr hatten Diskrepanzen in ihrer Ehe offenbart, die sie nie vermutet hätte. Es war, als hätte man ein Rollo hochsausen lassen, woraufhin ein jähes grelles Licht einfiel, in dem die Mängel von etwas sichtbar wurden, das im Halbdunkel noch jung und schön erschienen war. Jede neue Krise vermittelte Susannah das Gefühl, weiter und weiter ins Chaos zu schlingern, während sie verzweifelt versuchte, das nette, vorsichtige Leben, das sie für ihre Familie aufgebaut hatte, wiederherzustellen. Und Matt, der pragmatische, wissenschaftlich denkende Problemlöser, verstand das nicht.

Im Lauf der vergangenen sechs Monate hatte Matt immer länger und länger gearbeitet, sodass Susannah häufig damit alleingelassen war, Katie hinterherzutelefonieren, wenn sie nicht pünktlich nach Hause kam, oder mit Quinn über die Unwahrscheinlichkeit zu diskutieren, durch ein Sandwich in der Schulcafeteria eine Hepatitis zu bekommen. Mindestens ein Mal die Woche brüllten sie und Katie einander an, und Katie begann, sie mit denselben Schimpfwörtern zu bedenken, die Susannah schon von ihrem Vater zu hören bekommen hatte: Idiotin, Schwachkopf, Depp. Und wie sehr sie sich auch in Erinnerung zu rufen suchte, dass sie die Erwachsene war, so rief Katies Wut doch etwas tief Verborgenes in ihr wach, das sie nicht ertrug.

Sie wollte, dass Matt käme und sie beschützte. Aber wenn Matt nach Hause kam, wollte er ein friedvolles, glückliches Heim vorfinden. Sie waren wie zwei Stücke eines Puzzles, die nicht recht zusammenpassten.

»Ich muss es versuchen«, sagte sie zu Matt.

»Das musst du wohl«, erwiderte er, ohne sie anzusehen.

»Nicht nur für Katie und Quinn«, sagte sie und streckte ihre Hand nach seinem Knie aus. »Auch für mich. Ich muss für eine Weile weggehen; wieder auf dem Meer sein. Vielleicht ist es das, was ich brauche, um ein für alle Mal darüber hinwegzukommen.«

Darüber. Sie brauchte es nicht näher auszuführen. Dreiunddreißig Jahre lang lebte sie nun mit dem, was am Tag des Unfalls geschehen war. Sie kannte die Ursache – eine komplexe Kombination aus der Trinkerei ihres Vaters, dem Unvermögen ihrer Mutter, ihre Kinder zu beschützen, sowie dem launischen Wechselspiel aus Wind, Wetter und Strömung. Dennoch war sie bisher noch nicht imstande gewesen, wieder an Bord eines Bootes zu gehen, ihrer Mutter zu vergeben oder ihre eigene übertriebene Fürsorglichkeit gegenüber ihren Kindern zu kontrollieren. Es war Kräfte zehrend.

Schließlich sah Matt, der einzige Mensch außer ihrem Vater und ihrem Bruder, der ganz genau wusste, was an jenem Tag geschehen war, sie mit seinen tiefblauen Augen, die die Farbe von Gletschereis hatten, an und sagte: »Vielleicht solltest du tatsächlich gehen.«

Am nächsten Tag stieß sie auf Bettys Anzeige und rief bei ihr an, bevor ihr Mut sie wieder verließ. Aber das Bild von Matt, der allein in der Flughafenhalle stand und ihnen hinterherwinkte, während sie durch die Sicherheitsschleuse verschwanden, verfolgte sie.

Jim drosselte den Motor, weil der Wellengang stärker wurde. »Ein bisschen rau heute«, meinte er.

Susannah spürte, wie die Angst in ihr mit dem Seegang stieg. *Nicht daran denken.*

»Wie lange leben Sie schon auf Sounder?«, fragte sie ihn.

»Den größten Teil meines Lebens«, antwortete Jim. »Ich hab's zuvor an ein paar anderen Orten versucht. Eine Zeit lang hab' ich in Kalifornien gearbeitet. Und ein Jahr war ich in North Carolina an der Uni, um meinen Master zu machen. Aber der Nebel um die Smoky Mountains erinnerte mich an Puget Sound, und so trampte ich schließlich wieder nach Hause.«

»In welchem Fach wollten Sie denn Ihren Abschluss machen?«, fragte Katie.

»Jura. Das hat mir ebenfalls nicht gefallen.«

»Jura ist langweilig«, bestätigte Katie.

»Was magst du denn?«, fragte Jim.

»Schreiben.«

»Ah, eine Autorin! Auf Sounder wirst du in guter Gesellschaft sein. Wir haben einige Autoren. Was schreibst du denn?«

Katie zuckte mit den Schultern: »Erzählungen. Gedichte. Ein Tagebuch.«

»Wer ist dein Lieblingsautor?«

Ohne zu zögern antwortete Katie: »Harper Lee.«

»Gut. Ich hatte schon befürchtet, dass du entweder jemanden nennen würdest, von dem ich noch nie gehört habe, oder den ewigen Teenagerfavoriten J.D. Salinger.«

»Ich habe den *Fänger im Roggen* gehasst«, entgegnete Katie und gestattete sich ein kleines Lächeln.

Jim grinste zurück: »Ich auch. Das am meisten überschätzte Buch in der Geschichte des Englischunterrichts.«

»Und was machen Sie, wenn Sie kein Anwalt sind?«, fragte Katie.

»Ich unterrichte«, sagte Jim. »Du wirst mich morgen früh um acht in der Schule sehen. Komm nicht zu spät. Ich lasse nachsitzen!«

»Echt?«, rief Katie. »*Sie* sind der Lehrer?«

Jim nickte: »Jurastudium abgebrochen, umhergestromert, dann an die University of Washington gegangen, um mein Lehrerexamen zu machen. Habe in San Diego unterrichtet und bin dann nach Hause gekommen, um meiner Mom mit der Farm zu helfen. Aber im vergangenen Frühjahr erkrankte unser Lehrer auf Sounder und musste aufhören. Wir fanden niemanden, der die Lücke schließen konnte, und darum bin ich eingesprungen.«

»Sie unterrichten Ihre eigenen Kinder?«, fragte Quinn.

»Ja. Nicht ideal, ich weiß. Aber es ist nur für ein Jahr. Im nächsten Jahr verlassen sie die Insel, um in Friday Harbor die High School zu besuchen. Unsere Schule geht nur bis zum Ende der achten Klasse.«

»Ich würde mich umbringen, wenn meine Mom meine Lehrerin wäre«, äußerte Katie.

»Wie schön für uns alle, dass sie das nicht ist«, erwiderte Jim trocken.

Unwillkürlich musste Susannah lachen: »Keine Sorge Katie«, versicherte sie, »ich habe nicht den Wunsch zu unterrichten.«

»Und was machen Sie?«, erkundigte sich Jim mit seiner besten Cocktailparty-Stimme und wandte seinen Kopf Susannah zu, um ihn dann jedoch wieder zurückzudrehen und die Wellen zu beobachten.

»Ich fahre. Und ich arbeitete ehrenamtlich und organisiere. Vor den Kindern war ich ›Managerin für visuelle Verkaufsförderung‹, eine hochtrabende Umschreibung für Schaufensterdekorateurin.«

Sie hatte ihre Tätigkeit geliebt. In jenen frühen Jahren ihrer Ehe, als Matt an seiner Dissertation arbeitete, hatten sie in einem winzigen Apartment in Chicago gewohnt, und sie war für Marshall Field's als Designassistentin tätig gewesen. Ihr hatte damals diese Zielstrebigkeit gefallen – früh ins Geschäft zu gehen, wenn es noch still und ruhig war, die Kleidungsstücke und die Schuhe zusammenzustellen, Hintergründe zu bemalen, Säulen zu bauen. Sie und Matt waren ebenfalls zielstrebig gewesen, als sie mit ihrem mageren Gehalt auskommen und deshalb darauf verzichten mussten, auswärts zu essen, ins Kino zu gehen und sich neue Bücher zu kaufen, wobei Matts Promotion ihr gemeinsames Ziel und ihr gemeinsamer Erfolg gewesen war. Abends, wenn Matt hinter seinen Büchern saß, malte sie und experimentierte mit kühnen Farben und großen Leinwänden. Sie malte eine Serie von Landschaften, die sie während ihrer Hochzeitsreise im Westen gesehen hatten – hellorangefarbene Canyons, strahlend blaue Flüsse, rote Monde und schwarze, mit leuchtend goldenen Sternen durchsetzte Himmel. Die Bilder waren von all dem Überschwang erfüllt gewesen, den sie damals empfunden hatte angesichts ihres Glücks, Matt zu lieben, ihrerseits von Matt geliebt zu werden und etwas Kreatives zu tun. Sie fragte sich, wohin diese Bilder verschwunden waren. Auf den Dachboden?

»Schaufensterdekorateurin«, sagte Jim. »Tatsächlich?«

»Ich wollte Künstlerin werden«, erklärte Susannah. »Aber das ist mit einem Hungerleben verbunden, wie mein Vater gern betonte. Darum suchte ich mir etwas, das mir zumindest die Möglichkeit gab, mit Farben und Gestaltung und gelegentlich mit einem Dressman zu arbeiten.«

»O nein«, stöhnte Katie. »Ich fass es nicht!«

»Das war nur Spaß!«, versicherte Susannah.

Jim setzte an, um etwas zu sagen, aber dann brach er ab und spähte nach vorn.

»Sehen Sie! Wir haben Gesellschaft bekommen.«

Susannah blickte nach vorn. Sie konnte sehen, wie geschmeidige schwarz-weiße Körper das blaugrüne Wasser vor dem Boot zerschnitten, über die Oberfläche sprangen und dann wieder verschwanden.

»Weißflankenschweinswale«, erläuterte Jim.

Die Kinder rannten nach draußen und kletterten die Bootsseite entlang bis zum Bug, wo sie, Seite an Seite, ins Wasser spähten. Susannah folgte ihnen und heftete ihren Blick auf die Kinder, nicht auf ihre delfinartigen Begleiter. Sie kniete neben Quinn nieder. Dort, so dicht vor ihr, dass sie sich vorbeugen und sie berühren konnte, sprangen die Kleinwale in anmutigen Bögen über die Wellen. Sie sprangen rücklings und schwammen in geschwungenen, gestreckten S-Kurven; schwarze Blitze, das leuchtende Weiß eines Bauchs, dann wieder das Schwarz – springend, spritzend, sich drehend. Quinn war selig.

Eine plötzliche Angst durchschoss Susannah. Die Kinder lehnten sich über die Reling und waren so dicht an dem tiefen, tiefen Wasser. Aber sie atmete tief durch und sah zu Katie hin. Ihr Gesicht war offen, unverstellt. Susannah erinnerte sich plötzlich daran, wie sie als Dreizehnjährige auf Wasserskiern über die glasige Oberfläche des Sees geglitten war; ihre Schenkel brannten, und die Skier flatterten unter ihren Füßen, während sie die Heckwelle durchschnitt. Sie erinnerte sich daran, wie sie einen Augenblick reiner Freude, ungetrübter Freiheit empfunden hatte. Es war so intensiv gewesen, dass sie es nie vergessen hatte. Und sie spürte es jetzt erneut, während ihr der Wind ins Gesicht schlug, sie den scharfen Geruch des Meerwassers einatmete, die Schweinswale durch das Wasser kurvten und ihre Kinder auf dem Bug knieten und in ihr Staunen versunken waren.

»Wenn Matt das nur sehen könnte«, dachte sie. Trotz all der Auseinandersetzungen im Lauf des vergangenen Jahres fehlte er ihr. Sie konnte mit geschlossenen Augen jede Linie seines Gesichts nachzeichnen, von der Narbe auf seinem rechten Wangenknochen bis zu seinem schiefen Lächeln. Das Gefühl, seinen Körper an ihrem zu spüren, war so vertraut wie das Gefühl ihrer eigenen Zunge an ihren Zähnen. Sie kannten sich seit neununddreißig Jahren, seit jenem ersten Sommer im Camp Chingwa, und waren seit siebzehn Jahren verheiratet. Sie erinnerte sich an ihre ersten Ehejahre, als sie auswärts arbeitete und ihr Matt jeden Tag eine Postkarte geschickt hatte, so wie er es in der Woche vor dem Camp zu tun pflegte, als sie noch Kinder waren. Matt sprach nicht viel über Gefühle und Sehnsüchte, und daher war sie erstaunt über das, was er schrieb, etwa: »Hier regnet es, und Du fehlst mir. Dein Kissen riecht noch nach Dir. KOMM NACH HAUSE.«

Sie fragte sich, ob er einsam war. Und plötzlich fragte sie sich, ob er sich in ihrer Abwesenheit mit einer anderen über seine Einsamkeit hinwegtrösten würde. Dieser Gedanke ließ sie derart hochfahren, dass sie fast vom Boot gefallen wäre.

Die Schweinswale drehten sich und tauchten unter. Die kalte Gischt des Kielwassers spritzte an Susannahs Wangen. Dann schossen die Tiere fort, so schnell, wie sie gekommen waren, und verschwanden im dunkel werdenden Wasser.

Jim streckte seinen Kopf durch die Dachluke seines Steuerhauses. »Hallo Leute«, rief er. »Seht mal nach vorn!«

Susannah hob die Augen. Sie konnte in der Ferne eine Insel erblicken, die die Form eines Drachenschwanzes hatte: niedrig und dicht am Wasser auf der einen Seite, und sich langsam zu einer dicken, stabilen Masse auf der anderen Seite erhebend. Sie sah Sanddünen am niedrigen Strand, hinter denen sich die Silhouetten von Zedern und Tannen scharf abzeichneten, und riesige lehmfarbene

Klippen auf der anderen Seite mit hellen Flecken orangefarbener Flechten. Dickes Moos bedeckte die darunterliegenden Felsen. Auf der Spitze einer Klippe am Ende der Insel konnte sie eine hockende Form erkennen – kein Baum und auch keine Hütte, sondern etwas anderes. Es sah fast aus wie ein Boot, obwohl kaum jemand ein Boot auf die Spitze einer Klippe stellen würde. Bevor sie es identifizieren konnte, unterbrach sie Jims Stimme.

»Wal in Sicht!«, rief er. »Willkommen auf Sounder!«

4. Kapitel

Susannah 2011

Betty Pavalaks Haut sah aus wie ein Stück Papier, das man zunächst zerknüllt und dann wieder sorgfältig geglättet und auf einen Rahmen gespannt hatte, sodass die Oberfläche glatt war, aber alle Linien blieben. Sie war groß und schlank, hatte hohe Wangenknochen, warme braune Augen und krause, widerspenstige graue Haare, die keine besondere Frisur erkennen ließen. Ihr breites Lächeln enthüllte erstaunlich weiße Zähne – für eine Frau, die die siebzig bereits überschritten hatte. Sie trug ein kariertes Männerflanellhemd lose über einer in derbe flaschengrüne Gummistiefel gestopften Jeans.

»Hey«, rief Betty und fing das Seil auf, das ihr Jim zuwarf, damit sie half, das Boot seitlich ans Dock zu ziehen. Ihre Stimme war tief und rau. »Sie haben's geschafft.« Sie zog das Seil durch und über eine der Klampen am Anlegesteg und hielt dann die Seite des Boots fest, während Susannah von Bord ging.

Susannah reichte Betty die Hand: »Es ist schön, dass ich nun ein Gesicht zu Ihrer Stimme habe. Danke für alles, was Sie im Vorfeld für uns getan haben.«

»Das war weiter nichts«, wehrte Betty kopfschüttelnd ab. »Wir sind froh, Sie hierzuhaben, glauben Sie mir.

Und wenn Sie es mir nicht glauben, werden meine Enkel, die da oben im Waschsalon sind, um die Post zu holen, Sie schon bald davon überzeugen.«

Sie musterte Quinn und Katie, die auf den Anlegesteg geklettert waren und nun nebeneinander standen und sich umsahen. Susannah bemerkte, dass Quinn ein wenig dichter bei Katie stand als sonst und dass Katie ihn nicht wegstieß.

Betty richtete sich auf, griff in ihre Tasche, zog eine Packung Zigaretten hervor, schüttelte eine Zigarette heraus und zündete sie mit einem Streichholz an. Nach einem tiefen Zug stieß sie mit einem zufriedenen Seufzer eine lange Rauchschwade aus.

»Sie werden heute Abend mit uns essen, ja?«, fragte sie Susannah. »Ich dachte, dass Sie müde sind und nicht viel zu essen im Haus haben dürften, sofern Sie nicht in Friday Harbor eingekauft haben.«

Susannah schlug sich mit der Hand an die Stirn: »O mein Gott! Ich habe noch nicht einmal daran *gedacht*, Lebensmittel mitzubringen. Wie dumm von mir! Ich werde morgen wieder nach Friday Harbor fahren müssen. Also ja, danke, wir würden sehr gern heute Abend mit Ihnen essen. Das ist sehr umsichtig von Ihnen.«

»Gut«, sagte Betty.

Susannah ging zum Boot zurück, um Jim beim Entladen zu helfen, und fühlte sich sowohl orientierungslos als auch seltsam daheim. Sie standen auf einem schwimmenden Metallponton, über dessen Rampe man auf einen langen Holzsteg klettern konnte, der über das Wasser hinweg in eine geschützte Bucht führte. Eine kleine

Flotte aus Motorbooten, Dingis und Segelbooten, die an Bojen festgebunden waren, tanzte in der Bucht auf den Wellen. Viele der Boote waren in leuchtenden Farben lackiert worden – Gelb, Blutrot, Königsblau – und bildeten einen starken Kontrast zu dem schwarzblauen Wasser, dem gedämpften Grün und Gold der Bäume und Büsche und den bleichen weißen Treibholzstücken, die entlang der Küste angespült worden waren. Am Ende des Stegs parkte auf der Schotterstraße ein Pick-up in ausgeblichenem Rot. Etwas weiter die Straße hinauf stand ein großes Blockhaus mit einem grünen Zinndach, einer breiten Veranda und zwei großen Fenstern, die auf die Buch hinausgingen.

»Das ist das einzige Geschäft auf Sounder«, erklärte Jim, der sah, dass Susannah zu dem Haus hinaufblickte. »Der ›Arktische Waschsalon‹, der uns zugleich als Poststelle dient. Meine Frau Fiona hat ihn eine Weile betrieben. Jetzt wird er von Frances Calvert, einer anderen Insulanerin, geleitet. Er ist das Herz der Insel. Partys, Gemeindetreffen, Tanzveranstaltungen, Hochzeiten, Beerdigungen – sie alle finden im Waschsalon statt.«

»Warum ›arktischer‹ Waschsalon?«, erkundigte sie sich.

»Ich liebe Gedichte. Es gibt ein Gedicht mit dem Titel *Anna wäscht* über die erste Frau, die in Alaska eine Wäscherei eröffnet hat. Ihr Geschäft hieß *Arktische Wäscherei.*«

Susannah wusste nicht recht, was sie von den Bewohnern Sounders erwartet hatte, aber sie hatte sicher nicht mit einem Bauern gerechnet, der Lehrer war, Gedichte liebte und dessen Mutter Lauren Bacall ähnelte.

»Der Arktische Waschsalon«, meinte Susannah. »Eine lustige Wortkombination. Ich hätte nie gedacht, dass eine Wäscherei in der Arktis eine große Bedeutung hat. In den Tropen vielleicht, wo alle so viel schwitzen. Ein ›tropischer‹ Waschsalon würde erheblich mehr Sinn machen.«

»Righty right«, meinte Quinn. Das war eine der von ihm aufgeschnappten Redewendungen, mit denen er Katie in den Wahnsinn trieb, weil er sie immer noch verwendete, obwohl Jahre vergangen waren, seit sie einmal cool gewesen waren.

Susannah warf Katie einen Blick zu, die tatsächlich von Quinn weggetreten war und aussah, als würde sie am liebsten alle zusammen vom Ponton stoßen. Susannah konnte die Wut und Ungeduld spüren, die Katie ausstrahlte wie heißer Asphalt die flimmernde Hitze.

Betty beugte sich zu Quinn vor und fragte ihn: »Weißt du, wie man Fische angelt?«

»Ein bisschen«, erwiderte Quinn. »Aber ich lass' sie immer wieder frei.«

»Ach, sei kein Weichei!«, erklang eine Stimme von der anderen Seite des Stegs. »Wenn du sie nicht tötest, tut das jemand anderes.«

Sie drehten sich um und sahen einen alten Mann, der nur ein paar Meter entfernt in einem leuchtend gelbgrünen Dingi auf dem Wasser trieb. Er war dünn und muskulös und hatte eine wettergegerbte Haut, buschige graue Augenbrauen und stahlblaue Augen. Um den Kopf hatte er sich nach Zigeunerart ein rotes Bandana gebunden. Hinter ihm im Boot stand ein schwarzer Labrador, die Nase im Wind.

»Hey, Barfuß«, sagte Jim, hob einen Koffer aus dem Bootsheck und reichte ihn Susannah. »Darf ich vorstellen, das sind die Delaneys. Susannah und ihre Kinder haben bis Juni unsere Hütte gemietet. Sie kommen von der Ostküste. Das ist Barfuß Jacobsen, ein alter Insulaner.«

»Hallo«, sagte Susannah.

Barfuß schnaubte: »Lassen Sie mich raten. Sie sind hier, weil Sie zurück zu einem einfacheren Leben wollen – Ihre Nahrungsmittel selbst anbauen, das Land bestellen. Genau wie seinerzeit all die verfluchten New Yorker, die Vermont überrannt haben. Nur ist Vermont jetzt zu überfüllt, also sind Sie zu den San Juans gekommen. Tun Sie uns einen Gefallen: Wenn Sie's hier mögen, dann erzählen Sie das bitte *nicht* Ihren Freunden!«

Susannah sah, wie sich Quinn auf die Unterlippe biss, sich ins Haar griff und es sich um einen Finger wickelte, wie er es immer tat, wenn er nervös war.

»Um Himmels willen, Barfuß, du könntest ruhig ein wenig gastfreundlicher sein!«, meinte Betty. Sie drehte sich zu Quinn hin. »Achte nicht auf ihn. Jede Insel braucht einen griesgrämigen Einsiedler unter ihren Bewohnern. Sie drückte ihre Zigarette in einem auf dem Steg stehenden Eimer aus und steckte den Stummel in ihre Tasche. »Die Delaneys kommen heute Abend zum Essen. Warum kommst du nicht auch? Du kannst ihnen erzählen, wie es früher auf der Insel war, und sie kennenlernen, sodass du das nächste Mal, wenn du sie triffst, nicht so grob sein musst zu ihnen.«

»Ich bin nicht grob, ich bin ehrlich!«, widersprach Barfuß. Doch dann änderte sich sein gereizter Tonfall und wurde sanfter, als er sagte: »Aber ich nehme die Einladung an und komme gern, Elizabeth. Ich bringe Wein mit.«

Der Hund begann zu bellen, als eine Möwe herabgeschossen kam und auf einem Pfahl am Ende des Stegs landete. Er bellte und bellte.

»Toby!«, rief Barfuß. »Aus!« Der Hund hörte zu bellen auf, setzte sich und sah Barfuß erwartungsvoll an. »Man könnte meinen, er hätte noch nie zuvor eine Möwe gesehen«, meinte Barfuß kopfschüttelnd. »Der Hund lebt auf einer verdammten Insel und sieht jeden Tag Hunderte von Seemöwen. Es ist seine Rasse. Er ist ein Jäger.«

»Eigentlich waren Labrador Retriever früher Fischerhunde«, sagte Quinn. »Die Fischer in Neufundland setzten sie ein, damit sie ihnen beim Einholen der Netze halfen und die Fische fingen, die daraus entkamen.«

Barfuß starrte Quinn an. »Tatsächlich?«, fragte er. Er veränderte seine Sitzposition und sah Toby an, als hätte er ihn noch nie zuvor gesehen. »Das ist mein fünfter schwarzer Labrador. Auch der fünfte, der Toby heißt. Und ich habe das noch nie gehört.« Dann drehte er sich um, hob eine Hand an seine mit dem Tuch bedeckte Stirn und deutete Quinn gegenüber einen Salut an. »Wir werden heute Abend noch ausführlicher darüber sprechen«, sagte er. Er nickte Susannah und Katie zu, und dann zog er an den Rudern, wendete sein Boot und steuerte es in die Bucht hinaus.

»Er ist ein hochintelligenter und interessanter Kerl«, erklärte Jim. »Lassen Sie sich nicht von ihm einschüchtern.« Er beugte sich zu Susannah: »Und ich warne Sie vor seinem Wein – er ist selbstgemacht und süßer als Ahornsirup. Wenn Sie Glück haben, bringt er Aprikosenwein mit, und Sie schaffen es, ein paar Schlucke zu trinken. Wenn Sie Pech haben …« – er schüttelte den Kopf – »bringt er *Rosenkohlwein* mit. Im Ernst!«

Zwei schlaksige Zwillingsbrüder kamen mit langen, weiten Schritten den Weg vom Waschsalon zum Steg heruntergerannt. Ihre Füße hämmerten über die Planken.

»Ha, ich war schneller als du!«, sagte der erste triumphierend zu dem anderen.

»Wen juckt's?«, fragte der zweite mit breitem Grinsen.

»Wir haben auf die neuen Kinder gewartet«, sagte der erste. Er war kleiner als sein Bruder, hatte rötlich-braune Locken, warme braune Augen und ein breites, offenes Lächeln wie sein Vater und seine Großmutter.

»Gott sei Dank!«, rief sein Bruder. »Dies ist das Aufregendste, was hier seit der Explosion der Waschmaschine im Waschsalon passiert ist.«

»Wenn eine explodierende Waschmaschine aufregend ist, dann ist dieser Ort noch jämmerlicher, als ich geglaubt habe«, meinte Katie, die hinter Susannah hochgekommen war und über ihre Schulter hinweg die beiden Jungs musterte.

»Richtig erfasst«, erwiderte der größere Bruder amüsiert. Sein dichtes, glattes blondes Haar fiel ihm über die Ohren und tief in die Stirn. Unter seinem Pony konnte Susannah grüne Augen funkeln sehen und auf seinen Wangenlinien die schwachen Spuren blonder Bartstoppeln. »Ich bin Hood, und das ist Baker. Dein gesamtes Sozialleben.«

»Nicht, dass du dich deshalb oder wegen irgendetwas anderem allzu gestresst fühlen solltest«, ergänzte Baker.

»Wahrscheinlich kommt sie sowieso zu dem Urteil, dass die Wale geistreichere Gesprächspartner sind«, schaltete sich Jim ein. »Verscheucht unsere neuen Mitbewohner nicht, bevor sie auch nur einen Fuß in ihr Haus gesetzt haben.«

»Na kommt, wir zeigen euch euer Haus und die Schule«, schlug Baker vor.

»Okay«, willigte Quinn ein. Er starrte die beiden Jungen fasziniert an, als wären sie magische, dem Meeresnebel entstiegene Kreaturen.

Jim hob das letzte Gepäckstück auf den Ponton und wandte sich Susannah zu. »Sie müssen verzeihen, wenn meine Jungs ein wenig aufgeregt sind«, meinte er. »Ihre Sprösslinge erhöhen unsere Schülerzahl um fünfzehn Prozent.«

»In der ganzen Schule gibt es nur dreizehn Kinder?«, fragte Katie ungläubig. »Sie meinen fünfzehn Prozent pro Klasse, ja?«

»Ah, hübsch *und* gut in Mathe«, sagte Jim und drehte sich zu ihr hin. »Ersteres trifft zu. Wir haben dreizehn Schüler vom Kindergarten bis zur achten Klasse.«

Katie nahm ihren Rucksack. »O mein Gott«, stöhnte sie, »das ist so besch …«

»Kate!«, unterbrach Susannah sie warnend.

»Teenager«, lachte Betty. »Ich habe einen aufgezogen, nun habe ich zwei Knalltüten als Enkel. Ich wäre froh, von zwölf auf achtzehn Jahre springen zu können. Dann werden sie wieder normal.«

»Sehr witzig«, sagten Katie und Hood wie aus einem Mund. Sie sahen einander an, und dann grinste Katie – ein breites, echtes Lächeln, das ihr ganzes Gesicht von dem eines übellaunigen Teenagers in das einer schönen Kindfrau verwandelte.

Susannah musste sich plötzlich daran erinnern, als Matt sie das erste Mal küsste. Sie waren damals beide vierzehn und arbeiteten als Kinderbetreuer in einem Camp. Er hatte einen großen Kaugummiklumpen aus dem Mund genommen, ihn in den Sand geworfen, sich dann zu ihr hingedreht, seine Lippen fest und nachdrücklich auf ihre gepresst, wonach sie die überraschende und aufregende Erfahrung machte, seine Zunge mit dem süßen, scharfen Geschmack von Pfefferminze in ihrem Mund zu spüren. Das Gefühl, das seine Lippen ihr vermittelten; die erschütternde Empfindung, die ihr gesamtes Sein elektrisiert hatte, als er sie weiterküsste und mit seinen Händen ihre Taille hinunterglitt und sie eng an sich zog, bis sie so dicht aneinandergepresst waren, dass sie nicht sagen konnte, wo das rasende Pochen in ihrer Brust endete und wo sein Herzschlag begann.

Sie musterte Katie. Ihre Tochter war sehr schön, aber ihr war das offensichtlich nicht bewusst, oder es war ihr gleichgültig. Der Pferdeschwanz, den sie nur wegen der Bequemlichkeit am liebsten trug, betonte die wunderbaren Konturen ihres Gesichts – die weit auseinanderstehenden Augen, die hohen Wangenknochen, den kräftigen Schwung ihrer Augenbrauen. Ihre Jeans unterstrichen ihre langen, schlanken Beine. Natürlich hatte Zach sie ins Visier genommen, und natürlich zog sie die Jungen an, wo auch immer sie sein mochten. Eine schöne Katastrophe.

»Mom?«, fragte Quinn. »Können wir uns mit Hood und Baker alles ansehen?«

»Nicht so schnell!«, bremste ihn Jim. »Glaub mir, du wirst noch viel Zeit haben, alles zu erkunden. Lass uns erst mal eure Sachen auf den Wagen laden und euch zu eurem Cottage bringen, damit ihr da einziehen könnt. Dann könnt ihr losziehen.«

Jim band das Boot vom Anleger los und fuhr es langsam zu einer knapp fünfzig Meter entfernt liegenden Boje, wo er es fest verankerte. Hood bot Quinn an, zusammen mit ihm in einem Beiboot rauszurudern, um Jim abzuholen, und Susannah beobachtete, wie Hood den Gebrauch von Rudern vorführte und zeigte, wie man einen Punkt am Ufer fixiert, um eine Orientierung für eine gerade Ruderstrecke zu haben. Quinn sah sehr klein aus, als er in dem Dingi saß und die Muskeln seines dünnen Rückens anspannte, während er an den Rudern zog. Und im Vergleich zu der Weite des ihn umgebenden Meeres *war* er klein. Susannah erschauderte.

Innerhalb weniger Minuten waren sie zurück und der Pick-up beladen, und Susannah fand sich auf dem Vordersitz wieder, eingekeilt zwischen Jim und Betty.

»Wir wohnen am Südwestufer«, erklärte Jim, während er das Tempo auf dem unebenen Fahrweg beschleunigte, der vom Anlegesteg zum Waschsalon führte.

Als sie sich auf der Höhe des Waschsalons befanden,

konnte Susannah hinter dem kleinen Gebäude eine goldene Wiese sehen, die an einen dahinterliegenden Wald grenzte. Die Straße vor ihnen führte unter einem gewölbten Blätterdach von Alleebäumen entlang. Die Seitenstreifen der Fahrbahn waren mit hellgelben und rostroten Blättern übersät, die in tanzenden Kreisen von den Ästen der Eichen fielen und sich auch auf den Spitzen der Farne und Heidelbeerbüsche ausbreiteten. Sie kamen an zwei oder drei kleinen Häusern mit unterschiedlich großen Gärten vorbei, die sowohl aus Gemüse- und Blumenbeeten als auch aus ganzen Feldern bestanden. Auf einem der Felder stapelten sich die rostenden Karossen ausgemusterter Autos über den Grashalmen und wirkten wie eine Skulptur.

Betty bemerkte Susannahs Blick auf die Autos. »Es kostet ein Vermögen, ein Auto, das nicht mehr funktioniert, von der Insel wegschaffen zu lassen«, erläuterte sie. »Ich weiß, dass einige Leute sie für einen Schandfleck halten, aber wir schlachten sie noch aus und verwenden einzelne Teile.«

»Betreiben hier alle Landwirtschaft?«, fragte Susannah.

»Nicht alle«, antwortete Jim. »Viele Leute pflanzen einfach nur Obst und Gemüse für den eigenen Bedarf an. Wir bauen Gemüse an, um es einmal die Woche auf dem Bauernmarkt von San Juan zu verkaufen. Außerdem halten wir Hühner und Alpakas. Und wir haben gerade damit begonnen, mit kleinkörnigem Getreide für Brot zu experimentieren.«

»Und das erledigen Sie noch nach dem Unterricht?«, fragte Susannah.

Jim lachte: »Genau. Nein. Als ich die Lehrerstelle übernahm, haben uns unsere Nachbarn, Joël und Bob Baltimore, beim Pflanzen im Frühjahr geholfen. Ich hab's dann Mitte Juni übernommen, als der Unterricht endete. Wir haben im vergangenen Sommer die Produkte und die Gewinne geteilt. Joël und Bob haben ebenfalls eine kleine Farm. Es hat sich für alle gelohnt, weil sie mehr Geld als sonst eingenommen haben, ich die Zeit hatte zu unterrichten und Fiona die Möglichkeit bekam, ihr eigenes Geschäft zu betreiben.«

»Fiona hat ein Geschäft?«

Susannah bemerkte, wie Betty wortlos die Lippen aufeinanderpresste.

»Ja«, nickte Jim. »Sie hat im vergangenen Jahr ein Importgeschäft gegründet. Sie importiert Yogaausstattung aus Indien und verkauft sie an Studios und Kunden, vorwiegend in Vancouver und Seattle. Sie ist jetzt für ein paar Monate in Indien.«

Yoga. Susannah hatte mehrere Kurse besucht, und es hatte sie verrückt gemacht. So in der Totenstellung zu liegen und über ihre Atmung nachzudenken, hatte fast eine Panikattacke bei ihr ausgelöst.

Sie bogen in die Zufahrt ein, und Hood sprang hinaus, um die Tore zu öffnen und sie hindurchfahren zu lassen. Sie kamen an zwei hohen Windrädern vorbei, deren silberne Flügelblätter sich in der Brise drehten. Schließlich fuhren sie vor einer einstöckigen weißen Schindelhütte vor, die ein schwarzes Dach und einen spitzen Giebel über der Eingangstür hatte. Links von der Hütte blühten ein paar robuste Chrysanthemen, Dahlien und Ringelblumen hinter einem Maschendrahtzaun. Jenseits des Gartens standen eine Gruppe knorriger Apfelbäume und eine ausgeblichene rote Scheune mit durchhängendem Dach. Hinter der Scheune konnte Susannah Felder sehen. Manche lagen brach, auf manchen wuchsen unzählige Winterkürbisse. Und noch weiter dahinter erstreckte sich der Wald, dessen schmale Baumstämme sich in den Himmel reckten. Die Luft war mit dem satten, lehmigen Geruch von Verfall und neuem Leben erfüllt.

»Mein Haus liegt gleich da auf der Anhöhe«, erklärte Jim und zeigte auf einen Hügel landeinwärts, unmittelbar hinter der Farm. »Und das meiner Mom liegt hier am Wasser.« Susannah sah ein kleines, mit grauen Schindeln gedecktes Haus, das auf die Bucht hinausblickte.

»Das ist ja ein richtiges Anwesen«, sagte Susannah.

Jim erwiderte grinsend: »Aber klar doch! Bill Gates, Paul Allen, die Pavalaks – wir haben alle unseren Grundbesitz auf den San Juans.« Er wandte sich Quinn zu: »Euer Haus wurde in den Zwanzigerjahren erbaut. Man erzählt sich, dass die ursprünglichen Besitzer hier Alkoholschmuggel betrieben haben.«

»Alkoholschmuggler!«, rief Quinn.

Jim lächelte: »Wir haben viele Jahre hier gewohnt. Dann habe ich vor drei Jahren unser neues Haus gebaut. Wir wollten etwas Einfacheres haben.«

Susannah starrte die Hütte an, die in Tilton sofort als »abbruchreif« eingestuft worden wäre.

»Unsere neue Bleibe hat fünfundfünfzig Quadratmeter«, berichtete Jim. »Wir haben eine solarbetriebene Wasserpumpe für den Brunnen, einen Holzofen zum

Heizen und eine Kombination aus Solarmodulen, Generator und Batterien für den Strom. Klein, effizient, gemütlich und billig – wir lieben unser Häuschen.«

Susannah sah ihn an. Sie konnte sich nicht vorstellen, dass eine vierköpfige Familie auf fünfundfünfzig Quadratmetern wohnte.

»Wachstum um des Wachstums willen ist die Ideologie der Krebszelle«, sagte Jim, als habe er ihre Gedanken gelesen.

»Was?«

»Ed Abbey. Ich bin ein Fan von ihm.«

Susannah versuchte, das alles zu begreifen. »Wenn er mir jetzt noch erzählt, dass sie ihren Abfall selbst kompostieren, reise ich ab«, dachte sie. Sie ging zur Laderampe des Pick-ups, um beim Entladen zu helfen, und sah in ein paar Hundert Metern Entfernung unterhalb des Hauses, in dem sie für die nächsten neun Monate wohnen würden, die Bucht durch die Bäume. Ein großer Erdbeerbaum wuchs auf einer Klippe über dem Wasser. Seine rote Rinde schälte sich in gewundenen Streifen von dem darunterliegenden glatten weißen Stamm. Holztreppen führten zu einem Steg. Die späte Nachmittagssonne war durch die Wolken gebrochen und warf eine glitzernde Spur aus diffusem Licht über das Wasser. Sie sah nach oben und erblickte einen Habicht, der mühelos leicht über den Bäumen am Rand der Bucht kreiste.

Sie spürte, wie jemand sie in die Seite stupste. Als sie ihren Blick senkte, sah sie Quinn.

»Das ist cool hier, Mom«, sagte er. »Wo sind die Hühner?«

Sie legte den Arm um ihn und musterte sein hübsches sommersprossiges Gesicht. »Das weiß ich nicht«, erwiderte sie. »Vielleicht hinter dem Haus. Du kannst nach ihnen suchen, nachdem wir ausgepackt haben.«

Sie ging um den Wagen herum, wo Katie an der Fahrerkabine lehnte und nach Steinen trat, während Hood und Baker sie mit Fragen bombardierten.

»Warum seid ihr hergekommen?«, »Wie war es in deiner Schule?«, »Hast du ein iPhone?«, »Hast du *X-Men* gesehen?«

»Woher wisst ihr von *X-Men*?«, fragte Katie.

»Na, woher wohl! Wir können lesen«, entgegnete Baker. »Wir haben das Internet, und wir bekommen jede Woche Zeitungen. Dachtest du, das hier wäre das Ende der Welt, oder so?«

»Ich weiß nicht«, gestand Katie. »Das hier war die Idee meiner Mom.«

»Ach nee«, meinte Hood. »Das ist ziemlich offensichtlich.«

»Nun komm«, sagte Susannah und wies mit dem Kopf auf die Gepäckstücke, die Jim vom Pick-up auf das Gras gestellt hatte. »Lass uns das Zeug ins Haus tragen.«

Hood und Baker nahmen jeder ein Teil und folgten ihrem Dad ins Haus. Quinn war bereits drinnen.

Katie blieb zögernd vor dem Eingang stehen. »Ich kann's noch immer nicht fassen, dass du mich hierhergebracht hast«, sagte sie, während sich Susannah einen Koffer griff. »Es gibt hier nur zwei Kinder in meinem Alter. *Zwei!*« Sie machte eine Pause, um ihren Worten Nachdruck zu verleihen. »Ich kann noch nicht mal irgendjemandem zu Hause etwas simsen, weil mein Handy kaum funktioniert. Das ist absolut unfair. Du versuchst, alles zu kontrollieren, sogar noch mehr, als du das zu Hause gemacht hast.«

»Was ich zu kontrollieren versuche, Kate«, gab Susannah zurück, »ist deine Neigung, leichtsinnige, gefährliche Dinge zu tun. Ich versuche, dich am Leben zu erhalten, bis du das Urteilsvermögen hast, bessere Entscheidungen zu treffen.«

»Du versuchst, dafür zu sorgen, dass ich *deine* Entscheidungen treffe. Aber ich bin nicht du.«

Susannah sah ihre Tochter an, die groß und mager war, während Susannah klein und kurvenreich wirkte, Katie, die freimütig auftrat, wo Susannah verhalten war, die impulsiv reagierte, während Susannah stets bedacht vorging.

»O Schatz«, sagte sie, »ich weiß, dass du nicht ich bist. Und ich will auch nicht, dass du das bist.«

»Doch, das willst du«, widersprach Katie.

Susannah konnte nicht anders, als sich zu schämen, wenn sie daran dachte, wie sie selbst in Katies Alter gewesen war und was sie in jenem Lebensjahr getan hatte. »Nein«, versicherte sie mit fester Stimme, »das will ich nicht!«

5. Kapitel

Betty 2011/1950

Betty lehnte am Pick-up und beobachtete, wie die Delaneys ihre Sachen ins Haus brachten und ihre Enkel Katie umtänzelten wie preisgekrönte Hengste auf einer Pferdeschau. Sie konnte sofort erkennen, dass sich Katie und Hood zueinander hingezogen fühlten; mein Gott, man konnte die Pheromone in der Luft geradezu riechen. Sie konnte auch sehen, dass sich Susannah sehr beschützerisch gegenüber Quinn verhielt, der ein interessantes, aber überaus nervöses Kind war, und noch beschützerischer gegenüber Katie, die niemand war, der sich von irgendjemandem vor irgendetwas beschützen ließ. Sie fragte sich, was bei ihnen zu Hause geschehen sein mochte, das Susannah veranlasst hatte, den Schritt nach Sounder zu machen.

Die Fliegengittertür der Hütte knallte zu, und Jim kam zu ihr heraus und lehnte sich neben ihr an den Wagen.

»Sie ist ein attraktives Mädchen«, meinte Betty.

»Wer?«

»Katie«, sagte Betty. »Was glaubst du denn, wenn ich gemeint habe?«

»Nun, Susannah ist ebenfalls attraktiv.«

Betty verdrehte die Augen: »Du bist ebenso schlimm wie deine Söhne. Noch schlimmer. Du bist verheiratet. Und sie ebenfalls.«

»Ich weiß. Alles, was ich gesagt habe, ist, dass sie attraktiv ist.« Er schüttelte den Kopf. »Sie hat ihre liebe Not mit Katie, so viel ist sicher.«

Betty nestelte am Reißverschluss ihres Parkas und zog ihn hoch, um sich gegen die Abendkälte zu schützen. »Ich vermute, dass sie deshalb hier ist.«

»Glaubst du, dass es ihr hier gefallen wird?«, fragte Jim.

Betty drehte ihm den Kopf zu, um ihn anzusehen. »Ich glaube, dass sie Angst hat.«

»Wovor? Hier zu leben?«

»Ein wenig. Vor ihrer Tochter. Vor etwas bei ihr zu Hause. Vor Was-weiß-ich-was. Kommt sie dir nicht nervös vor?«

Jim schob seine Hände in die Taschen seiner Fleecejacke und blickte in den Himmel. »Ein wenig. Aber sie ist interessant. Sie wirkt ein wenig überspannt, aber sie ist tough und hat einen guten Sinn für Humor. Sie hat ein tolles Lächeln. Ich glaube, dass sie's durchstehen wird.«

Betty betrachtete ihren Sohn. Ihre Enkel waren nicht die einzigen männlichen Wesen auf dieser Insel, die ein wenig weibliche Gesellschaft gebrauchen konnten. Und diese Susannah war trotz der Unruhe, die sie ausstrahlte, eine schöne Frau mit einem breiten, offenen Lächeln, das ihr ganzes Gesicht erstrahlen ließ, dichtem braunem Haar und einer weiblichen Figur, die man nicht übersehen konnte. Außerdem war sie einfühlsam und gehörte zu den Menschen, die die Stimmungen und Sehnsüchte von allen um sich herum zu erahnen schienen, bevor jemand auch nur ein Wort gesagt hatte. Betty hatte das sofort gemerkt. Jim war ebenso. Diese Menschen nahmen Anteil, aber das machte ihnen auch das Leben schwer.

Aus diesem Grund hatte Jim auch nach Bettys Einschätzung Fiona geheiratet, weil Fiona niemand war, der sich viel Gedanken machte oder sich auf die Gefühle anderer einließ, und sie war nicht so dünnhäutig wie er. Sie erinnerte sich, wie Jim mit zehn Jahren zum ersten Mal *Die Abenteuer im Wandschrank oder Der Löwe und die Hexe* gelesen und nach der Beschreibung, wie der Menschenfresser Aslans Mähne schor, stundenlang geweint hatte. Die Tatsache, dass Aslan verhöhnt und gequält wurde, plagte ihn noch mehr als der Tod des Löwen.

Betty mochte ihre hart arbeitende und überaus kompetente Schwiegertochter Fiona, die allerdings, um ehrlich zu sein, außerordentlich schwer zufriedenzustellen war. Fiona hatte siebzehn Jahre auf Sounder verbracht, und in dieser Zeit hatte Jim das Cottage hergerichtet, den Waschsalon renoviert, damit Fiona ihn betreiben konnte, das kleine Häuschen gebaut, in dem sie jetzt wohnten, weil Fiona eine neue Bleibe wollte, die weniger Arbeit machte, und mit der Aufzucht von Alpakas begonnen, weil Fiona ihr eigenes Handarbeitsgeschäft haben wollte mit Sachen, die sie aus der Wolle strickte. Aber nach ein paar Jahren verlor sie das Interesse am Waschsalon und übergab die Arbeit Frances Calvert, der Postamtsvorsteherin. Das Strickprojekt hatte sie schon ein paar Monate nachdem sie damit begonnen hatte wieder aufgegeben, und zwei Jahre später liefen die Alpakas noch immer auf der Wiese herum und fraßen haufenweise gutes Gras, das man an die Ziegen hätte verfüttern können, die wenigstens Milch gaben.

Jetzt hatte Fiona mit einem Importgeschäft begonnen, das mit Yoga, Yogamatten und Yogakleidung zu tun hatte und dem Betty keinerlei Sinn abgewinnen konnte, weil die Amerikaner inzwischen seit gut dreißig Jahren wild auf Yoga waren, weshalb Fiona mit ihrem Yogazeug einem alten Trend hinterherlief. Trotzdem war Fiona davon überzeugt, dass sich ihr Unternehmen durch die Qualität ihrer Yogamatten und Augenkissen von anderen absetzen und ein wenig Geld, das sie dringend für die High School und das College der Jungen benötigten, einbringen würde.

Fionas Geschäftstätigkeit erforderte, dass sie die Insel häufig verließ – für Reisen nach Seattle und Vancouver, wo sie Yoga- und Fitnessstudios besuchte, und jetzt war sie auf dieser langen Reise in Indien. Betty wusste, dass es zwischen ihrem Sohn und seiner Frau Spannungen gab, aber sie schwieg dazu. Sie kannte auch die Art von Sehnsüchten, die Frauen in der Lebensmitte befielen, wenn die Kinder großgezogen waren und erwachsen wurden und einen mit einer merkwürdigen Art von Freiheit und einer schwer zu füllenden Leere zurückließen. All das Geschwätz über Männer in der Midlife-Crisis. Betty verzog den Mund. Nach ihrer Erfahrung waren die *Frauen* diejenigen, die diese mittleren Jahre als besonders irritierend empfanden und am ehesten zu grundlegenden Veränderungen bereit waren. Aber andererseits, was wusste sie schon? Sicher, sie hatte in ihren Vierzigern einige wilde Dinge gemacht, aber Bill war schließlich auch zwei Monate nach ihrem fünfunddreißigsten Geburtstag gestorben. Wer wäre unter solchen Umständen nicht ein wenig verrückt geworden?

»Warum hat sie deiner Meinung nach ihren Mann zurückgelassen?«, fragte Jim.

Betty, die gerade an die abwesende Fiona dachte, schreckte hoch. »Wer?«

»Susannah. Ich weiß nicht – ich kann es mir nur schwer vorstellen, dass Fiona wegfährt und die Kinder für *neun Monate* mitnimmt. Es ist hart genug, wenn sie *zwei Monate* fort ist, so wie jetzt.«

»Rätsel nur weiter. Es ist unmöglich, von außen zu ergründen, was in einer Ehe zwischen zwei Menschen vor sich geht«, erwiderte Betty. Das wusste sie natürlich besser als jeder andere.

Ihre eigene Ehe war, gelinde gesagt, unorthodox gewesen. Sie hatte Bill kurz vor ihrem achtzehnten Geburtstag und ihrem Highschoolabschluss kennengelernt. Er war ihr erster Freund gewesen. Sie hatte zahlreiche Freunde und Freundinnen, weil sie sportlich war und gern lachte und die Partytricks hervorragend beherrschte. Beispielsweise konnte sie Zigarettenrauch jederzeit in perfekt runden Kringeln ausblasen. Aber sie hatte überlange Beine, wirkte kantig und hatte krauses Haar. Ihre Schwester Bobbie hingegen war eine Schönheit, mit seidigem kastanienbraunem Haar und blauen Augen. Bei ihr standen die Verehrer Schlange, führten sie in angesagte Restaurants zum Essen aus und schrieben ihr kitschige Gedichte. Und ihre Schwester Mel hatte weit auseinanderstehende dunkle Augen und braunes Haar, was ihr ein exotisches Aussehen verlieh, das die Männer ungeachtet Mels mürrischer Art faszinierte. Die Jungs, die mit Bobbie oder Mel oder ihrem Bruder Jimmy ins Haus kamen, zogen Betty wegen ihrer krausen Haare auf, erzählten ihr schlüpfrige Witze oder wetteten, wie weit sie einen Baseball werfen konnte. Für die Jungs war sie nur die kleine Schwester.

Aber dann brachte Bobbie eines Tages Bill Pavalak mit nach Hause, einen ehemaligen Sergeant der Luftwaffe, der mit Bobbies derzeitigem Verehrer Dick Hudgens befreundet war. Bill hatte dunkelbraunes Haar, grüne Augen und die weißesten Zähne, die sie je gesehen hatte, und zwischen seinen beiden Vorderzähnen klaffte eine Lücke, die jedoch nicht so breit war, dass er wie eine Comicfigur aussah. Er trug eine lederne Bomberjacke und eine Khakihose und musterte sie so aufmerksam, als sie einander vorgestellt wurden, dass sich tief in ihrem Bauch etwas rührte und sie spürte, wie sie plötzlich feucht wurde zwischen den Beinen.

Als sie Bobbie später über ihn befragte, meine diese: »Oh, *Bill.* Der hat seine Highschoolliebe geheiratet und wurde nach dem Krieg geschieden. Ich weiß nicht, was passiert ist, aber er hat den Frauen lebenslang abgeschworen. Deshalb hängt er ständig mit Dick rum.«

»Was macht er denn?«, fragte Betty.

»Er arbeitet für Boeing. Aber das hasst er. Er will nach Alaska gehen und auf einem Fischerboot arbeiten oder irgendsoetwas.« Bobbie befühlte ihren roten Nagellack. »Ich wünschte, er würde gehen. Ich bin schon seit Wochen keinen Augenblick mehr mit Dick allein gewesen.«

»Ich gehe mit Bill ins Kino, wenn du allein was mit Dick unternehmen willst«, sagte Betty. Der Gedanke an Bills grüne Augen machte sie mutig.

»Wirklich?« Bobbie sah von ihren Nägeln auf. »Das wäre *toll.* Du musst keine Angst haben, dass es wie ein Date oder dergleichen ist. Wie bereits gesagt: Er will nichts mehr mit Frauen zu tun haben.«

»Natürlich ist es kein Date«, sagte Betty mit heißem Gesicht und senkte den Kopf, um es mit ihren Haaren zu bedecken.

Eine Woche später gingen Betty und Bill ins Kino, um *Alles über Eva* zu sehen. Anschließend aßen sie Meeresfrüchtesalat und Şiş Kebap im Northern Lights, Ecke Third Avenue und Seneca Street. Sie sprachen über Bettys Tätigkeit als Sekretärin in einem Holzunternehmen, und dann über die All-American Girls Professional Baseball League. Betty träumte schon seit Jahren davon, die First Base für die Kenosha Comets zu spielen, aber jetzt war die Liga verkauft worden, und die Teams begannen sich aufzulösen. Sie unterhielten sich über das Krabbenfischen in Alaska und das eisige Wasser der Beringstraße, die gefährlichen Maschinen und die Zahl der Männer, die jede Saison bei der Arbeit starben – fast einer pro Woche.

»Ja, ja«, meinte Bill, »aber zumindest sitzen sie nicht an einem Schreibtisch und schieben Akten herum.«

Betty zitierte eine Zeile aus dem Film, den sie gerade

gesehen hatten: »Das ist ein Argument«, sagte sie. »Ein idiotisches, aber ein Argument.«

Bill riss die Augen auf, zunächst überrascht, dann verstehend. Sein Gesicht verzog sich zu einem Grinsen, und er lehnte sich in seinem Stuhl zurück und lachte und lachte.

»Du bist ein intelligentes kleines Ding«, sagte er.

Betty fühlte die gleiche Wärme tief in ihrem Inneren wie zuvor; die Freude darüber, dass sie als »intelligentes kleines Ding« bezeichnet worden war, durchflutete sie. Ihr war schon häufig gesagt worden, dass sie intelligent sei, aber vor Bill hatte sie noch niemals jemand ein »kleines Ding« genannt – ganz zu schweigen davon, dass jemand so etwas mit solch einer warmen, vereinnahmenden Stimme zu ihr sagte. Später an jenem Abend küsste er sie vor dem verwinkelten alten Queen-Anne-Haus ihrer Mutter, wobei er ihren Rücken gegen das glatte Holzgeländer der Veranda presste, während seine Hände sanft auf ihren Hüften ruhten. Seine Berührung elektrisierte sie derart, dass sie ihre Sorge darüber vergaß, Mel, Bobbie oder einer der Pensionsgäste könnte noch wach sein und aus dem Fenster sehen, oder Grammy würde mal wieder nachts mit dem Nudelholz durchs Haus laufen, um es vor Einbrechern zu schützen, oder aber der Hund Smelly könnte in wildes Gebell ausbrechen und gegen die Scheiben springen. Statt sich also Sorgen zu machen, erwiderte Betty lieber den Kuss.

Danach führte Bill sie fast jeden Abend aus; manchmal nur, um mit ihr spazieren zu gehen oder eine Fahrt mit der Fähre zu unternehmen, dann wieder zum Essen oder in eine Vorstellung. Er kaufte ihr feminine kleine Dinge als Geschenke, solche, die sie als überzeugter Wildfang nie zuvor besessen hatte: eine blaue, zu ihren Augen passende Baskenmütze, ein Paar Spitzenhandschuhe, eine Strassbrosche. Und er hörte zu, wenn sie Geschichten und Witze erzählte, wobei er seinen Blick nicht von ihrem Gesicht löste. Sie war hin und weg von ihm.

Bobbie war angewidert: »Er ist *geschieden*, Bets«, sagte sie. »Er will *Fischer* werden. Geh mit ihm tanzen, aber verlieb dich um Himmels willen nicht in ihn.«

Betty fragte Bill nie nach seiner ersten Frau. Sie fand, dass das seine Sache war, und vorbei war vorbei. Dann waren sie an einem Abend im Juni bei einem Spiel der Seattle Rainiers, und Betty notierte fortlaufend Spielstatistiken in ihrem Programmheft, im dritten Inning etwa jede Strikeout-Entscheidung, jeden Wild Pitch sowie einen Unassisted Putout. Bill sah über ihre Schulter auf die Scorecard.

»Du bist ein Teufelsweib!«, sagte er. »Du weißt, was ein Unassisted Putout ist?«

»Klar«, erwiderte Betty. »Mein Dad war ein Baseballfan, und nach seinem Tod habe ich mir weiter die Spiele im Radio angehört und bin mit Jimmy zu Spielen gegangen. Das verbindet mich meinem Dad, auch wenn er von uns gegangen ist.«

Bill schüttelte den Kopf: »Ein Teufelsweib«, wiederholte er. »Du bist so ganz anders als Jacqueline.«

Betty verharrte reglos, den Stift über ihrer Punktetabelle. *Jacqueline*. Er sprach den Namen französisch aus, nicht amerikanisch, und Betty dachte sofort an jemand

Zierliches und Graziles mit dunklem lockigem Haar, dunklen Augen und einer makellosen Porzellanhaut. *Jacqueline.*

Bill legte eine Hand auf Bettys, damit sie aufhörte zu schreiben, und eine unter ihr Kinn, um ihr Gesicht zu sich zu drehen. »Du hast nie nach ihr gefragt«, sagte er. »Ich möchte es dir erzählen.«

»Okay.«

»Wir waren ein Highschoolpärchen«, erklärte er. »Ich meldete mich am Tag meines Examens 1944 zum Militärdienst und bekam zwei Tage später den Befehl, mich nach Killeen, Texas, zum Training zu begeben. Ich war achtzehn und noch nie zuvor geflogen. Ich hatte Angst. Am Tag vor meinem Aufbruch bat ich Jacqueline, mich zu heiraten. Ich wollte …« Er hielt inne. »Ich wollte irgendeine feste Verbindung nach Hause haben.«

Betty hörte den harten Knall, als der Schläger den Ball traf. Die Menge um sie herum grölte.

»Sie war sehr abhängig von mir«, erzählte er. »Selbst in der High School. Sie ging noch nicht mal ohne mich ins Kino, weil es ja hätte sein können, dass ich anrief und etwas mit ihr unternehmen wollte. Sie las all die Bücher, die mir gefielen. Es war schmeichelhaft – eine Zeit lang. Meine Mutter war begeistert von ihr. Dann wurde meine Einheit 1944 einen Tag nach Weihnachten nach Belgien verlegt.«

Er nickte als Antwort auf die Frage in Bettys Gesicht. »Ja. Die Ardennenschlacht. Ich will nicht darüber reden.« Er hielt kurz inne, bevor er weitersprach. »Der Krieg endete, und ich kam nach Hause; und da war Jacqueline, die meinen Ring trug und mich aufgeregt und stolz erwartete. Ich wollte sie nicht heiraten. Ich war ein anderer Mann geworden. Aber ich wusste nicht, wie ich mit Anstand da rauskommen sollte.« Er schüttelte den Kopf. »Und so bin ich ein Jahr später ohne jeden Anstand aus der Sache ausgestiegen. Ich habe eine Affäre angefangen, das Herz von Jacqueline und meiner Mutter gebrochen und bin hier hergezogen, um meiner Schande zu entkommen. Jetzt weißt du es.« Er umschloss Bettys Gesicht mit seinen Händen. »Aber du bist völlig anders«, sagte er. »Du hast deinen eigenen Kopf und bist stark und eine eigenständige Person. Ich bin verrückt nach dir, Betty.«

Ihr Herz raste in ihrer Brust. Und die Menge grölte erneut. »Ich habe zwei Innings verpasst«, erwiderte sie.

Bill grinste sie an, nahm ihre Scorecard und riss sie in kleine Stücke, die er dann wie Konfetti in die Luft warf. Die Papierstückchen rieselten auf sie herab, als er sich vorbeugte, um sie zu küssen, wobei er seine Lippen warm und kraftvoll auf ihre presste.

Sechs Monate später wurden sie im Rathaus getraut, und einen Monat später stellte sie fest, dass sie schwanger war. Sie war neunzehn Jahre alt, der grünäugige Bill Pavalak liebte sie, und sie trug sein Baby in sich, und zum ersten Mal in ihrem Leben war die rastlose Sehnsucht, die sie stets angetrieben hatte, gestillt, und sie war glücklich.

6. Kapitel

Susannah 2011

Susannah stand in der Mitte ihres neuen Zuhauses und versuchte, nicht in Panik zu verfallen. Das kleine Cottage selbst war wunderbar. Es hatte Balkendecken und weiße Holzwände und auf der einen Seite des Wohnzimmers Fenstertüren, die auf einen welkenden Garten hinauswiesen. Die Möbel waren sauber und bequem, und das ganze Haus war mit wohnlichen Dingen angefüllt: hellumrandete Brücken auf den Böden, handgefertigte Steppdecken auf den Betten, sogar ein blauer Tonkrug mit späten Dahlien aus dem Garten auf dem runden Speisetisch im Wohnzimmer. Die Küche, die an einem Ende des großen l-förmigen Wohnbereichs lag, verfügte über den größten Herd, den Susannah je gesehen hatte. Er bestand aus schwarzem Gusseisen und hatte Messinggriffe an den zahlreichen Türen und Auszügen. Susannah fühlte, wie seine Wärme von der anderen Seite des Raumes zu ihr herüberströmte. Aber Katies einzige Reaktion hatte darin bestanden, darauf hinzuweisen, dass in der Küche ein Kühlschrank fehlte – *Kein Kühlschrank?* –, und mit jedem verstreichenden Augenblick wuchs Susannahs Unruhe darüber, was sie sich da selbst eingebrockt hatte.

Susannah holte tief Luft. »Du beklagst dich doch ständig bei mir, dass dein Leben absolut langweilig ist und wir nie etwas tun«, erklärte sie, ohne auf das Fehlen eines Kühlschranks einzugehen. »Also bitte, jetzt tun wir etwas.«

»Ja, wir tun etwas, das noch langweiliger und dümmer ist als unser wirkliches Leben.«

Susannah seufzte: »Hast du das Schlafzimmer gesehen?«

Auf der anderen Seite des Wohnbereichs führten drei Stufen nach unten in einen Raum, dessen Regalwände alles von Konservendosen bis zu Kerzen bereithielten. An der Stirnseite schloss sich ein kleines Badezimmer mit Waschbecken, Toilette und Duschkabine an. Rechts von den Stufen lag ein Schlafzimmer, in dem zwei Einzelbetten und zwei Kommoden standen. Vor langer Zeit hatte jemand die Wände und die abfallende Decke des Schlafzimmers mit einer Tapete bedeckt, die jetzt verblichene gelbe Rosen auf einem weißen Untergrund zeigte. Das andere Schlafzimmer ging von der Küche ab und hatte ein Doppelbett mit einem altmodisch gedrechselten Holzrahmen.

»Du kannst, was das Schlafzimmer betrifft, zwischen zwei Möglichkeiten wählen«, sagte Susannah. »Du kannst dir das Zimmer mit den Einzelbetten mit Quinn teilen, oder wir können eine der Matratzen von dort in den Wirtschaftsraum tragen, sodass ihr getrennte Räume habt. Ich habe mit Betty gesprochen, und sie sagte, Hood und Baker hätten das so gemacht.«

Katie hob die Brauen: »Machst du Witze?«

»Das ist keine große Sache.«

»Ich bitte dich!«

»Das wär's, Süße. Zwei Schlafzimmer. Wir müssen das Beste daraus machen.«

»Warum teilst nicht du dir das Schlafzimmer mit den Einzelbetten mit Quinn?«, fragte Katie. »Ich nehme das bei der Küche.«

»Weil du das Kind bist«, entgegnete Susannah, »und ich diejenige bin, die die Miete zahlt.«

Tränen der Frustration stiegen in Katies Augen.

»Nun komm schon, Kate«, bat Susannah, und ihre Stimme wurde weich. *Dies ist mein geliebtes Kind, mein eigenes.* »Das hier wird uns guttun. Gib der Sache eine Chance.«

Sie dachte an all die Jahre, in denen Katie so an ihr gehangen hatte, dass sie weinte, sobald Susannah fortging. Stundenlang hatte sie mit erstickten Schluchzern geweint. Bis in die Kindergartenzeit war es so gewesen. Das Bild von Katie war für immer in Susannahs Seele eingebrannt: das dünne Mädchen mit dem kastanienbraunen Haar, das von einer Kindergärtnerin fest umarmt wurde und beide Arme nach Susannah ausstreckte, während sie vor Verlustschmerz brüllte.

Sie war dem entwachsen, aber langsam. In gewisser Weise hatte Susannah das Wissen gefallen, dass ihre glühende Liebe für Katie in gleicher Weise erwidert wurde. Sie waren jeweils ein Teil des anderen. Susannah liebte beide ihre Kinder aus ganzem Herzen, aber Katie war ihr Erstgeborenes; sie war diejenige, die Susannah die geradezu erschreckende Intensität ihrer mütterlichen

Leidenschaft offenbart hatte. Es fiel ihr schwer, Katies Zurückweisung jetzt nicht persönlich zu nehmen, sondern sie stattdessen als das zu sehen, was sie war: das natürliche Erwachsenwerden eines jungen Geschöpfes, das sich danach sehnte, sein eigenes Licht zu finden.

In diesem Augenblick erschienen Hood und Baker vor den Glastüren des Wohnzimmers. Hood presste seine Stirn gegen das Glas, runzelte die Brauen, warf Katie einen gekünstelt ernsten Blick zu und winkte sie mit einem Finger zu sich. Sie sah zu ihm hin, lächelte, lief zur Tür, öffnete sie und schloss sich den Jungs draußen an.

»Zwei Wochen«, dachte Susannah, während sie beobachtete, wie sich Hood vorbeugte und etwas in Katies Ohr flüsterte. »Ich wette, die beiden werden in spätestens zwei Wochen auf Tuchfühlung gehen.« Plötzlich erkannte sie, dass all die Dinge, die sie nach Sounder gezogen hatten – unverplante Zeit, Freiheit von ständigen Routineabläufen, enge Beziehungen zu einem kleinen Kreis von Leuten –, den fruchtbaren Boden für eine intensive Teenagerliebschaft bildeten. Das war nicht das Schlimmste, was passieren konnte. Aber für Katie – wütend und verletzt und durcheinander, wie sie sich momentan fühlte – war das auch nicht die beste aller Möglichkeiten.

Jim kam mit einem Karton in den Armen herein. »Dies ist das letzte«, sagte er.

»Das gehört mir nicht«, sagte Susannah.

»Doch, tut es.« Er stellte den Karton auf den Tisch und entnahm ihm ein Paket mit Kaffeebohnen, einen Laib Brot, ein Glas Erdnussbutter, ein Stück Butter, eine

Packung Orangensaft, ein Paket Zucker und einen Tupperware-Behälter mit einem halben Dutzend Eiern. »Frühstück«, erklärte er.

Susannah verzog das Gesicht und lächelte über ihre eigene Torheit. »Danke«, sagte sie. »Ich bin normalerweise erheblich besser organisiert.«

Betty, die ihrem Sohn gefolgt war, meinte: »Sie werden sich daran gewöhnen vorauszuplanen. Sie können nicht mehr in der letzten Minute losrennen, um noch etwas Milch zu holen.« Sie setzte sich auf die Sofalehne und zog den Reißverschluss ihres Parkas auf. »Ist es hier drinnen warm genug für Sie? Jim hat den Herd angemacht, bevor er nach Friday Harbor gefahren ist.«

»Ja«, sagte Susannah. »Es ist angenehm.«

Die abgetretenen Kiefernbohlen knarrten unter Jims Füßen, als er in die Küche ging. Sie sah zu ihm hin und dachte an Matt; sie erinnerte sich daran, wie sie in die erste Wohnung gezogen war, in der sie mit Matt zusammengelebt hatte, und dachte: »Eigentlich sollte es Matt sein, der hier steht. Matt sollte hier sein.«

Zwei Wochen nach ihrer Hochzeit waren sie und Matt in Chicago in ein Apartment gezogen, das im Dachgeschoss eines alten viktorianischen Hauses lag. Das bedeutete, dass sie zwei lange, steile Treppenfluchten bis zu ihrer Wohnungstür hinaufsteigen mussten. Die Decken fielen schräg auf hellgelbe Wände hinab, und vier Dachfenster ließen den ganzen Tag Licht hinein. Sie schliefen auf einer Ausziehcouch, die in der Mitte des Wohnbereichs stand. Ein Badezimmer mit einer großen auf Klauenfüßen stehenden Badewanne und ein riesiger begehbarer Schrank mit Bleiglasfenster vervollständigten das Ganze.

Matt war in einem wohlhabenden Vorort im Westen Chicagos ärmlich aufgewachsen; in einer Gegend mit Kopfsteinpflaster und großen Villen und ausladenden Ulmen, durch deren Blattwerk die Sonne auf tiefgrüne Rasen fiel. Seine fünfköpfige Familie – Matt, seine Eltern und seine zwei Brüder – wohnten in einer aus drei Zimmern bestehenden Wohnung im Kellergeschoss eines vornehmen Gebäudes, in dem sein Vater als Hausmeister und seine Mutter als Putzfrau arbeitete. Seine Eltern hatten dafür gesorgt, dass ihre Jungs auf die besten Schulen gingen, ohne zu verstehen, was es heißen konnte, das ärmste Kind in einer reichen Nachbarschaft zu sein.

Das College hatte er dank eines Stipendiums besuchen können und sich einen Schlafraum mit zwei anderen Jungen geteilt. Nach dem College hatte er mit fünf Freunden in einer Dreizimmerwohnung mit zwei Bädern gelebt. Matt hatte, wie Susannah erkannte, nie eine eigene Privatsphäre gehabt. Darum beschloss sie, ihm eine zu schaffen.

Während er bis spät in die Nacht in der Bibliothek an seiner Dissertation arbeitete, räumte sie den begehbaren Schrank aus und strich ihn in einem warmen, dunklen Orange. Sie durchforstete Flohmärkte und Pfandhäuser und fand einen ledernen Armsessel und eine Ottomane sowie eine alte orientalische Brücke in Türkis, Orange und Braun. Alle Teile hatten die perfekte Größe. Sie flickte Risse im Leder, nähte Dekokissen, übermalte den zerkratzten Fuß einer alten Stehlampe und kaufte einen neuen Schirm dafür. Schließlich malte sie ein Bild des Sees in den Wäldern von Nordmichigan, wo sie sich kennengelernt hatten, rahmte es ein und hängte es an die Wand.

Um Matt von dem Schrank fernzuhalten, erzählte sie ihm, sie bewahre sein Weihnachtsgeschenk darin auf. Am Weihnachtsabend öffnete sie die Tür mit einer schwungvollen Geste und drehte sich zu ihm um.

»Tatarata! Euer privates Arbeitszimmer, mein Herr. Ich verspreche, es nicht zu putzen oder dich zu drängen, es aufzuräumen. Und ich werde es auch nicht betreten, ohne vorher anzuklopfen. Du kannst Bilder von Poker spielenden Hunden an die Wände hängen, wenn dich das glücklich macht. Oder von nackten Frauen.« Sie runzelte die Stirn. »Na gut, vielleicht doch lieber nicht von nackten Frauen. Aber ich wollte, dass du wenigstens ein Mal deinen eigenen privaten Raum hast.«

Sie sah ihn erwartungsvoll an.

Einige Minuten lang war er sprachlos. Er ging hinein und strich mit der Hand über die lederne Lehne des Stuhles, betrachtete das von ihr geschaffene Gemälde an der Wand, drehte sich zur Lampe hin.

»Ich weiß nicht, was ich sagen soll«, brachte er schließlich hervor. »Ich meine, ich bin begeistert. Ich kann nicht glauben, dass du das getan hast.«

Ihr Lohn kam im Lauf der nächsten Wochen, als Matt Bücher auf dem Boden »seines« Arbeitszimmers stapelte, Stunden lesend in dem Armsessel verbrachte, oft bei offener Tür, sodass er mit ihr sprechen konnte, während sie Essen kochte und Fotos, Artikel und Postkarten an die Wände heftete. Er liebte es. Er war glücklich. *Sie* waren glücklich.

»Also, es gibt ein paar Dinge, die Sie wissen müssen«, unterbrach Jim ihren Tagtraum. »Erstens haben Sie vielleicht bemerkt, dass es hier keinen Kühlschrank gibt.«

Natürlich hatte Susannah das *nicht* bemerkt, bis Katie sie darauf hingewiesen hatte. Und zudem hatte sie vergessen, sich mit Lebensmitteln einzudecken, was bedeutete, dass sie fraglos nicht aus dem selben Holz wie Ernest Shackleton oder gar Laura Ingalls Wilder gemacht war.

»Der Strom hier stammt aus erneuerbaren Energien – von Windrädern und Solarmodulen. Er reicht für die Lichtversorgung und einen Computer sowie für ein oder zwei kleine Geräte.« Jim lächelte: »Und unter uns, *kleine Geräte* heißt Geräte mit einem Nutzwert – elektrische Bohrmaschinen oder elektrische Ziegenschermaschinen, keine Haartrockner.«

»Also wollen Sie mir sagen, dass ich lernen muss, meine Haare mit einer elektrischen Ziegenschermaschine in Form zu bringen.«

Jim lachte: »Das ist nicht so verrückt, wie Sie denken mögen. Fiona rührte ihre selbst gemachte Mayonnaise mit der elektrischen Bohrmaschine. Das funktioniert ziemlich gut.«

Susannah hoffte, dass ihr Gesicht nicht die sie plötzlich befallende Angst verriet. Sie wusste weder, wie man Mayonnaise selbst herstellte, noch, wie man mit einer elektrischen Bohrmaschine umging.

»Aber Kühlschränke verbrauchen zu viel Energie, darum gibt es hier draußen einen kalten Keller.«

Jim durchquerte die Küche und öffnete die Hintertür, in deren Holz oben sechs kleine Scheiben eingesetzt waren, um das Tageslicht hereinzulassen. Susannah folgte ihm nach draußen auf eine kleine überdachte Veranda, deren Geländer und Boden grau gestrichen waren. Zwei hölzerne Schaukelstühle standen dort mit Blick auf die durch die Bäume sichtbare Bucht.

Jim zeigte auf zwei massive Holzklappen mit schwarzen Angeln, die auf der Rückseite des Hauses in den Boden eingelassen waren.

»Da unten gibt es einen kleinen kalten Keller. Die meisten Dinge bleiben da ausreichend kühl. Und da drüben« – Jim zeigte auf einen Wald aus kleinen Bäumen und Büschen nicht ganz zehn Meter hinter dem Haus – »dort werfen Sie die Küchenabfälle hin. Wir füttern die Hühner mit den Abfällen. Sehen Sie den kleinen Pfirsichbaum da? Der ist aus einem Kern gewachsen, den Baker vor ein paar Sommern dort rausgeworfen hat.«

»Ich seh' ihn.«

»Sie müssen hier *wirklich* wiederverwerten und recyceln. Für den Rest der Welt mag das nur ein Spruch sein, aber für uns ist es schlicht Realität. Die einzige Möglichkeit, Abfall von der Insel zu bekommen, besteht darin, ihn zum Hafen zu transportieren, mit dem Boot wegzufahren und gutes Geld zu bezahlen, um ihn woanders loszuwerden.«

Er ging mit ihr wieder ins Haus und zeigte ihr den Kasten im Wirtschaftsraum, der den Strom von den

Solarmodulen und Windrädern regulierte und verteilte, und erklärte ihr das solare Wassererwärmungssystem (»kein langes Duschen«).

Susannahs Kopf begann zu schmerzen, und sie verspürte einen winzigen eiskalten Kern aus Furcht in ihrer Magengrube.

»Wir verwenden zahlreiche zwölf Volt starke LED-Cluster«, erläuterte Jim, während sie ins Wohnzimmer zurückgingen, »aber wir finden sie zu matt, um damit einen ganzen Raum zu erleuchten. Daher nehmen wir acht Watt starke 2D-Einheiten, die ein schönes Licht mit einer guten Farbe geben, und kleine acht Watt starke Leuchtstoffröhren über den Arbeitsbereichen und dem Küchentresen.«

»Um Himmels willen, Jim, red sie nicht in Grund und Boden«, mischte sich Betty ein. »Du jagst ihr einen Heidenschrecken ein, siehst du das nicht? Sie will einfach nur wissen, wie man das Licht aus- und anschaltet. Sie benötigt nicht deinen gesamten Al-Gore-Vortrag.«

Susannah lächelte: »Natürlich sind für die Kinder die wichtigsten Dinge der Computer und das Handy.«

»Der Strom, der Ihnen hier zur Verfügung steht, reicht für den Betrieb Ihrer Handys und Ihres Computers aus.« Jim hob seine dicken Brauen und blickte über den Rand seiner Brille. »Ich nehme an, dass Sie einen Laptop haben? Die meisten davon verbrauchen nur fünfzehn bis fünfundvierzig Watt gegenüber bis zu zweihundertfünfzig Watt bei einem Schreibtischcomputer.«

Betty verdrehte die Augen: »Sag ihr einfach, wo sie das verdammte Ding reinstecken soll.«

»Dazu komme ich jetzt.« Jim zeigte auf die Steckdosen an der Sockelleiste im Wohnbereich. »Sie können sie in jede Steckdose stecken. Wir verfügen hier über einen Router und eine Wi-Fi-Verbindung. Die Wi-Fi funktioniert hier, also sollten Sie problemlos einen Zugang zum Internet bekommen. Aber ich muss Sie warnen: Unsere Internet- und Handyverbindung hängt von dem Empfang ab, den wir über eine Satellitenschüssel bekommen, die wir an einer Douglastanne neben unserem Häuschen befestigt haben. Manchmal, wenn es stark regnet oder sehr windig ist, haben wir keinen Empfang.« Er grinste: »Und Sie können nicht bei einem Versorger anrufen, wenn es nicht funktioniert. Sie müssen einfach warten, bis es vorbei ist.«

Wie auf ein Zeichen klingelte in diesem Augenblick Susannahs Handy. Das Geräusch wirkte so laut und unangebracht, dass sie erschrocken zusammenfuhr.

»Wir verschwinden jetzt«, sagte Betty und erhob sich. »Abendessen gibt es um halb acht. Aber kommen Sie, wann immer Sie möchten.«

»Danke«, sagte Susannah so herzlich, wie sie konnte. Sobald die Fliegengittertür hinter den beiden zuschlug, klappte sie ihr Handy auf.

»Susannah?«

Susannahs Magen krampfte sich zusammen. Allmächtiger Gott, sie war kaum mal eine Stunde auf der Insel, und schon meldete sich ihre Mutter. Der bloße Klang ihrer Stimme erzeugte bei Susannah unterschwellig ein Gefühl von Zorn und Gereiztheit.

Es war etwas Dunkles und Zähes, das kurz nach Katies

Geburt begonnen hatte, als Susannah beim Anblick des winzigen Säuglings in ihren Armen von einer plötzlichen Wut erfüllt wurde. Sie konnte sich nicht vorstellen, dass eine Mutter, irgendeine Mutter, es versäumte, ihre Kinder zu schützen, so wie ihre eigene Mutter das getan hatte. In dem Augenblick hatte sich Susannah geschworen: *Mir wird das nicht passieren! Niemals.*

»Mom?«

»Hallo. Hast du einen Moment Zeit?«

Susannah holte tief Luft: »Ich bin im Moment ein wenig beschäftigt. Kann ich dich zurückrufen?«

»Natürlich. Was machst du gerade?«

»Nun, wir sind buchstäblich gerade hier angekommen, in unserem Haus. Wir haben noch nicht einmal ausgepackt.«

»Ist es bewohnbar?«

»Natürlich ist es bewohnbar. Es ist ein Haus mit vier Wänden und einem Dach und einem Bad und allem, was man erwarten kann.«

»Ich war nicht sicher, *was* man da erwarten kann.«

»Es ist schön. Es ist fraglos anders als das, was wir gewohnt sind, aber es ist schön.«

»Ich wollte nur etwas für Quinn vorschlagen.«

Quinn war eindeutig der Liebling ihrer Mutter, und er seinerseits vergötterte »Dida« – der Name war ihr nach seinen ersten Versuchen geblieben, als Kleinkind »Lila«, wie Susannahs Mutter eigentlich hieß, auszusprechen. Mit Quinns Geburt vor elf Jahren war die harte schützende Schale, mit der sich Lila so viele Jahre lang umgeben hatte, zerplatzt, und sie hatte es zugelassen, sich in dieses blonde, blauäugige Baby zu verlieben. Die kleine Katie mit ihrem dunklen Haar, ihren dunklen Augen und ihren widerspenstigen Launen hingegen erinnerte sie zu sehr an Janie, Susannahs kleine Schwester. Selbst Susannah sah diese Ähnlichkeit. Aber Quinn war Lilas zweite Chance. Sie telefonierten jede Woche miteinander und unternahmen einmal pro Jahr eine gemeinsame Reise – nach Cooperstown, zum Key West Turtle Museum, zum Grand Canyon.

»Was ist mit Quinn?«

»Er hat mir in der vergangenen Woche ein Foto geschickt, auf dem er mit langem Haar zu sehen ist. Ich weiß, dass er in der Schule gehänselt wurde, und das lange Haar kann nicht hilfreich sein. Du solltest es ihm schneiden, damit er an dieser neuen Schule nicht auch wieder gehänselt wird.«

»Quinn gefällt es lang, Mom.«

»Ja, aber es sieht schrecklich aus.« Lila hielt inne. »Kann Matt nicht mit ihm reden? Matt hat …«

»Mom? Quinn liebt Jered Weaver, und Jered Weaver hat langes Haar. Es sind *seine* Haare. Und ich kann im Moment *wirklich* nicht reden, tut mir leid.«

Lila seufzte: »Du bist *immer* zu beschäftigt, um zu reden. Ich hoffe, dass dieser Umzug zumindest *das* ändert. Du rennst ziellos von einer Sache zur nächsten – wie ein Huhn, dem man die Füße abgeschnitten hat.«

»Den *Kopf*«, korrigierte Susannah sie. »Wie ein Huhn, dem man den Kopf abgeschnitten hat. Ein Huhn mit abgeschnittenen Füßen kann nicht laufen.«

»Du weißt, was ich meine.«

»Mom …«

»Gut. Aber Quinn …«

»*Mom.* Ich muss weiter. Ich ruf' dich morgen an.«

Susannah schob das Handy in ihre Tasche zurück. Fast fünftausend Kilometer und dreißig Jahre Distanz, und sie entkam noch immer nicht. Aber wovor versuchte sie zu entkommen? Vor einer Kindheit, die, realistisch betrachtet, nicht wesentlich schlimmer gewesen war als die anderer Menschen, zumindest vor Janies Tod. Ihr Vater hatte herumgebrüllt, und ihre Mutter Ausflüchte und Entschuldigungen gefunden.

Ja, die Wutanfälle ihres Vaters – irrational, verletzend und durch die Wodka-Martinis, die er jeden Abend trank, kräftig angeheizt – hatten Susannah in Angst und Schrecken versetzt. Nie hatte sie im Haus Schuhe getragen, damit ihn ihre Schritte nicht erzürnten. Sie vergrub sich in Büchern, die sie oben in ihrem Schrank beim Licht einer Taschenlampe las. Zuweilen wurde sie noch immer von der quälenden Unsicherheit jener Jahre verfolgt – von ihrem innigen Wunsch, im Hintergrund zu verschwinden und zu einem Schatten, einem Ast, einem in den Boden gedrückten Stein zu werden; zu etwas, was man nie wahrnahm.

Aber sie hatte überlebt. Und sie hatte Matt gefunden. Sie erinnerte sich noch daran, wie sie als Achtzehn- oder Neunzehnjährige, als es ihr zum ersten Mal in den Sinn gekommen war, ihn zu heiraten, gedacht hatte: »Matt würde mich nie anbrüllen. Meine Kinder würden mit Matt als Vater völlig anders aufwachsen.«

Und so war es dann auch: Matt war ein freundlicher

und liebevoller Vater. Er verstand zwar nicht recht, warum Katie so schwierig war, aber er hielt sie in den ersten Jahren während der schlaflosen Nächte in den Armen und wiegte sie hin und her. Später coachte er ihr Fußballteam, brachte ihr Korbleger bei und saß mit ihr am Tisch im Esszimmer, sein ergrauendes neben ihrem glänzenden, dunklen Haar, und erklärte ihr mathematische Gleichungen. Er brüllte tatsächlich nicht.

Und dennoch fühlte sich Susannah unbehaglich. Sie blickte sich in dem Haus um, das für die nächsten neun Monate ihr Heim sein würde – eine Zufluchtsstätte, oder, wenn man Katie war, ein Gefängnis. Sie beschützte ihre Tochter vor einer Bedrohung, die sie nicht benennen konnte, vor all den unsichtbaren Dingen, die ihr Schaden zufügen konnten oder die ihr, noch schlimmer, das Gefühl geben mochten, nicht schützenswert zu sein.

7. Kapitel

Betty 1952

Vier Monate nach ihrer Hochzeit hatte Betty eine Fehlgeburt. Nichts Ungewöhnliches, wie der Arzt sagte, nichts, worüber sie sich den Kopf zerbrechen müsse, denn sie sei jung und gesund und so rasch schwanger geworden. Betty akzeptierte die Versicherungen des Arztes und versuchte, ihm zu glauben. »Eines Tages werden wir ein Haus voller Kinder haben«, sagte sie zu Bill. Es werde ähnlich sein wie das, in dem sie selbst aufgewachsen war: ein großes Haus, angefüllt mit Rollschuhen und Baseballs und einem Klavier, und neben dem Eingang würden lauter Fahrräder lehnen.

Bill hatte auf ihre Fehlgeburt liebevoll reagiert und sich um ihre Gesundheit gesorgt. Aber er trauerte nicht in gleicher Weise wie sie um das Baby. Er wollte Kinder, natürlich wollte er Kinder – sie hatten vor ihrer Hochzeit darüber gesprochen. Aber sie war furchtbar schnell schwanger geworden, obwohl sie sich gar nicht darum bemüht hatten.

Ein paar Monate nach der Fehlgeburt lag sie zusammengerollt neben ihm im Bett. Ihr Kopf lag auf seiner Brust, einen Arm hatte sie über seinen flachen Bauch gelegt. Sie hatten sich an diesem Nachmittag bereits zwei

Mal geliebt. Er stopfte sich ein zweites Kissen in den Nacken, damit sein Kopf höher lag, und zündete sich eine Zigarette an.

»Vielleicht können wir jetzt, wo kein Baby kommt und du dich besser fühlst, wieder über Alaska nachdenken«, sagte er.

»Alaska?« Betty zog sich von ihm zurück, setzte sich auf und drehte sich zu ihm hin, um ihn anzusehen. »Alaska? Ich dachte, wir wären zu dem Schluss gekommen, dass das keinen Sinn macht.«

»*Du* bist zu dem Schluss gekommen«, entgegnete Bill und zog an seiner Zigarette. »Ich finde, dass es sehr viel Sinn macht. Lass es uns jetzt tun, bevor wir Kinder haben. Und wenn es uns gefällt, werden wir unsere Kinder dort bekommen.«

Plötzlich ergriff Betty tief im Inneren ihres Körpers eine eisige Kälte. Ja, sie hatten darüber gesprochen. Die Krabbenfischerei war – selbst Bill räumte das inzwischen ein – zu gefährlich für einen verheirateten Mann. Aber er hatte erfahren, dass er eine zivile Stelle auf der Fort Richardson Army Base nahe Anchorage bekommen konnte, verbunden mit dem Anrecht auf fünfundsechzig Hektar Land nicht weit entfernt.

»Denk drüber nach«, hatte Bill sie aufgefordert. »fünfundsechzig Hektar ganz für uns allein. Umsonst.«

»Umsonst sind die nicht«, hatte Betty mit belegter Stimme geantwortet. »Du musst sie bewirtschaften und mindestens fünf Jahre darauf wohnen, bevor sie dir gehören. Das bedeutet eine Menge Schweiß und Plackerei. *Umsonst* ist das nicht.«

Die Entdeckung ihrer Schwangerschaft hatte der Debatte ein vorläufiges Ende bereitet. Bill hatte eingeräumt, dass es mit einem neugeborenen Baby zu belastend wäre, umzuziehen und aus dem Nichts eine Farm aufzubauen. In Seattle besaß er eine sichere Arbeitsstelle bei Boeing, und sie hatte ihre Familie in der Nähe. Ihre kleine Wohnung lag nur zehn Gehminuten von Bettys Elternhaus entfernt auf dem Queen Anne Hill. Aber nun wurde Bill unruhig.

»Alaska ist noch nicht mal ein Staat«, sagte Betty.

»Das wird eines Tages kommen«, antwortete Bill.

»Und was soll ich dort tun?«, fragte Betty.

Sie hatte nach ihrer Hochzeit ihre Arbeit als Sekretärin bei der Holzfirma aufgegeben, wäre nun allerdings gern wieder arbeiten gegangen. Sie erledigte den Haushalt, kaufte ein und kochte, aber sie genoss das nicht in der gleichen Weise wie manche ihrer verheirateten Freundinnen oder wie Bobbie. Bobbie hatte Dick Hudgens geheiratet und lebte mit ihm in einem süßen kleinen Haus in der Nähe der Universität. Sie nähte ständig irgendetwas für das Haus oder für sich selbst oder veranstaltete wunderbare Partys zu Themen wie »Ein Abend auf Hawaii«. Betty konnte keine Nähmaschine bedienen, noch verstand sie, wie irgendjemand glauben konnte, dass Petroleumfackeln, Blütenketten und gegrillte Ananas am Spieß irgendjemandem die Illusion vermittelten, auf Hawaii zu sein und nicht in einem feuchten, kalten, nebligen Hintergarten in Seattle.

»Du kannst beim Aufbau der Farm helfen«, sagte Bill. Er tätschelte ihren muskulösen Oberschenkel. »Du bist wie dafür geschaffen, eine Farmersfrau zu sein.«

»Vielleicht«, meinte Betty und beugte sich vor, um ihm die Zigarette aus dem Mund zu nehmen und selbst daran zu ziehen. »Aber ich will keine Farmersfrau sein.« Sie nahm einen tiefen Zug. »Ich will wieder arbeiten gehen, Bill. Ich mochte meine Arbeit.«

Er hob die Brauen: »Deine Sekretärinnenarbeit? Die Arbeit für den fetten Kerl mit der Flasche Scotch in seiner Schreibtischschublade?«

»Mr. Timmins ist ein intelligenter Mann«, entgegnete Betty. »Und er hat mich stets fair behandelt.«

»Sieh mal, Schatz.« Bill nahm ihr die Zigarette ab und drückte sie in dem Aschenbecher auf dem Nachttisch aus. »Ich verdiene genug Geld. Du brauchst nicht zu arbeiten. Ich weiß, dass du wegen des Babys enttäuscht bist, aber vielleicht heißt das, dass wir etwas anderes tun sollten. Vielleicht sollten wir mit der ganzen Babykriegerei warten und erst einmal unsere Möglichkeiten erkunden.«

»Ich will nicht nach Alaska.«

»Ich habe dir vor unserer Heirat gesagt, dass ich nicht in Seattle bleiben will.«

»Du hast auch zu mir gesagt, dass du mich liebst und alles tun würdest, um mich glücklich zu machen. Also lass uns hierbleiben. Ich kann wieder arbeiten gehen, von mir aus auch halbtags.«

»Und wie lange werden wir deiner Ansicht nach hierbleiben?«

»Das weiß ich nicht. Das hängt davon ab – von deiner Arbeit, von den Kindern, wenn wir welche haben, von uns und davon, wie glücklich wir hier sind.«

»Es macht mich nicht glücklich, in Akten rumzuwühlen«, sagte Bill.

Betty spürte ein Unbehagen aufsteigen, etwas Disharmonisches. Bill liebte sie, weil sie stark und unabhängig war. Aber Bill wollte auch, dass sie tat, was *er* wollte.

»Willst du ein Kind haben?«, fragte sie. Sie wollte Kinder. Sie stammte aus einer großen Familie und hatte eine glückliche Kindheit gehabt und wollte das mit Bill neu erschaffen.

»Sicher«, sagte Bill, aber er sah sie nicht an. »Doch du bist jung – wir sind jung. Wir können warten.«

»Und nach Alaska gehen?«

»Ich weiß nicht.« Er war jetzt verärgert. »Ich weiß nur, dass ich mein Leben nicht damit verbringen will, in einem fensterlosen Büro bei Boeing zu sitzen.« Er stand auf, zog sich an, ging zum Schrank und nahm seine Bomberjacke. »Ich gehe mit ein paar Jungs einen trinken«, meinte er. »Bleib nicht auf wegen mir.«

Betty war ebenso stolz und störrisch wie er. »Ganz bestimmt nicht«, gab sie zurück.

»Puh«, meinte Bobbie. »Du musst nicht nach Alaska gehen.«

Sie saß mit Betty auf der rückwärtigen Veranda ihres Elternhauses. In den Händen hielten sie Gin-Tonics, und ihre Füße hatten sie auf das Geländer gelegt. Betty war hinübergegangen, nachdem Bill die Wohnung verlassen hatte, und war in der Küche auf Bobbie getroffen, die gerade Grammy abwehrte.

»Deine Schwester ruiniert mein Schmorfleisch«, behauptete Grammy, als Betty hereinkam. »Sie kippt eine Tasse Rinderfond nach der anderen drüber. Sie macht es völlig falsch.«

Betty lachte. Vor langer Zeit hatte Grammy ihr Schmorbratenrezept falsch gelesen und zweieinhalb Liter Rotwein und eine Tasse Rinderfond verwendet statt umgekehrt. Seither machte sie es immer wieder genau so und bestand darauf, dass dies richtig sei, obwohl dabei ein weinroter Klumpen zähes Fleisch herauskam, das die Kinder heimlich Smelly unter dem Tisch zusteckten. Smelly wurde von der mächtigen Rotwein-Bratenportion etwas betrunken und lehnte sich in der Küche jaulend an den Türpfosten, was Grammy vermuten ließ, Smelly habe wieder einen ihrer »Anfälle«, woraufhin sie die Hündin in die Badewanne steckte, damit sie sich beruhigte.

»Smelly wird dich dafür lieben«, meinte Betty zu Bobbie.

»Wie ist das Eheleben?«, fragte Bobbie. Sie nahm Grammys gelb geblümte Schürze vom Haken auf der Rückseite der Küchentür und band sie sich um die Taille.

»Zauberhaft«, antwortete Betty. »Sagt man jetzt nicht so? Das Eheleben ist zauberhaft.«

»Das Eheleben ist zauberhaft, was? Darum bist du ja auch an einem Samstagabend um acht Uhr hier drüben.«

»*Du* bist hier drüben. Wo ist dein Ehemann?«

»Es ist Dicks regelmäßiger Pokerabend. Ich komme jeden Samstag zum Essen her.«

»Bill ist mit Freunden weg.«

»Aha. Worum ging es denn bei dem Streit?«

»Es gab keinen Streit.«

Bobbie hob den Deckel von dem gusseisernen Topf und stach mit ihrer Gabel in den Schmorbraten. »Er sollte nicht so kurz nachdem du das Baby verloren hast, mit dir streiten. Keine Frau ist die nächsten paar Monate nach so etwas bei klarem Verstand.«

Betty erzählte ihr von Alaska.

»Ich gieß' uns mal einen Drink ein«, meinte Bobbie.

Und so saßen sie nun auf der Veranda und froren sich den Hintern ab, während ihnen der Gin in der Kehle brannte und Smelly ihnen zu Füßen lag, ruhig und ungebadet.

»Du musst nicht nach Alaska gehen«, wiederholte Bobbie.

»Na ja, ich will nicht, dass er unglücklich ist.«

»Werd wieder schwanger.«

»Ich weiß nicht«, sagte Betty. »Ich glaube, dass Bill damit lieber noch eine Weile warten will. Er war nicht wirklich begeistert, dass ich so schnell schwanger wurde.« Sie seufzte: »Obwohl ich es möglicherweise nicht beeinflussen kann.«

Es war schwierig, die Kalendermethode anzuwenden, wenn sie drei oder vier Mal pro Woche Sex hatten und ihr Verlangen nach ihm genau in der Zeit im Monat am größten war, in der sie Enthaltsamkeit üben sollte.

»Dann finde einen Kompromiss«, meinte Bobbie. »Er will nach Alaska gehen, du nicht. Also such dir einen Ort aus, wo *du* leben willst, und überzeuge ihn davon, dass er das auch will.«

Betty verdrehte die Augen: »Du liest zu viele Magazine. Den möchte ich sehen, der Bill Pavalak von irgendetwas überzeugt.« Sie schloss die Augen und sog den Duft der neben dem Haus aufragenden Douglastannen ein, das Aroma des Schmorbratens, den leicht modrigen Geruch der alten Holzveranda. »Und ich will Seattle nicht verlassen. Ich bin glücklich hier.«

»Daran hättest du denken sollen, bevor du geheiratet hast.«

»Ich habe über nicht viel anderes als über Bill nachgedacht, bevor ich geheiratet habe.«

»Ich weiß«, sagte Bobbie. Sie schaukelte einen Moment lang schweigend auf der Veranda. »Er ist kein Mensch, der an einem Ort glücklich werden kann, Bets. Du musst seinem Bedürfnis nach Veränderung in manchen Bereichen nachgeben, damit er nicht in anderen nachgibt.«

»Was soll das heißen?« Bettys Stimme klang schärfer als beabsichtigt.

»Das heißt, dass er seine erste Frau betrogen hat. – Sieh mich nicht so an, Dick hat mir davon erzählt. – Und du willst doch wohl nicht, dass er dich betrügt.«

»Wenn ich nach Alaska ziehen muss, um sicherzustellen, dass er nicht fremdgeht, hätte ich ihn nicht heiraten dürfen«, erwiderte Betty.

Unten in der Straße bellte ein Hund. Ein langes Schweigen füllte den Raum zwischen ihnen und wuchs an, bis Betty den Eindruck hatte, es fast mit Händen greifen zu können.

»Das denkst du also«, sagte Betty schließlich tonlos. Sie verehrte Bobbie, deren ruhiger Optimismus ihr immer Halt gegeben hatte. Bobbies Schweigen schmerzte sie.

»Er liebt dich, Bets, das glaube ich wirklich. Ich hätte dich ihn nicht heiraten lassen, wenn dem nicht so wäre. Aber er ist jemand, der Abenteuer und Abwechslung braucht. Er wird nicht glücklich sein, wenn er für den Rest seines Lebens von neun bis fünf in einem Büro arbeitet und dann nach Hause kommt auf den Queen Anne Hill, um von einem Haufen Kinder erwartet zu werden. Also musst du dir überlegen, wie du etwas von dem bekommst, was du willst – etwa eine große Familie –, und ihm zugleich etwas von dem gibst, was er will.«

Betty sagte nichts, sondern ließ sich Bobbies Worte in den nächsten Wochen wieder und wieder durch den Kopf gehen. Bill war in jener Nacht betrunken nach Hause gekommen und hatte sich am nächsten Morgen entschuldigt. »Er ist jemand, der Abenteuer und Abwechslung braucht.« Betty sah, wie schwer es ihm fiel, unter der Woche frühmorgens aufzustehen, und wie er noch lange, nachdem der Wecker geklingelt hatte, flach auf dem Rücken liegen blieb und, die Hände auf der Brust, an die Decke starrte, bis er sich mit einem tiefen Seufzer zur Seite rollte und aufstand. Sie spürte die schlechte Stimmung, die ihn sonntagabends ergriff, und bemerkte die Tonlosigkeit in seiner Stimme, wenn er von seiner Arbeit berichtete.

Sie hatten darüber gesprochen. Er wollte, er *brauchte* mehr. Sie hatten sich über geeignete Tätigkeiten für ihn unterhalten. Förster? Angeltourenführer? Bill kam wieder und wieder auf das Bewirtschaften eines Gehöfts in

Alaska zurück. Betty konnte sich nicht vorstellen, wie das funktionieren sollte: Zusätzlich zu Bills Arbeit auf dem Stützpunkt würden sie sich ein Haus bauen und ihr Land bestellen müssen. Das schien unmöglich. Aber sobald sie über Möglichkeiten für ihn sprachen, Boeing oder Seattle zu verlassen, veränderte sich Bills gesamter Gesichtsausdruck. Sein Lächeln wurde breiter, die tiefe senkrechte Falte zwischen seinen Brauen schwächte sich ab, seine verkrampften Kiefermuskeln entspannten sich. Sie konnte nicht seine Hoffnung töten.

Er war ihr dankbar, dass sie darüber nachdachte, und brachte ihr unerwartet Blumen mit, manchmal zweimal die Woche. Sie liebten sich häufiger als je zuvor und blieben danach noch im Bett, während Bill die Umrisse eines Blockhauses auf ein Blatt Papier zeichnete oder Bücher über Landwirtschaft las.

»Vielleicht in zwei Jahren«, sagte er. »Wir könnten zwei Jahre lang so viel wie möglich sparen, dann hätten wir etwas für den Anfang, sobald wir umziehen.«

Betty stimmte nie zu, aber sie sagte auch nie nein. Als sie im nächsten Frühjahr feststellte, dass sie wieder schwanger war, wartete sie drei Monate, bevor sie es ihm erzählte, weil sie sicher sein wollte, dass sie nicht wieder eine Fehlgeburt haben und ihr dieses Kind bleiben würde. Sie sah, wie die Hoffnung in seinem Gesicht erstarb, sobald sie die Worte ausgesprochen hatte.

»Wir könnten immer noch umziehen«, sagte sie. »Wir müssen nur warten, bis das Baby gekommen ist.«

»Und dann müssen wir warten, bis das Baby älter ist«, meinte Bill.

Betty sah, was er sah: wie sich die Zukunft entfaltete und sich der Griff von Verantwortung und Pflicht und Routine gnadenlos immer fester um sie legte.

Er versuchte zu lächeln: »Es ist schön mit dem Baby. Sagt der Arzt, dass alles mit dir in Ordnung ist?«

»Der Arzt sagt, dass es mir gut geht. Ich bin über den Zeitpunkt hinweg, bis zu dem ich eine Fehlgeburt hätte haben können.«

»Das ist gut.«

Später an jenem Abend nahm er seinen Hut und Mantel und ging spazieren. Sie nahm an, dass er etwas trinken gehen würde, aber er kam nüchtern nach Hause, das Gesicht und die Hände kalt und nach der frischen Nachtluft von Seattle riechend. Er zog sich aus und stieg neben ihr ins Bett. Dann lag er schweigend da und starrte an die Decke, solange sie wach war und, wie sie vermutete, noch länger.

8. Kapitel

Susannah 2011

Susannah gefiel Bettys Küche mit ihrem warmen Eichenboden, den blau gefliesten Arbeitsflächen und den hellgelben Metallschränken auf Anhieb. Lampen mit niedriger Wattzahl leuchteten sanft, und das offene Fenster über der Spüle ließ die kalte Nachtluft und das leise Rauschen der Wellen in der Bucht herein. Sie hielt während des Essens mehrfach inne und lauschte und wartete, um dann schließlich zu merken, dass das, worauf sie wartete, *Lärm* war. Die brummenden, pochenden, sirrenden Geräusche von zu Hause – Öfen, Kühlschränke, Geschirrspüler, Waschmaschinen, Computer, Fernseher – fehlten. Keine Autos oder Lastwagen heulten draußen auf, keine Sirenen jaulten, keine Telefone oder Radios oder Fernseher plärrten. Der einzige Hinweis auf moderne Technologie war ein Laptop, der auf der Theke in einer Ecke neben einem blechernen Brotkasten stand.

Sie aßen an einem langen Kieferntisch, zu dessen beiden Seiten Bänke standen, wie in einem großen Holzfällerlager oder auf einer Ranch. Katie plauderte während der gesamten Malzeit mit Hood und Baker, während sich Barfuß und Quinn über Wasserschildkröten unterhielten und Jim und Betty Susannah Geschichten über andere

Bewohner von Sounder erzählten. Dann räumten sie das Geschirr ab, stellten es ins Spülbecken und setzten sich wieder an den Tisch, um den Pflaumenwein von Barfuß zu trinken, der *wirklich süß* war, aber Susannahs Brust und Bauch auch mit einer sich wohltuend ausbreitenden Wärme erfüllte. Die Kinder waren ins andere Zimmer gegangen und spielten Karten. Und nach den vergangenen langen Monaten voller Angst und Sorge spürte Susannah nun, wie sich die verkrampften Muskeln in ihrem Nacken und ihren Schultern zu entspannen begannen. Sie schob ihr leeres Weinglas zu Barfuß hin, der es aus der Flasche, die neben seinem Ellenbogen stand, wieder füllte.

Jim zündete sich eine dicke Zigarre an und lehnte sich in seinem Stuhl ihr gegenüber zurück. Die flackernden Kerzen auf dem Tisch spiegelten sich in seinen Brillengläsern, sodass sie seine Augen nicht sehen konnte.

»So«, sagte er. »Sie kennen uns jetzt. Wir haben gemeinsam gegessen. Möchten Sie uns nicht erzählen, was Sie wirklich dazu bewogen hat, hierher zu kommen?«

Susannah zögerte. Sie wollte nicht, dass Katie hier von ihren früheren Fehlern heimgesucht wurde, bevor irgendjemand sie kennengelernt hatte. Und Susannah wollte auch nicht das Gefühl haben, vorverurteilt zu werden wie zu Hause, als wären ihr die Buchstaben SE für *Schlechte Eltern* tiefrot in die Stirn gebrannt.

»Wir sind hier, weil Katie in Schwierigkeiten steckte«, sagte sie und drehte den Stil des Weinglases zwischen ihren Fingern hin und her, während sie versuchte zu entscheiden, was sie preisgeben sollte. Sie vertraute den Pavalaks bereits; sicherlich würden sie nicht über sie richten. »Katie hat sich hinter unserem Rücken mit einem älteren Jungen getroffen.« Susannah hielt ihren Blick auf den rostroten Wein in ihrem Glas gesenkt. Sie erzählte ihnen von Zachs Website, von seiner Wette darauf, dass er bis zum 1. November mit Katie Sex haben würde. Dann berichtete sie ihnen von Katies Trinkerei auf der Party, der Alkoholvergiftung, der beängstigenden Fahrt in die Notaufnahme. Nach einer Pause sagte sie: »Ich musste sie da rausholen.«

»Aus diesem Grund sollten sie den Riemen an den Schulen wieder einführen«, meinte Barfuß. »Oder den Rohrstock. Man sollte diesen kleinem Drecksack von Freund mal kräftig den Hintern versohlen, dann wird er sehr bestrebt sein, junge Damen respektvoller zu behandeln.«

»Amen«, meinte Betty.

»Wir haben unser eigenes …«, setzte Jim an, aber er wurde von Hood unterbrochen, der in die Küche kam und in den Schubladen herumsuchte. »Wir wollen Taschenlampen-Fangen spielen«, erklärte er. »Wo sind die Taschenlampen, Grim?«

»Wo sie immer sind«, sagte Betty. »Unterste Schublade rechts.«

Die anderen kamen ebenfalls herein und griffen sich ihre Sweatshirts und Jacken. Quinn wirkte nervös. Susannah konnte sehen, wie sehr er sich danach sehnte, sich an allen Unternehmungen zu beteiligen und zu allem bereit zu sein, aber sie konnte auch seine Angst sehen – wovor genau, wusste sie nicht.

Baker schien Quinns Zögern zu spüren, denn er nahm

eine große gelbe Taschenlampe vom Tresen und gab sie Quinn mit den Worten: »Wir werden Partner sein. Hier, du nimmst die.«

Susannah sah zu Jim hinüber, der weiter am Tisch saß und an seiner Zigarre paffte. Er wirkte überhaupt nicht nervös bei der Vorstellung, dass die Kinder in der pechschwarzen Dunkelheit einer Sounder-Nacht draußen herumliefen, ganz in der Nähe der Bucht. *Also musste es in Ordnung sein.*

Quinn wickelte sich das Haar um den Finger. Er blickte sich im Raum um, und sein Blick landete auf Toby, dem schwarzen Labrador, der Barfuß gehörte und der auf einem geflochtenen Läufer neben der Tür schlief.

»Darf Toby mit?«, fragte Quinn.

Beim Klang seines Namens richtete sich Toby auf und wedelte mit dem Schwanz.

»Klar, nimm Toby mit«, sagte Barfuß.

Quinn packte die Taschenlampe von Baker mit einer Hand und legte seine andere Hand auf Tobys Kopf. Er musterte die Taschenlampe und sah dann Susannah an. »Brauch' ich ein Handdesinfektionsmittel?«, fragte er.

Susannah schüttelte den Kopf.

Nachdem sich die Tür hinter den Kindern geschlossen hatte, fragte Jim mit erhobenen Brauen: »Handdesinfektionsmittel?«

»Er hat Angst vor Keimen«, antwortete Susannah seufzend. »Ein anderer Grund, warum wir hergekommen sind.«

»Weil es auf Sounder keine Keime gibt?«, prustete Barfuß heraus.

»Nein. Natürlich weiß ich, dass es hier Keime gibt. Aber die Keime waren ein Teil des Ganzen. Er hatte Angst, dass ihm in der Schule schlecht würde und er sich übergeben müsste und dass sich dann alle über ihn lustig machen würden. Quinn war schon immer anders als andere, und manchmal wird er ein wenig zum Außenseiter.«

»Haben Sie ihm mal beigebracht, wie man eine anständige Gerade schlägt?«, fragte Barfuß.

Susannah lächelte: »Sie klingen wie mein Mann. Das Problem an einem Ort wie Tilton besteht darin, dass wir, wenn Quinn ein anderes Kind schlüge, selbst dann, wenn das wohlverdient wäre, von dessen Eltern wegen Körperverletzung angezeigt würden.«

»Oh, um Himmels willen«, rief Barfuß. »Mir ist zwei Mal die Nase gebrochen worden.« Er rieb sich den Höcker auf seinem schiefen Nasenrücken. »Und ich habe selbst ein paar Nasen zertrümmert. Ich werde ihm Boxunterricht geben.«

Susannah stellte sich vor, wie eine Faust in Quinns süßem sommersprossigem Gesicht landete, und diese Vorstellung drehte ihr den Magen um. »O Gott, nein! Ich will nicht, dass er kämpft. Er muss einfach lernen, die Sachen leichter an sich abperlen zu lassen, wissen Sie.«

»Hier wird er kein Außenseiter sein«, mischte sich Jim ein. »Die Gruppe ist zu klein. Und mal ehrlich: Leute, die sich dazu entschließen, an einem Ort wie Sounder zu leben und hier ihre Kinder aufzuziehen, neigen ohnehin dazu, ihrem eigenen Kopf zu folgen.« Er grinste: »Hier sind wir alle anders.«

»Da sprichst du wohl von dir selbst«, meinte Barfuß

und wandte sich wieder Susannah zu. »Hören Sie, selbst wenn er nie wirklich jemandem das Nasenbein zerschmettert, wäre es gut für ihn zu wissen, dass er es tun *könnte*. Das stärkt das Selbstbewusstsein. Und da Sie alleinerziehend sind, könnte dem Jungen die Unterstützung eines Mannes in diesem Punkt helfen.«

Eine plötzliche Sehnsucht nach Matt ergriff Susannah. Aus irgendeinem Grund stieg in ihrer Erinnerung ein Bild von Matt hoch, das aus jener Zeit stammte, als sie ihn das erste Mal gesehen hatte – als Siebenjähriger in Badehose auf dem Sandstrand stehend, dünn und nussbraun, während er zusah, wie sie mit T.C. McNeely um die Wette rannte. »He, neues Mädchen«, hatte er gerufen. »Wetten, dass ich dich schlagen kann?« Sie erinnerte sich an die Tränen der Enttäuschung, die in seine Augen getreten waren, als er stolperte und verlor. Er mied sie anschließend, aber sie behielt ihn im Auge.

Drahtig und athletisch, war er der Beste in den meisten Sportarten, stets der Teamkapitän, besessen von Fairness. Mehr als einmal verließ er nach einer falschen Entscheidung das Baseballfeld. Aber hinter seinen wachsamen Augen und seiner stillen Eindringlichkeit verbarg sich ein weiches Herz. In einem Jahr schenkte er seine gesamten Süßigkeitsvorräte einem Jungen, dessen Eltern ihm den ganzen Monat hindurch nicht einen einzigen Brief geschickt hatten. Und nachts schlich er sich nach draußen, um die Glühwürmchen zu befreien, die von den Kindern in Gläsern gefangen gehalten würden.

In einem Haus aufgewachsen, in dem nichts fair zu sein schien, fühlte sich Susannah zu Matts Integrität und seiner dickköpfigen Beharrlichkeit hingezogen. Nach jenem ersten Sommer, in dem er weinte, nachdem er das Rennen verloren hatte, sah ihn Susannah nie mehr weinen. Jahr für Jahr arbeitete er härter an sich – im Sport, in der Schule, im Verbergen seiner Verlegenheit über die Armut seiner Familie. Er sprach nicht viel und lachte nur selten.

Susannah hingegen sprach und lachte viel in dem Camp, weil sie dort frei war. Zunächst war das Camp eine Erholung von dem Chaos und der Unberechenbarkeit ihres Zuhauses. Später war es eine Erholung vom Leid. Sie tanzte unter den Sternen am Strand, erfand alberne Lieder, erzählte Witze – all die Dinge, die sie zu Hause nicht tun konnte, da dort die Gefahr bestand, dass ihr Vater wütend wurde oder dass ihre Mutter schwermütig war. Daran gewöhnt, zu Hause alle möglichen Dinge zu erledigen, weil ihr Vater oft betrunken war und ihre Mutter häufig mit Kopf- oder Rückenschmerzen im Bett lag, kümmerte sich Susannah ganz selbstverständlich um andere im Camp. Und sie spornte Matt bei sportlichen Wettkämpfen an, neckte ihn wegen seiner Vorliebe für Vanilleeis und half ihm, lustige Briefe voller Anekdoten nach zu Hause zu schreiben.

Für Matt, der sich seit seinem zehnten Lebensjahr mit Gelegenheitsjobs Geld verdienen und sich selbst versorgen musste, während seine Eltern viele Stunden für stets zu wenig Geld arbeiteten, waren Susannahs Interesse und ihre Anteilnahme höchst ungewöhnlich. Niemand hatte je die Zeit gehabt, sich seine Geschichten anzuhören, sich an seine Vorlieben und Abneigungen zu erinnern oder ihn anzufeuern.

Susannah sah in Matt jemanden, der ernsthaft und gerecht war, ein Verteidiger der Schwachen und Ausgestoßenen, ganz anders als ihr Vater. Er sah in ihr – wie ihr später bewusst wurde – all die Gefühle verkörpert, die er sich nicht einzugestehen oder zu äußern erlaubte. Sie wurden ungleiche Verbündete – und Freunde.

Im Sommer des Unfalls schrieb er ihr einen Brief. Er erwähnte den Unfall nicht – welcher Heranwachsende hätte schon gewusst, was in solch einem Fall zu sagen war –, aber er entwickelte ein kleines Quiz voll lustiger Fragen über Susannah, die ihr zumindest für ein paar Augenblicke das Gefühl vermittelten, dass sie ihren Kopf wieder oben tragen durfte und dass es in ihr noch immer *etwas* gab, das jemand mögen konnte.

Jahrelang glich ihre gegenseitige Anziehung dem stets wiederkehrenden Tanz von Glühwürmchen vor dem dunklen Nachthimmel – kurz, unmittelbar, schön. Als sie dann beide siebzehn waren und als Betreuer im Camp arbeiteten, entfesselten seine Küsse, seine tastenden Hände und ihr gemeinsames Verlangen alles, was sich in den Jahren zuvor aufgebaut hatte. Eines Abends fielen sie im Bootshaus purzelnd übereinander her, und ihr zunächst hektisches Gefummel entwickelte sich zu etwas Langsamem und Leidenschaftlichem und so Intensivem, dass sie, als die ersten Sonnenstrahlen auf das staubige Glas des Bootshausfensters trafen, noch immer ihre Körper erforschten, hungrig nach mehr.

»Ich werde jetzt keinen großen Aufstand machen wegen der Sache hier«, sagte Susannah, während sie sich hastig anzogen.

»Warum nicht?«, fragte Matt.

Von diesem Augenblick an hatte er nicht mehr aufgehört, sie zu lieben – obwohl sie Hunderte von Kilometern voneinander entfernt lebten, obwohl er andere Freundinnen hatte, obwohl sie andere Freunde hatte. In den folgenden Jahren wurde Matt zum Zentrum, auf das sie ihr Leben ausrichtete. Ihr Vater mochte sich von seiner zweiten (oder dritten) Frau scheiden lassen, ihre Mutter mochte sich in ihren Gram zurückziehen, Susannah selbst mochte das College wechseln, einen Beruf aufgeben oder sich selbst mit Schuldgefühlen lähmen – Matt blieb immer derselbe, ruhig und klar wie ein See am frühen Morgen, mit einer ähnlichen Kraft unter der stillen Oberfläche. Aber sobald Katie geboren war, brach etwas in Susannah auf, und Matts lockere Haltung schlug zuweilen in Gedankenlosigkeit und seine emotionale Zurückhaltung in Gleichgültigkeit um.

»Vermutlich bin ich in der Tat alleinerziehend«, erwiderte Susannah. »Obwohl ich das nicht so betrachte, weil ich jeden Tag mit Matt sprechen werde und er einmal im Monat hier draußen sein wird.« Sie räusperte sich: »Das war bei der Entscheidung herzukommen das Schwerste. Matt hat im vergangenen Jahr eine neue Arbeit angenommen. Er ist Geologe – ich glaube, Quinn hat Ihnen das bereits erzählt –, und er hat eine Stelle im Innenministerium angetreten. Er unterrichtet auch. Er konnte kein Sabbatical einlegen, nicht im Moment.«

»Ich verstehe«, sagte Jim.

»Was für ein Mann lässt seine Frau und seine Kinder wegziehen?«, hatte Matt an dem Tag gefragt, an dem sie sich entschlossen hatte zu gehen. Diese Frage hing zwischen ihnen und ebenso der unausgesprochene Folgesatz: *Was für eine Frau nimmt ihre Kinder und lässt ihren Mann zurück?*

»Es ist in Ordnung«, sagte Betty. »Hier leben alle gut zusammen. Sie werden eine Menge Unterstützung bekommen.«

Ein paar Minuten lang herrschte Schweigen am Tisch. Die Rufe der Kinder, die durch das offene Fenster von draußen hereingedrungen waren, verebbten, und jetzt hörte Susannah ein heftiges Platschen, als bewegte sich etwas im Wasser.

»Spielen die Kinder noch immer Fangen?«, fragte sie.

»Sie haben möglicherweise die Kajaks rausgeholt«, sagte Jim. »Der Mond geht auf.«

»Sie haben in der Nacht die Kajaks rausgeholt?« Susannah erhob sich. Sie fühlte eine plötzliche Panik.

»Nur in Nächten wie diesen, wenn es totenstill ist und der Mond scheint«, versicherte Jim. »Die phosphoreszierenden Spuren der Boote sind ziemlich beeindruckend.«

»Ich will nicht, dass meine Kinder nachts auf dem Meer sind«, sagte Susannah. *In dieser riesigen Bucht würdest du nie einen einzelnen Körper finden, selbst bei Tageslicht nicht. Und auf keinen Fall in der Nacht.*

Sie öffnete die Tür; ihr Herz raste. Angst hatte sie hier nach Sounder getrieben. Aber es war, als sei sie einem Wolf entkommen, indem sie sich in der Höhle eines Bären verbarg. Sie erinnerte sich an ihre Sehnsucht, auf jener kleinen Insel in der Mitte des Fox River zu leben, die sie vor all den Jahren gespürt hatte, an ihren Wunsch, nur über das nächste Essen, das nächste bisschen Wärme, die nächste Unterkunft nachzudenken, so wie Shackleton. Aber das war eine dumme, kindische Fantasie, und die Realität bestand darin, dass sie sich und ihre Kinder an einen abgelegenen Ort gebracht hatte, der von Wasser umgeben und fern jeder medizinischen Versorgung war.

Sie spürte eine Hand auf ihrem Arm. »Langsam, junge Frau. Beruhigen Sie sich.« Barfuß' Hand umschloss ihr Handgelenk mit einem erstaunlich starken Griff und zog sie zurück.

Susannah drehte ihm ihr kreideweißes Gesicht zu. »Wenn sie rausfallen, werden wir sie nie finden!«

»Ihre Kinder können schwimmen, oder?«, fragte Jim. »Aber es ist schon gut. Ich werde sie holen.« Er ging nach draußen, und sie hörte einen langen, schrillen Pfiff, der die Nacht durchschnitt, und einen antwortenden Pfiff aus der Bucht. »Kommt rein!«, rief Jim. Ein anderer Pfiff antwortete ihm.

Jim kam wieder ins Haus. »Sie sehen aus, als hätten Sie einen Geist gesehen«, sagte er. »Sie müssen darauf vertrauen, dass wir hier wissen, was wir tun. Meine Jungs sind kluge Kinder. Und sie sind auch ziemlich verantwortungsbewusst.«

»Ich habe mit dreizehn einen Bootsunfall erlebt«, erklärte Susannah. »Auf dem Lake Michigan. Mit meinem Vater, meinem Bruder und meiner Schwester. Meine Schwester ist dabei ertrunken. Seither habe ich Angst vor Booten. Einer der Gründe, warum ich hergekommen bin, war der zu versuchen, endlich darüber hinwegzukommen. Ich weiß nicht, was ich mir dabei gedacht habe.«

Betty sah sie an. »Das tut mir leid«, sagte sie. Sie betrachtete Susannah lange, und ihre Augen musterten ihr Gesicht, als hätte sie sie noch nie zuvor gesehen. »Wie alt war sie?«

»Drei. Janie. Sie war drei.«

Betty schüttelte den Kopf. »Das ist entsetzlich.«

»Und es ist noch schwerer, wenn man sich nicht damit auseinandersetzt«, meinte Barfuß und ließ ihr Handgelenk los. »Gütiger Gott, Sie haben Angst vor Booten, und darum haben Sie sich entschlossen, auf eine *Insel* zu ziehen?«

»Ich stelle mich meinen Ängsten«, erwiderte Susannah mutiger, als sie sich fühlte.

Barfuß schlug mit der flachen Hand auf die hölzerne Theke. »Dann ist ja alles klar. Ich muss morgen nach Friday Harbor fahren – und soweit ich weiß, brauchen Sie Lebensmittel. Wir fahren mit meinem Boot. Sie können morgen damit anfangen, drüber hinwegzukommen.«

Susannah sah Barfuß an. Mit seinen widerborstigen Augenbrauen, seinen stechenden blauen Augen und dem oben um seinen Kopf gebundenen Tuch sah er aus wie ein Verrückter. Aber sie war so *müde*. Ständige Wachsamkeit war eine schwere, kräftezehrende Anstrengung.

»Gut«, sagte sie. »Ich fahre gern morgen mit Ihnen. Danke.«

Atemlos vom Laufen und mit roten Wangen erschienen die Kinder in der Tür.

»Was ist los?«, fragte Hood. »Warum wolltest du unbedingt, dass wir zurückkommen?«

»Susannah möchte die Insel erst ein wenig genauer

kennenlernen, bevor sie ihre Kinder nachts mit dem Kajak rausfahren lässt«, erklärte Jim. »Und es wird spät. Morgen ist Schule.«

Susannah nahm ihren Parka vom Haken an der Hintertür. »Ganz herzlichen Dank für das Essen«, sagte sie. »Für alles. Sie haben uns das Gefühl gegeben, hier willkommen zu sein. Aber lassen Sie mich noch beim Geschirr helfen.«

Sie ging zum Tisch, um die Becher und Gläser abzuräumen, aber Betty scheuchte sie fort.

»Es ist Ihre erste Nacht hier«, sagte Betty. »Gehen Sie nach Hause und richten Sie sich ein.«

Hood und Baker begleiteten sie über die unebene Wiese zu ihrem weißen Häuschen. Die Fenster leuchteten warm, ein behaglicher Kokon in der dunklen Weite der Nacht.

»Wir haben Quinns Matratze in den Wirtschaftsraum gebracht«, informierte Baker Susannah, als sie das Cottage betraten. »Ich habe da oft geschlafen, als wir hier wohnten, weil Hood unglaublich laut schnarcht.« Er warf seinem Bruder einen vergnügten Blick zu und begann laut zu schnarchen. Hood beugte sich vor und gab ihm einen Klaps auf den Hinterkopf.

»Wir kommen um acht, um euch zur Schule abzuholen«, sagte Hood.

Dann schloss sich die Tür hinter den Zwillingen, und zum ersten Mal, seit sie Sounder betreten hatten, waren Susannah und ihre Kinder allein.

Katie wandte sich zu ihrer Mutter um: »Ich kann's nicht fassen. Das war *dermaßen* peinlich.«

»Was?«

»Du hast uns vom Kajakfahren zurückgeholt, weil du durchdrehst«, sagte Katie. »Du schleppst uns hierher, wir machen endlich *eine* witzige Sache, und du führst dich auf, als wären wir irgendwelche Babys. Es ist genauso wie zu Hause.« Vor Wut und Frustration begann sie zu weinen.

»Ihr seid keine sonderlich tollen Schwimmer«, meinte Susannah. »Ich habe keine Ahnung, wie stabil die Kajaks sind. Habt ihr Schwimmwesten getragen?«

»Nein!« Katie stand mitten im Wohnzimmer und ballte die Hände zu Fäusten. »Weil wir keine Idioten sind! Wir hatten Schwimmwesten *bei uns*, aber wir hatten sie nicht an. Baker und Hood fahren ständig mit den Kajaks raus, ohne Schwimmwesten zu tragen.«

»Das gilt für Baker und Hood.«

»Und es sollte auch für uns gelten! Ich kann dich nicht ertragen! Du bist verrückt!«

»Ich bin nicht verrückt!«, widersprach Susannah. Sie konnte den Reflex nicht unterdrücken, sich zu verteidigen, wenn sie kritisiert wurde. »Es ist meine Aufgabe, dafür zu sorgen, dass euch nichts passiert.«

»Deine Aufgabe besteht darin, mein Leben zu ruinieren«, entgegnete Katie. »Wenn du wissen willst, warum ich solche Sachen gemacht habe wie mit Zach auf die Party zu gehen: Ich habe das getan, weil ich mal nicht so werden will wie *du*.«

»Das war eine schlechte Entscheidung von dir«, sagte Susannah und presste die Lippen zusammen.

Sie starrten einander wütend an. Susannah spürte, wie

ihr Herz heftig in der Brust klopfte und sich ihr Hals zusammenschnürte. Sie war erschöpft und kurz davor, selbst in Tränen auszubrechen.

»Ich werde jetzt auspacken«, sagte sie schließlich, ging in ihr Zimmer und schloss die Tür.

Sie warf einen Blick auf den Koffer und entschied, erst am nächsten Morgen auszupacken. Stattdessen ließ sie sich aufs Bett fallen, ohne sich die Mühe zu machen, sich vorher auszuziehen, und zog die Steppdecke über sich. Sie fühlte sich schwer und hohl zugleich, wie ein Bleirohr, ausgepumpt und ausgelaugt.

Es waren ein paar Minuten vergangen, als ein Schrei von Quinn durch die Tür drang. Susannah sprang auf und lief ins Wohnzimmer, wo Quinn weinend auf dem Boden kniete.

»Sie hat Otis' Frau umgebracht!«, schrie Quinn. »Sie hat Otis' Frau umgebracht!«

»Was ist passiert?«

»Sie hat Otis' Frau an die Wand geworfen«, schluchzte Quinn. Er wischte sich mit dem Handrücken die Tränen von den Wangen und zeigte auf Katie: »Ich *hasse* sie!«

»Er hat angefangen!«, behauptete Katie. »Er ist so bescheuert! Er hat gesagt …«

»Es interessiert mich nicht, wer was gesagt hat«, unterbrach Susannah sie. »Wie konntest du Otis' Frau zerbrechen? Du weißt doch, wie wichtig sie ist!«

Otis, den Quinn seit sechs Jahren in seiner Obhut hatte, war eine sanftmütige Scharnierschildkröte mit einer einzigen Passion: eine Keramikschildkröte, die etwa so groß war wie er und die Matt auf einer Reise nach Mexiko entdeckt hatte. Otis liebte diese Schildkröte mit aller Energie seiner gepanzerten kleinen Persönlichkeit. Er schlief nachts neben ihr, kehrte nach seinen täglichen Ausflügen durch seinen Käfig zu ihr zurück und begattete sie sogar, wobei sein Panzer beharrlich gegen ihren Keramikkörper schepperte. Oft fand Quinn Otis morgens auf seinem Rücken im Käfig, nach einer besonders heftigen Liebesnacht unfähig, sich selbst wieder aufzurichten.

»Wusstest du, dass männliche Schildkröten in der Wildnis nach dem Sex manchmal genauso auf den Rücken fallen wie Otis?«, hatte Quinn Susannah gefragt. »Nur dass sie niemanden wie mich in ihrer Nähe haben, der sie wieder auf die Füße setzt, und dann *verhungern* sie. Wirklich.«

Quinn liebte diese bizarren Tatsachen über Schildkröten ebenso wie er Otis liebte, was es umso ungeheuerlicher machte, dass Katie Otis' Frau einfach gegen die Wand geschmettert hatte.

»Ich heb' die Stücke auf«, sagte Susannah. »Mach dich fertig fürs Bett, Quinn.« Nachdem Quinn den Raum verlassen hatte, wandte sie sich Katie zu und stemmte die Hände in die Hüften. »Warum? Warum hast du das getan?«

»Was schert es dich?«, meinte Katie. »Ich will nicht darüber reden.«

Sie nahm ihren iPod, steckte sich die Stöpsel in die Ohren und stellte ihn an.

»Ich habe mein Gespräch mit dir noch nicht beendet«, beharrte Susannah.

Katie setzte sich auf die Couch und legte die Füße auf den Wohnzimmertisch.

»Wie kannst du es wagen! STELL DAS AUS!«

»Du siehst nie meine Seite bei irgendwas«, erwiderte Katie mit lauter Stimme, um die hämmernde Musik aus ihren Kopfhörern zu übertönen. »Du nimmst an, dein geliebter kleiner Quinnie würde nie jemanden provozieren, stimmt's?«

»Wir reden nicht über Quinn«, sagte Susannah. »Wir reden über *dich*. Was du getan hast, war gemein.«

»Du hast recht«, erwiderte Katie mit vor Sarkasmus triefender Stimme. »Du hast immer recht.«

»Lass diese Unverschämtheiten!« Susannah merkte, wie die Wut in ihr hochstieg und von ihr Besitz ergriff. »Stell die Musik jetzt aus.«

»Geh mir nicht auf den Zeiger«, wehrte Katie ab. »Du bist unglaublich blöde.«

Reflexartig hob Susannah die Hand, um ihr eine Ohrfeige zu geben. Doch stattdessen riss sie ihrer Tochter den iPod aus der Hand, marschierte damit ins Badezimmer, warf ihn in die Toilette und spülte ihn hinunter.

Katie schrie empört auf. »Du bist verrückt«, brüllte sie, während sie auf den Wasserstrudel in der Toilette starrte. »Du bist völlig wahnsinnig. Herr im Himmel!«

Susannah war so wütend, dass sie kaum atmen konnte, ihre Brust und Kehle waren wie zugeschnürt. »Wenn du mir gegenüber nicht den Respekt aufbringst, mir zuzuhören, wenn ich mit dir rede, dann hast du keinen iPod verdient.«

Katie drehte sich um und rannte aus dem Zimmer.

Susannah hörte die Schlafzimmertür zuknallen und dann erstickte Schluchzer. Seufzend ging Susannah ins Wohnzimmer zurück und ließ sich auf die Couch fallen. Quinn folgte ihr.

»Glaubst du, dass Otis vor Kummer sterben wird?«, fragte er.

Sie sah ihn an. »Nein, Schatz. Ich fahre morgen nach Friday Harbor. Vielleicht kann ich eine neue Frau für Otis finden.«

»Das wäre toll«, meinte Quinn hoffnungsvoll. »Aber sie muss genau die richtige Größe haben.«

»Ich weiß. Geh und putz dir die Zähne.«

Sie hörte das Gluckern im Waschbecken, das Rauschen der Toilettenspülung.

»Mom? *Mom!*«

Sie sprang auf und rannte ins Badezimmer, wo sie sah, dass die offenbar gegen Katies iPod rebellierende Toilette überfloss. Das Wasser ergoss sich über den Badezimmerboden. Sie sah sich hastig nach einer Saugglocke um, fand aber keine. »Verdammt!« Das Wasser spritzte über ihre Schuhe, bis zu ihren Knöcheln. Sie griff sich Handtücher und warf sie auf den Boden. Sie wusste nichts über die Mechanik von Toiletten. Gab es irgendwo einen Hahn zum Abstellen des Wassers? Hatte ihn Jim ihr gezeigt, als er ihr etwas über die Verteilungssysteme und 2D-Watt-Lampen oder weiß der Teufel was erzählt hatte?

Katie erschien in der Tür, ging zur Toilette, griff nach unten und drehte an einem Knopf an der Wand.

»Da stellt man das Wasser ab«, erklärte sie. »Baker und Hood haben es mir gezeigt.«

»Gott sei Dank«, sagte Susannah und seufzte. Sie sah sich um und erblickte einen Mopp in der Ecke des Badezimmers. Sie ergriff ihn und wandte sich Katie zu. »Du wischst das auf. Ich werde Jim morgen früh anrufen und ihn bitten, die Toilette in Ordnung zu bringen. Bis dahin werden wir einfach nach draußen gehen müssen.«

»Warum muss *ich* das aufwischen?«, fragte Katie. »*Du* bist diejenige, die …«

Erschöpfung und Ärger stiegen in Susannah auf, und sie schob den Mopp mit solcher Wucht zu Katie hin, dass der Griff fast an deren Stirn knallte. Katie riss erstaunt die Augen auf. »*Ich kann nicht mehr*«, erklärte Susannah. »Halt den Mund und wisch auf.«

Als sie später allein im Bett lag, starrte Susannah in die Dunkelheit und hörte, wie etwas – eine Fledermaus oder Maus? – in der Wand raschelte. Sie lag auf ihrer üblichen Seite im Bett, obwohl Matts Seite leer war. Katie sprach nicht mehr mit ihr. Quinn war schließlich eingeschlafen, nachdem er so heftig an seinen Haaren gedreht hatte, dass eine Handvoll Strähnen auf seinem Kissen verstreut lag.

Sie versank in einen unruhigen Schlaf. Dreimal glaubte sie, jemanden weinen zu hören, und jedes Mal stand sie auf, sah nach den Kindern, fand sie fest schlafend vor und stolperte zurück in ihr Bett. Schließlich kroch sie unter die Decke und blieb mit weit geöffneten Augen auf dem Rücken liegen, bis die Dunkelheit zu weichen begann und der Tag erwachte.

9. Kapitel

Betty 1954

Betty entdeckte die Affäre durch Zufall. Sie war im siebten Monat schwanger und so dick, dass der Arzt eine Zwillingsschwangerschaft in Betracht zog. Eine für Seattle ungewöhnliche Hitzewelle Mitte August hatte zu einer Wasseransammlung in ihrem Körper geführt, und ihre Hände waren derart geschwollen, dass sie nicht mal mehr ihren Ehering tragen konnte.

Als sie eines Morgens aufwachte, war ihr noch heißer und unwohler als sonst. Ihr Rücken schmerzte, sie hatte Krämpfe im Unterbauch, und sie war aufgebläht. Sie beschloss, mit der Fähre von Seattle nach Bainbridge und wieder zurück zu fahren, um auf dem Wasser zu sein und die kühle Brise zu genießen. Ihr gefiel die Vorstellung, etwas so Nutzloses zu tun und nur um der Fahrt willen mit dem Schiff einfach hin- und zurückzufahren. Es hatte etwas frevlerischgenusssüchtiges, auch wenn es nur fünf Cent kostete. Sie versuchte, Bobbie dazu zu bringen, sie zu begleiten, aber ihre Schwester erwartete einen Dekorateur und hatte einen Arzttermin und fand Bettys Vorschlag außerdem etwas verrückt.

Betty sah die beiden erst auf der Rückfahrt. Sie hatte sich eine Außenbank auf der Steuerbordseite ausgesucht, sodass sie während der Fahrt im Schatten des Kabinenaufbaus saß. Der dumpfe Druck in ihrem Kreuz war zu einem hartnäckigen Schmerz geworden, und sie war froh, als sie saß. Die Brise riss an ihrem Kleid, hob ihr Haar und kühlte ihre heiße, geschwollene Haut. Sie betrachtete die Skyline von Seattle und dachte an ihr Baby. Wenn es ein Junge werden würde, wollte ihn Bill Michael nennen, nach einem seiner Kumpel. Aber Michael war ein so häufiger Name. Betty bevorzugte einen ungewöhnlichen Namen wie Grady oder Riley. Wenn es ein Mädchen würde, wollte Bill sie Roxanne nennen. Als er ihr das sagte, hatte Betty herzlich gelacht. *Roxie.* Das klang mädchenhaft und kämpferisch zugleich, und ihr gefiel es.

Betty war sich allerdings sicher, dass es ein Junge werden würde. Sie fühlte sich erheblich ungezwungener in der Gesellschaft von Männern, auch wenn sie ein enges Verhältnis zu ihren Schwestern hatte, und konnte sich kaum vorstellen, eine Tochter großzuziehen. Und sie liebte Bill so sehr, dass sie sich einen Jungen für ihn und für sich wünschte, weil ein Junge noch sichtbarer ein Teil von Bill sein würde.

Das Baby in ihr trat um sich. Sie spürte einen Stoß gegen ihre Rippen, und dann drehte es sich und erzeugte eine durch ihren Bauch gehende Wellenbewegung. Sie konnte sich das Baby noch immer nicht als Person vorstellen, als jemanden, den sie herzen, ernähren und lieben würde. Und sie konnte sich selbst in ihren wildesten Träumen nicht vorstellen, das Baby mehr zu lieben als Bill.

Seitdem sie ihm von ihrer Schwangerschaft erzählt hatte, verhielt er sich anders. Nicht verärgert, nicht traurig, einfach anders. Er stand morgens auf, ging zur Arbeit, kam nach Hause, aß sein Abendessen, lächelte sie an, las die Zeitung, trank ein Bier und ging ins Bett. Sie folgte ihm natürlich, aber selbst dann legte er ihr lediglich eine Hand auf die Hüfte, beugte sich vor, um ihre Wange zu küssen, und drehte sich gähnend zur Wand hin. Die leidenschaftlichen Küsse und der gierige Sex, die den Anfang ihrer Ehe charakterisiert hatten, waren verschwunden. Er hatte nicht mehr mit ihr geschlafen, seit sie ihm erzählt hatte, dass sie schwanger sei. Das sei normal, versicherte ihr der Arzt, und möglicherweise das Beste für das Baby. Aber Betty vermisste Bills glatte Haut an ihrer, und sie vermisste ihn. Er hatte auch Alaska in den vergangenen Monaten kein einziges Mal mehr erwähnt und die topografische Karte von Chugiak weggepackt, die wochenlang ausgebreitet auf dem Couchtisch gelegen hatte.

Ein helles, glucksendes Lachen erregte ihre Aufmerksamkeit, und sie drehte den Kopf. Eine Frau in gelbem Kleid lehnte sich mit dem Rücken an die grüne Eisenreling der Fähre. Ihr Kleid wurde in der Taille durch einen weißen Gürtel zusammengerafft, und diese Taille war so schlank, dass der Mann, der ihr gegenüber mit dem Rücken zu Betty stand, sie mit seinen beiden Händen hätte umschließen können. Sie hatte rote Haare und trug einen kecken kleinen grünen Hut, und sie lachte und sah zu dem Mann hoch, als er sich zu ihr beugte, um sie zu küssen. Und irgendetwas an den Schultern des

Mannes und dem Winkel seines Nackens, als er sich an die Frau im gelben Kleid lehnte, ließ einen Schock des Erkennens durch Betty fahren.

»Bill?«

Er hörte sie nicht.

Betty bemühte sich aufzustehen. Sie war jetzt so dick, dass sie nicht aufstehen konnte, ohne sich von den Lehnen eines Stuhls abzustoßen oder Bill beide Hände zu reichen, damit er sie hochzog. Aber die Bank, auf der sie saß, hatte keine Lehnen, und Bill wandte ihr den Rücken zu. Sie stützte sich mit beiden Händen seitlich auf der Bank ab und versuchte aufzustehen, aber die rollende Bewegung der Fähre riss sie mit, und sie verlor ihr Gleichgewicht und fiel mit schrecklicher Wucht nach hinten, wobei sie mit dem Steißbein auf der Metallbank aufschlug.

Bill drehte sich um und sah sie. Und es war kein Zufall, dachte sie damals und auch später, dass genau in dem Augenblick, in dem sich ihre Augen trafen, ein Schmerz durch ihren Bauch schoss.

Ihre Zwillinge wurden am nächsten Morgen geboren, zwei Monate zu früh, und sie starben noch in der Nacht.

Bobbie wollte, dass sie ihn verließ. Betty – oder vielmehr der kleine Teil von ihr, der noch rational denken konnte und noch nicht in einem Strudel aus Gram, Wut und Sehnsucht untergegangen war – wusste, dass sie ihn verlassen *musste*. Aber Bill war am Boden zerstört. Der Tod der Babys, beides Jungen, hatte seine Schuldgefühle derart verstärkt, dass sich Betty um seinen Verstand zu sorgen begann. Er wich eine Woche lang nicht von ihrer Seite und schlief im Krankenhaus auf dem Boden neben ihrem Bett. Die Schwestern warfen ihn nach dem Ende der Besuchszeit hinaus, aber irgendwie gelang es ihm immer, sich wieder hereinzuschleichen, und da lag er dann morgens, auf dem Boden zusammengerollt, den Kopf auf Bettys Reisetasche.

Er kaufte ihr Blumen. Er kaufte ihr einen Ring mit einem winzigen blauen Saphir als Symbol ehelicher Treue. Er schwor ihr, dass es nur ein Mal gewesen und nicht über ein paar Küsse hinausgegangen sei. Die Frau sei Sekretärin bei Boeing und habe immer wieder mit ihm geflirtet, und er sei schließlich schwach geworden. Das sei jämmerlich, und er wisse nicht, wie das habe geschehen können. Er habe bloß solch schreckliche Angst verspürt vor der Verantwortung, Kinder zu haben, sowie vor der Aussicht, an seinen Schreibtischjob und an Seattle gekettet zu sein und ein ewig gleichförmiges Leben führen zu müssen, das sich bereits wie ein endlos durch die Prärie verlaufender Schienenstrang vor ihm abzeichnete. Aber jetzt sei selbst das nicht so erschreckend wie die Vorstellung, sie zu verlieren. Er liebe sie.

Die erste Woche dämmerte sie schlafend und von Betäubungsmitteln benommen vor sich hin. Bobbie, aber auch ihre Mutter und Großmutter kamen und gingen. Bill war der Einzige, der ständig da war.

»Du kannst mit mir nach Hause kommen«, flüsterte ihr Bobbie mehrfach zu.

Betty schüttelte den Kopf. Wie konnte sie so eine Entscheidung treffen, vor allem jetzt? Sie war zerstört, und

Bill war zerstört, und sie waren zerstört. Sie wollte für immer im Krankenhaus bleiben, mit den effizienten Krankenschwestern, dem Geruch von Franzbranntwein und den frisch gestärkten Laken. Sie wollte auf kleinen blauen Pillen entschweben und von anderen Menschen mit Essen versorgt und gebadet und verhätschelt werden wie ein Baby. Wie ein Baby.

Etwas an diesem Gedanken, zusammen mit der Prallheit ihrer schmerzenden milchgefüllten Brüste, ihrem leeren Bauch und ihren leeren Armen, ließen Bettys Trauer schließlich ausbrechen. Sie lag auf dem Rücken, und die Tränen liefen ihr von den Augenwinkeln in die Ohren. Sie weinte wegen der Babys, wegen Bill, wegen sich selbst, wegen allem.

Bill schlief auf dem Boden und wachte auf, als er ihr Schluchzen hörte. Er kam zu ihr, kniete neben ihrem Bett, schlang seine Arme um sie und drückte sein Gesicht an ihre Seite.

»Es tut mir so leid«, sagte er wieder und wieder. »Es tut mir so unendlich leid. Du hast die Babys wegen mir verloren. Der Schock – ich weiß, dass ich dir das angetan habe, und ich kann es mir nicht verzeihen. Bloß gib mir bitte eine Chance, es bei dir wiedergutzumachen. Bitte, Betty!« Und zum ersten Mal seit sie ihn kannte, weinte er.

Reflexartig streckte sie die Hand aus, um über seinen Kopf zu streichen, und bei ihrer Berührung sah er zu ihr auf und hatte diesen Blick in den Augen. Sie sah ihn an, beobachtete die Scham und die Hoffnung in seinen Augen und merkte, wie etwas in ihr sich erweichte. Ihr

Nicken war kaum wahrnehmbar, aber es reichte. Sein Gesicht zerschmolz vor Dankbarkeit, und er stieg neben sie ins Bett und schmiegte sich an sie, bis sie beide einschliefen.

Sechs Monate später zog sie mit ihm nach Sounder. Es war ein Kompromiss, wie ihn Bobbie vorgeschlagen hatte, und es bedeutete eine Zäsur, die den Anfang ihres neuen Zusammenlebens markierte, ihrer neuen Bindung aneinander. Betty wollte nicht nach Alaska gehen – es war zu weit von Seattle und ihrer Familie entfernt, die ihr jetzt, da sie mit der Möglichkeit konfrontiert wurde, ein Leben ohne eigene Kinder führen zu müssen, mehr als je zuvor bedeutete. Und Sounder bot das Abenteuer, nach dem sich Bill sehnte. Es war ein Ort, der in mancher Hinsicht sogar noch abgelegener und wilder war als Anchorage. Sie würden eine Farm haben, und sie würden zusammenarbeiten. Und, dachte Betty, wobei sie dies nicht einmal Bobbie gegenüber erwähnte, auf Sounder würde es weniger Versuchungen geben.

Sechs Monate lang lasen sie Bücher über Landwirtschaft und Gartenbau und blätterten in staatlichen Broschüren über Hühnerzucht. Bill wollte außerdem Ziegen als Milchlieferanten halten. Sie sparten, so viel sie konnten. Bill kannte über mehrere Ecken jemanden, der auf Orcas Island wohnte und gelegentlich nach Sounder fuhr und nun für sie Augen und Ohren offenhielt. Eines Tages rief er an, um ihnen mitzuteilen, dass er von einer hübschen kleinen Farm an der Westküste von Sounder gehört habe, die zum Verkauf stehe.

Sie hinterlegten unbesehen eine Kaution – wie Betty

fand, ein äußerst gewagter Schritt. Die Farm lag in einer geschützten Bucht und bestand aus einem weißen Cottage, einer Scheune und zweiunddreißig Hektar Wald- und Ackerfläche. Sie benachrichtigten ihren Vermieter, verkauften ihre Möbel und packten zwei Reisetaschen mit ihrer Kleidung, ihren Schuhen und der blau-weißen Zierdecke, die ihnen Grammy zur Hochzeit genäht hatte. Bobbie brachte sie noch an den Landungssteg in der Innenstadt. Sie hatten die Möglichkeit, mit einem Fischerboot nach Friday Harbor zu fahren, und von dort aus würden sie mit dem Postschiff nach Sounder kommen.

Bobbie umschloss Bettys Gesicht mit den Händen. »Viel Erfolg bei deinem Unternehmen«, sagte sie. »Ich hab' dich lieb. Arbeite nicht zu hart und mach keinen Mist.« Beim zweiten Halbsatz nickte sie zu Bill hin, der ihre Taschen auf das Schiff brachte. »Ich weiß, dass du das willst, darum stehe ich hinter dir.« Sie lehnte sich weiter vor und flüsterte Betty ins Ohr: »Und falls du ihn aus irgendeinem Grund verlassen und nach Hause kommen willst, kannst du immer gern bei mir wohnen.«

Als Bill zu ihnen kam, um zu sagen, dass es Zeit sei, an Bord zu gehen, wandte sich Bobbie ihm zu. »Pass auf meine Schwester auf«, sagte sie. »Pass *gut* auf sie auf!«

Bill sah ihr in die Augen, nickte und legte seinen Arm schützend um Bettys Schultern. »Das werde ich«, versprach er.

Betty war auf die Einsamkeit vorbereitet, die wie ein Messerstich in sie eindrang, als die Skyline von Seattle aus ihrem Blick entschwand, und auch auf die Angst. Aber erst als sie sich zu ihrem Mann umdrehte, der neben ihr stand und sich mit den Händen auf die Reling stützte, merkte sie, wie zornig sie war und dass sie keine Ahnung hatte, was sie mit all ihrer Wut anfangen sollte.

Sie blieb den größten Teil der nächsten sechs Monate wütend, obwohl sie gar nicht so wütend sein wollte. Bill und sie hatten ausführlich über diesen Umzug gesprochen. Sie hatte zugestimmt. Ja, in gewisser Weise war es sogar *ihre* Entscheidung gewesen, denn sie war auf die Idee mit den San Juan Islands gekommen, nachdem sie einen Abend lang eine Landkarte abgesucht hatte in dem Wissen, dass sie niemals nach Alaska ziehen würde und dass Bill wegmusste.

Sie würde keine Kinder mehr bekommen – davon war sie überzeugt, auch wenn es der Arzt nicht war –, und sie wollte nicht in Seattle bleiben und hier die Hausfrau mit dem makellosen Wohnzimmer und dem perfekten Garten spielen oder für die Kinder ihrer Schwestern die liebe Tante sein. Sie konnte ebenso gut etwas zu tun finden und es mit Bill gemeinsam tun.

Als sie die Bücher über Landwirtschaft und die Broschüren über Hühnerhaltung las, kam sie zu dem Schluss, dass es eine Lösung sein mochte, sich in harter, körperlicher Arbeit zu vergraben. Sounder sei der ideale Ort, sagte sie zu Bill, und sie meinte es so. Er war hocherfreut über ihre Begeisterung und voller Demut und Dankbarkeit, dass sie ihm vergeben hatte und bereit war, diesen Schritt mit ihm zu tun.

Aber nachdem sie angekommen waren, spürte Betty die Wut, die sich wie eine Infektion in ihr ausbreitete und von ihrem Innersten in ihre Glieder, ihr Gesicht, ihre Augen sickerte. Sie schnürte ihr die Kehle zu, und ihre Zunge schwoll an von den Worten, die sie sagen wollte, aber nicht aussprach.

Sounder war nicht das Problem. Die Farm und die Insel und die Leute gefielen ihr besser, als sie es sich vorgestellt hatte. Die Nachbarn packten mit an, um ihnen beim Pflügen und Pflanzen und beim Bauen des Hühnerhauses zu helfen, und sie selbst wurden ständig zur Teilnahme an irgendwelchen *Aktionen* eingeladen – zu einer Putzaktion im Schulhaus, um dort Fenster zu reinigen und Wände zu streichen, einer Cider-Aktion bei den Cummings, um Äpfel zu pflücken und zu entsaften, einer Arbeitsaktion auf ein paar anderen Farmen, um Spiersträucher, Besenginster und wilde Stachelbeeren auszureißen.

Auch das kleine Cottage war schön und gefiel Betty viel besser als das nette, aber ein wenig zu üppig dekorierte Haus ihrer Schwester in Seattle. Sicher, die Toilette lag fast hundert Meter vom Haus entfernt hinter einer gewaltig aufragenden Zeder, und der Boden war so stark geneigt, dass eine am Vordereingang fallen gelassene Murmel schnurstracks bis zur Hintertür rollte, und die Vorhänge passten nicht zur Couch. Aber der große schmiedeeiserne Herd wärmte den gesamten Wohnbereich, und die alten grünen Schaukelstühle auf der Veranda waren die bequemsten Sitzgelegenheiten, in denen sie je gesessen hatte. Zudem drang die sie umgebende Stille in ihr tiefstes Inneres vor und beruhigte sie.

Bill war ihr gegenüber aufmerksam, rücksichtsvoll und

fürsorglich, aber auf der Hut. Sie versuchte, ihren Ärger nicht zu zeigen – schließlich hatte er sich wieder und wieder entschuldigt, und welchen Sinn hatte es, auf dem Ganzen herumzureiten und alles zu zerreden? Aber sie wusste, dass man es merkte: an ihren Lippen, dem Ton ihrer Stimme, der Angespanntheit ihres Körpers bei seinen Berührungen, dem hackenden Geräusch ihres Messers auf dem Schneidebrett und der Art, wie sie seinem Blick auswich. Sie sprachen nicht darüber, aber es quoll zwischen ihnen auf wie der Dampf einer Lokomotive und wurde dichter und dichter.

Zu ihrer Überraschung reagierte Bill auf ihre Wut keineswegs mit frustriertem Ärger oder mit einer Armesündermiene, die sie belastet und ihr das Gefühl vermittelt hätte, sie sei diejenige, die etwas falsch gemacht hatte. Stattdessen stand er im Morgengrauen auf, machte Feuer im Herd, kochte einen Topf Kaffee, ging hinaus – ins Hühnerhaus, um die Eier einzusammeln, die Hühner mit Futter und Wasser zu versorgen, um den Stall auszumisten und die Ziegen zu melken – all das vor dem Frühstück. Wenn er dann wieder reinkam, hatte sie oft schon Speck gebraten und Pfannkuchen zubereitet, die sie mit Alice MacDonalds selbst geimkertem Honig aßen. Dann gingen sie gemeinsam nach draußen, um auf den Feldern, die sie im Frühjahr nach ihrem Einzug bepflanzt hatten, Unkraut zu jäten, Stroh auszustreuen oder zu ernten.

Innerhalb eines Monats konnte Betty absehen, dass sie im ersten Jahr noch nicht einmal annähernd ihre Kosten hereinbekommen würden – kein Wunder angesichts der

Summen, die sie in den Kauf der Farm und den Bau des Hühnerhauses gesteckt hatten, von den Kosten für die Anschaffung und Haltung der Hühner gar nicht zu reden. Wenn ihnen die anderen Inselbewohner nicht bei der Bepflanzung geholfen hätten, wären ihre Kosten sogar noch höher gewesen. »Wir geben dem Ganzen zwei Jahre«, hatte Bill gesagt, als sie beschlossen, nach Sounder zu ziehen, und Betty zweifelte, dass sie bis dahin ihre Kosten eingespielt haben würden. Aber zu ihrer eigenen Überraschung empfand sie wegen der Finanzen oder bezüglich der Zukunft keine Sorge. Ihr Mann hatte sie betrogen, sie hatte zwei Mal ihre Babys verloren – was konnte ihr da noch Schlimmeres passieren?

Und dann, nach fünf oder sechs Monaten, begann ihre Wut zu schwinden. Dabei redete oder handelte Bill nicht anders als zuvor. Sie hatte auch keine plötzliche neue Einsicht durch die weisen Worte einer Freundin. Aber wenn sie morgens neben Bill aufwachte, lag sie meist ein paar Minuten da und lauschte seinem Atem und der unermesslichen Stille von Sounder und empfand ein Gefühl der Zufriedenheit. Sie war von all dem Pflanzen, Graben, Holzhacken, Schrubben und Heben körperlich stärker, als sie es je in ihrem Leben gewesen war, und ihr gefiel die Art, wie ihr Körper aussah und sich bewegte. Sie musste hier nicht vorgeben, an Mode, am Dekorieren oder an Unterhaltung interessiert zu sein, wozu sie sich zu Hause oft verpflichtet gefühlt hatte. Bill arbeitete härter, als sie es je bei ihm erlebt hatte, und sie glaubte, eine Veränderung in ihm zu spüren, hin zu etwas Stabilem, Wahrhaftigem und Dauerhaftem.

Morgens im Bett drückte sie sich an Bills warmen Rücken und wunderte sich, wie weit sie gekommen waren und was sie in ihren vier Ehejahren schon alles durchgemacht hatten. Sie hatte das Gefühl, hier ein nützliches Leben für sich selbst entstehen zu sehen, selbst ohne eigene Kinder. Und es war endlich ein Leben, das sie genoss.

10. Kapitel

Susannah 2011

Susannah sehnte sich nach einer Tasse Kaffee. Bei Morgengrauen war sie in ihre Wollpantoffeln geschlüpft, hatte sich nach draußen gewagt und war durch das raureifüberzogene Gras marschiert, um sich hinter dem Haus neben einem Baum hinzuhocken, wo sie sich prompt die Pantoffeln vollpinkelte. Sie rannte barfuß durch das kalte Gras, und als sie ins Haus kam, war das Feuer im Herd erloschen, sodass sie neues Holz auflegen und zum Brennen bringen musste. Jetzt gaben ihre Hausschuhe, die sie zum Trocknen unter den Ofen geschoben hatten, einen eindeutigen Geruch ab, und das Wasser im Kessel kochte noch immer nicht. Sie drehte die Handkurbel der Kaffeemühle und seufzte.

»Ich will nicht zur Schule gehen«, sagte Quinn.

Er setzte sich auf einen Stuhl am runden Eichenesstisch und starrte das Glas mit Orangensaft an, das sie ihm hinstellte.

»Es ist normal, ein wenig nervös zu sein«, beruhigte ihn Susannah.

»Was ist, wenn ich mich übergeben muss?«, wollte er wissen.

»Dann kannst du nach draußen rennen«, erwiderte sie. »Jim hat gesagt, dass die Schule Klohäuschen hat, eines für Jungs, eines für Mädchen.« Sie nahm ein dickes blaues Geschirrhandtuch und wickelte es um den Griff des Kessels, der endlich zu pfeifen begonnen hatte. »Aber du wirst dich nicht übergeben müssen.«

»Wirklich?«, fragte Quinn. »Die Schule hat keine Toiletten im Haus?«

»Nein«, bestätigte Susannah, goss das heiße Wasser in die Presskanne und stellte den Kessel zurück auf den Herd.

Quinn dachte über das Gesagte nach. »Also kann ich einfach nach draußen gehen, wenn ich will?«

»Nun, ich nehme an, dass du Jim vorher Bescheid sagen musst, wenn du gehst. Aber bei nur fünfzehn Schülern wird das vermutlich kein Problem sein.«

Quinn wirkte fröhlicher: »Also kann man rausgehen, wenn einem schlecht ist. Außerdem gibt es keinen Bus und keine Bushaltestelle. Ich glaube, dass es mir hier gefallen könnte.«

»Du bist nicht gern mit dem Bus gefahren?«, fragte Susannah.

Quinn nahm sein Glas, trank einen Schluck Saft und stellte es wieder hin. »Nicht sonderlich.«

Etwas an seiner Stimme ließ sie aufmerksam werden. »Warum nicht?«

Zu ihrer Verwunderung lief Quinn vor Wut rot an und erwiderte: »Ich mochte es einfach nicht. Ich will nicht drüber sprechen.«

Katie kam herein und setzte sich auf das Sofa im

Wohnzimmer. Sie trug eine Jeans und ein hautenges Tanktop.

»Das soll'n Witz sein, dass die Schultoiletten draußen sind, oder?«, fragte sie.

Susannah schüttelte den Kopf: »Nein. Und das Hemd ist zu eng und zu tief ausgeschnitten, um es in der Schule zu tragen. Zieh was anderes an. Willst du Rührei?«

»Toilettenhäuschen? O mein Gott.« Katie warf ihren Kopf auf die Rückenlehne der Couch und schloss die Augen. »Ich werde dir das nie verzeihen«, sagte sie mit dem Gesicht zur Decke. »Du weißt ja gar nicht, was du damit angerichtet hast, uns hierherzubringen.«

Ohne Schlaf, ohne Kaffee und ohne Schuhe verspürte Susannah ein vertrautes Schuldgefühl. »Sieh, was du getan hast«, sagte die kleine Stimme in ihrem Kopf. »Du machst immer alles falsch.« Manchmal erkannte sie in Katies Worten plötzlich das Echo der barschen, tadelnden Stimme wieder, mit der ihr Vater nach ein paar Drinks immer gesprochen hatte. Für eine Weile war diese Stimme verstummt: Während der ersten Jahre, in denen ihre eigenen Kinder noch klein waren, wusste sie durch die Art, wie sie sie liebte und wie sie sich entwickelten, dass sie etwas richtig machte. Aber während des vergangenen Jahres hatte Katie – durch ihre Worte, ihre verächtlichen Blicke, ihre Geringschätzung allem gegenüber, was Susannah sagte, tat und dachte – diese brüllende Stimme zurückgebracht, und Susannah wusste nicht, wie sie sie jetzt wieder zum Schweigen bringen sollte.

Jemand klopfte ans Fenster.

»Sie sind da!«, rief Quinn und stand so schnell auf, dass er an den Tisch stieß und fast seinen Saft umkippte. »Ich sehe Baker.«

Quinn und Katie ergriffen ihre Jacken und Schultaschen und waren zur Tür hinaus, bevor Susannah die Möglichkeit hatte, Katie dazu zu bringen, ihr Hemd zu wechseln oder etwas zum Frühstück zu essen. Mit einem Seufzer drückte Susannah den Stempel der Presskanne nach unten und goss sich eine Tasse Kaffee ein. Sie setzte sich an den Tisch, legte die Hände um die Tasse und fühlte dankbar die Wärme. Zum ersten Mal war sie jetzt allein in dem stillen, stillen Haus. Dies war es, wofür sie sich entschieden hatte; dies war es, was sie wollte. Und jetzt, wo sie es hatte, war sie sich nicht sicher, dass sie es tatsächlich wollte.

»Wie haben Sie das denn hier raufgekriegt?«

Susannah stand auf einem Grasflecken auf der Spitze von Crane's Point. Vor ihr war ein gut acht Meter langes Boot auf ein kurzes Gestell aus Holz und Stahlrohren aufgebockt. Sein Rumpf war weiß und hatte am oberen Rand einen blauen Streifen. In der Mitte befand sich ein breites Steuerhaus, das mit einem marineblauen Segeltuchdach abgedeckt war. Hinten stand in goldenen Buchstaben auf schwarzem Grund der Name *Gota*. Dies war das Gebilde auf der Spitze der Klippe gewesen, das Susannah bemerkt hatte, als sie gestern in die Bucht gefahren waren.

Barfuß blickte finster drein. Er stand schuhlos auf dem Boot, die Baumwollhose über die Knöchel hochgekrempelt, unempfindlich für den kalten Wind, der an Susannahs Haar zerrte und ihre Wangen rötete.

»Was zum Teufel spielt das für eine Rolle?«, fragte er. »Es ist hier, und es muss aufgearbeitet werden.«

Susannah war mit Bettys Pick-up den Berg hochgefahren, um Barfuß abzuholen, der kein Auto besaß. Sie wollten runter zum Anlegesteg und dann mit dem anderen Boot von Barfuß, das in der Bucht vor Anker lag, nach Friday Harbor fahren. Sie hatte den Wagen am Ende der langen Schotterstraße geparkt und war die leichte Steigung hochgegangen, nur um plötzlich dieses absurde Bild von Barfuß an Deck der *Gota* vor sich zu haben.

»Was genau machen Sie daran?«

»Die Holztäfelung in der Kabine überarbeiten, einen Tisch und ein paar Borde bauen, die Abflussrohre für die Spüle und die Haupt …« Barfuß hielt inne und sah sie an. »Warum? Kennen Sie sich mit Booten aus?«

»Lieber Gott, nein«, antwortete Susannah. »Ich bin seit mehr als dreißig Jahren nicht mehr auf einem Boot gewesen.«

»Na gut«, sagte Barfuß. Er legte den Kopf in den Nacken und warf ihr aus den Augen unter seinen dichten, struppigen Brauen einen abschätzenden Blick zu. »Sie sind eine merkwürdige Frau. Ich werde nicht recht schlau aus Ihnen.« Er schüttelte den Kopf. »Ach ja, ich muss noch meine Brieftasche holen. Kommen Sie mit runter zum Haus.«

Das kleine weiße Cottage von Barfuß lag etwas tiefer, links von der Spitze der Klippe. Susannah betrat die grau gestrichene Veranda, auf der Toby lag und schlief, und folgte Barfuß ins Haus. Einen Augenblick lang blieb sie verblüfft stehen. Der Raum war rechteckig, hatte eine Reihe von Fenstern an der Front, weiße Wände und einen Kamin. Also nichts Außergewöhnliches. Aber über dem Kaminsims erstrahlte eine wunderschöne indische Miniaturmalerei in intensiv leuchtenden Farben, ein Teeservice aus Sterlingsilber reflektierte das durch die Fenster fallende Licht, und zwei makellose Chippendale-Stühle standen rechts und links vom Kamin. Weitere erlesene Gegenstände – ein Set Minton-Porzellan, ein aus Stein gemeißelter Buddhakopf, eine Perlenkette aus Jade – schmückten den Raum. Unter ihren Füßen lag eine Seidenbrücke mit detailliert dargestellten Blättern und Blüten auf rubinrotem Untergrund. Instinktiv streifte Susannah ihre Schuhe ab.

»Sie haben wunderschöne Sachen«, sagte sie.

»Ich bin viel gereist. Hab hier und da Sachen mitgenommen.«

»Hier und da?« Sie betrachtete ein weiteres Gemälde an der Wand.

»Vor allem Asien, außerdem Afrika, berufsbedingt.«

Vor dem Abendessen am Vortag hatte ihr Jim ein wenig über Barfuß' Vergangenheit erzählt. Er hatte während einer über sechzig Jahre umfassenden Laufbahn für das amerikanische Landwirtschaftsministerium als Wissenschaftler gearbeitet. Er war kreuz und quer durch Indien, Tibet, Assam, Nepal und Iran gereist, um Pflanzen für das amerikanische Landwirtschaftsministerium und für Museen in den Vereinigten Staaten und Europa aufzuspüren. Unterwegs hatte er an Orten wie Kullutal,

Yusufabad oder Zahedan einige der exotischsten Arten gesammelt und katalogisiert.

»Jim hat mir erzählt, dass Sie viel Zeit im Nahen und Mittleren Osten verbracht haben.«

»Persien – Iran. Und weiter östlich – Tibet, Nepal, Indien.«

Er verschwand in seinem Schlafzimmer, um seinen Mantel zu holen, und Susannah nutzte die Gelegenheit, einen Blick in die Küche zu werfen. Dort hingen säuberlich zusammengebundene Kräuter von der Decke. Eine weitere schöne Brücke – diese in Türkis-, Orange- und Rottönen – bedeckte den abgetretenen Holzfußboden. Über der Hintertür, die zum Gewächshaus führte, stand in makelloser schwarzer Schrift der Vers geschrieben:

Seit mein Haus niedergebrannt ist,
habe ich einen besseren Blick
auf den aufgehenden Mond.
MIZUTA MASAHIDE

»Noch etwas, das Sie gern sehen würden?«

Susannah fuhr zusammen, als Barfuß neben ihr auftauchte. »Ich wollte nicht rumschnüffeln«, sagte sie. »Aber ich bin fasziniert. Mir gefällt Ihr Haus sehr.« Sie sah wieder zu dem Zitat über der Tür hoch. »Wer ist Mizuta Masahide?«

»Ein Samuraikrieger und Dichter aus dem 17. Jahrhundert. Das war das Erste, was ich tat, als ich in dieses Haus zog: diese Worte dort oben mit Tusche zu schreiben.«

»Warum?«

Barfuß musterte sie mit seinen blauen Augen. »Weil ich mich gern daran erinnere, dass wir alle für uns selbst entscheiden, ob Dinge gut oder schlecht sind. Es liegt alles nur daran, wie man die Dinge betrachtet.«

Susannah nahm ein kleines gerahmtes Foto vom Tresen. Es zeigte eine Frau in einem langen schwarzen Rock und einer geblümten Tunika, die barfuß vor einem Zelt saß. Schwarze Haarsträhnen fielen aus einem um ihren Kopf gebundenen Schal und quer über ihre Wangen. Sie war auffallend schön.

»Wer ist das?«

»Meine Mutter. Dorelia. Es wurde 1920 aufgenommen, als sie neunzehn war.«

»Sie ist wunderhübsch.«

Barfuß zuckte die Schultern. Er nahm ein Einkaufsnetz von der Theke und stopfte es in seine Parkatasche. »Genug herumgesäuselt. Wir müssen in die Stadt.«

Sie fuhren runter zur Anlegestelle, parkten auf dem Platz neben dem Waschsalon und ruderten mit dem grünen Beiboot zu Barfuß' anderem Boot, der *Emma-Jeanne*. Susannah kletterte an Bord und sah sich misstrauisch um. Es gab ein Steuerhaus, das hinten mit einer dicken Segeltuchplane abgedeckt war. Barfuß hielt die Plane auf, und sie stieg hinein. Zumindest war sie hier drinnen und saß nicht ungeschützt draußen, wo sie ins Wasser fallen oder von Bord geschleudert werden konnte. Sie atmete tief durch und setzte sich.

Barfuß sah in ihr bleiches Gesicht und auf die im Schoß verklammerten Hände. »Gütiger Gott, wir haben noch nicht mal die Leinen losgemacht«, sagte er. »Wissen Sie, es kann ja auch Spaß machen.«

Das hatte ihr Vater ebenfalls gesagt, erinnerte sich Susannah. »Dies wird sehr viel Spaß machen.« Für den Ausflug hatte ihr Vater ein großes Boot gemietet, mit zwei drehbaren Sesseln vorn und zwei weiteren gepolsterten Sitzen im Heck, rechts und links des Innenbordmotors. Der Lake Michigan war ruhig gewesen, als sie bei klarem blauem Himmel losfuhren. Sie wusste noch, wie das Boot über die Wasseroberfläche flog, erinnerte sich an das rauschhafte Geschwindigkeitsgefühl, die im Wind flatternden braunschwarzen Haare ihres Vaters, die dunklen Gläser seiner Sonnenbrille, die ihn noch jünger und attraktiver wirken ließ.

»Kommen Sie her«, befahl Barfuß. Er stand hinter dem Steuerrad des Boots und steckte den Schlüssel in die Zündung. »Stellen Sie sich neben mich.«

Sie trat einen Schritt zurück. »Sie wollen, dass *ich* das Boot fahre?«

»Ja, ich will, dass *Sie* das Boot fahren. Was sind Sie? Fünf Jahre alt? Sie können ein Auto fahren, dann können Sie auch das Boot fahren.« Er legte einen Schalter um. »Das ist die Batterie. Die schalten Sie zuerst ein. Das hier« – er zeigte auf einen roten Knopf – »regelt die Benzinzufuhr. Sie drücken ihn rein, bevor Sie den Motor starten. Der Rest ist wie beim Auto: Sie drehen den Schlüssel um und starten den Motor.« Er drehte den Schlüssel um, und der Motor erwachte tuckernd zum Leben. »Es ist ein Dieselmotor mit zweihundertsechzig PS. Die Spitzengeschwindigkeit liegt bei knapp dreißig

Meilen die Stunde. Sie kontrollieren das Ding, es kontrolliert nicht Sie. Sind Sie je geritten?«

Susannah nickte.

»So ein Pferd hat einen eigenen Verstand und eigene Ansichten. Wie gut Sie auch reiten mögen, ein Pferd kann dennoch Dinge tun, die Sie überraschen. Nicht dieses Boot. Sie bestimmen, was geschieht. Das Schlimmste, was es selbst tun kann, ist, seine Funktion einzustellen. Und mit einem Dieselmotor wie diesem ist das nicht wahrscheinlich.«

Sie bestimmen, was geschieht. An jenem Tag hatte ihr Dad bestimmt, was geschah. Er hatte hinter dem Steuer des Boots gestanden.

Barfuß blieb neben ihr, während sie ein Gefühl für das Steuerrad bekam, und er zeigte ihr, wie man die Drossel betätigte. Sie versuchte, nicht an Janie und die hellorangefarbene Schwimmweste zu denken, und atmete erneut tief durch.

Barfuß fuhr das Boot rückwärts aus seinem Liegeplatz heraus und trat beiseite, damit Susannah das Steuer übernehmen konnte. Die *Emma-Jeanne* fuhr gelassen geradeaus und hob und senkte sich sanft mit den Wellen, wobei der Motor beruhigend brummte. »Gar nicht so schlecht«, dachte Susannah. Aber Barfuß musterte ihre das Steuer umklammernden Hände, aus denen die Knöchel weiß hervortraten, und sagte: »Hier.« Mit seiner knochigen Hand griff er vorn in seinen Parka und zog einen silbernen Flachmann hervor. Er drehte den Verschluss ab und reichte Susannah das Fläschchen.

»Was ist das?«

»Meine Herzmedizin. Die wird Sie beruhigen.«

»Herzmedizin?« Sie roch an der Öffnung. »Was ist das?«

»Sie stellen wirklich einen Haufen Fragen.« Barfuß nahm ihr den Flachmann ab und trank einen großen Schluck. Dann wischte er sich den Mund mit dem Handrücken ab und hielt ihr das Fläschchen erneut hin.

Sie sah es an. »Es sind bloß ein paar Bier«, hatte ihr Vater gesagt. »Nichts, womit ich nicht umgehen kann.«

»Hier.«

Barfuß nahm ihr das Steuerrad ab, während sie trank. Der Whiskey wärmte sie, und dann war da noch eine Süße. Zucker? Orangensaft?

»Ich hoffe, dass ich davon nicht seekrank werde«, meinte sie.

»Ich hoffe ebenfalls, dass Sie davon nicht seekrank werden«, versicherte ihr Barfuß. »Aber das Wichtigste ist: Immer über die Reling kotzen.« Er trat zur Seite, sodass sie das Steuerrad wieder übernehmen konnte, und dann nahm er einen weiteren tiefen Schluck, drehte die Verschlusskappe wieder auf den Flachmann und steckte ihn in seine Jacke zurück.

Sie hatten jetzt die Bucht verlassen und waren auf dem offenen Meer. »Also Ihre Schwester ist ertrunken, ja?«, fragte Barfuß. »Ist sie über Bord gegangen?«

Susannah nickte benommen. Sie würde Barfuß nicht beschreiben, wie Janie über Bord gegangen war. Sie hatte es nie jemandem außer Matt erzählt.

»Gut. Dann lassen Sie uns durchdenken, was passiert, wenn jemand über Bord geht.«

»O Gott, nein.«

Barfuß starrte sie an. »Sie wollen nicht darüber sprechen?«

Susannah hielt den Blick auf den Bug und die grauen Wellen vor dem Boot gerichtet. »Nein«, entgegnete sie. »Ich bin nicht daran interessiert, diesen Tag noch einmal zu durchleben.«

»Herr im Himmel! Niemand bittet Sie, Ihr Herz auszuschütten. Ich sage Ihnen bloß, was zu tun ist, wenn Sie auf einem verdammten Boot sind und jemand über Bord geht. Sie wohnen jetzt auf einer Insel. Sie haben zwei Kinder. Ob es Ihnen gefällt oder nicht, Sie werden eine Menge Zeit bei allen Arten von Wetter auf Booten verbringen. Wenn Sie damit nicht umgehen können, dann sollten Sie, sobald wir in Friday Harbor ankommen, auf die nächste Fähre springen und nach Hause fahren. Ich werde Ihre Kinder dann hinterherbringen.«

»Okay. Sie haben recht.« Das Boot tuckerte gleichförmig vor sich hin, und die Dünung war sanft, selbst im offenen Meer jenseits der Bucht.

»Also«, erklärte Barfuß, »das Erste, was man tun muss, ist zeigen und schreien.« Er sprang hoch, schrie: »Mann über Bord!« und zeigte auf die Seite des Bootes. Die struppigen Haare seiner Augenbrauen standen unter seinem roten um die Stirn gebundenen Bandana aufrecht ab. »Mann über Bord, *backbord*!« Er sah sie an. »Haben Sie das verstanden? Sie sichten die Person und nennen ihre Position und lassen sie, was auch immer passiert, nicht aus den Augen.«

Susannah nickte. *Wenn es bloß so einfach gewesen wäre!*

»Dann drehen Sie das Heck und die Schiffsschraube von der Person im Wasser weg. Nun werfen Sie ihr irgendetwas zu, was zu ihr hintreibt – eine Schwimmweste, ein Polster, selbst eine leere Kühlbox. Steuern Sie das Boot so dicht heran, wie Sie können, dann schalten Sie den Motor ab, damit Sie die Person nicht mit der Schiffsschraube zerhacken.«

O lieber Gott, wenn das so weiterginge, würde sie den gesamten Flachmann mit Herzmedizin brauchen.

»Dann ziehen Sie die Person die Leiter hoch. Das ist alles, was man tun muss.« Barfuß nickte zufrieden. »Ständig gehen Leute über Bord. Teufel, vor ein paar Jahren fiel ein verdammter Welpe von der Fähre, und sie haben die Fähre gewendet und ein Rettungsboot runtergelassen und den Welpen gerettet. Die Lokalpresse hat begeistert darüber berichtet.«

»Das ist gut«, sagte Susannah. »Ich meine, dass sie den Welpen gerettet haben.«

Barfuß sah sie an. »Bekommen Sie ein Gefühl dafür? Es ist gar nicht so schwer. Selbst Ihr vorlautes Gör von Tochter könnte das schaffen.«

»Das fürchte ich«, meinte Susannah. »Ich bin mir aber nicht sicher, ob ich sie hinter dem Steuer von irgendetwas haben will.«

Barfuß zeigte aus dem rechten Fenster. »Sehen Sie.«

Sie sah zu den Wellen hin, konnte aber nichts entdecken. Plötzlich brachen eine riesige Rückenflosse und ein glitzernder schwarzer Rücken durch die Oberfläche, dann eine weitere und noch eine.

»Orcas«, sagte Barfuß.

Susannah beobachtete, wie sich die Flossen in den Wellen hoben und wieder verschwanden.

»Man sieht sie hier ständig«, kommentierte Barfuß. »Wie auch immer, ich könnte Ihrer Tochter beibringen, mit dem Boot zu fahren.«

»O nein. Nein, danke.« Susannah wollte das Thema wechseln. »Haben Sie Kinder?«

»Nein. Erstens war ich nie verheiratet und wollte es auch nie sein. Zweitens wird die ganze Welt den Bach runtergehen, und ich wüsste nicht, warum ich das Elend vergrößern sollte, indem ich ein weiteres menschliches Wesen in das Durcheinander werfe. Wir sollten mindestens zwanzig Prozent derjenigen, die bereits hier sind, euthanasieren. Reine Ressourcenverschwendung.«

»Das ist nicht Ihr Ernst!«

»Vielleicht doch, vielleicht auch nicht. Ich könnte Ihnen überzeugende Argumente für beide Seiten liefern.« Barfuß beugte sich vor und spuckte auf den Boden. »Ich mag Pflanzen. Und Vögel. Mehr als die meisten Menschen.« Er seufzte. »Es hat sich zu viel verändert. Als ich noch ein Kind war, drängten sich die Enten so dicht auf dem Teich, dass sich der Himmel verdunkelte, wenn sie aufflogen. Ich hätte auf den Rücken der Lachse in der Bucht auf dem Wasser spazieren gehen können. Jetzt ist die ganze Gegend hinüber.«

»Quinn ist auch so«, sagte Susannah. »Er liebt Pflanzen und Tiere. Ich glaube, er kann zu ihnen leichter eine Verbindung herstellen als zu Menschen.«

Plötzlich ergriff eine Woge das Boot und begann es hochzuheben. Voller Panik riss Susannah das Steuerrad herum, wodurch das Boot nun breitseits zur Welle stand. Die Backbordseite des Bootes wanderte höher und höher, und der Boden neigte sich in einem beängstigenden Winkel. Barfuß kippte zur Seite, stieß gegen sie und ergriff das Steuerrad mit beiden Händen, um es mit aller Kraft wieder herumzureißen. Es dauerte nur ein paar Sekunden, und er hatte das Boot wieder in die richtige Richtung gedreht, mit dem Bug in den Wind.

»Governor's Channel«, erklärte ihr Barfuß. »Die Winde und Strömungen hier können umschlagen. Man muss nur darauf vorbereitet sein.«

Susannahs Herz raste. Sie sah die ganze Zeit das andere Boot an jenem anderen Tag vor sich – den blauen Himmel, die lockeren weißen Wölkchen, den plötzlichen schrecklichen Stoß.

»Tut mir leid«, sagte sie zu Barfuß. »Ich kann nicht mehr.«

Er sah sie mit einem Ausdruck an, den sie nicht ganz interpretieren konnte – Mitleid? Widerwillen? –, und zischte ein »Tss-tss« durch die Zähne. »Wenn Sie meinen.« Er nahm ihren Platz ein, ergriff das Steuer und sprach bis Friday Harbor kein Wort mehr.

Sie kauerte sich auf den Sitz gegenüber von Barfuß und hasste ihre Ängste. Die Rückfahrt am Nachmittag durch eine raue See trug nichts zu ihrer Beruhigung bei. Als sie schließlich wieder auf dem Anlegesteg von Sounder stand, holte sie tief Luft und beschloss, nie wieder ein Boot zu steuern.

So viel dazu, sich ihren Ängsten zu stellen.

11. Kapitel

Betty 1955

An einem sonnigen Samstag Anfang November, sieben oder acht Monate nach ihrer Ankunft auf Sounder, ging Betty gerade den Schotterweg zur Post hoch, als Annette Fahlstrom aus dem Eingang auf die Veranda hinaustrat. Annettes Mann Corky betrieb das Postschiff von und nach Sounder. Sie hatten zwei kleine Söhne, und Annette half häufig in der Schule mit. Betty hatte sich schon Dutzende Male bei Strandpicknicks und Tanzveranstaltungen mit Annette unterhalten, und Corky war bei ihnen vorbeigekommen und hatte Bill bei dieser oder jener Sache auf der Farm geholfen.

Betty tat sich noch immer erheblich leichter mit Männern als mit Frauen, und sie wusste nicht recht, wie man die Basis für eine der innigen Frauenfreundschaften legte, die Bobbie immer mit all ihren Freundinnen unterhielt. Zudem war Annette eine jener zierlichen, femininen Frauen, die Betty stets das Gefühl gaben, lang und unbeholfen zu sein und zu große Füße und ungelenke Gliedmaßen zu haben. Aber sie und Annette hatten immerhin ein paar nette Gespräche geführt und ein paar Witze ausgetauscht.

Betty konnte sich noch lebhaft an die kalte Luft und

an das Sonnenlicht erinnern, das auf das hohe Gras im Feld neben der Post fiel und es mit einem goldenen Glanz überzog, und an das geblümte lavendelfarbene Baumwollkleid, das Anette unter einem dunkelgrünen Mantel trug. Sie wusste noch, wie sie Annettes Blick auf sich ruhen spürte, als sie die Treppen hochstieg, und sich plötzlich schämte, obwohl sie keine Ahnung hatte, warum sie das tat. Und dann sah sie es: ein kurzes triumphierendes Lächeln, das über Annettes Gesicht huschte, ein selbstgefälliges Lächeln. In diesem Moment wusste Betty: Annette hatte mit Bill geschlafen. Ihr war nicht klar, woher sie das wusste, sie wusste es einfach tief in ihrem Inneren, und sie wusste in diesem Augenblick ebenfalls, dass sie den falschen Mann geheiratet hatte.

Sie sagte nichts zu Bill – nicht an jenem Abend oder dem nächsten oder dem übernächsten. Sie beobachtete ihn und überlegte intensiv, was sie tun sollte. Sie war nun dreiundzwanzig Jahre alt und hatte seit ihrer Eheschließung, also während der vergangenen vier Jahre, keine »richtige« Arbeit mehr gehabt. Bobbie war verheiratet und hatte ein Baby. Und Mel, die unter Panikattacken litt, lebte zu Hause bei Mutter und Grammy, die selbst ein wenig verrückt war. Jimmy war nach New York gezogen. Wohin konnte sie gehen, wenn sie Bill verließ?

In jener Woche dachte sie jeden Tag – während sie zahllose Bottiche Äpfel zu Apfelkompott und Apfelmus einkochte, Teig für das Brot knetete, Holz hackte und sich um die ungeliebten Hühner kümmerte – darüber nach, was sie tun sollte. Jedes Mal, wenn Bill die Farm verließ, um die Post zu holen, ein Werkzeug von einem Nachbarn auszuleihen oder Eier zum Verkaufen zur Post zu bringen, fragte sich Betty: »Geht er wirklich dahin, oder trifft er sich irgendwo mit Annette? Wo?«

Ihr begann bei dem Gedanken daran übel zu werden; bei der Vorstellung, dass Bill seine Hände über Annettes schmale Taille gleiten ließ, über ihre perfekten kleinen Brüste, und ihren rosenblättrigen Mund küsste. Als sie eines Morgens erwachte, nachdem sie die ganze Nacht darüber nachgedacht hatte, erbrach sie sich in die Küchenspüle.

»Hast du etwas Verdorbenes gegessen?«, fragte Bill, der von draußen in die Küche kam, nachdem er die Ziegen gemolken hatte.

»Nein«, sagte Betty und wischte sich den Mund mit dem Handrücken ab. Dann drehte sie sich um und sah ihn an. »Ich weiß das von dir und Annette.«

Sie sah die Wahrheit sofort in seinem Gesicht – Schrecken, Schuld, dann die schnelle Kalkulation, während seine Augen hin und her huschten und er abzuschätzen versuchte, was sie wusste und woher sie es wusste und ob er einfach alles abstreiten konnte.

»Es war ein Mal, Betty«, sagte er mit leiser Stimme. »Es war ein Fehler.«

»Darauf kannst du wetten, dass das ein Fehler war, du verdammter Scheißkerl!«, sagte sie. »Ich werde nämlich nicht mehr hierbleiben, und du wirst auf einen Schlag deine Köchin, Putzfrau, Wäscherin, Eiersammlerin und Ziegenhüterin verlieren. Das mit der Frau in Seattle war ja auch nur ein Mal.«

Er sah ihr in die Augen. »Es tut mir leid. Du warst so verärgert darüber, hierher zu ziehen …«

»Wage es nicht, mir die Schuld dafür zu geben«, schnitt sie ihm das Wort ab. Die Wut, die während all der ersten Monate auf der Insel in ihr geschwelt hatte, flammte auf und drohte ihr die Luft zu rauben. Sie bekämpfte den Drang, sich erneut zu übergeben. »Ich werde morgen mit dem Postschiff abreisen.«

Und genau das tat sie. Sie packte ihre Sachen und schrieb Anleitungen für die manuelle Wachmaschine und die Druckpumpe und andere Sachen, die zu ihrem Aufgabenbereich gehört hatten. Bill fuhr sie schweigend zur Anlegestelle. Sie blickte nicht zurück, als das Postschiff abfuhr, sondern übergab sich über die Reling, sobald sie um Crane's Point gefahren waren.

Bobbie holte sie vom Fährhafen in Anacortes ab und nahm sie mit in das Haus, in dem sie mit Dick und ihrer kleinen Tochter wohnte. Sie äußerte kein einziges Mal: »Ich habe es dir doch gesagt.«

Während der nächsten zwei Monate stand Betty jeden Morgen auf und kreiste Anzeigen unter der Rubrik »Aushilfe gesucht« ein, und dann zog sie Bobbies elegantes Tweedkostüm und ihre schwarzen Pumps an und nahm den Bus in die Stadt zu ihren Vorstellungsgesprächen. Aber immer wieder bekam sie Absagen.

»Es gibt nicht mehr viele Stellen für Frauen«, sagte ein Mann. Es sah auf ihre linke Hand, an der sie noch immer den schmalen goldenen Ring trug, den Bill ihr gegeben hatte. Der Mann sagte nichts, aber Betty wusste, was er dachte: *Warum suchte eine verheiratete Frau eine*

Stelle? Was stimmte da nicht mit ihrem Ehemann oder mit ihr?

Zum ersten Mal in ihrem Leben verlor das Essen für sie jeden Reiz. Bobbie war eine hervorragende Köchin und bereitete die Dinge zu, von denen sie wusste, dass es Bettys Lieblingsspeisen waren: Lasagne und Knoblauchbrot und siebenbödige Schokoladentorte. Aber der Geruch des Knoblauchbrots drehte ihr den Magen um, und die Torte schmeckte in ihrem Mund sauer. Sie nahm ab und musste den Bund von Bobbies Rock feststecken, bevor sie zu ihrem Vorstellungsgesprächen ging.

Drei Wochen, nachdem sie ihn verlassen hatte, erschien Bill mit dem Hut in den Händen auf der Eingangstreppe, bereit, Bobbies Zorn über sich ergehen zu lassen. Aber Bobbie öffnete noch nicht einmal die Tür, weil sie fürchtete, jede Selbstbeherrschung zu verlieren und ihn durchzuprügeln. Betty hörte seine flehentliche Stimme durch die Tür. Er bitte nicht um Vergebung, sagte er, oder gar darum, dass Betty zurück zu ihm nach Sounder komme. Er wolle ihr lediglich sagen, dass es ihm leid tue und dass er auf sie warten werde, solange sie brauche, um zurückzukommen, selbst wenn es Jahre dauern sollte, und dass er alles ihm Mögliche tun wolle, sie in der Zwischenzeit zu versorgen.

Er hinterließ zwei Dutzend Eier auf der Veranda.

Betty hätte sich dafür verfluchen können, dass sie so eine verdammte Närrin gewesen war, aber das tat sie nicht. Ihre Liebe zu Bill hatte von Anfang an sehr wenig mit Vernunft zu tun gehabt, und sie sah keinen Sinn darin, sich dafür zu schelten, dass sie sich verliebt und anschließend ihr Bestes für ein Gelingen der Beziehung versucht hatte. Aber sie hatte Angst vor der Zukunft, weil sie nicht ewig bei Bobbie wohnen konnte und wusste, dass Bill außer dem Geld, das er in die Farm gesteckt hatte, nichts besaß. Er konnte ihr jeden Tag zwei Dutzend Eier bringen, aber das würde nicht reichen, um die Kosten für ihre Kleidung oder Schuhe oder Lebensmittel oder Miete zu decken.

Außerdem fühlte sie sich schrecklich. Die Stärke und Lebenskraft, die sie auf Sounder entwickelt hatte, schrumpften mit ihrem Gewicht, und sie schleppte sich jeden Morgen aus dem Bett und versuchte, den Tag durchzustehen, ohne sich auf den Boden zu legen und einzudösen. Sie ging zu ihren Vorstellungsgesprächen und half Bobbie bei der Versorgung des Babys, beim Einkaufen und Kochen. Eines Tages schließlich sah Bobbie sie an und sagte: »Morgen bringe ich das Baby zu Dr. Kositch, und dich nehme ich ebenfalls mit.«

Die Diagnose von Bobbies Arzt fiel dann ganz anders aus, als Betty vermutet hatte, weil sie ihre Abgespanntheit, den ständigen galligen Geschmack in ihrem Mund und ihren fehlenden Appetit auf das Trauma zurückgeführt hatte, das sie durch ihren Bruch mit Bill erlitten hatte. Aber tatsächlich war sie schwanger.

Sie beschloss sofort, Bill nichts zu sagen, weil sie annahm, dass ihre Schwangerschaft so enden würde wie ihre anderen Schwangerschaften auch: mit einer Fehl- oder Frühgeburt. Der Arzt verordnete ihr absolute Bettruhe, darum blieb sie weiter in Bobbies Haus. Ihre Mutter hatte die Pension in Queen Anne verkauft und war mit Grammy und Mel, deren Panikattacken zu einer Art lähmenden Ängstlichkeit geworden waren, in eine kleine Wohnung gezogen. Mel fürchtete sich vor Donner, vor Höhe, vor Katzen, vor Sirenen und vor Regen. Und Jimmy studierte auf der anderen Seite des Landes Jura. Bobbies Haus war der einzige Ort, an dem sie bleiben konnte.

Nach vier Monaten schrieb Bobbie Bill einen nüchternen Brief, in dem sie ihm mitteilte, dass Betty im Juli ein Kind zur Welt bringen würde. Sie wüssten, dass er Geld für den Unterhalt seines Kindes schicken würde, schrieb sie, aber Betty würde nicht nach Sounder zurückkehren. Bobbie nannte ihn bei keinem der Schimpfwörter, die sie gebrauchte, wenn sie in Bettys Anwesenheit über ihn sprach, noch drohte sie ihm damit, wie sie es Betty gegenüber getan hatte, ihm sein Glied mit einem Küchenmesser abzuschneiden.

Bill schickte einen Brief an Bobbie mit einem Scheck über fünfzig Dollar und einem versiegelten Umschlag für Betty. Betty wusste, dass er etwas verkauft haben müsste – möglicherweise sein Angelgerät oder seinen Angelkasten –, um so viel Geld auftreiben zu können. Bobbie legte den Umschlag auf den Walnusstisch neben Bettys Bett und sagte: »Ich habe überlegt, ob ich ihn nicht wegwerfen soll, aber du kannst es selbst entscheiden.«

Betty warf ihn nicht weg, aber sie öffnete ihn auch nicht. Dafür dachte sie nach. Sie hatte nichts anderes zu tun, da sie bis auf kleine Ausflüge ins Badezimmer den ganzen Tag im Bett lag. Bobbie stellte den Fernseher in ihr Zimmer, aber Betty hatte ein so geringes Interesse daran, dass sie ihn wieder zurückholte. Ihre Mutter oder Grammy kamen jeden Tag vorbei, um sie zu besuchen oder Essen vorbeizubringen. Sie sprach mit ihnen und tat so, als läse sie die Bücher, die sie dagelassen hatten, und blätterte in den Hochglanzmagazinen, die ihr Bobbie als Lektüre mitbrachte. Aber ihr Gehirn nahm die Worte nicht auf.

»Was soll ich tun?«, fragte sie sich jeden Tag. Wenn das Baby starb, wie sie es angesichts ihrer bisherigen Geschichte erwartete, konnte sie wieder rausgehen und eine Stelle finden, irgendeine Stelle, und vielleicht ein Zimmer in einer Pension mieten. Aber wenn das Baby überlebte? Sie erlaubte sich nicht, in diese Richtung weiterzudenken. Sie wollte nicht auf etwas hoffen, das sie möglicherweise niemals bekommen würde.

Im Februar spürte sie den ersten Tritt des Babys. Im Juni war sie weiter in ihrer Schwangerschaft, als sie es bei den Zwillingen gewesen war, und das Baby trat und drehte sich die ganze Zeit in ihr. Sie begann zu glauben, dass dieses Baby möglicherweise überlebte. *Und was dann?* Sie wollte nicht für immer von der Barmherzigkeit ihrer Schwester abhängig sein. Bill hatte die Farm zum Verkauf ausgeschrieben, aber es schien klar, dass er sie nicht würde verkaufen können. Also würde sie noch nicht einmal das bisschen Geld bekommen, das sie als ihren Anteil erhalten hätte.

Eines Tages brachte Bobbie einen Strauß früher Rosen in zartem Hellrosa aus Grammys Garten mit. Sie füllte eine blaue Glasvase mit Wasser, tat die Rosen hinein, stellte sie auf die Kommode gegenüber von Bettys Bett und trat ein paar Schritte zurück, um sie zu bewundern.

»Sie sind wunderschön«, sagte Betty.

»Nicht wahr? Rosen sind meine Lieblingsblumen. Mel liebt vor allem Dahlien, was wir als ersten Hinweis hätten nehmen sollen, dass etwas mit ihr nicht stimmt.«

Betty lächelte. Bobbie gelang es immer, sie zum Lächeln zu bringen.

»Wie fühlst du dich?«, fragte Bobbie.

»Gut. Ich langweile mich.«

Bobbie setzte sich auf die Bettkante, legte ihre Hand auf die von Betty und sah sie ernst an.

»O nein«, sagte Betty. »Ich kann sehen, dass dies der Auftakt zu einem *ernsten Gespräch* ist.« Sie richtete sich ein wenig auf, nahm ihre Hand unter Bobbies weg und zog sich die Bettjacke enger um ihre Schultern. Dann atmete sie tief durch. »Also gut. Ich bin bereit.«

»Das ist nicht im Geringsten komisch«, sagte Bobbie, drehte sich um, öffnete die Nachttischschublade und entnahm ihr eine Packung Zigaretten und ein silbernes Feuerzeug. Sie klopfte eine Zigarette aus der Packung, steckte sie sich zwischen die Lippen und zündete sie mit dem Feuerzeug an. Dann nahm sie einen tiefen Zug, bevor sie sagte: »Das Baby wird in weniger als einem Monat zur Welt kommen.« Sie drehte den Kopf von Betty weg und blies eine lange Rauchschwade in die andere Richtung. »Du weißt, dass du gern hierbleiben kannst. Du und das Baby.«

Betty schüttelte den Kopf. »Das kann ich nicht tun«,

sagte sie. »Ich fühle mich ohnehin schon schuldig, dass ich die ganze Zeit hier bin und im Bett rumliege, während du dich um mich und auch noch um Dick und Macy kümmerst. Das ist nicht in Ordnung.«

»Du würdest das für mich ebenso tun.«

Betty zupfte an den rosafarbenen Kreisen aus Chenille, die auf die Tagesdecke genäht waren. »Ich weiß. Aber nicht ich tue es für dich, sondern du tust es für mich.« Sie sah zu ihrer Schwester hoch. »Wenn ich noch rund acht Wochen nach der Geburt des Babys hierbleiben könnte, müsste es mir möglich sein, nach einer Stelle zu suchen und ein Zimmer in einer Pension zu finden, die sowohl mich als auch das Baby aufnimmt.«

Bobbie beugte sich zu ihr herunter: »Wirklich? Glaubst du, dass das so einfach sein wird?«

»Was? Ein Zimmer oder eine Stelle zu finden?«

»Beides. Du bist dreiundzwanzig. Du hast seit vier oder fünf Jahren nicht mehr gearbeitet. Du lebst getrennt, und dein Mann besitzt keinen Cent, mit dem er dich oder das Baby unterstützen könnte.«

»Er hat die fünfzig Dollar geschickt.« Warum fühlte sie sich genötigt, Bill zu verteidigen?

Bobbie sah sie wieder an, diesmal voller Mitleid, was sogar noch schlimmer war als der »Sei realistisch«-Blick, den sie ihr vor ein paar Minuten zugeworfen hatte.

»Hör mal, Betsy, ich bin auf deiner Seite. Ich würde alles für dich tun, das weißt du. Aber du musst intensiv darüber nachdenken, wie dein Leben in sechs Monaten aussehen wird.«

»Was glaubst du denn, was ich den ganzen Tag lang

mache? Ich tue nichts, als *ständig* darüber nachzudenken.«

Jetzt war es Bobbie, die den Kopf sinken ließ und begann, mit dem Finger die Kreise auf der Tagesdecke nachzuzeichnen. »Dick hat etwas erwähnt, über das ich zunächst gar nicht weiter nachgedacht habe – aber es könnte einen Gedanken wert sein.«

»Was denn?«

Bobbie hob den Kopf. »Einer seiner Kollegen ist mit einer Sozialarbeiterin verheiratet. Sie arbeitet in der Vermittlungsstelle für Adoptivkinder.«

»*Adoption?*«

Natürlich. Die Idee, das Baby wegzugeben, war ihr noch gar nicht in den Sinn gekommen, obwohl jeder andere daran gedacht hätte. Bill war ein Schuft. Sie hatte kein Geld, und Bill hatte auch keins, das er ihr geben konnte. Sie war noch immer jung und würde vielleicht noch einmal heiraten können – aber nicht, wenn sie durch ein Baby gebunden war. Ein anderes Paar würde dem Baby Dinge geben können, die sie ihm nicht bieten konnte: ein Elternpaar, das sich liebte und loyal zueinanderstand, finanzielle Sicherheit und eine Zukunft.

Aber sie kannte dieses Baby. Sie wusste, dass das Baby ein Morgenmensch war, weil es an den meisten Tagen vor sechs Uhr um sich trat und zappelte. Sie wusste, dass das Baby keine Tomaten vertrug, weil es stundenlang, nachdem sie welche gegessen hatte, Schluckauf hatte und unruhig war. Sie wusste auch, dass sich das Baby leicht erschreckte, vor allem, wenn der Hund bellte. Das Baby war für Betty bereits so real, dass sie an manchem

Morgen beim Aufwachen, erstaunt darüber war, noch immer schwanger zu sein und den kleinen Menschen, den sie kannte, nicht neben sich liegen zu haben.

Bobbie musste etwas in ihrer Miene gelesen haben, weil sich ihre Augen mit Tränen füllten. Sie drückte ihre Zigarette in dem auf dem Nachttisch stehenden Aschenbecher aus und schlang ihre Arme um Betty.

»Es tut mir leid, vergiss es, ich hätte nichts sagen sollen! Ich weiß, dass du dieses Baby willst. Und ich will es auch.« Bobbie ließ sie wieder los und wischte vorsichtig die Tränen unter ihren Augen weg, damit ihre Mascara nicht zerlief. »Wir werden eine Lösung finden.«

Aber welche? Was sollte sie tun? Betty dachte noch lange darüber nach, nachdem Bobbie ihr Zimmer verlassen hatte, und eine Woche später, als die Rosen in der blauen Vase welkten und ihre Blütenblätter fallen ließen, dachte sie noch immer darüber nach. Und dann begann sie, ihren Plan zu entwickeln.

12. Kapitel

Susannah 2011

Eines Samstagmorgens, etwa drei Wochen nach ihrer Ankunft, ertappte sich Susannah dabei, wie sie auf einen Baum kletterte, was sie seit ihrem zwölften Lebensjahr nicht mehr getan hatte. Damals war es ihr noch erheblich leichter gefallen. Hood hatte ein paar Tage zuvor gezeigt, wie einfach das war, indem er die Äste in etwa dreißig Sekunden hochgeklettert war. Natürlich war Hood fünfzehn Zentimeter größer und über dreißig Jahre jünger als sie. Der Stamm und die niedrigeren Äste waren mit Moos bedeckt und lieferten nur einen schlüpfrigen Halt. Außerdem fürchtete sie ein wenig, ein Eichhörnchen aufzuscheuchen, das etwas gegen ihre Gegenwart haben und möglicherweise seine kleinen Zähne in ihre Hand oder ihren Arm schlagen würde.

Sie kletterte auf diesen speziellen Baum, einen großblättrigen Ahorn, weil er auf einer kleinen Anhöhe stand, und wenn man zwei oder zweieinhalb Meter hochstieg, konnte man tatsächlich einen anständigen Handyempfang haben. In den vergangenen drei Wochen hatte sie nur ein paar Mal mit Matt telefoniert. Er war nicht zu erreichen gewesen, weil er ständig in Meetings war oder wegen des Zeitunterschieds von drei Stunden gerade schlief oder aß. Er war sogar an mehreren Abenden fort gewesen, was merkwürdig war, da er es normalerweise hasste auszugehen. Wenn sie ihn dann doch erreichte, waren ihre Gespräche oft unterbrochen worden, weil es stürmte oder zu regnen begann oder es aus irgendeinem anderen Grund keinen Empfang mehr gab.

Sie setzte sich in das V, wo sich der Stamm in zwei große Äste spaltete. Dort saß sie unbequem, aber sicher. Dann tippte sie Matts Nummer ein, aber auf ihrem Display erschien lediglich die Nachricht »nach einer Verbindung wird gesucht«.

»Mist«, murmelte sie und hätte das Handy am liebsten in den Wald geschleudert. Sie spähte durch die verblassenden goldgelben Blätter nach unten und seufzte. Sie war nun seit drei Wochen hier und wurde das Gefühl nicht los, dass irgendein riesiges *Etwas* unter der Oberfläche ihres neuen Lebens lauerte und langsam heraufzog. Sie wusste nur nicht, was es war oder wann es zuschlagen würde. Außerdem trug der veränderte Lebensrhythmus zu ihrem Unbehagen bei. Die Kinder verschwanden stundenlang, ohne ihr Bescheid zu sagen, was sie zu Hause dazu veranlasst hätte, die Polizei anzurufen, aber was auf Sounder normal war. Es gab hier keine im Schulhof lauernden Pädophilen, wie Jim und Betty betont hatten, und keine sich in dunklen Ecken versteckenden Drogendealer.

»Die meisten Leute lassen ihre Kinder ab dem vierten oder fünften Lebensjahr frei herumstreifen«, hatte Jim gesagt. »Es ist sicher. Sie gehen zur Schule, klettern auf Bäume, streifen durch die Wälder. Wenn sie sich verletzen, kommen sie damit klar. Es ist fantastisch. Sie lernen, unabhängig zu sein.«

Susannah fragte sich, wie sie selbst Unabhängigkeit lernen könnte. In Tilton hatte sie es wie jede andere Mutter gehalten und jeden Augenblick den exakten Aufenthalt ihrer Kinder über Telefonate, Textnachrichten und ein ausgeklügeltes Elternnetzwerk verfolgt. Aber hier verließ Katie um acht Uhr morgens das Haus, um in die Schule zu gehen, und kam nicht vor sieben Uhr abends oder später zum Abendbrot zurück. Sie hatte kein Handy bei sich, weil der Empfang auf der Insel lückenhaft war. Sie verbrachte Stunden mit Hood und Baker im Wald und in der Scheune und am Strand. Sie sei dabei, ihr Umfeld zu erkunden, sagte sie, und neue Freundschaften zu schließen. Aus diesem Grund habe Susannah sie doch hergebracht, oder?

Ja und nein. Einerseits liebte Susannah es, stärker dem natürlichen Lebensrhythmus entsprechend zu leben – morgens bei Sonnenaufgang aufzustehen, beim Holzhacken ins Schwitzen zu kommen und abends in einen tiefen Schlaf zu fallen, den sie der physischen Erschöpfung und der frischen Luft verdankte. Sie liebte es, morgens an der Küchenspüle zu stehen und durchs Fenster den Nebel zu betrachten, der über der Wiese schwebte. Sie sah Ringfasane, die im hohen Gras auf dem Feld scharrten, und hörte den süßen trällernden Gesang von Zaunkönigen, die in den Douglastannen und -fichten saßen. Sie bemerkte das Nahen des Winters an dem schwindenden Licht und den langen Schatten der Bäume, die Tag für Tag früher fielen. Die Nahrung, die sie zubereitete und aß, stammte zu einem Großteil aus demselben Boden, auf dem sie ging. Es war, wie sie gehofft hatte, ein völlig anderes Leben als das, was sie in Tilton geführt hatte.

Aber zugleich irritierte es sie. Sie wusste besser als die meisten, wie launenhaft schnell die Natur und äußere Umstände umschlagen konnten. Die Nacht war endlos weit und dunkel, das Wasser unendlich und erbarmungslos. Es konnte ein plötzlicher Sturm aufkommen, so wie jener, der in der vergangenen Woche eine rund sechzig Meter hohe Douglastanne gefällt hatte, oder ein plötzlicher Seegang, oder es unterlief einem eine kleine Fehleinschätzung beim Bedienen eines Traktors oder einer Kettensäge – jede kleine Sache konnte sich gegen sie richten und diesen Ort der Zuflucht und des Schutzes in einen der Isolation und Verzweiflung verwandeln. Sie wusste das und fürchtete sich davor.

»Das Leben hier war besser, bevor es Handys gab«, sagte eine Stimme unter ihr.

Susannah, die sich in ihren Gedanken verloren hatte, erschrak dermaßen, dass sie fast vom Baum fiel. Sie blickte nach unten und sah Betty, die etwa drei Meter entfernt auf dem Feld stand.

»Ich habe gesehen, wie Sie nach draußen gingen, und bin gekommen, um »Hallo« zu sagen. Aber Sie waren schneller oben auf dem Baum, als ich herkommen konnte«, erklärte Betty. »Sie haben eine ziemlich gute Kondition.«

»Danke«, sagte Susannah. »Aber Sie sollten mal Hood hier hochklettern sehen.«

»Das habe ich«, lachte Betty. »Er ist schnell.«

Sie zog ein Päckchen Zigaretten heraus, schüttelte eine aus der Packung und zündete sie sich an. »Ich wollte Ihnen für die Brotlaibe und die Kekse danken, die Sie vorbeigebracht haben. Und dafür, dass Sie sich die Zeit genommen haben, den Jungs beim Aufräumen der Scheune zu helfen. Jim hat mir gezeigt, was Sie alles getan haben. Das ist eine große Hilfe für uns.«

»Es war nichts. Sie sind so freundlich zu uns«, wehrte Susannah ab.

»Ich will Sie nicht länger stören. Erledigen Sie ruhig Ihre Telefonate. Ich werde nur kurz eine Pause machen, bevor ich zurückgehe«, erklärte Betty und setzte sich ins Gras.

»Sie stören mich nicht«, sagte Susannah. Sie fand es ein wenig dumm, wie sie da im Baum saß. Daher erhob sie sich aus der Gabelung, in der sie gesessen hatte, und stieg auf den dicken Ast direkt unter ihr.

»Klettern Sie nicht meinetwegen runter«, meinte Betty. »Bleiben Sie da oben. Sie können in ein paar Minuten erneut versuchen anzurufen.«

Susannah schlang einen Arm um den Stamm des Baumes. »Ich komme runter. Ich bin nicht versessen darauf, in luftigen Höhen zu schweben.«

»In dem Fall würde Ihnen Barfuß raten, auf dem verdammten Baum zu bleiben, bis es Ihnen nichts mehr ausmacht«, meinte Betty lächelnd.

»Das würde er.«

Seit dem Tag ihrer gemeinsamen Bootsfahrt hatte Susannah Barfuß oft gesehen. An den meisten Tagen kam er bei Betty vorbei – um nach ihrem Kräutergarten zu sehen, ihr irgendein selbst gebrautes Stärkungsmittel dazulassen oder sogar, um ihr Holz zu hacken und zu bündeln. Manchmal kam er auch zum weißen Cottage und unterhielt sich mit Quinn, der auf das Inselleben reagierte wie ausgedorrte Erde auf Regen.

Quinn verbrachte seine Nachmittage nach der Schule damit, in den Wäldern und Wiesen und an der Küste herumzustreifen, manchmal gemeinsam mit anderen Kindern, aber auch oft allein. Dabei sammelte er Krabbengehäuse und Steine und Blätter und Beeren und Rindenstücke. Er breitete seine Fundstücke auf dem Esstisch und dem Boden des Wirtschaftsraums aus, in dem er schlief. Er bat Barfuß, ihm dabei zu helfen, Pflanzen, die er nicht kannte, zu bestimmen, und er lauschte dessen Erzählungen über das Leben der Tiere auf der Insel, etwa der über die Biber, die im Sommer vor zwanzig Jahren plötzlich im Sumpfgebiet unten bei der Sitka Bay aufgetaucht waren. Sie errichteten zahllose Dämme und Baue und erweiterten einen Teil des Sumpflandes zu einem Teich, der schneeweiße Trompeterschwäne und kleine Kappensäger anlockte, bis sie neun Jahre später genauso schnell verschwanden, wie sie gekommen waren.

Susannah blickte auf den dicken Ast unter ihren Füßen und auf den Boden unter sich, der weiter von ihr entfernt war, als sie dies zuvor wahrgenommen hatte. Sie konnte sich beim besten Willen nicht mehr daran erinnern, wie Hood von hier *heruntergekommen* war. Vorsichtig ging sie in die Hocke und setzte sich rittlings auf den breiten Ast.

Genauso hatte sie es als Kind gemacht, wenn sie in den Bäumen herumgeklettert war.

»Haben Sie Ihren Mann erreicht?«, fragte Betty, die mit angewinkelten Knien auf dem Boden saß. Aus dieser Entfernung wirkte sie mit ihren langen, schlanken Beinen und ihrem zierlichen Nacken und dem dicken Rollkragenpullover, der ihre Falten verbarg, jung, fast mädchenhaft.

»Nein«, antwortete Susannah seufzend, und ihr Atem ließ die Blätter um ihren Kopf rascheln.

»Es ist schwierig, eine Fernehe zu führen«, meinte Betty. »Ich habe das zwölf Jahre lang gemacht.« Sie blies einen langen Strom aus Rauch aus.

»Wirklich?«

»Ja. Es ist schwer, an einem Ort wie Sounder seinen Lebensunterhalt zu verdienen. Darum arbeitete Bill oben in Alaska, um Königskrabben zu fangen, und kam nur im Sommer nach Hause.«

»Das muss hart gewesen sein.«

»In gewisser Weise. Es war hart für Jim, seinen Dad nicht bei sich zu haben.« Von ihrem Platz im Baum aus konnte Susannah Bettys Gesicht nicht sehen. »Und Bill und ich … Es war kompliziert.«

Kompliziert. Vielleicht war das das passende Wort, um das rastlose Unbehagen zu beschreiben, das Susannah hinsichtlich ihrer eigenen Ehe empfand. Während der drei Wochen, die sie hier war, hatte sie Matt nicht wirklich vermisst; jedenfalls nicht in der Weise, wie sie es erwartet hatte oder in der sie es ihrer Meinung nach tun sollte. In vielerlei Hinsicht war die Entfernung zwischen ihnen sogar eine Erleichterung. Zu Hause hatte sie stets das Gefühl gehabt, etwas von Matt zu wollen, was er ihr nicht geben konnte, aber wenn man sie gefragt hätte, was genau das war, wäre sie nicht imstande gewesen, es zu benennen.

Sie erinnerte sich noch immer daran, wie er sie vor vielen Jahren während ihrer Collegezeit in Ann Arbor besucht hatte. Sie hatten einen weiten Fahrradausflug unternommen, waren durch Buchläden gezogen, hatten Ouzo getrunken und waren dann zwangsläufig im Bett gelandet. Am nächsten Morgen hatte sie dagelegen, während der Frühlingsregen die Welt vor dem Fenster in leuchtendes Grün tauchte, und ihn angesehen und gedacht: »Was, wenn ich mich in Matt Delaney verlieben würde?« Dieser Gedanke hatte sie damals so sehr erschreckt, dass sie im Bett hochgefahren war und Matt damit aufgeweckt hatte.

Natürlich liebte sie ihn. Er war so eng mit all den vergangenen Jahren ihres Lebens verbunden, dass er dem vergoldeten Eichentreppenpfosten im Haus ihrer Mutter glich; etwas, woran man jeden Tag vorbeiging und es berührte, ohne es zu bemerken. An einem Herbstwochenende hatten sie dann eine kleine Hütte am Lake Michigan gemietet, die in der Nähe ihres einstigen Camps lag. Sie waren an dem Kieselstrand entlanggegangen, als ein Gewitter aufzog und sich dicke regenschwere Wolken über den See hängten. Das Unwetter brach los, und sie wurden mit Hagelkörnern bombardiert, die auf Wangen, Arme und Beine einhämmerten, während sie wegrannten. Kaum waren sie in ihrer Hütte angekommen und hatten sich mit dampfenden Kaffeebechern ans Feuer gesetzt, als Matt sie fragte: »Hast du schon mal darüber nachgedacht zu heiraten?«

Meint er, ob ich je heiraten will, oder meint er, ob ich ihn *heiraten will?*

»Ich weiß nicht«, antwortete sie. »Und du?«

»Nur dich«, sagte er, und dann drehte er sich zu ihr hin, um ihr in die Augen zu sehen.

In diesem Moment fühlte sie etwas in sich aufsteigen, das dem Wasser des Sees nach einem Sturm glich – aufgewühlt und stark und warm. Also liebte er sie auf diese Weise: Sie war die Eine für ihn. Und die Tatsache, dass er ihr gegenüber dieses Gefühl hatte und dass es für ihn so klar und eindeutig war wie die hellen Schieferschichten in den von ihm untersuchten Schluchten, reichte aus, um sie alle Zweifel vergessen zu lassen und sich nichts mehr zu wünschen als ihrerseits dasselbe ihm gegenüber zu empfinden.

Aber nun war sie hier, achtzehn Jahre später und fast fünftausend Kilometer entfernt, und wurde von Zweifeln gequält, die größer waren, als sie es sich vorgestellt hatte oder als sie es sich eingestehen wollte.

»Aber ich sage Ihnen«, fuhr Betty fort, »als Bill dann starb, habe ich ihn mehr vermisst, als ich das je für möglich gehalten hätte.«

Susannah richtete ihre Aufmerksamkeit wieder auf die Gegenwart. »Jim hat mir erzählt, dass er jung gestorben ist«, sagte sie. »Das tut mir leid.«

»Autounfall«, erklärte Betty in nüchternem Ton.

»Das ist schrecklich. Es tut mir leid. War es hier auf Sounder?«

»Ja«, bestätigte Betty und zuckte mit den Schultern. »Unfälle geschehen nun mal.«

Etwas am Ton ihrer Stimme berührte und bewegte Susannah. »Das haben alle gesagt, als meine Schwester starb«, meinte sie. »›Unfälle geschehen nun mal.‹ Aber es half nicht.«

»Stimmt. Die Leute sagen zwar: ›Unfälle geschehen nun mal‹, aber in Wirklichkeit meinen sie: ›Unfälle geschehen nun mal, aber mich werden sie nicht treffen.‹ Wenn es dann doch passiert und dich trifft, ist es schwer, einen Weg zu finden, damit zu leben. Ich wollte nicht, dass mich irgendwer bemitleidete oder mir die Schuld gab.«

»Was ist geschehen?«, fragte Susannah mit plötzlicher Neugier.

»Was halt so passiert. Ich habe mich danach noch lange mit einer Menge ›Was-wenn–Fragen‹ gequält«, erwiderte Betty. »Aber man hat die Wahl: Man lässt sich entweder davon auffressen, oder man befreit sich davon.«

»Wenn es doch bloß so einfach wäre«, dachte Susannah und fühlte sich versucht, Betty alles über den Tag mit dem strahlend blauen Himmel und Janie und ihrer orangefarbenen Schwimmweste zu erzählen. Vielleicht würde sie es verstehen. Oder sie würde ihr künftig genauso aus dem Weg gehen, wie es ihre Mutter und ihr Vater getan hatten. Sie konnte sich nicht daran erinnern, dass sie ihr Dad nach jenem Tag je wieder angesehen hätte – wirklich angesehen.

»Es ist merkwürdig. Ich denke noch immer fast jeden Tag an Bill, obwohl er seit dreiundvierzig Jahren tot ist.«

Susannah sah zur Sonne hoch, deren Strahlen auf die goldgelben Blätter über ihr fielen. »Ich weiß. Ich denke auch jeden Tag an meine Schwester, und sie war erst drei; das lässt sich nicht mit dem Verlust eines Menschen vergleichen, mit dem man viele Jahre verheiratet war.«

»Ich bin mir da nicht sicher. Wenn jemand stirbt, trauert man all den verlorenen Möglichkeiten hinterher, ob derjenige nun drei oder dreiundsechzig war; glauben Sie nicht?«

»Janie wäre in diesem Sommer sechsunddreißig geworden«, nickte Susannah. Irgendwie war es leichter, hier oben im Baum darüber zu sprechen, wo sie Betty nicht ansehen musste. »Ich denke immer wieder, dass sie verheiratet wäre und selbst Kinder hätte und dass sich ihre Kinder möglicherweise mit Katie und Quinn angefreundet und vielleicht sogar ähnlich wie sie ausgesehen hätten. Janie hatte ebenfalls braune Augen und welliges braunes Haar, so wie ich. Sie war zehn Jahre jünger, also wären wir vielleicht nicht die besten Freundinnen geworden; aber ich wette, dass wir uns nahegestanden hätten.«

Im Gegensatz zu Susannah war Janie furchtlos gewesen. Einmal hatte ihr Vater, betrunken und wütend, Susannah und Jon gezwungen, sich an die Wand zu stellen, während er in seinem großen Ledersessel saß und sie anschrie. Susannah konnte sich nicht mal mehr daran erinnern, was sie falsch gemacht haben sollten. Ohne Vorankündigung! Mit einem Mal war Janie zu ihm hinübergestapft, hatte ihre kleine Hand auf seinen Mund gelegt und gesagt: »Nicht schreien! Du hörst auf damit.« Er war so überrascht gewesen, dass er sofort den Mund gehalten, und dann zu lachen begonnen hatte. Noch nie zuvor war so etwas in ihrem Haus geschehen. Niemand – weder Jon noch Susannah noch ihre Mutter – hatte ihrem Vater je Widerworte gegeben. Aber Janie, die damals gerade mal zweieinhalb Jahre alt gewesen war – Janie hatte das getan.

»Ich habe zwei Schwestern«, erzählte Betty. »Bobbie, die mir altersmäßig am nächsten steht, ist meine beste Freundin. Meine Schwester Mel – Mary Ellen – und ich hatten nie dieselbe Wellenlänge. Man weiß nicht, wie Ihre Schwester gewesen wäre.« Sie hielt kurz inne, bevor sie fortfuhr. »Es ist schon schwer zu sagen, wie es mit Bill geworden wäre. Er war stets ruhelos. Manchmal denke ich, dass er mit den Jahren sesshaft geworden wäre. Vielleicht wäre er glücklich gewesen, hierzubleiben und mit den Enkeln eine zweite Chance der Elternschaft zu bekommen. Wer weiß?«

»Ich verstehe gut, was Sie mit ›Chance‹ meinen«, erklärte Susannah. Der Tod ihres Vaters mit achtundfünfzig Jahren hatte für immer die Tür zu Dingen zugeschlagen, nach denen sich Susannah gesehnt hatte – Verständnis, Vergebung, Zustimmung. Paff. Vorbei. Keine Chance mehr.

»Das ist es, was wir bei jedem Tod betrauern«, nickte Betty. »Selbst wenn es nur die Möglichkeit ist, jemanden ein letztes Mal zu sehen. Wie auch immer, genug der Philosophiererei.« Sie lehnte sich vor und sah zu Susannah hoch. »Schaffen Sie es runterzukommen?«

»Ich glaube schon.«

»Das ist gut. Ich bin mir nämlich nicht sicher, dass ich

aufstehen kann. Meine Hüfte macht mir Probleme, woran ich hätte denken sollen, bevor ich mich auf den kalten Boden gesetzt habe und sie steif werden ließ.«

Susannah drehte sich um, umarmte den Stamm des Baumes, und es gelang ihr, herunterzuklettern. Sie half Betty aufzustehen, und gemeinsam gingen sie zum Cottage zurück. Betty warf ihr aus den Augenwinkeln einen Blick zu. »Sie sind ein Grübler, nicht wahr? Wie Jim.«

»Wie Jim?« Susannah war überrascht. Jim wirkte so unbekümmert.

»Himmel, ja. Warum, glauben Sie wohl, habe ich mich entschlossen, ihn hier großzuziehen? Er denkt zu viel.«

Susannah schob ihre Hände in die Taschen ihrer Jacke, um sie vor der Kälte zu schützen. »Es ist schwer, sich nicht um Teenager zu sorgen.«

»Aber es ändert nichts, wenn man sich Sorgen macht. Das sage ich Jim jedes Mal, wenn er wegen Hood unruhig auf und ab geht.«

Susannah sah sie an. In ihrem Gehirn begannen bereits kleine Alarmglocken zu schrillen. *Hood? Der Junge, mit dem meine Tochter jede wache Minute verbringt?*

»Warum? Was hat Hood getan?«

Betty sah sie an. »Oh, beruhigen Sie sich! Er ist kein schlechter Junge. Sie brauchen sich wegen Katie keine Sorgen zu machen. Er würde niemals so etwas tun wie das, was Sie uns erzählt haben; wie dieser Junge, zu dem sie zu Hause eine Beziehung hatte.«

»Ich habe nicht gesagt, dass er das tun würde. Aber natürlich bin ich neugierig.«

»Der typische dumme Kinderkram. Das Motorrad: Er

hatte irgendein Video über Motorradspringer gesehen und baute sich selbst eine Rennbahn auf der Kiesgrubenstraße. Er brach sich den Arm und fuhr das Motorrad zu Schrott. Das war im vergangenen Jahr, als er dreizehn war. Ein anderes Mal überredete er Baker, mit ihm ein Rennen in den Golfcarts zu fahren. Sie fuhren zum Crane's Point hinauf und sind beinahe über die Klippe gerast. Draufgängertum, Dummejungenstreiche. Oder diesen Sommer …« Betty blieb stehen. »Die Menschen hier sehen die Dinge anders. Darum müssen Sie dies im Zusammenhang mit diesem Ort und der Art von Menschen, die hier leben, verstehen.«

Susannah nickte. Sie blieb ebenfalls stehen, sah Betty an und hörte zu.

»Hood war eng mit Mary Lou und Ralph Flanagan befreundet, die oben in der East Road wohnten. Ralph ist im Zweiten Weltkrieg Pilot bei der Navy gewesen und hat Hood immer alle möglichen Geschichten erzählt. Im vergangenen Jahr erkrankte er an Krebs und hatte starke Schmerzen. Hood besuchte ihn fast sechs Monate lang jede Woche. Nachdem er gestorben war, schrieb Mary Lou Jim und Fiona einen Brief, in dem sie ihnen dankte für alles, was Hood getan hatte. Sie dachten, sie meinte die Besuche.«

»Und was war falsch daran?«

»Eines Tages hielt Mary Lou am Waschsalon und traf dort Fiona. Sie erzählte ihr, dass Ralph ohne Hoods Medizin nicht so lange durchgehalten hätte.«

»Medizin?«

Betty warf Susannah einen Blick zu. »Marihuana. Hood

hat ein paar Pflanzen unter Lampen in der Scheune angebaut und sie dann zu Ralph gebracht, um seine Schmerzen zu lindern.«

Dass Katies neuer bester Freund wusste, wie man Pot anbaute, löste ein Panikgefühl in Susannah aus, das sie sofort zu unterdrücken versuchte. Sie selbst hatte noch nie Pot geraucht. Als Kind eines Alkoholikers hatte sie kein Interesse daran, irgendetwas zu tun, was die Möglichkeit barg, ihr Bewusstsein und ihre Persönlichkeit auf die gleiche Weise zu verbiegen, wie es der Alkohol mit ihrem Vater gemacht hatte. Der Kontrollverlust, der in allem steckte, was das Bewusstsein stärker veränderte als ein einzelnes Glas Wein, jagte ihr Angst ein. Zachs gelegentliche Neigung zu Drogen und Alkohol hatte Susannah fast genauso erschreckt wie seine ekelerregende Wette auf Katies Entjungferung.

Betty seufzte: »Sounder weist eine lange und komplizierte Geschichte im Umgang mit Marihuana auf. Zum größten Teil haben die Menschen hier die Haltung, dass jeder nach seiner Fasson selig werden soll. Aber vor vier oder fünf Jahren zog ein Paar her, das zwei Dutzend Hektar Land auf der Mitte der Insel kaufte. Wir wussten alle, dass sie Nutzpflanzen anbauten, aber wir hatten keine Ahnung, *was für welche*. Vermutlich benachrichtigte irgendwer den Sheriff, denn eines Morgens führte die Drogenbehörde eine Razzia auf der Insel durch. Es war verrückt.«

»Wirklich? Die Drogenbehörde hat Sounder durchkämmt?« Susannah konnte sich nicht vorstellen, dass eine Armee von staatlichen Ermittlern auf dem winzigen, abgelegenen Sounder eingefallen sein sollte.

»Vierundzwanzig Drogenermittler und Polizisten mit Schnellfeuergewehren, kugelsicheren Westen und Tarnanzügen«, bestätigte Betty Susannahs absurd anmutende Vorstellung. »Sie schwärmten über die gesamte Insel aus und fanden sechshundert Marihuanapflanzen auf der Farm von Bob und Alison. Sie legten sogar Barfuß drei Stunden lang Handschellen an, weil sie in seinem Gewächshaus zwei Marihuanapflanzen gefunden hatten.«

Barfuß, Quinns neuer bester Freund, baute ebenfalls Pot an?

»Die Drogenermittler haben die Insel eine Woche vor der Razzia ausgekundschaftet. Mit Sturmgewehren durchstreiften sie die Wälder, in denen meine Enkel spielten. Es war das einzige Mal, dass ich hier Angst hatte. Doch die hatte ich erst anschließend, als ich mir vorstellte, was alles hätte passieren können.« Betty schob sich eine widerspenstige Haarsträhne hinter das Ohr. »Barfuß pflanzt eine kleine Menge Pot an, aber ausschließlich für medizinische Zwecke. Normalerweise hätte *er* sich um Ralph gekümmert. Aber Ralph hasste Barfuß – sie hatten vor vierzig Jahren einen heftigen Streit wegen des Massakers an der Kent State University –, deshalb wandte er sich nicht an Barfuß um Hilfe, als er krank wurde. Ich glaube, dass das der Grund ist, warum Hood die Sache übernahm. Er hat über die unterschiedlichen Arten von medizinischem Marihuana recherchiert und es in der Scheune angepflanzt, in der wir Salat in Hydrokultur anbauen. Jim und ich haben überhaupt nichts davon bemerkt. Die Jungs kümmern sich um den Salat, und keiner von uns sieht da weiter nach. Wir vermuten, dass er die Samen aus dem Gewächshaus von Barfuß hatte.

Und bitte – ich weiß, wie beängstigend die Situation mit Katie und dem Jungen und der Trinkerei zu Hause für Sie war. Aber das hier ist etwas anderes. Darüber sind Sie sich doch im Klaren, ja?«

»Das ist mir klar!«, versicherte Susannah. »Allerdings bin ich froh, dass Sie es mir erzählt haben.« Wieder fühlte sie einen riesigen näherkommenden Eisberg in ihrer Brust – eine unter der Oberfläche der Dinge lauernde Gefahr. »Ich vertraue Ihnen und Jim und Hood.«

Erst später bemerkte sie, dass sie nicht gesagt hatte: »Ich vertraue Katie.«

13. Kapitel

Betty 1956

Das Baby wurde im Ballard General geboren. Betty nannte ihren Sohn James Llewellyn; James, weil ihr der Name gefiel und sie nichts gegen die damit verbundenen Spitznamen hatte, und Llewellyn, weil Richard Llewellyn ihr Lieblingsautor war.

Sie lehnte alle Betäubungs- und Schmerzmittel ab. Wenn sie nun schließlich doch ein gesundes Baby zur Welt bringen würde, dann wollte sie bei Gott jeden Augenblick davon bewusst erleben. Und nach all den Monaten, die sie im Bett gelegen und sich halbtot und wie jemand gefühlt hatte, der sich zwar bewegte und atmete, aber überhaupt nichts *fühlte*, war die Geburt wie ein Klaps ins Gesicht, der sie plötzlich in die Welt des Fühlens, Liebens, Hassens und der Fürsorglichkeit zurückbrachte. Bei jeder Wehe schrie sie ihren Zorn über Bill heraus und schlug wütend mit ihren Fäusten auf ihre Naivität ein und weinte über alles, was sie verloren hatte.

Das Baby wurde nach zehn mühevollen Stunden geboren. Betty betrachtete das zerknautschte Gesicht des kleinen Mannes und seine winzigen Fäuste und empfand eine Woge der Euphorie und der wilden Entschlossenheit, die alles zuvor Erlebte übertraf. »Zum Teufel mit

Bill«, dachte sie. »Ich weiß nicht, wie man es macht, verheiratet zu sein.« Sie nahm das Baby hoch und drückte es an sich. »Aber das hier werde ich schaffen.«

Bill traf zwei Tage später ein. Bobbie hatte der Krankenschwester bereits mitgeteilt, dass es ihm nicht gestattet sei, das Zimmer zu betreten, um Betty oder das Baby zu sehen.

»Er sieht schrecklich aus«, erzählte ihr Bobbie. »Er ist dünn und hat sich nicht mal die Haare schneiden lassen.«

»Ich habe ihm immer die Haare geschnitten«, erklärte Betty, »und möglicherweise ist er gleich direkt von der Farm hergekommen, als unser Telegramm bei ihm eintraf. Wir sollten ihn das Baby sehen lassen. Es ist sein Sohn.«

»Er hätte daran denken sollen, bevor er anfing, jedem vorbeilaufenden Rock hinterherzujagen.« Bobbie hob eine große, in blaues Papier eingeschlagene Schachtel in die Höhe. »Ich habe ihm gesagt, dass er nicht reinkommen kann, aber er hat ein Geschenk für das Baby mitgebracht.«

Betty riss das Papier auf, öffnete die Schachtel und zog einen Baseballhandschuh, eine Punktetabelle und einen Stift hervor. Bill hatte ein einziges Wort quer über die Punktetabelle geschrieben: *BITTE*. Betty erinnerte sich an jenen Tag beim Baseballspiel, als er sie ein Teufelsweib genannt und geküsst und ihre Tabelle in kleine Stücke gerissen hatte. Sie dachte an die Woche nach dem Verlust der Zwillinge, als er im Krankenhaus neben ihrem Bett auf dem Boden geschlafen hatte. Sie dachte an die frühen Morgenstunden auf Sounder, in denen sie neben ihm im Bett gelegen und sich zufrieden gefühlt hatte. Sie dachte an Annette Fahlstrom und an die Frau in dem gelben Kleid.

»Ich will Bill sehen«, sagte sie zu Bobbie. »Ich will ihm das Baby zeigen.«

Bobbie schüttelte den Kopf und wollte etwas sagen, aber Betty streckte eine Hand nach ihr aus und griff ihren Arm.

»Es ist gut. Ich weiß, was ich tue. Es wird nicht noch einmal passieren.«

Bobbie sah sie an: »Du bist noch verrückter als Mel. Natürlich wird es wieder passieren. Er ist ein Betrüger, Bets.«

»Aber es wird mir von nun an egal sein«, dachte Betty.

Sie malte sich nicht die Lippen an und richtete sich auch nicht die Haare, bevor Bill hereinkam. Als er in ihr Krankenhauszimmer trat, spürte sie kein plötzliches Verlangen, sondern eine Welle der Vertrautheit, ähnlich der, die sie in ihrer Kindheit jedes Mal empfunden hatte, wenn sie durch die Eingangstür ihres Elternhauses auf Queen Anne Hill gegangen war. Er wirkte dünner als bei ihrer letzten Begegnung im November, war gebräunt und hager. Er trug ein blaues Chambray-Arbeitshemd und Khakihosen und hatte sein dunkles Haar mit Wasser zurückgekämmt, damit es flach anlag; aber es war so lang, dass die Locken dennoch unter seinen Ohren hervorquollen.

Betty wollte Bill nicht zu lange ansehen. »Ich habe ihn James genannt«, teilte sie ihm mit und schlug die blaue Decke zurück, sodass Bill das Gesicht des Babys sehen konnte. »Aber wahrscheinlich werden wir ihn Jimmy rufen.«

Bill sagte minutenlang nichts. Sie fühlte, wie seine Augen lange auf ihr ruhten, aber sie sah nicht zu ihm hoch. Als er merkte, dass sie keinen Augenkontakt zu ihm aufnehmen wollte, trat er dichter an ihr Bett und musterte das Baby in ihren Armen.

»Mein Gott, Betty. Er ist so klein. – Ist das normal?« Bills Stimme klang erst verwundert, dann besorgt.

Betty lächelte: »Ja. Er hat bei seiner Geburt 3,8 Kilogramm gewogen, mehr als der Durchschnitt.«

»Und ist alles gut mit ihm? Wird alles mit ihm in Ordnung sein?«

Der Verlust der Zwillinge hatte Bill ebenfalls zutiefst getroffen. Betty legte das Baby in ihren Schoß und stützte seinen kleinen Kopf mit ihren Knien. Dann schlug sie die um ihn gehüllte Decke auf, sodass Bill seine kräftigen Beine und Arme und seine perfekt ausgebildeten Finger und Zehen sehen konnte. »Ja, diesem kleinen Kerl fehlt nichts.«

Bill betrachtete seinen Sohn. »Seine Augen sind grau.«

»Sie werden sich verändern. Sie können braun werden wie meine oder grün.«

»Findest du, dass er mir ähnelt?«

»Ich hoffe nicht«, dachte Betty, »weil mir das jeden Tag das Herz brechen würde.« Aber sie sagte: »Ich weiß nicht. Ich glaube, es ist zu früh, um das beurteilen zu können. Bobbie sagt, dass ihre Tochter Macy sechs Monate lang ganz genau aussah wie Dick und dann begann, ihr zu ähneln.«

Bill hob seinen Blick und sah sie an: »Betty …«

Sie stoppte ihn mit einer Handbewegung. »Pst. Sprich es nicht aus. Es gibt wirklich nichts, was du sagen könntest, um an dem, wie es ist, etwas zu ändern.«

Sie wickelte das Baby wieder ein und streichelte seinen Kopf, worauf es in ihrem Schoß langsam einnickte.

»Aber dies hier, ein Baby zu haben, das ändert alles«, sagte Bill.

Betty sah zu ihm hoch. »Schatz, ich wünschte, das wäre wahr, aber ich weiß, dass es das nicht ist.«

Ihr war inzwischen klar, dass Bill eine Schwäche für andere Frauen hatte und dass sich daran nie etwas ändern würde. Und sie hatte eine Schwäche für Bill, und auch daran würde sich vermutlich nie etwas ändern. Diese Schwächen, die sie hatten, waren etwas, das sie teilten. Aber sie hatte jetzt dieses Baby und musste alles in ihrer Macht Stehende tun, um es gut aufzuziehen.

»Ich habe viel nachgedacht«, sagte Betty. »Ich will nicht zur Arbeit gehen und das Baby den ganzen Tag allein lassen. Bobbie hat gesagt, dass sie sich um ihn kümmern würde, aber sie und Dick haben bereits Macy, die sie versorgen müssen, und sie wünschen sich noch ein Kind, also wäre das nicht fair.« Sie lechzte nach einer Zigarette, aber die Krankenschwester hatte ihr ihre weggenommen. »Hast du was zu rauchen?«

Bill zog eine Packung aus der Brusttasche seines Hemdes und schüttelte eine Zigarette für sie heraus und zündete sie ihr an. Sie nahm einen tiefen Zug, der sie beruhigte.

»Ich kann keine Stelle finden, die mir genug einbringt,

um mir eine eigene Wohnung zu leisten«, fuhr sie fort, »und den Unterhalt für das Baby und für mich zu finanzieren.«

»Lieber Gott! Du glaubst, dass ich nichts zum Unterhalt meines Sohnes beitragen werde?«

»Beruhige dich. Ich will dich nicht beleidigen. Ich bin nur realistisch. Uns gehört eine Farm, die noch nicht mal einen Gewinn abwirft, stimmt's?«

»Noch nicht, aber ...«

»Also.«

»Aber ich habe darüber nachgedacht, zurück nach Seattle zu ziehen«, sagte Bill. »Ich würde die Farm verkaufen und sehen, ob ich wieder für Boeing arbeiten kann.«

»Niemand wird die Farm kaufen, und all unser Geld ist darin gebunden. Und was lässt dich annehmen, dass du jetzt lieber für Boeing arbeiten würdest als vor einem Jahr? Und was macht dich glauben, dass du deine Arbeitsstelle überhaupt wiederbekommen könntest?«

Bill schwieg.

Betty zog erneut an der Zigarette und drehte ihren Kopf zur Seite, um den Rauch von dem Baby wegzublasen. »Ich habe da eine Idee«, sagte sie. Und sie erläuterte Bill ihren Plan:

Was wäre, wenn sie ihre Ehe einfach als Geschäftsvereinbarung betrachteten? Betty würde mit dem Baby nach Sounder zurückkehren. Und da die Farm kein Geld abwarf und vermutlich auch nie welches abwerfen würde, konnte Bill fortgehen, um in Alaska zu arbeiten oder wo zum Teufel auch immer er wollte, und ihr Geld schicken. Sie würden so viele Hektar Land wie irgend möglich verkaufen, damit Betty die Farm mit nur einer Hilfskraft betreiben konnte. Sie würde genug anbauen, um sich und Jimmy für den größten Teil des Jahres mit Nahrung zu versorgen, und versuchen, durch den Verkauf von Eiern und Ziegenmilch zumindest die Unkosten zu decken. Mit Bills Geld würden sie ihre Schulden abzahlen und über genug Einkommen verfügen, um Sachen für Jimmy zu kaufen oder etwas für ihn zurückzulegen, damit er eines Tages das College besuchen konnte. Solange er fort war, konnte Bill durch so viele fremde Betten ziehen, wie er wollte. Zu Hause aber hatte er die Finger von anderen Frauen zu lassen, um Betty und ihren Sohn nicht in Verlegenheit zu bringen.

»Wenn du zu Hause auf Sounder bist, kannst du mit Jimmy zusammensein und an seinem Leben teilhaben«, schloss sie ihre Ausführungen.

Bill fuhr sich mit den Händen durch die Haare. »Du bist verrückt. Ich will das nicht. Es stimmt, dass ich möglicherweise die Insel verlassen muss, um zu arbeiten. Ich kann mit der Farm nicht genug Geld verdienen, und ich wüsste nicht, wie sich das ändern ließe. Du weißt, dass die Fahlstroms ihre Farm verkauft haben und nach Oregon gezogen sind. Corky arbeitet jetzt als Zimmermann. Und die Burnses sind nach Seattle gezogen. Joe arbeitet als Lehrer. Es ist schwer, an einem Ort wie Sounder seinen Lebensunterhalt zu verdienen.«

»Ich weiß«, sagte Betty. »Aber es ist ein guter Ort, um ein Kind großzuziehen. Also geh und verdiene deinen Lebensunterhalt, wo immer es dir möglich ist.«

Bill schüttelte den Kopf. »Ich will nicht ständig monatelang weg sein und dich und das Baby allein zurücklassen …«

»Andere Familien auf Sounder machen das auch«, erklärte Betty. »Paul Duning arbeitet auf den Fangschiffen oben in Alaska. Don MacKenzie arbeitet für diese Dampfschifffahrtsgesellschaft. Seine Frau erzählte mir, er sei in einem Jahr zehn Monate lang weggewesen.«

Bill setzte sich auf den Stuhl neben ihrem Bett. »Wir sind verschuldet. Wenn ich die Farm nicht verkaufen kann, muss ich mir einen anderen Weg überlegen, an Geld zu kommen.«

»Dies ist der Weg.«

Ein langes Schweigen füllte das Zimmer. Schließlich sah Bill auf den beige gefliesten Boden und sagte leise:

»Ich habe meine Lektion gelernt. Es tut mir mehr leid, als du dir vorstellen kannst. Ich werde keine andere Frau mehr anfassen.«

»Vielleicht nicht«, meinte Betty. »Aber ich will nicht davon ausgehen oder darauf hoffen, dass du es nicht tun wirst.«

Bill zuckte zusammen. Er saß lange Zeit schweigend da und starrte aus dem Fenster. Schließlich wandte er sich zu ihr. »Aber das ist keine normale Ehe.«

»Sie muss nicht normal sein. Sie muss nur für Jimmy normal wirken.«

Bill beugte sich im Stuhl vor, stützte seine Arme auf die Knie und musterte seinen Hut, den er in den Händen drehte, als würden sich dort irgendwo die Antworten zu seiner gesamten Vergangenheit und Zukunft verbergen.

»Ich würde mich freuen, wenn ihr, du und das Baby, zurück nach Hause auf Sounder kämt«, sagte er schließlich. »Das ist mehr, als ich erwartet hatte.«

»Es ist mehr, als du verdient hast«, gab Betty zurück. Sie musste sich dagegen wappnen, nicht die Hand auszustrecken und die Haarlocke, die ihm in die Stirn fiel, während er vorgebeugt dasaß, zurückzuschieben und ihre Hand auf seinen Arm zu legen. »Aber es wird gut für Jimmy und für mich sein. Es ist einfacher für mich, auf Sounder zu leben.«

Er sah zu ihr hoch. »Du bist ein Teufelsweib, Betty. Ich wünschte …«

»Lass sein«, unterbrach ihn Betty. Das Baby bewegte sich in ihrem Schoß, und sie beugte sich, dankbar für die Ablenkung, zu ihm hinunter. »Das wär's«, fuhr sie fort. »Also sind wir uns einig. Du wirst dir so schnell wie möglich eine Arbeit suchen, und ich werde Ende des Sommers mit dem Baby nach Sounder ziehen.«

Bill stand auf. »Gut. Wenn es das ist, was du willst.«

Betty hielt die Augen weiter auf das Kind in ihrem Schoß gerichtet. »Das ist es, was ich will. Und noch eines: Der Arzt hat gesagt, dass ich nicht noch einmal schwanger werden sollte. Ich hatte das Glück, Jimmy zu bekommen, aber er meint, eine weitere Schwangerschaft sei zu riskant für mich. Da unsere Ehe jetzt eine geschäftliche Vereinbarung ist, will ich sichergehen, dass du verstehst, was Teil dieser Vereinbarung ist und was nicht.«

Bill blieb lange neben ihrem Bett stehen und musterte sie. »Ich verstehe«, sagte er schließlich, drehte sich um und ging.

Im September zog Betty zurück nach Sounder. Bobbie, die den gesamten Sommer über versucht hatte, es ihr auszureden, weigerte sich sogar, sie in die Stadt zu fahren, von wo aus ein Bus nach Anacortes fuhr.

»Ich liebe dich, Betty«, hatte sie erklärt. »Und ich liebe dein Baby. Und deshalb werde ich keinen Finger rühren, um dir dabei zu helfen, zu diesem Mann zurückzukehren.«

Betty hatte sie angesehen und genickt. Sie konnte nicht erklären, warum sie tat, was sie tat. Sie wusste nur in ihrem tiefsten Inneren, dass Sounder der richtige Ort war, um ihren Sohn großzuziehen, und dass es für sie selbst auch ein guter Ort zum Leben war. Und sie wusste ebenfalls, dass sie nie in der Lage sein würde, sich ganz von Bill zu lösen, und dass diese Vereinbarung zwischen ihnen etwas war, das sie ausprobieren musste. Vielleicht würde sie sich eines Tages scheiden lassen, aber jetzt noch nicht.

Bill reiste im Oktober ab, um bis Ende März auf einem Fangschiff in Alaska zu arbeiten. Die Bezahlung war gut, besser als sie erwartet hatten. Wenn er jeden Winter einen ähnlichen Betrag verdienen könnte, würden sie innerhalb von drei Jahren schuldenfrei sein. Nick Condon, den sie als Farmarbeiter eingestellt hatten, arbeitete sorgfältig und unermüdlich. Das Wichtigste aber war, dass Menschen, die sie während ihres ersten Jahres auf Sounder erst kennenzulernen begonnen hatte, sofort zu Freunden wurden, als sie mit dem Baby und dem klaren Bekenntnis zu bleiben zurückkehrte.

Claire MacKenzie, Dons Frau, hatte zwei Kleinkinder

und einen Mann, der neun Monate im Jahr fort war. Zu Bettys Überraschung wurde Claire für sie zu der engen Freundin, die sie nie gehabt hatte; zu einer Ersatzschwester, die ihr bei Jims ersten Mittelohrentzündungen und einer Diphtherie zur Seite stand und ihr ihre eigenen Eheprobleme anvertraute. Ihre Offenheit und aufgeweckte Neugier ermutigten Betty, zunächst zögerlich, von ihren Fehlgeburten und von Bill zu erzählen.

Ellen und George MacPherson, die auf der Nachbarfarm wohnten, waren stets bereit, alle Fragen zum Betreiben der Farm zu beantworten oder sogar mit anzupacken. Lem Jacobsen, ein junger Botaniker, der auf Sounder wohnte, wenn er nicht gerade in der Welt herumreiste, schloss Jimmy während einer Party bei den MacPhersons in sein Herz und kam am nächsten Wochenende vorbei, um vor Bettys Küchentür ein Hochbeet und einen kleinen Garten mit medizinischen Kräutern anzulegen – Beinwell zum Heilen von Schnitten und Kratzern, Lobelien gegen Husten, Kamille gegen Zahn- und Ohrenschmerzen.

Weihnachten fuhr sie mit dem Baby nach Seattle zu ihrer Familie. Bobbie, Dick und Macy, ihre Mutter, Grammy und Mel – sie alle waren da. Selbst Bobbie musste zugeben, dass sich Betty und Jim gut entwickelt hatten. Die körperliche Arbeit auf der Farm und das Leben auf Sounder hatten Betty gekräftigt, und die Schwangerschaft und das Stillen hatten ihre Hüften und Brüste runder und ihr Gesicht voller werden lassen, sodass sie nun nicht mehr nur Haut und Knochen war. Und Jim war das dickste kleine Baby, das man hier jemals gesehen hatte, obwohl er noch immer fast ausschließlich mit Muttermilch ernährt wurde. Betty packte gern einen seiner drallen Schenkel, schüttelte ihn und genoss, wie kräftig er war.

Ihre Verbindung zu dem Baby war so allumfassend, dass sie noch nicht einmal Bill vermisste, zumindest anfangs nicht. Sie war beschäftigt von Jims erstem Schrei am Morgen, mit dem er sie weckte, bis zum Abend, wenn sie ihren dankbaren Körper ins Bett sinken ließ. Jim schlief neben ihr im Doppelbett. – Wer konnte es sich schließlich leisten, auf dem Festland eine Wiege zu kaufen, sie mit dem Bus und der Fähre zu transportieren, sie über die Rampe und den langen Anlegesteg zu schleppen und dann mit dem Pick-up nach Hause zu bringen? Claires ältester Sohn hatte, wie sie Betty erzählte, in seinem ersten Jahr in einer Kommodenschublade geschlafen, aber der jüngere hatte so viel gequengelt, dass sie ihn mit in ihr Bett genommen hatte, wo er zehn Monate blieb, bis Don nach Hause kam und ein kleines Bett für ihn baute, das auf einer Seite ein Gitter hatte.

Nach sechs Monaten jedoch, begann Betty Bill zu vermissen. Ihr fehlte jemand, mit dem sie in der Dunkelheit reden konnte, wenn sie spät in der Nacht im Bett lag. Ihr fehlten sein starker Rücken und seine Arme, wenn sie schwere Holzladungen vom Schuppen zur Veranda trug oder gebückt Reihe für Reihe frühe Salate pflanzte. (Er war weiß Gott ein Schuft, aber niemand, der sich vor harter körperlicher Arbeit drückte.) Sie sehnte sich danach, dass er ihren Schenkel mit einer Hand packte, wenn sie mit dem Pick-up irgendwohin fuhren. Und ihr fehlte die Art, wie er den Kopf in den Nacken warf und über ihre scharfe Erwiderung auf etwas, das er gesagt hatte, lachte.

Als er Ende März nach Hause zurückkehrte, schickte sie Nick, damit er ihn am Dock abholte. Sie trug dieselbe Latzhose mit warmer Flanellbluse, die sie an den meisten Tagen anhatte, und bürstete ihre lockigen Haare, die lang geworden waren, zu einem Pferdeschwanz zurück. Außerdem malte sie sich die Lippen leuchtend rot an, aber das tat sie, selbst wenn sie nur zur Post fuhr, aus keinem besonderen Grund, sondern einfach, weil ihr der Sinn danach stand, auch wenn sich nur wenige Frauen auf Sounder die Mühe machten, sich zu schminken.

Als sie das scharrende Geräusch der Reifen auf dem Schotterweg hörte, begann ihr Herz schneller zu schlagen. Aber sie zwang sich, nicht an die Tür zu gehen, um ihn zu begrüßen, und beschäftigte ihre bebenden Hände damit, in der Küchenspüle die eingebrannten Speisereste aus der gusseisernen Pfanne zu scheuern. Jim schlief auf einem Stapel Decken auf dem Boden im Wohnzimmer, wo sie ihn sehen konnte. Im hinteren Raum hatte sie das Doppelbett für Bill gemacht.

Hinter sich hörte sie, wie sich die Eingangstür öffnete und schloss. Sie richtete sich auf und wartete, noch immer mit dem Gesicht zum Fenster über der Spüle, die Hände im Spülwasser. Sie drehte den Kopf zur Seite, damit er sie hören konnte.

»Das Baby schläft da, auf dem Boden in der Ecke, wenn du es sehen willst.«

Sie beugte sich wieder über die Pfanne und hörte seine

Schritte, als er durch das Zimmer hinter ihr ging, und das Knarren der alten Fußbodenbretter, als er sich neben Jimmy niederbeugte. Dann hörte sie den Boden erneut knarren, als er aufstand, und seine Schritte, als er zu ihr kam und sich hinter sie stellte, ohne sie zu berühren. Sie hielt in ihrer Arbeit inne und verharrte reglos, in der einen Hand die Pfanne, in der anderen den Spüllappen.

Bill beugte sich vor, damit seine Lippen dicht an ihrem Ohr waren. »Er ist unglaublich, Betty«, sagte er mit leiser Stimme. Und nach einer Pause fügte er hinzu: »Und du bist es ebenso.«

Sie konnte die Wärme seines Körpers hinter sich fühlen, obwohl er sie nicht berührte, konnte seinen warmen Atem an ihrem Ohr spüren. Sie wollte, dass seine Lippen auf ihrem Nacken waren, dass seine Arme sie umfassten, dass er seine Hüften an sie presste.

»Ach, zum Teufel«, sagte sie und ließ den Spüllappen in das Becken fallen. Dann ließ sie auch die Pfanne los und drehte sich zu ihm, um ihn anzusehen. Sie umfasste seinen Kopf mit ihren beiden feuchten Händen und zog ihn zu sich und küsste ihn. Er küsste sie leidenschaftlich zurück, öffnete ihre Lippen mit seiner Zunge und packte ihre Hüften mit seinen Händen, um sie an sich zu ziehen.

Sie liebten sich, bis das Baby eine Stunde später erwachte, und dann die ganze Nacht hindurch, nachdem es am Abend wieder eingeschlafen war.

14. Kapitel

Susannah 2011

Susannah blickte von dem Pizzateig hoch, den sie gerade knetete, und sah Jim, der die Hintertür des weißen Cottages öffnete. Er trug seine Lehrerkleidung: ein Hemd mit Krawatte unter einem warmen Pullover, einen wasserdichten Parka und eine Hose aus dickem Cord, deren rechtes Bein in die Socke gestopft war. Den holprigen, durch den Wald führenden Weg von und zur Schule legte er mit einem Mountainbike zurück, was die Sache mit dem Hosenbein erklärte. In der Hand hielt er seinen Rucksack.

»Ich möchte Sie um einen Gefallen bitten«, sagte er.

»Gern doch«, erwiderte Susannah.

»In der kommenden Woche ist Pizza&Poetry-Tag. Ich habe das bereits erwähnt, oder?« Er zog ein dickes Buch aus dem Rucksack und legte es auf die Theke. Susannah nickte. »Fein. Ich will dieses Jahr ein paar Plakate aufhängen – Porträts berühmter Dichter mit ein paar Zeilen aus ihren bekanntesten Gedichten. Ich habe von Ihren künstlerischen Fähigkeiten gehört, und da wollte ich fragen, ob Sie bereit wären, die Plakate für mich anzufertigen.«

Susannah wischte sich die mehligen Hände an der

Schürze ab und sah ihn erstaunt an: »Ich bin Schaufensterdekorateurin.«

»Ich weiß. Aber ich habe gehört, dass Sie auch eine hervorragende Künstlerin sind.«

Susannah zuckte die Schultern. »Ich habe ab und zu ein wenig gemalt.« Sie dachte an die leuchtenden Farben der Landschaft, die sie während jener wunderbaren Anfangsjahre ihrer Ehe geschaffen hatte, und an das Wandgemälde in Katies Babyzimmer, das kreisförmige Blumen, tanzende Bäume und wirbelnde Wasser in Hülle und Fülle zeigte, dazu eine prachtvoll strahlende Sonne. Den Blumen hatte sie winzige Gesichter gegeben, und in den gewundenen Blättern versteckten sich freundliche Tiere. »Es ist Jahre her, dass ich das gemacht habe«, fügte sie hinzu. »Nach Katies Geburt hatte ich keine rechte Zeit mehr dafür, und als dann Quinn hinzukam … Wie auch immer, Quinn hätte Ihnen das nicht erzählen sollen …«

»Es war nicht Quinn. Es war Katie.«

»Katie?«

»Sie hat sich sogar richtig anerkennend geäußert und erzählt, dass Sie ihr Zimmer bemalt haben, als sie ein Baby war, und dass Sie Geschichten über eine Elfenfamilie für sie gemalt haben, als sie klein war.«

»Das habe ich. Ich habe schon seit Jahren nicht mehr daran gedacht.«

»Würde es Ihnen etwas ausmachen, die Plakate anzufertigen? Bloß ein paar einfache Federzeichnungen. Widmen Sie dem ein oder zwei Stunden, und wenn es zu viel Arbeit wird, dann lassen Sie's.«

»Ich werde es versuchen. Aber es ist lange her.«

»Das ist okay.« Jim machte eine Kopfbewegung zum Buch hin. »Überraschen Sie mich. Malen Sie ein paar Gedichte. Sie können jedes Gedicht aus dem Buch auswählen. Ich habe ein paar Favoriten mit Zetteln markiert, aber die Entscheidung liegt bei Ihnen.« Er griff in seinen Rucksack und zog eine Papiertüte heraus. »Ich habe Ihnen auch Malmaterial aus der Schule mitgebracht.«

Sie lächelt: »Gut, ich versuche es.«

»Danke. Könnten Sie es bis Montag machen?«

»Sicher.« Sie bemerkte, dass sie zum ersten Mal seit Jahren zugestimmt hatte, etwas zu tun, ohne zuvor in ihren Terminkalender zu sehen. Wenn sie es recht überlegte, hatte sie hier noch nicht einmal einen Terminkalender.

»Toll.« Jim warf den Rucksack über seine Schulter. »Ich lerne Ihre Katie immer besser kennen. Sie ist ein interessantes Kind. Eine fantastische Autorin.«

»Wirklich? Glauben Sie?«

»Ja. Hat sie Ihnen den Aufsatz gezeigt, den sie vergangene Woche über Steinbecks *Die Reise mit Charley* geschrieben hat? Er war sagenhaft.«

»Nein. Sie hat mir noch nicht einmal davon erzählt.«

»Das habe ich mir schon gedacht. Kinder in diesem Alter wollen nicht, dass man alles über sie weiß, zumindest, wenn es sich um ihre Eltern handelt. Bitten Sie sie irgendwann einmal, ihn Ihnen zu zeigen.«

»Das werde ich. Danke, dass Sie's mich haben wissen lassen.«

Er verharrte noch kurz, eine Hand auf der Theke. »Da ist noch etwas. Grundsätzlich behalte ich für mich, was ich in der Schule erfahre. Wenn die Kinder mir so weit vertrauen, dass sie mir etwas sagen, will ich dieses Vertrauen nicht missbrauchen.«

Susannahs Herz begann in ihrer Brust zu klopfen wie ein wild gewordenes Kaninchen.

»Sehen Sie mich nicht so an«, meinte Jim. »Es ist nichts Schlimmes. Sie haben mir von ein paar der Probleme erzählt, die sie zu Hause hatte, wie durch das Verfassen der Zeitungsgeschichte über dieses Mädchen.«

Susannah seufzte: »Ja.«

»Das Mädchen, über das sie geschrieben hat, scheint recht bösartig zu sein. Katie erzählte mir, dass sie einen schüchternen Jungen eingeladen und dazu verführt habe, sie zu küssen, während eine Freundin die ganze Sache heimlich auf Video aufnahm. Anschließend habe sie das Video ins Netz gestellt und sich darüber lustig gemacht. Der Junge war am Boden zerstört. Katie sagt, er habe die Schule verlassen.«

»Unglaublich.« Katie hatte jedes Gespräch über die Zeitungsgeschichte verweigert.

»Dasselbe Mädchen hat laut Quinn auch andere Kinder drangsaliert. Ich habe ihn danach gefragt. Katies Zeitungsgeschichte scheint mir einfach ein Racheakt gewesen zu sein. Offenbar erträgt sie keine Ungerechtigkeiten.«

Wie Matt. Susannah hatte plötzlich das Bild des dicken, mondgesichtigen zehnjährigen Davey Godwin mit seiner schwarz eingefassten Brille und seinem gestreiften

T-Shirt vor sich. Matt – schlank, stark und der beste Sportler im Camp – hatte Davey stets als Ersten ausgewählt, wenn er als Mannschaftskapitän ein Team zusammenstellte, ob es nun um Kickball, Baseball oder um das Geländespiel *Capture the Flag* ging. Er brachte Davey die Feinheiten des Base-Laufens bei und verbesserte seine Schlagbewegung, damit er nicht so viele harmlose Popups fabrizierte. Davey vergötterte ihn. »Warum wählst du ihn immer als Ersten aus?«, hatte Susannah ihn gefragt. Schließlich hätte Matt warten und Davey noch als Zweiten, Dritten oder Vorletzten nehmen können. »Weil es sonst nicht fair ist«, hatte Matt erwidert. »Jeder hat es verdient, auch mal der Erste zu sein.«

»Das wusste ich nicht«, sagte Susannah zu Jim. »Sie hat es uns nie erzählt.«

»Während der ersten Tage hier in der Schule hat sie Quinn recht heftig beschützt. Er war ängstlich und machte sich wegen der Keimgeschichte Sorgen und weil er nicht wusste, ob er sich in die Gruppe eingliedern könnte.«

»Zu Hause ist sie ziemlich gemein zu ihm.«

»Wie gesagt, sie lässt Sie sehen, was sie Sie sehen lassen will.«

»Danke, dass Sie es mir gesagt haben«, sagte Susannah. »Matt wird froh sein, wenn er das erfährt.«

»Wie geht es Matt?«

»Oh, gut. Er hat viel zu tun.«

In Wirklichkeit wusste Susannah gar nicht genau, wie es Matt ging. Er war telefonisch noch immer schwer zu erreichen, und wenn sie miteinander sprachen, wirkte er müde oder gereizt. In letzter Zeit hatte sie den Eindruck, dass alles, was sie sagte, Matt ärgerte, aber sie wusste nicht, warum das so war oder was sie dagegen tun konnte. Sobald sie ihn fragte, ob irgendetwas nicht stimme, pflegte er zu antworten: »Ich weiß nicht, was du meinst.« Und danach folgte ein langes, unbehagliches Schweigen.

»Gut. Ich muss weiter«, sagte Jim. »Ist das wirklich in Ordnung mit den Plakaten bis Montag?«

»Ja, Montag ist kein Problem«, bestätigte sie und wandte sich wieder ihrem Pizzateig zu.

Nachdem sich die Tür hinter Jim geschlossen hatte, fühlte sie sich aus irgendeinem Grund auf Sounder einsamer als je zuvor.

Am Montag brachte Susannah ihre Plakate in die Schule. Sie hatte einige Tage daran gearbeitet und Gedicht für Gedicht in dem Buch gelesen, das Jim ihr mitgebracht hatte. Sie hatte diverse Skizzen angefertigt und war mit dem Zeichenblock herumgelaufen, um das Tageslicht möglichst intensiv auszunutzen. Es war Jahre her, dass sie irgendetwas Künstlerisches angefertigt hatte, und sie war von Zweifeln geplagt. Nachdem sie Zeichnung für Zeichnung zerknüllt und in den Ofen gestopft hatte, war sie einen anderen Weg gegangen.

Der Unterricht war schon beendet, als Susannah eintraf. Wie inzwischen üblich, wusste sie nicht, wo genau ihre Kinder steckten. Katie war vermutlich mit Hood und Baker irgendwo, da die drei unzertrennlich waren, und Quinn hatte sich vielleicht zum Haus von Barfuß aufgemacht. Barfuß brachte ihm bei, wie man Pflanzen bestimmte und katalogisierte, eine Tätigkeit, die Quinn liebte. Und wenn er nicht mit Barfuß zusammen war, dann mit Evelyne Waters, seiner neuen besten Freundin. Die zehnjährige Evelyne wohnte auf der anderen Seite der Insel, wo ihre Eltern Lavendel anbauten. Sie verkauften Lavendelgelee, Lavendelkissen und Lavendelseife. Susannah fragte sich, ob der süße, beruhigende Lavendelduft, der an Evelyne hing – in ihren Haaren, ihrer Kleidung und sogar an ihrer Haut –, einen Teil der Anziehungskraft ausmachte, die sie auf ihn ausübte. Sie war Quinns ganz persönliche Aromatherapie.

Susannah sah Jim bei den großen nach Westen weisenden Klassenfenstern auf einer Holzleiter kauern, einen Putzlappen in der einen und eine Sprühflasche in der anderen Hand.

»Hallo!«, rief sie. »Sie sind hier auch der Fensterputzer?«

Jim legte den Lappen auf die oberste Stufe der Leiter und stieg herab. »Ja, so ist es. Sie haben die Plakate gemacht? Ich kann es kaum erwarten, sie zu sehen.«

Susannah fühlte sich gehemmt. »Ich bin keine sonderlich gute Porträtistin. Ist das der richtige Begriff? Ich bin gut, wenn es um Landschaften und Stillleben geht, aber Menschen gehören nicht zu meinen Stärken. Darum sind es nicht direkt *Porträts* der Dichter geworden.«

»Ich wette, Sie unterschätzen sich.« Er sah sie mit seinen grünen Augen eindringlich an – ein Blick, der ihr durch und durch ging, als würde er all ihre Selbstzweifel sehen, die in ihre Arbeit eingeflossen waren. »Kommen Sie rein«, sagte er. »Wir werden sie auf einem Tisch ausbreiten und gemeinsam ansehen.«

Er schlüpfte aus seinen Schuhen, derben Clogs mit Gummisohlen, und ging in das Schulgebäude. Sie folgte seinem Beispiel. Niemand trug in der Schule Schuhe, damit der alte Kiefernboden geschützt wurde. Das trug auch zu der hier – im Gegensatz zu den lärmerfüllten Klassenzimmern zu Hause – herrschenden Stille bei.

Sie zog die Gummibänder von den aufgerollten Plakaten und breitete die Blätter auf einem großen Eichentisch aus, wobei sie die Ecken mit Büchern beschwerte, damit sich die Bilder nicht wieder einrollten. Sie waren wirklich farbenfroh, so viel stand fest.

Frustriert von ihren Versuchen, realistische Porträts zu malen, hatte sie stattdessen zu Collagen Zuflucht genommen und je ein Bild aus einem Gedicht eines ausgewählten Dichters illustriert. Dabei hatte sie Zeitungsausschnitte, Farben, Bleistiftzeichnungen, Stoffstücke und Federn kombiniert. Beispielsweise hatte sie zu Robert Frosts Gedicht *Design* eine »gefurchte Spinne, dick und weiß« mit Schafwollbüscheln und Schnurstücken gestaltet, die vor einem blassen rosa-orangefarbenen Himmel auf einer leuchtend blauen Blume saß. Auf einem anderen Plakat von ihr sah man eine blaurote, aus Stoffstücken gefertigte Weinbeere, die unter den glänzenden Strahlen einer leuchtenden, aus Goldfolie geformten Sonne vor sich hindorrte und das Gedicht *Dream Deferred* von Langston Hughes veranschaulichte.

Jim beugte sich über die Bilder und sah sie erstaunt an. »Das ist nicht das, was ich erwartet habe.«

»Ich weiß. Sie wollten etwas mehr Traditionelles – Zeichnungen. Ich fand nur, dass …«

»O nein, die sind wunderbar. Sie gefallen mir sehr. Sie sind eben ein wenig …« Er bedachte Susannah mit einem forschenden Blick. »Ich weiß nicht – *kühn*, *überraschend*. Wie gesagt, nicht das, was ich erwartet habe.«

»Soll ich mich jetzt geschmeichelt oder beleidigt fühlen?«

»Geschmeichelt, Susannah. Kühn ist gut. Überraschend ist gut.« Er zeigte auf das dritte Bild. »Was ist das?«

»O Gott, ich weiß schon.« Susannah lachte: »Es ist eine Schnecke. Ich dachte, dass die Kinder sie mögen würden. Ich habe Gedichte der von Ihnen vorgeschlagenen Dichter ausgesucht, aber ich wollte noch gern etwas völlig anderes mit in die Auswahl nehmen. Das gehört zu Sam Greens Gedicht *Scripsit*. Kennen Sie es?« Sie durchsuchte ihre Kuriertasche und zog die Blätter heraus, auf die sie das Gedicht geschrieben hatte. »Es handelt von einer Schnecke, deren Kriechspur ein perfektes kursives O bildet.«

»Sie werden es kaum glauben, aber ich kenne das Gedicht. Sam Green gehört zu meinen Lieblingsdichtern.« Er setzte sich ihr gegenüber auf die Kante des Tisches und neigte den Kopf zur Seite. »Für eine getürmte Vorstadtmutti sind Sie eigentlich ein viel zu faszinierender Mensch.«

Wann hatte Matt sie zuletzt »faszinierend« gefunden?

Oder »kühn« oder »überraschend«? Ihr dürstendes Ich sah Jim Pavalak an und wollte sein Bild von ihr in einem langen, erfrischenden Schluck genießen.

»Nicht beleidigt sein«, sagte Jim. »Ich wollte Sie mit der Bemerkung über die getürmte Vorstadtmutti nur aufziehen. Sie sind wirklich eine gute Künstlerin. Das wusste ich nicht. Das wird eine tolle Sache werden.«

»Danke.«

Sie fühlte sich warm und glücklich und attraktiv – ja, attraktiv! – und schuldig zugleich. Die Anziehungskraft, die Matt auf sie ausübte, war für eine so lange Zeit ein derart elementarer Teil ihres Lebens gewesen, dass sie schockiert darüber war, sich auch nur ein kleines bisschen zu Jim hingezogen zu fühlen. Seit ihrem fünfzehnten Lebensjahr hatte Matt einen urwüchsigen Hunger in ihr wachgerufen. Sie erinnerte sich an den Sommer nach dem College, als sie in Seattle lebte und Matt seit über einem Jahr nicht mehr gesehen hatte. Er kam überraschend in das Geschäft, in dem sie arbeitete, und als sie von der Theke aufblickte und seine tiefblauen Augen, sein schiefes Lächeln mit dem Grübchen in der rechten Wange und seine verblichene Jeans sah, die eng auf seinen festen Hüften saß, war sie bereit, sich die Kleider vom Leib zu reißen und ihn sofort dort zu nehmen, mitten bei Nordstrom's.

Aber während der letzten Jahre mit den verrückten Terminplänen der Kinder und den Kämpfen um Katie hatte ihr Sexualleben gelitten. Zu Hause war es oft geschehen, dass sie gerade das Bett machte oder mit dem Auto die Kinder abholte und sich plötzlich an einen intimen Moment erinnerte, in dem Matt und sie ineinander verschlungen waren und ihr Köper warm pulsierte. Das erzeugte ein Kribbeln auf ihrer Haut, und sie sehnte den kommenden Abend herbei und stellte sich vor, wie sie sich im Dunkeln Matt zudrehte und ihn mit ihren Händen und Lippen erforschte. Doch dann brauchte Quinn bei einem wissenschaftlichen Projekt Hilfe, und die Katze übergab sich auf der guten Brücke, und Katie teilte ihr mit, sie müsse ihr helfen, für eine Matheprüfung zu pauken, und Susannah hatte keine Zeit, Matt anzusehen, geschweige denn, ihn zu verführen. Es gab auch Momente, in denen sie sich einfach nach rohem, unkompliziertem Sex sehnte, nach hemmungsloser Hingabe, bis der Schädel gegen das Kopfende des Betts knallte, ohne Groll darüber, dass jemand vergessen hatte, die Geschirrspülmaschine einzuräumen. Aber natürlich hatte dieses Verlangen nichts mit Jim zu tun.

»Meine Mom will an Thanksgiving kommen«, teilte Susannah Matt mit. Sie hatte das Handy zwischen Ohr und Schulter geklemmt, während sie in den Regalen nach Mehl suchte.

»Das ist schön«, sagte Matt. »Gibt es denn bei euch einen Schlafplatz für sie?«

»Sie kann bei Betty schlafen. All die Betten hier sind belegt.« Sie fand das Mehl und stellte es auf die Theke. »Es ist nur … Es ist das erste Mal, dass du und ich und die Kinder wieder zusammen sein werden. Da wäre es vielleicht schöner, allein zu sein, nur wir vier.«

»Also willst du *nicht*, dass deine Mutter kommt?«

»Ich kann es ihr doch nicht direkt abschlagen, oder? Jon fährt nach Texas, um Anns Familie zu besuchen, und Mom hat die Kinder seit März nicht mehr gesehen. Ich hätte Schuldgefühle, wenn ich Nein sagen würde.«

Matt seufzte: »Gibt es irgendetwas, das dir keine Schuldgefühle einflößt?«

»Ich finde es einfach schwierig, in ihrer Nähe zu sein.«

Susannah begann, das Mehl und den Zucker für den Apfelmuskuchen, den sie zum Pizza&Poetry-Tag mitbringen wollte, abzumessen.

»Es sind bloß vier oder fünf Tage, Sooz.«

»Ich weiß. Aber sie geht mir auf die Nerven.«

»Ach, komm. Sie ist nicht so schlimm. Sie hat ein schweres Leben gehabt.«

»Ich kann mir nicht helfen«, sagte Susannah, während sie ein Ei am Rand der Schüssel anschlug. »Jedes Mal, wenn sie da ist, sehe ich sie und dann unsere Kinder an und denke: ›Wie konntest du nur?‹«

Wie konnte jemand seine Kinder auf einem Boot auf dem See hinausfahren lassen mit einem Mann, der sich jeden Tag betrank? In ihre Wut über sich selbst und über die grausame Art, in der das Schicksal an jenem Tag zugeschlagen hatte, mischte sich die Wut darüber, dass ihre Mutter mit ihrer stillschweigenden Billigung alles in die Wege geleitet hatte. Bis jetzt hatte Susannah ihre Mutter nie zur Rede gestellt und sie nie gefragt: »Warum hast du es zugelassen, dass er mit uns auf den See rausgefahren ist?« Ihre Mutter hatte ein Kind verloren, das war Strafe genug.

»Susannah«, unterbrach Matts Stimme ihre Gedanken. »Lass deine Mom an Thanksgiving kommen. Es wird schon gut gehen.«

Sie versuchte, sich ihre Mutter vorzustellen, wie sie mit ihrem akkurat geschnittenen Haar, ihrer gebügelten Bluse, ihrer Faltenhose, ihrer Kaschmirjacke und ihren dazu passenden Ketten und Ohrringen den schlammigen Weg zu dem weißen Cottage hochlief, splittrige Holzscheite in den Herd schob und dabei Tag für Tag dieselbe Kleidung trug. Aber Quinn würde über ihre Anwesenheit begeistert sein, und Matt, Betty und Jim würden hier als Puffer fungieren.

»In Ordnung«, sagte Susannah. »In Ordnung. Ich werde Mutter einladen.«

»Fein«, sagte Matt. »Ich muss los.«

»Aber wir haben nur ein paar Minuten miteinander telefoniert. Du fehlst mir, Mattie.«

»Gut. Ich muss trotzdem los.«

»Stimmt etwas nicht?«

»Was meinst du?«

»Wir reden einfach nicht viel miteinander. Ich meine, dass es schwer ist, dich telefonisch zu erreichen, und wenn wir dann miteinander sprechen, erscheinst du stets irgendwie distanziert. Was ist los?«

»Ich weiß nicht, wovon du sprichst«, entgegnete Matt.

»Du fehlst mir«, sagte Susannah.

»Nun, vielleicht hättest du darüber nachdenken sollen, bevor du fast fünftausend Kilometer weit weggezogen bist.«

Diese Aussage hing nun zwischen ihnen in der Luft. Susannah hörte auf, den Teig zu rühren.

»Ich dachte, wir seien einer Meinung darüber gewesen, dass dies das Beste für die Kinder und für unsere Familie ist.«

»*Du* bist dieser Meinung gewesen, Susannah. Um ehrlich zu sein, kann ich es nicht fassen, dass du da draußen bist mit unseren Kindern, die auch *meine* Kinder sind, während ich hier allein bin und im Schweiße meines Angesichts das Geld verdiene, damit du deine kleine Fluchtfantasie ausleben kannst.«

Der Zorn in seiner Stimme überraschte Susannah sehr. »Wir sollten vielleicht besser später darüber sprechen. Ich will ...«

»Vergiss es. Es ist, wie es ist, und du bist nun da draußen, und wir werden das Beste daraus machen. Zumindest hoffe ich, dass wir das Beste daraus machen werden. Aber erwarte nicht von mir, dass es mir gefällt. Ich muss los.«

»Du *hoffst*, dass wir das Beste daraus machen? Was soll das heißen?«

»Denk einfach dran, was vor unserer Hochzeit passiert ist.«

»Matt! Das ist hiermit nicht zu vergleichen.«

Sie hatten in dem Jahr geheiratet, in dem sie beide neunundzwanzig wurden. Susannah war zwei Monate vor ihrer Hochzeit zu Matt nach Chicago gezogen. Obwohl sie einander seit so vielen Jahren kannten, hatten sie nie zuvor tagein, tagaus zusammengewohnt. Susannah hatte mehr Angst davor, als sie zugeben mochte. Ihr Vater war inzwischen zum dritten Mal verheiratet, und ihre Mutter hatte sich in eine Schale aus distanzierter

Wohlanständigkeit zurückgezogen. Und sie selbst spürte eine fast uferlose Sehnsucht nach Liebe und Zuwendung, die sie zu verschlingen drohte.

An einem Morgen, an dem sie einen weiteren langen, leeren Tag vor sich hatte, während Matt im Institut war, befiel sie Panik. Matt war so stabil, so sicher – und sie? Sie hatte ihre Arbeit aufgegeben, um nach Chicago zu ziehen, und wusste nicht, ob sie in der Lage sein würde, eine neue Stelle zu finden. Die Ehe ihrer Eltern war bestenfalls schwierig gewesen, bis Janies Tod sie gänzlich zerstört hatte.

Susannah wusste nicht, wie sie eine gute Ehefrau und Mutter würde sein können, und Matt wünschte sich Kinder. Was, wenn sie ihn und ihre noch ungeborenen Kinder enttäuschte?

Sie verließ die Wohnung, ging zur Bushaltestelle und fuhr mit dem Bus zum nördlich gelegenen Ann Arbor, wo sie das College besucht hatte. Sie verbrachte dort eine Woche in einer kleinen Pension, streifte durch die Buchläden und las voller Begeisterung all die Geschichten von Leuten, die Kriege, Flugzeugabstürze, Hungersnöte, Drogenabhängigkeiten, Entführungen und Schiffbrüche überlebt hatten, also erheblich verheerendere Dinge, als sie durchstehen musste. Matt hatte sie eine nichtssagende Notiz hinterlassen, dass sie etwas Zeit und Raum für sich brauche. Aber was sie wirklich benötigte, war die Überzeugung, dass sie wirklich und wahrhaftig seiner wert war. Sie erlangte diese Überzeugung in Ann Arbor zwar nicht, aber sie heiratete ihn trotzdem.

»Mattie«, sagte sie. »Das war etwas anderes!«

»Du bist weggelaufen«, erwiderte er. »Und fraglos fühlt es sich jetzt genauso an.«

Sie hörte es klicken. Er hatte aufgelegt.

Am nächsten Morgen kamen Hood und Baker vorbei, um Katie und Quinn zur Schule abzuholen. Hood trug ein grünes T-Shirt mit der Aufschrift »Ich übergebe mich – an Thoreau«.

»Herrlich«, meinte Susannah.

Hood grinste sie augenzwinkernd an. »Thoreau war nun wirklich ein toller Schriftsteller.«

Als sie an jenem Nachmittag zur Schule ging, hatte sie den frischen, noch warmen Apfelmuskuchen bei sich. Goldgelbe und rote Blätter des Großblättrigen Ahorns bedeckten den Boden, und noch immer hingen ein paar späte, von Vögeln angepickte Früchte in den obersten Ästen der Apfelbäume. In diesem Jahr hatte es so viele Äpfel gegeben, dass Susannah alle nur möglichen Rezepte rausgesucht hatte und Apfelbutter, Apfelkompott, Apfeltorte, Apfelchips und *Tonnen* von Apfelmus gemacht hatte. Ihr Kuchen würde nicht die einzige Leckerei mit Äpfeln auf der heutigen Party sein.

Susannah streifte ihre Schuhe ab, ging zu dem Tisch mit den Speisen und stellte ihren Kuchen ab. Während die Stühle für das Ereignis kreisförmig zusammengerückt waren, standen die mit Pizza, Salaten, Küchlein und anderen selbstgemachten Speisen beladenen Pulte und Tische an der Wand. Die sechs Plakate von Susannah hingen vorn an der Tafel.

Durch die ungewohnt große Zahl der Anwesenden – die fünfzehn Schüler, ihre Angehörigen und Jim – gab es mehr Personen als Stühle, weshalb sich Susannah einen Platz an der Wand neben Betty gesucht hatte. Susannah ließ ihren Blick durch den Raum streifen. Inzwischen kannte sie jeden und hatte auch die meisten Namen sofort parat. Sie sah beispielsweise Evelyne Waters mit ihren Eltern. Quinn saß neben Declan O'Meara, dem jüngsten Mitglied des fünf Kinder zählenden O'Meara-Clans. Barfuß stand mit einem blauen Tuch um den Kopf in einer Ecke und hielt eine unangezündete Pfeife zwischen den Zähnen, und Susannah fragte sich, ob er darin etwas anderes als Tabak rauchte. Als sich Jim vorn in den Raum stellte, um alle willkommen zu heißen, ging ein erwartungsvolles Raunen durch den Raum.

»Danke, dass ihr hier seid«, sagte er. »Dies ist mein erster Pizza&Poetry-Tag als *Lehrer* auf Sounder, und ich bin ziemlich aufgeregt. Ich möchte auch unseren anderen Erstlingen danken, der Familie Delaney: Katie und Quinn, die eine wunderbare Ergänzung unserer Schülerschaft bilden, und ihrer talentierten Mutter Susannah, welche die Plakate geschaffen hat, die ihr hier hängen seht.« Jim lächelte ihr zu und fuhr fort, indem er auch den anderen Eltern dankte, die geholfen hatten. »Wie wir alle wissen, gibt es am Pizza&Poetry-Tag nicht so etwas wie ein schlechtes Gedicht. Wir preisen alle Bemühungen, und wir würdigen die Schwierigkeit, die mit dem Schreiben eines Gedichts verbunden ist.«

Als Ersten kündigte er Declan an, der sich unter Applaus erhob, rasch sein Gedicht herunterlas und mit einer Verbeugung schloss. Jim nahm jeden der im Kreis

Sitzenden dran. Als Quinn an der Reihe war, bemerkte Susannah erfreut die Art, wie er dastand, laut und deutlich sprach und wie die Winkel seiner blauen Augen von einem Lächeln hochgezogen wurden, ermutigt durch das Gelächter der Menge an den lustigen Stellen seines Gedichts. Nach Quinn kam Evelyne, dann Katie.

Susannah beugte sich vor, um sie besser hören zu können. Katie trug ihr Haar nicht wie sonst zum Pferdeschwanz gebunden, sondern offen, und schüttelte den Kopf ein wenig, damit es die Seiten ihres Gesichts bedeckte.

»Der Titel lautet *Captain Blue*«, sagte sie und begann mit ihrem Vortrag:

Ah, du so glückseliges Kraut,
das Vergessen schenken kann
und Leichtigkeit, beenden das Leid.
Auf dessen süßen Schwaden aus Rauch
schwerelos und frei Heiterkeit schwebt
und Fried und Freud, ein langgehegter Traum.
Gelbbraun, jetzt reif und freudig hervorgebracht,
um breit lächelnd zu stehen im Paradies
der Wärme und der Wonnen,
die zu genießen noch sind.
Wo jeder Atemzug lange Freudenschübe gebiert
und eine Lust, so stark,
dass niemand es erträgt zu widerstehen.
Ah, du so glückseliges Kraut,
wie haben wir gespielt!

Mit gerötetem Gesicht setzte sie sich.

Susannah lehnte sich zu Betty vor. »Liegt es nur an mir? Ich habe keine Ahnung, wovon es gehandelt hat.«

Betty sah ihr in die Augen. »Ich mag fast achtzig sein«, sagte sie, »aber ich glaube, Ihre unbezähmbare Tochter hat hier gerade eine wohlformulierte und fundierte Ode auf Marihuana vorgetragen.«

15. Kapitel

Betty 1961

Bettys Leben mit Bill ging so weiter, Jahr für Jahr. Bill fuhr im Frühherbst fort, um während der Königskrabben-Fangsaison in Alaska zu arbeiten, und kam sechs oder sieben oder zehn Monate später wieder. Im Sommer war er dann zu Hause. Er half auf der Farm und verbrachte möglichst viel Zeit mit Jimmy.

Betty fragte nie nach anderen Frauen, und Bill gab von sich aus nie irgendwelche Informationen preis. Aber sie wusste Bescheid. Sie wusste es durch die Art, wie er etwas beschrieb: einen Film, den er gesehen hatte, oder ein neues Restaurant in Seattle. »Wann warst du in Seattle?«, fragte sie, und er antwortete, er habe dort vor oder nach der Krabben-Fangsaison ein paar Tage verbracht, aber er sah ihr, während er darüber sprach, nicht in die Augen. Sie wusste es auch durch den Tand, den sie in seinen Taschen oder auf der Kommode fand – ein silbernes Feuerzeug oder eine Pūpūkeakette aus Hawaii. Sie spürte es sogar durch die Art, wie er sie berührte: Seine Berührungen waren manchmal anders als das letzte Mal, als er zu Hause gewesen war.

Aber sie hatte dem zugestimmt; es war eine Übereinkunft, die *sie* vorgeschlagen hatte. Bill hielt sich an ihre

Vereinbarung, indem er sich nicht mit anderen Frauen traf, während er auf Sounder war. In diesem Punkt vertraute sie ihm. Er liebte sie auf seine Weise. Er liebte ihren Sohn. Er schrieb Jimmy seit dessen drittem Lebensjahr fast jede Woche aus Alaska. Wenn er im Sommer zu Hause war, brachte er ihm bei, wie man Poker spielt, Lachsen auflauert oder einen Stein über die glatte Oberfläche eines Sees hüpfen lässt.

Natürlich hatte Betty auch finstere, quälende Stunden; Nächte, in denen sie unruhig im Cottage auf und ab lief, nachdem Jimmy eingeschlafen war, und eine Sehnsucht spürte, die sie nicht benennen konnte. Es war nicht einfach ein sexuelles Verlangen, obwohl das bei ihr stark ausgeprägt war, noch war es schlicht jene altvertraute Einsamkeit, die sie ebenfalls oft empfand. Es war ein unstillbares Sehnen danach, dass sich jemand nach ihr sehnte. Zumindest blieb es unstillbar, solange sie mit Bill verheiratet war.

Jim war kaum zu bändigen. Mit achtzehn Monaten fand er heraus, wie er die Hintertür öffnen konnte: Er legte beide Hände auf den schmiedeeisernen Entriegelungshebel und drückte ihn mit aller Kraft nach unten. Als ihm das zum ersten Mal gelang, bemerkte Betty ein paar Minuten lang nicht, dass er rausgelaufen war. Schließlich sah sie die offenstehende Tür, raste zum Ufer an der Bucht und suchte es nach ihm ab, bis sie den Lärm aus dem Hühnerstall hörte, wo er jauchzend den Hühnern hinterherjagte.

Mit drei fand er den Revolver, den Bill in einer Schachtel hinten im Schlafzimmerschrank aufbewahrte. Jim nahm ihn und feuerte einen Schuss auf die Matratze ab. Betty war in der Küche und hörte den Schuss. Als sie seinen Namen schrie, verkroch sich Jim unter das Bett. Sie lief ins Schlafzimmer und sah den rauchenden Revolver auf dem Boden liegen, aber nichts von ihrem kleinen Jungen. Sie sah sich nicht um und schaute auch nicht unter das Bett, weil sie sich zu sehr davor fürchtete, was sie dort wahrscheinlich entdecken würde. Stattdessen setzte sie sich voller Gram auf den Boden, und ihr Schluchzen lockte Jim aus seinem Versteck hervor.

Mit vier wäre er fast ertrunken, als Claires sechsjähriger Sohn Stephen am Strand ein Möwenei fand und es so weit er konnte aufs Meer hinausschleuderte, wo es sofort im Wasser versank. Jim eilte in die Wellen, um die ungeschlüpfte Möwe zu retten. Betty, die neben Claire im Sand saß, blickte gerade noch rechtzeitig hoch, um sein braunes Haar unter einer Welle verschwinden zu sehen. Sie sprang auf, rannte in die Brandung und sah sein leuchtend gelbes T-Shirt durch das wirbelnde Wasser scheinen – sie hatte es glücklicherweise am Morgen von der Wäscheleine genommen und ihm angezogen. Sie griff in die Wellen und zog ihren Sohn hoch, der keuchte und spuckte und um das verlorene Ei weinte.

Sie fürchtete die See mehr als jede andere auf der Insel lauernde Gefahr. Leicht konnte eine Welle Jim mitreißen, wenn er am Ufer spielte, oder ein Fels konnte wegbrechen, wenn er den Pfad an der Uferklippe entlangging, oder er konnte auf dem glitschigen Anlegesteg ausrutschen. Daher war sie fest entschlossen, einen guten

Schwimmer aus ihm zu machen. In dem Sommer, in dem Jim fünf wurde, beschloss sie, Lem Jacobsen, der im College an Schwimmmeisterschaften teilgenommen hatte, zu bitten, ihrem Sohn das Schwimmen beizubringen.

Lem war einunddreißig, eigenwillig und exzentrisch und in der Gegend um Sounder für sein enzyklopädisches Wissen über Kräuter, seine Stimmungsschwankungen und seine rohe Kraft bekannt. Er verbrachte viel Zeit allein in dem Bauernhaus, das er oben auf Crane's Point besaß. Wenn er nicht beruflich auf Reisen war, stand er in der Küche und packte Kräuter für Tees und Umschläge aus den Erträgen seines Gartens ab, oder er lief auf der Insel herum und absolvierte ein beachtliches Krafttraining. Betty sah ihn oft auf dem Platz neben der Post mit abgespreizten Armen flach auf dem Boden liegen und Dutzende »Kreuzliegestütze«, wie er sie nannte, ausführen. Oder sie sah ihn auf dem Schulhof, wo er an der stählernen Querstange der Schaukel Klimmzüge machte, oder auf den Fahrwegen von Sounder, die er mit schwerem Rucksack entlangjoggte.

Als ihn Betty das erste Mal auf der Straße rennen sah, nur mit langen Baumwollshorts bekleidet und schwerem Gepäck auf dem Rücken (er trug nicht einmal Schuhe!), vermutete sie noch, dass er es eilig hätte, nach Hause zu kommen. Darum drosselte sie ihren Motor, fuhr im Kriechtempo zu ihm hin und bot ihm an, ihn mit dem Wagen zu fahren. Er funkelte sie mit seinen strahlend blauen Augen an und entgegnete: »Warum soll ich fahren, wenn ich zwei starke Beine zum Laufen habe?« Dann rannte er vor ihr weg auf der Straße davon.

Betty kannte Lem nicht genauer. Sie wusste nur, was sie gehört hatte. Und das war, dass er vor ein paar Jahren mit großem Engagement zum Bau der neuen Schule beigetragen hatte: Er hatte Bäume gefällt und den Boden gerodet, um eine freie Fläche zu schaffen, und die Bruchsteinmauer zu errichten geholfen, die das Schulgelände von der Straße abschirmte. Sie hatte außerdem gehört, dass er Marie Doucette, die tödlich an Krebs erkrankt war, jeden Abend nach dem Essen einen speziellen Tee bereitete und ihr vorbeibrachte, um ihre Schmerzen zu lindern. Ferner hatte sie erfahren, dass er seit sechs Jahren kein Wort mehr mit George Hamlin sprach, weil er über eine beiläufige Bemerkung von George so verärgert war, dass er ihn als Dummkopf abgeschrieben hatte.

»Glaubst du, dass Lem Jacobsen bereit wäre, Jim das Schwimmen beizubringen?«, fragte sie Claire.

Sie waren draußen auf der Wiese neben dem weißen Cottage und hängten die frisch gewaschene Wäsche auf die Leine, während die Kinder in der Nähe spielten.

»Die Kinder nennen ihn inzwischen ›Barfuß‹«, sagte Claire und schob ihre dunklen Haare hinter das Ohr, »weil ihn noch nie jemand in Schuhen gesehen hat.«

Claire war klein, hatte ein herzförmiges Gesicht, glänzende braune Haare und braune Augen. Es war Betty schwergefallen, ihr trotz ihres guten Aussehens als Freundin zu vertrauen, denn eigentlich achtete sie darauf, möglichst keine Frauen in ihrer Nähe zu haben, die Bills Aufmerksamkeit erregen konnten.

»Wie auch immer man ihn nennen mag, er ist ein hervorragender Schwimmer. Glaubst du, dass er die nötige Geduld aufbringen würde, Jim zu unterrichten?«

»Barfuß ist nicht für seine Geduld bekannt«, erwiderte Claire. »Aber vielleicht macht er es ja. Er mag Kinder, obwohl ich bezweifle, dass er je selbst welche haben wird.«

»Warum? Er kann nicht viel älter sein als ich.«

»Das ist er auch nicht. Aber er ist keiner, der heiraten würde.«

»Was heißt das?«

»Ich weiß nicht. Er ist die ganze Zeit auf Reisen. Dieses Jahr war er sechs Monate im Iran, und letztes Jahr war er in der Ukraine. Er hat noch nie eine Frau auf der Insel auch nur eines zweiten Blickes gewürdigt, wobei es hier zugegebenermaßen nicht viele alleinstehende Frauen gibt.« Claire sah Betty mit einem durchtriebenen Lächeln an: »Und Barfuß sieht weiß Gott gut aus. Hast du ihn gesehen, wenn er Klimmzüge an der Schaukel macht?«

Betty streckte sich, um die Ecke eines großen weißen Lakens an der Wäscheleine festzuklammern. Der Wind fuhr unter das Laken, hob es an und ließ es wieder gegen sie zurückschlagen.

»Natürlich habe ich ihn gesehen. Allerdings kann ich nicht behaupten, dass ich ihn auf die gleiche Weise wahrgenommen habe wie du.«

»Vor ein paar Jahren erzählte man sich, er habe eine Frau in Tibet. Er reist dort jedes Jahr für zwei oder drei Monate hin. Aber dann sagte jemand anders, er sei geschieden. Ich persönlich glaube, dass er wie Heathcliff ist – du weißt schon, unsterblich verliebt in eine Frau, die er nicht bekommen kann, weshalb er allen anderen abgeschworen hat.«

Betty verdrehte die Augen. »Mir ist es egal, ob er sechs Frauen oder eine tote Geliebte oder vierzehn vaterlose Kinder hat. Ich muss dafür sorgen, dass Jim schwimmen lernt.«

»Dann frag ihn.«

»Das werde ich.« Sie grinste Claire an: »Soll ich ihm sagen, wie sehr du seinen Körperbau bewunderst?«

Claire errötete sittsam. »Nein danke. Schließlich bin *ich* verheiratet.«

»Ich weiß«, sagte Betty. »Schön, dass du dich daran erinnert hast.«

Sie erzählte es Claire nicht, aber als sie das nächste Mal wieder an der Post vorbeiging und Barfuß auf dem Platz Liegestütze machen sah (wobei er nur Shorts, kein Hemd und keine Schuhe trug), musste sie wegsehen, weil es in ihr solch ein Verlangen nach einem Mann auslöste, der sie in seinen Armen hielt.

Es gab in jener Saison einen reichen Krabbenfang, und der Kapitän bat Bill, bis Mitte August zu bleiben. Bill willigte ein, weil die Bezahlung gut war. Darum verbrachte Betty zum ersten Mal einen Sommer allein auf Sounder, worüber sie gar nicht glücklich war. Wogen die zwei zusätzlichen Monatslöhne tatsächlich den Schmerz von Jim auf, der ganz für die Zeit lebte, in der sein Vater zu Hause war? Und sehnte sich Bill nicht genug nach ihr, um zu sagen: »Zum Teufel mit dem Geld!«? Sie schalt sich selbst einen romantischen Dummkopf.

Barfuß zögerte keine Sekunde, als sie ihn bat, Jim Schwimmunterricht zu geben.

»Ich mag Jim«, sagte er. »Ich mach's.«

In dem Moment, als Barfuß zustimmte, war sie plötzlich voller Zweifel. Mit fünf besaß Jim wenig von Bills natürlicher Gewandtheit und Sportlichkeit. Er hatte, wie Betty, lange Beine und Arme und stolperte häufig über seine eigenen Füße. Und so oft ihm Bill auch zeigte, wie man einen Baseball an den Nähten packte, mit dem linken Fuß vortrat und sich mit dem rechten für den Wurf abstieß – Jim schaffte es nicht. Er trat mit dem falschen Fuß vor oder stieß sich so heftig ab, dass er herumwirbelte und hinfiel.

Jim war auch das, was Betty als »lichten Menschen« bezeichnete – was nichts mit seinem Körperbau zu tun hatte. Die Leute auf Sounder sprachen von der Insel oft als »lichtem Ort«, als Ort, wo der Schleier zwischen dem Normalen und dem Heiligen dünner war als anderswo; als Ort, wo man Gott leichter berühren konnte, wenn man gläubig war (was auf Betty nicht zutraf). Sie glaubte jedoch, dass es »lichte Menschen« wie Jim gab, für die die Grenze zwischen Gefühl und Erfahrung hauchdünn war und die Leid, Liebe, Verzweiflung und Freude mit einer Intensität empfanden, die Betty erschreckte. Sie sorgte sich, dass Barfuß wohl wenig Verständnis für Jims außerordentliche Empfindsamkeit haben würde.

Am Tag der ersten Unterrichtsstunde fuhr Betty ihren Sohn über laubbeschattete Straßen ins Inselinnere und parkte am Straßenrand. Dann folgten sie fast zwanzig Minuten lang einem Weg bis zum Jake's Lake (der nach einem der frühen Pioniere von Sounder benannt worden war), wo Barfuß auf sie wartete. Sie fragte sich, wie er dorthin gekommen war. Der See lag über drei Kilometer von seinem Haus auf Crane's Point entfernt, und sie dachte lächelnd: »Möglicherweise ist er mit zehn Kilo Steinen auf dem Rücken barfuß durch den Wald gelaufen.« Claire schien ihn ja von seiner Physis her als eine Art Halbgott zu betrachten.

Jim war voller Vorfreude, aber auch nervös. Er hatte sie während ihres Marschs durch den Wald mit Fragen über Barfuß bombardiert, und sein Eifer brach ihr das Herz. Ihr Sohn vermisste seinen Vater, und manchmal pochte ihr Ärger über Bill wie etwas Lebendiges in ihr.

Sie beobachtete, wie Barfuß Jim taxierte, als sie auf dem felsigen Ufer des kleinen Sees auf ihn zugingen, und wie sich seine Augen verengten, um sich auf Jims Bewegungen, seine langen Gliedmaßen, sein Gesicht zu konzentrieren.

»Ich wette, dass du im Baseball oder Fußball nicht gut bist«, sagte Barfuß, als sie bei ihm ankamen.

Jim zog ein langes Gesicht.

»Du Dreckskerl«, dachte Betty. Sie wollte sich schon umdrehen und mit Jim wieder durch den Wald zurückgehen, als Barfuß sagte:

»Das liegt daran, dass du ein geborener Schwimmer bist. Ich kann es sehen.«

Jim blickte Barfuß argwöhnisch an.

»Sieh dir deine Spannweite an«, fuhr Barfuß fort und nahm eine von Jims Händen, um seinen Arm seitlich auszustrecken. »Die Schubkraft beim Schwimmen kommt vom Armantrieb, nicht aus dem Beinschlag. Ich wette, deine Freunde strampeln beim Schwimmen wie verrückt mit den Beinen und kommen trotzdem nicht vorwärts. In ein paar Wochen wirst du jedem, den du kennst, davonschwimmen.«

»Wirklich?«

»Ja«, versicherte Barfuß und sah Jim in die Augen. »Ich sage nichts, was nicht stimmt.«

Barfuß begann nun, Jim vorzuführen, wie ein echter Schwimmzug aussah. Betty setzte sich auf einen Felsen am Wasser und sah zu. Barfuß bewegte sich so natürlich wie ein Fisch oder ein Seehund im Wasser und drehte sich bei jedem Zug fast auf die Seite, um dann dahinzugleiten. Es sah wunderschön aus.

Den ersten Tag verbrachte er damit, Jim beizubringen, sich im Wasser zu drehen.

»Vergiss im Moment mal deine Arme und Beine. Dein Rhythmus und deine Bewegungen sollten aus deinem Innersten kommen – von hier«, sagte Barfuß und tippte auf Jims Magen.

Jim war ein eifriger Schüler, der die Bewegungen von Barfuß und seine Übungen wieder und wieder nachahmte: mit einem ausgestreckten Arm seitlich durch das Wasser gleiten, sich auf die andere Seite drehen und erneut gleiten. Nach einer Stunde sagte Barfuß:

»Gute Arbeit. Wenn du das die ganze Woche lang gut machst, bekommst du am Ende der Woche eine Belohnung von mir.«

Am Freitag schenkte Barfuß Jim eine Glasperle, die er als »Kopfperle« bezeichnete: Auf ihre eine Seite war kunstvoll ein bärtiges Gesicht mit einer winzigen Krone darüber gemalt. Er erzählte Jim, er habe sechs davon, alle unterschiedlich, und er werde Jim jede Woche eine schenken, wenn er gute Leistungen beim Schwimmen zeige.

Betty befragte Barfuß zu der Perle, und der zuckte die Schultern. »Ich habe vor ein paar Jahren eine Handvoll davon aus Israel mitgebracht. Sie sind alt: viertes oder fünftes Jahrhundert vor Christi Geburt, glaube ich.«

»Mein Gott, dann können Sie sie nicht Jim geben. Er ist erst sechs Jahre alt! Er könnte sie verlieren oder zerbrechen.«

»Ich vertraue ihm. Ich habe ihm gesagt, dass sie kostbar sind. Sich eine zu verdienen, bedeutet etwas. Und er muss hart arbeiten, um sich jede Woche eine zu verdienen.« Barfuß sah sie eindringlich an. »Wenn er eine verliert oder zerbricht, wird er keine Möglichkeit haben, sich noch eine zu verdienen.«

»Aber sobald Sie seinen Schwimmunterricht abgeschlossen haben …«

»Sobald ich seinen Schwimmunterricht abgeschlossen habe, gehören die Perlen ihm, und er kann damit machen, was er will.«

Betty schüttelte den Kopf: »Ich kann sie nicht annehmen.«

»Es liegt nicht in Ihrer Hand, sie anzunehmen oder abzulehnen«, erklärte Barfuß. »Sie gehören Ihrem Sohn.«

»Aber …«

»Sie reden zu viel.«

Barfuß beugte sich vor und hob sein blaues Bandana

vom Uferboden neben ihr auf. Sie konnte nicht umhin, die sich wölbenden Muskeln auf Rücken und Schultern, die deutlich strukturierten Stränge seiner Bauchmuskeln und die glatte Straffheit seiner Brust zu bemerken. Diese verdammte Claire, die ihr solche Gedanken in den Kopf gesetzt hatte! Er faltete das Tuch diagonal in der Mitte, band es sich um die Stirn und verknotete es hinten.

»Bis morgen«, sagte er und war den Pfad hinunter verschwunden, bevor sie noch etwas sagen konnte.

Jim hütete seine Perlen und bewahrte sie in einer Schachtel auf, die er mit Wolle von Claires Schafen ausgelegt hatte. Betty konnte sehen, wie sein Selbstvertrauen mit seiner zunehmenden Geschicklichkeit im Wasser und mit jeder weiteren einzigartigen Kopfperle, die er in seine Schachtel dazulegen durfte, wuchs. Barfuß sagte nicht viel, darum war jedes Kompliment aus seinem Mund hart verdient und echt, und Jim wusste das. Ende August, als die letzte Unterrichtsstunde beendet war, hatte Betty den Eindruck, dass ihr Sohn gewachsen war.

Zum Dank lud Betty Barfuß zum Essen ein. Sie lud auch Claire, Don und ihre Jungs ein, aber Stephen stürzte am Nachmittag und brach sich den Arm, und Claire und Don mussten ihn nach Friday Harbor bringen, um den Arm richten zu lassen. Betty bot ihnen an, ihren jüngeren Sohn Graham über Nacht bei sich aufzunehmen. Zugleich überlegte sie kurz, ob es schicklich war, allein mit Barfuß und den beiden kleinen Jungen zu Abend zu essen. Aber dann dachte sie, dass sie wohl kaum auf Sounder leben und mit einem gewohnheitsmäßigen

Schürzenjäger verheiratet sein würde, wenn ihr Konventionen so wichtig wären.

Betty kochte nicht sonderlich gern, aber das Obst und das Gemüse waren frisch, und sie schlachtete ein Huhn, nahm es aus und marinierte es mit Apfelessig, Limettensaft und braunem Zucker. Dann grillte sie es, bis es außen knusprig und innen weich war. Barfuß brachte eine Flasche selbstgemachten Löwenzahnwein mit. Jim und Graham spielten irgendein Spiel auf der Wiese, zu dem es gehörte, wie verrückt vom einen Ende zum anderen zu rennen und dabei verschiedene »Schätze« zu tragen – einen Eimer Wasser zum Beispiel oder ein Ei auf einem Löffel. Sie schickten sich auch an, mit einem entrüstet flatternden Huhn zu laufen, aber Betty ging dazwischen und untersagte es ihnen. Als es gegen neun dämmerte, waren sie erschöpft, und Betty brachte sie in Jims Zimmer zu Bett und machte sich dann an den Abwasch.

Barfuß kam herein, und als er sie an der Spüle stehen sah, schnalzte er missbilligend mit der Zunge.

»Was ist?«, fragte sie und drehte sich zu ihm um.

»Können Sie nicht ein gutes Essen genießen und anschließend einfach sitzen bleiben?«, fragte er. »Dieses Geschirr wird am Morgen auch noch da sein, der aufgehende Mond nicht.«

»Am Morgen werden hier aber auch zwei hungrige Jungen sein. Und Hühner, die gefüttert, und Ziegen, die gemolken werden müssen.«

»Da mögen Sie recht haben.«

»Ich habe recht, aber auf eine idiotische Weise«, dachte Betty.

Sie ließ den Spüllappen fallen und ging nach draußen. Barfuß folgte ihr, und sie standen kurz auf der Veranda und beobachteten, wie sich der Himmel von einem hellen in ein dunkles Blau verfärbte und wie sich das erste schwache Funkeln der Sterne zeigte. Sie empfand eine merkwürdige Einsamkeit. Jims Schwimmunterricht war beendet, Barfuß würde in zwei Wochen eine sechsmonatige Reise in den Nahen Osten antreten, und Bill würde nur für vier Wochen nach Hause kommen, bevor er wieder abfahren müsste. Sie fröstelte.

»Mir ist kalt«, sagte sie. »Ich gehe rein.«

Barfuß ging mit ihr ins Haus. »Das war ein leckeres Essen«, sagte er. »Danke! Ich kann den Abwasch für Sie erledigen.«

»Ich bitte Sie«, widersprach Betty. »Machen Sie sich keine Gedanken um das Geschirr. Das ist nicht viel.« Sie streckte ihm ihre Hand entgegen. »Ich kann Ihnen gar nicht genug für den Schwimmunterricht danken. Und noch weniger für all das, was Sie für Jims Selbstbewusstsein getan haben. Sie waren sehr gut zu ihm.«

»Ich war so gut zu ihm, wie er es verdient hat«, antwortete Barfuß.

Er nahm ihre ausgestreckte Hand nicht, und so ließ sie sie wieder sinken. Barfuß sah sie durchdringend an.

»Mein Gott, Sie sind wirklich eine begehrenswerte Frau«, sagte er. »Ich würde jetzt gern mit Ihnen schlafen.«

Seine Direktheit erschreckte und verwirrte sie, und die deutliche Antwort ihres Körpers auf seine Worte nicht minder.

»Was lässt Sie annehmen, dass ich mit Ihnen ins Bett gehen würde?«, erwiderte Betty.

»Was lässt Sie annehmen, dass Ihnen eine Wahl bliebe?«, gab Barfuß zurück.

Sie hatte keine Angst vor ihm. Barfuß war vieles, aber gewiss nicht brutal und rücksichtslos, und sie wusste, dass er sie niemals ohne ihr Einverständnis berühren würde. Aber sein rohes Verlangen nach ihr und seine Verwegenheit erregten sie.

Bill war in Alaska und hatte sie häufiger betrogen, als sie es aufzuzählen vermochte. Warum sollte sie das nicht auch haben – jemanden, der sie in den Armen hielt und befriedigte und ihr etwas von ihrer Einsamkeit nahm?

»Wenn Sie meine Frau wären«, unterbrach Barfuß ihre Gedanken, »würde ich Sie mit absoluter Sicherheit nicht neun Monate im Jahr allein lassen.«

»Ich bin aber nicht Ihre Frau«, sagte Betty.

Barfuß legte seine Hände auf ihre Hüften und zog sie zu sich heran. Betty lehnte sich zurück und sah ihm direkt in die Augen.

»Ich bin keine Betrügerin«, sagte sie. »Ich mach' so etwas nicht.«

Barfuß lächelte sie an: »Ich bin ebenfalls kein Betrüger«, sagte er. »Ich bin aber auch nicht monogam. Aus diesem Grund habe ich mich – im Gegensatz zu Ihrem Mann – dafür entschieden, nicht zu heiraten.«

»Sie Dreckskerl!«, schrie Betty und riss sich los. »Sie wissen nichts über meinen Mann. Wie können Sie es wagen, über ihn zu urteilen?« Sie war jetzt verärgert und konnte fühlen, wie eine dichte, heiße Wut in ihr hochstieg. Sie starrte Barfuß an, der sie gedankenverloren anlächelte, als genösse er ihre Wut und Verwirrung. Irgendetwas in ihr rastete aus, und sie hob den Arm und schlug ihm mitten ins Gesicht.

Der Schlag traf seine Wange. Seine Hände schossen hoch, und er packte ihre beiden Handgelenke. Sie stand schwer atmend da und sah ihn und den roten Abdruck ihrer Hand auf seiner Wange an. Sie wollte ihn erneut schlagen; sie wollte seinen glühenden Kopf mit beiden Händen umfassen und ihn küssen, heftig, und seinen Körper an ihren ziehen. Sie war so sehr zwischen Wut und Verlangen hin- und hergerissen, dass sie nicht mehr klar denken konnte.

Barfuß wartete ein paar Minuten, die Hände um ihre Gelenke, bis sich ihr Atem verlangsamte und sich ihr Körper entspannte.

»Es tut mir leid, wenn ich Bill beleidigt habe«, sagte er schließlich. »Ich habe mich schlecht benommen. Ich bewundere Sie schon lange, Elizabeth, und hasse es zu sehen, wie hart Sie für so wenig Gegenleistung arbeiten. Sie haben einen wohlgeratenen Sohn, und ich bin sicher, dass das schon für sich ein Lohn ist, aber meiner Meinung nach haben Sie mehr verdient.« Er ließ sie los und trat zurück, um für den Fall, dass sie erneut auf ihn losgehen wollte, außer Reichweite zu sein. »Ich werde Ihnen mit solch intimen Vorschlägen nicht noch einmal kommen!«, versprach er.

»Ich bedaure, Sie geschlagen zu haben«, sagte sie.

Barfuß verbeugte sich ironisch: »Schon vergeben.« Er bückte sich und hob sein Bandana auf, das auf den Boden gefallen war, und stopfte es in seine Tasche. Dann wandte er sich ihr zu. »Ich habe den Schwimmunterricht genossen. Jim ist ein feiner Junge.«

In jenem Sommer berührte Barfuß sie nicht noch einmal, und er erwähnte den Vorfall auch nicht mehr. Aber sie konnte wieder und wieder seine Hände an ihren Handgelenken spüren, die Intensität seiner blauen Augen sehen und seine tiefe, kehlige Stimme sagen hören: »Sie haben mehr verdient.«

Sie schlief nicht gut in jenem Sommer. Und selbst als Bill wieder nach Hause kam, verfolgte sie Barfuß mit seinem gottverdammten blauen Bandana weiter in ihren Träumen.

16. Kapitel

Susannah 2011

Jim goss drei Finger breit Scotch in jedes der Gläser auf dem Küchentisch und reichte Susannah eines.

»Lassen Sie uns auf die Veranda gehen und uns dort hinsetzen«, schlug er vor.

Susannah nahm den Drink und folgte Jim auf die kleine rückwärtige Veranda des weißen Häuschens und setzte sich in einen der ausgeblichenen grünen Schaukelstühle. Es war fast sechs und bereits dunkel. Sie konnte beobachten, wie sich der Himmel über der Silhouette der Tannen von Blau zu Indigoblau und schließlich zu Schwarz verfärbte und die ersten Sterne erschienen. Susannah atmete tief durch. Sie musste immer noch mit Katie, die in ihrem Zimmer war, über deren Gedicht sprechen, aber Jim hatte sie dazu überredet, sich erst einmal zu beruhigen und einen Drink zu nehmen.

»Machen Sie sich nicht solche Sorgen«, sagte Jim, der sich in dem Schaukelstuhl ihr gegenüber niedergelassen hatte. »Ich glaube nicht, dass Katie Pot raucht. Sie hat das Gedicht geschrieben, um Sie auf die Palme zu bringen.«

»Das können Sie nicht wissen«, wandte Susannah ein. »Und was ist mit Hood? Ihre Mutter hat mir erzählt, dass er im vergangenen Sommer Marihuana angebaut hat.«

»Susannah, Hood baut kein Pot an, und er raucht es auch nicht. Die Sache mit Ralph Flanagan war ein einmaliger Sonderfall.«

»Aber wie können Sie da so sicher sein?«, fragte Susannah.

»Das kann ich nicht«, räumte Jim ein. »Aber ich vertraue meinem Kind. Er hat mir gesagt, dass er es nicht macht, und ich glaube ihm. Und ehrlich gesagt hat Hood gar nicht so viel Freizeit. Er und Baker müssen jeden Tag neben ihrer Hausarbeit auf der Farm arbeiten. Da ist es kaum vorstellbar, dass er all das tut und sich dann auch noch bekifft.«

»Ich kenne eine Menge Leute, die nichts dabei finden, Pot zu rauchen«, sagte Susannah. »Aber es ist wie beim Alkohol: Mein Vater hat immer geglaubt, er hätte seine Trinkerei unter Kontrolle. Er hatte keine Ahnung. Ich mache mir Sorgen, dass Katie die Neigung zum Alkohol- oder Drogenmissbrauch geerbt haben könnte.«

Jim sah sie ruhig an. »Soweit *ich* es beurteilen kann – als ihr Lehrer in einer sehr kleinen Schule, als ihr Nachbar *und* als der Vater ihrer engsten Freunde hier –, missbraucht Katie nichts und niemanden bis auf Sie. Das Gedicht war Katies ›Geh zum Teufel!‹; ihre Art, Ihnen mitzuteilen, dass Sie, auch wenn Sie sie hierher gebracht haben, sie dennoch nicht beherrschen können.«

Susannah seufzte: »Ich weiß.« Langsam nahm sie einen Schluck von ihrem Drink. Da sie sonst nie Scotch trank, musste sie husten. Sie schluckte heftig und räusperte sich. »Aber das muss irgendwelche Konsequenzen haben, selbst wenn es nur ein Gedicht war. Es ist nicht angebracht, so etwas in einem Raum voller Kinder vorzulesen.«

»Das stimmt.«

»Ich werde ihr Hausarrest erteilen. Aber es ist schwierig, sie hier im Cottage zu haben, wo sie zu viel freie Zeit hat. Vielleicht sollte sie selbst eine Arbeit haben.«

»Das ist eine gute Idee.«

»Aber wo könnte ich sie arbeiten lassen? Brauchen Sie noch zusätzliche Hilfe auf der Farm?«

Jim zuckte die Schultern. »Nicht wirklich, vor allem nicht zu dieser Jahreszeit. Fragen Sie Barfuß. Er hat sein Gewächshaus, seine Kräuterfarm und das Boot, das er renoviert.«

»Barfuß?«, fragte Susannah skeptisch.

»Barfuß ist Botaniker. Er baut zu medizinischen Zwecken zahlreiche Kräuter in seinem Gewächshaus an. Ja, die Drogenfahndung hat bei der Razzia vor ein paar Jahren zwei Marihuanapflanzen bei ihm gefunden. Vielleicht baut er es noch immer an – als *Medizin*. Aber er würde es nie und unter keinen Umständen einem Kind geben.« Jims Augen waren ernst. »Ich kenne Barfuß Jacobsen schon mein ganzes Leben lang.«

»Gut«, willigte Susannah ein, ohne dass sich der Sorgenknoten in ihrer Brust löste.

Jim schwieg einen Moment lang, dann beugte er sich in seinem Schaukelstuhl vor und sah ihr ins Gesicht. »Hören Sie, Sie sind hier nicht vor allen Problemen sicher. Die Kinder mögen hier vielleicht nicht die gleichen

Möglichkeiten haben wie in Virginia, sich in Schwierigkeiten zu bringen. Aber dennoch weiß ich von zwei Mädchen in Friday Harbor, die mit sechzehn schwanger wurden. Kinder trinken und steigen in Boote. Ein Junge drüben auf Orcas hat sich im vergangenen Jahr betrunken, ist über Bord gegangen und ertrunken.«

»Das ist schrecklich.« Susannah wollte nicht über das Leid der Familie des Jungen nachdenken oder über diejenigen, die möglicherweise mit ihm an Bord gewesen waren und beobachtet hatten, wie sein Kopf unter der Wasseroberfläche versank, und auf das Normale, Vertraute warteten, bevor sie erkannten, dass nichts je wieder normal sein würde. »Überall geschehen schlimme Dinge, ich weiß.«

Sie saßen eine Weile schweigend da und beobachteten den Himmel.

»Wovor haben Sie solche Angst«, fragte Jim schließlich sanft. »Ich meine in Bezug auf Katie und Quinn.«

Susannah schloss die Augen. Sie konnte den vom Schornstein herüberwehenden Rauch riechen, den lehmigen Duft von Holz. Sie fühlte sich wohl in Jims Nähe. Er mochte sie fraglos und verstand, dass ihre Kinder nicht perfekt waren, und er verurteilte sie als Mutter nicht dafür. Er und Fiona arbeiteten, wie er angedeutet, aber nicht ausgeführt hatte, an ein paar Problemen in ihrer eigenen Ehe, genauso wie sie das mit Matt tat. Sie vertraute ihm.

»Meine Schwester ist meinetwegen gestorben«, sagte sie mit leiser Stimme. »Es ist meine Schuld gewesen.«

»Möchten Sie darüber reden?«

»Nein. Aber das ist der Grund, warum ich alles in meiner Macht Stehende tun muss, um meine Kinder zu beschützen. Ich habe Angst, dass unter meiner Obhut wieder etwas Schreckliches passieren könnte.«

Jim atmete langsam aus, und sein Atem verwandelte sich in der kalten Abendluft in Nebel. »Sie haben gesagt, dass Sie hierhergekommen sind, weil Sie etwas ändern mussten. Vielleicht ist es genau diese Sache, die Sie ändern müssen.«

Susannah lachte bitter: »Ich kann Janie nicht zurückholen.«

»Nein«, räumte Jim ein. »Aber vielleicht können Sie sie loslassen.« Er hielt eine Minute lang inne, bevor er fortfuhr: »Was ich damit meine, ist – und ich sage dies als Ihr Freund, nicht als Ihr Kritiker –, dass selbst *wenn* der Tod Ihrer Schwester Ihre, wie Sie es formulieren, ›Schuld‹ gewesen sein sollte, das nicht bedeutet, dass Sie es deshalb verdient hätten, von Ihrer Tochter oder von sonst wem schlecht behandelt zu werden.«

Susannah erwiderte nichts. Und sie saß noch lange, nachdem sie sich voneinander verabschiedet hatten und Jim nach Hause gegangen war, still da und dachte nach.

Später am Abend, nach dem Abendbrot, stand Susannah neben Katie an der Spüle und trocknete das Geschirr ab, das Katie wusch. Quinn war zu den Pavalaks hinübergegangen, um nach Baker zu suchen, der ihm gewöhnlich bei seinen Mathematikaufgaben half.

»Ich rauch' kein Pot, Mom«, sagte Katie, die Augen auf das Spülbecken gerichtet. »Ich hab's nie gemacht, okay?

Ich hab mich gelangweilt, und wir haben diese Aufgabe bekommen, und ich fand es cool, ein altmodisches, formales Ding wie eine Ode zu nehmen und damit etwas völlig Überraschendes, Modernes zu thematisieren wie das Rauchen von Pot.«

»Für jemanden, der noch nie Marihuana ausprobiert hat, hast du dein Gedicht aber mit vielen ziemlich anschaulichen Details gespickt«, meinte Susannah. Sie stellte den Teller, den sie in der Hand hielt, hin und drehte ihr Gesicht ihrer Tochter zu. »Ich habe die Hälfte davon nicht verstanden. Wer oder was ist *Captain Blue*?«

»Das ist eine bestimmte Sorte von Pot. Ich habe im *New Yorker* darüber gelesen. Online.«

»So begeistert ich von deinen Internetrecherchefähigkeiten auch bin, ich kann noch immer nicht fassen, dass du ein Gedicht über die Freuden des Marihuanakonsums in einem Raum voller *Kinder* vorgelesen hast, zu denen auch dein kleiner Bruder gehörte. Du bekommst eine Woche lang Hausarrest. Ich habe mit Jim darüber gesprochen. Er suspendiert dich für zwei Tage vom Unterricht.«

»Ich bin suspendiert?« Katie ließ den Spüllappen in das mit Spülwasser gefüllte Becken fallen und drehte sich zu ihrer Mutter um.

»Das öffentliche Schulsystem hat eine niedrige Toleranzschwelle gegenüber Verhaltensweisen, die, wie er es formulierte, ›den pädagogischen Prozess stören‹.«

»Ich bin suspendiert, weil ich ein *Gedicht* geschrieben habe?«

»Die Kinder fragen, wovon dein Gedicht gehandelt

hat. Ich bin sicher, dass einige von ihnen es bereits wissen. Sie werden es den kleineren Kindern sagen. Ob es dir nun gefällt oder nicht, als Achtklässlerin und eine der ältesten Schülerinnen an einer sehr kleinen Schule bist du ein Vorbild.«

Katie drehte sich wieder zur Spüle. Sie sagte: »Okay«, nahm einen Schwamm und begann mit gesenktem Kopf, sodass ihr das Haar übers Gesicht fiel, an einer gusseisernen Pfanne zu scheuern. Nach einiger Zeit beugte sich Susannah zu ihr vor und setzte an, etwas zu sagen, aber Katie schüttelte den Kopf. Als die Pfanne sauber war, reichte Katie sie ihrer Mutter zum Abtrocknen, ohne Susannah dabei anzusehen. Schließlich sagte sie: »Es tut mir leid, okay?«

»Okay«, sagte Susannah. »Danke. Ich weiß das zu schätzen.« Sie setzte die Pfanne ab. »Katie, ich will, dass du glücklich bist! Ich habe dich hergebracht, damit du in Sicherheit bist, nicht, um dich zu bestrafen.«

»Ich weiß«, versicherte Katie und wirkte unbehaglich.

»Hör mal, ich bin stolz darauf, dass du so tolle Texte schreiben kannst. Jim hat mir von einem Aufsatz von dir über Steinbeck erzählt. Ich würde ihn sehr gern mal lesen.«

»O Gott. Ich will ihn dir aber nicht zeigen.«

»Wirklich nicht?«

»Vielleicht später mal.«

»Gut. Noch was.« Susannah sah ihre Tochter an. »Danke, dass du Jim von meiner Malerei erzählt hast. Es hat mir viel Spaß bereitet, die Plakate anzufertigen.«

Katie zuckte die Schultern und hängte den Spüllappen

zum Trocknen über eine der Handtuchhalter am Holzofen.

»Ich werd' dann wohl mal in mein Zimmer gehen und meine Hausaufgaben machen, weil ich ja *Hausarrest* habe und nicht zu Hood gehen kann.«

An der Tür zu ihrem Zimmer blieb sie stehen. »Die Plakate sind ziemlich gut geworden. Du solltest so etwas häufiger machen.«

»Danke«, antwortete Susannah, erfreut über Katies Lob. »Ich dachte ...«

Aber Katie öffnete die Tür und schloss sie wieder hinter sich, bevor Susannah ihren Satz beenden konnte.

Am nächsten Morgen fuhr Susannah früh über die zerfurchte Straße zum Crane's Point hoch. Sie fand Barfuß im Gewächshaus, wo er die Blütenköpfe von Kamillenpflanzen abschnitt. Als sie eintrat, kam ihr Toby, der zu Füßen seines Herrn auf dem Boden gelegen hatte, heftig wedelnd entgegen.

»Guten Morgen«, sagte Barfuß, ohne seine Arbeit zu unterbrechen.

Susannah beobachtete ihn ein paar Minuten lang schweigend. »Was machen Sie mit der Kamille?«

»Sehr vieles.«

»Zum Beispiel?«

»Ich brühe einen Tee gegen Koliken und Verdauungsstörungen und zur Beruhigung der Nerven auf. Ich zerreibe sie und gebe sie in eine Paste gegen Verbrennungen und Ausschlag. Ich brühe einen Aufguss für ein Sitzbad gegen Hämorriden auf.« Er legte seine Schere auf einen Holztisch und sah sie an. »Sie sind um halb acht Uhr morgens hierher gefahren, um mit mir über Kamille zu sprechen?«

»Nein«, gestand Susannah. »Katie braucht eine Beschäftigung. Ich habe mich gefragt, ob sie regelmäßig für Sie arbeiten und Ihnen vielleicht dabei helfen könnte, das Boot hier oben wiederherzurichten.«

Barfuß hob die Brauen.

»Nicht gegen Geld«, beeilte sich Susannah hinzuzufügen. »Sie würden mir damit einen Gefallen tun. Sie könnten ihr zeigen, wie man ein Boot aufarbeitet. Sie wäre beschäftigt und würde ein paar neue Fertigkeiten erlernen. Und es könnte Ihnen helfen, die Arbeiten am Boot schneller zu beenden.«

»Hm.« Barfuß nahm wieder die Schere und begann, weitere kleine weiße Kamillenblüten abzuschneiden, die er in eine auf dem Tisch stehende Edelstahlschüssel warf. Seine Hände arbeiteten ruhig und sicher, obwohl seine Finger von seiner Arthritis angeschwollen waren.

»Warum sollte sie das tun wollen?«, fragte er.

»Sie will es nicht«, räumte Susannah ein. »Aber es wird gut für sie sein. Ich glaube, dass es ihr letztlich gefallen wird. Sie lernt gern neue Dinge und mag es, gut in dem zu sein, was sie tut.«

»Sie wirkt ein wenig von sich eingenommen.«

»Sie ist kein schlechtes Kind. Sie ist nur … neugierig und abenteuerlustig, um es mal so zu formulieren. Sie muss ständig etwas zu tun haben, sonst langweilt sie sich, und dann kommt sie in Schwierigkeiten.« *O mein Gott, ich klinge wie eine Mutter in Tilton*, dachte Susannah. All diese Eltern mit ihren verrückten, mit Sportstunden und allen möglichen Aktivitäten vollgestopften Terminplänen versuchten doch nur, ihre Kinder durch ständige Beschäftigung und Produktivität zu schützen – genau wie sie. »Die Arbeit wird ihr guttun. Katie hatte bisher ein sehr privilegiertes Leben, und ich würde gern ihren Blickwinkel ein wenig erweitern. Sie hält alles für selbstverständlich.«

»Mit 'nem goldenen Löffel im Mund geboren, und glaubt, sie hätte ihn sich verdient.«

»Genau.«

»Gut. Bringen Sie sie heute Nachmittag gegen vier. Aber nur zum Boot. Ich will sie nicht bei meinen Pflanzen haben.«

Ich will sie auch nicht bei Ihren Pflanzen haben. »Ich muss Sie etwas fragen«, sagte Susannah. »Ich habe von der Razzia der Drogenfahndung gehört.«

Barfuß starrte sie unter seinen struppigen Augenbrauen heraus an. »Ja?«

»Ich habe erfahren, dass Sie Marihuana anbauen. Katie ist wegen des Gedichts, das sie geschrieben hat, dieser ›Ode auf Marihuana‹, vom Unterricht suspendiert worden. Und ich habe mich gefragt …«

Barfuß warf ihr einen finsteren Blick zu und wies mit der Schere auf ihr Gesicht. »Raus hier!«

»Was?« Susannah wich zurück.

»Runter, zum Teufel, runter von meinem Grundstück. Glauben Sie, dass ich gutes Cannabis an Ihre verdammte ungezogene Tochter verschwende?«

»Es … es tut mir leid.«

»Was ich anbaue und was ich damit mache, geht ganz allein nur mich was an. Und ich gebe *niemandem* irgendetwas von dem, was ich anbaue, wenn ich nicht ganz genau weiß, wofür es verwendet wird. Und Kindern gebe ich schon gar keine Kräuter.«

»Ich bitte um Entschuldigung.«

Barfuß wandte sich von ihr ab und begann wieder, Kamillenblüten abzuschneiden.

»Wären Sie noch immer bereit, sie für sich arbeiten zu lassen? Sie könnte sofort kommen. Sie ist heute nicht in der Schule.«

»Lassen Sie sie nach dem Essen herkommen, sagen wir um eins«, sagte Barfuß ohne aufzublicken. »Ich werde ihr was zu tun geben. Sie kann die Arbeit in der Kabine machen, abziehen und schleifen, das Holz etwas bearbeiten. Ich zeige ihr, wie man die Werkzeuge verwendet. Sie kann auch ein paar Tage pro Woche nach der Schule kommen.«

»Ein Uhr«, sagte Susannah. »Danke.«

»Danken Sie mir jetzt noch nicht. Es könnte sein, dass ich sie um Viertel nach eins rauswerfe.«

Als Susannah Katie mitteilte, dass sie den Nachmittag damit verbringen würde, für Barfuß zu arbeiten, nahm Katies Gesicht einen überraschten Ausdruck an.

»Barfuß ist verrückt«, sagte sie. »Hood und Baker haben mir erzählt, dass er irgendjemandem mit einem Gewehr in die Hand geschossen hat, weil der versucht hatte, ihn auszurauben.«

»Jim kennt Barfuß schon sein Leben lang und vertraut

ihm hinsichtlich seiner Kinder. *Falls* die Geschichte wahr ist, was ich bezweifle, dann bin ich sicher, dass er dafür noch weitere Gründe hatte.«

»Tja, vielleicht solltest du das *vorher* erst einmal herausfinden.«

»Das Risiko gehe ich ein.«

Katie richtete sich in ihrem Bett auf. »Mom, du reagierst so überzogen auf dieses Gedicht! Du weißt doch, dass Marihuana in rund zwanzig Staaten legal ist. Vielleicht solltest du es mal irgendwann ausprobieren.«

»Sehr witzig. Steh auf und zieh dich an.«

»Im Ernst?«

»Ja. Im Ernst. Wir werden sehen, wie das Arbeiten für Barfuß läuft. Außerdem wirst du eine Zeit lang näher beim Haus bleiben. Kein Herumziehen mehr quer über die ganze Insel und kein Verschwinden mehr mit Hood.«

»Was?« Wütende Tränen traten Katie in die Augen. »Das kannst du nicht machen!«

Der Eisberg lauerte da draußen. »Doch, das kann ich«, erwiderte Susannah. »Zieh dich an.«

Nach dem Essen fuhr sie Katie mit dem Wagen zu Barfuß. Sie bremste kaum, um sie abzusetzen. Auf der Rückfahrt fielen ihr wie immer die Schrotthaufen auf den Grundstücken, an denen sie vorbeikam, ins Auge – rostende Gerippe alter Autos und Öfen, Berge zerbrochener Tongefäße, verrottende Holzkisten: die Hinterlassenschaften menschlichen Lebens, die hier sichtbarer waren als anderswo, weil es schwierig war, sie von hier wegzubringen. In der Nähe von Bettys Haus gab es einen ähnlichen Haufen. Susannah fuhr mit dem Pick-up die unbefestigte Zufahrt hinauf, parkte, sprang heraus und klopfte an Bettys Tür.

»Ich habe eine Frage zu dem Schrotthaufen draußen«, sagte Susannah, als Betty die Tür öffnete.

»Herr im Himmel!«, rief Betty und stemmte eine Hand in die Hüfte. »Erzählen Sie mir jetzt nicht, dass Sie versuchen wollen, uns zu ›zivilisieren‹, indem Sie mich bitten, den Schrott hinter einem dekorativen Zaun oder so was Verrücktem zu verbergen. Schrott gehört hier zum Leben.«

»Ich weiß«, sagte Susannah. »Ich wollte bloß fragen, ob ich ihn *verwenden* darf und ob Sie etwas dagegen hätten, wenn ich ihn durchstöbern und ein paar Sachen mitnehmen würde.«

Betty sah sie verständnislos an. »Ob ich etwas dagegen hätte, wenn Sie den Müll mitnehmen? Schatz, von mir aus können Sie ihn sich an die Bäume hängen. Ich habe seit meinem Einzug vor fünfundfünfzig Jahren Sachen auf den Haufen geworfen, und die Leute, die vor mir hier wohnten, hatten da ebenfalls einen Schrotthaufen.« Sie sah Susannah über den Rand ihrer Brille hinweg an. »Was wollen Sie damit machen?«

»Ich bin mir noch nicht ganz schlüssig.« Susannah durchsuchte ihre Jackentaschen nach ihren Handschuhen. Die Arbeit an den Collagen für den Pizza&Poetry-Tag hatten irgendetwas in ihr freigesetzt. Sie wollte etwas *erschaffen*, sich auf etwas anderes als ihre Kinder, sich selbst, ihre Ehe, ihre Versäumnisse konzentrieren. »Ich weiß es nicht. Irgendetwas herstellen.« Sie zögerte. »Mir fehlt mein Beruf. Ich habe gern Schaufenster dekoriert.

Einmal habe ich einen Stapel alter hölzerner Bilderrahmen golden angemalt und sie überall im Schaufenster aufgehängt, mit jeweils einem einzelnen Schuh in der Mitte. Sie sahen wirklich wie Kunstwerke aus.«

Sie verharrte einen Moment lang schweigend, ganz in ihrer Erinnerung versunken. Ein anderes Mal hatte sie eine Landschaft auf eine Schaufensterkulissenwand gemalt – einen tiefblauen See mit kleinen Wellen, die goldene Schaumkronen trugen, und dieser See war von Bergen umgeben, die in leuchtenden Gelb- und Orangetönen erstrahlten und deren Hänge mit grünen und schwarzen Bäumen bedeckt waren. Sie hatte das gesamte Bild mit Pinselstrichen gemalt, die den stickereiähnlichen Mustern nordischer Strickwaren ähnelten. Dann hatte sie weiße Pullover und Fäustlinge ins Schaufenster gelegt, die sich wie Lichtflecken gegen den farbenprächtigen Hintergrund abhoben.

»Das klingt nach mehr Spaß als alle Arbeiten, die ich je gemacht habe«, meinte Betty.

»Es hat tatsächlich Spaß gemacht«, versicherte Susannah. »Aber ich habe damit aufgehört, als Katie geboren wurde.«

Mit dem Arbeiten aufzuhören, war ihr damals als einzige Möglichkeit erschienen. Ihre eigene Mutter war in Susannahs Kindheitserinnerungen eine vage Figur im Hintergrund, häufig unaufmerksam oder mit Kopf- oder Rückenschmerzen oder Nasennebenhöhlenentzündung im Bett oder in hilflosem Schweigen herumstehend, wenn ihr Vater betrunken war. Susannah war fest entschlossen, *nie* so eine Mutter zu werden, eine Mutter mit ängstlichen, einsamen Kindern. Ihre Kinder sollten sich immer geliebt, beschützt und sicher fühlen. Sie stillte beide jeweils ein Jahr lang, stellte die Babynahrung selbst her, brachte sie zur Kleinkindergymnastik und zu Kunstkursen. Sie arbeitete freiwillig in ihren diversen Kursen mit, spielte endlose fantasiefördernde Spiele mit ihnen, erzählte Geschichten, nähte Kostüme, veranstaltete unvergessliche Geburtstagspartys. Sie schenkte ihnen neben all den anderen Spielsachen und Spielen sogar jedes Jahr selbst gemachte Weihnachtsgeschenke.

Selbst als ihre Kinder bereits die Grund- und später die Mittelschule besuchten, engagierte sich Susannah – vielleicht ein wenig zu sehr, wie sie jetzt dachte. Sie betreute ehrenamtlich den Schulbuchmarkt zu Beginn des neuen Schuljahrs, organisierte das »Internationale Abendessen« mit Spezialitäten der verschiedenen Kulturkreise oder ordnete die Bücherregale in der Schulbibliothek. Aber all diese Verpflichtungen, diese Treffen und Veranstaltungen hatten sie gelangweit, ja, sie waren ihr sogar auf die Nerven gegangen. Sie hatte genug davon, Brownies für das Baseballteam zu backen, Flyer für den Buchmarkt zu kopieren und nach der Pizzaparty des Teams aufzuräumen und zu putzen. Ihr Leben bestand aus endlosen Schleifen von Verpflichtungen. Sie konnte sich nicht mehr daran erinnern, wann sie das letzte Mal etwas allein deshalb getan hatte, weil *sie* es wollte, sie selbst, Susannah.

Sie sah wieder begierig zu dem Schrotthaufen hin. »Kann ich mich da jetzt mal umgucken?«

»Sicher. Warten Sie, ich hole meine Jacke und helfe Ihnen. Oder zumindest berate ich Sie.«

Susannah zog ihre Handschuhe an und begann, in dem Haufen herumzuwühlen. Es war tatsächlich Schrott – Töpfe und Pfannen mit durchgebrannten Böden, rostende Bettfedern, zerbrochenes Geschirr, eine entsorgte Egge, ein Holzstuhl mit nur noch zwei Beinen.

Betty kam in ihrer dicken grünen Jacke aus dem Haus, die Hände in den Taschen.

»Wann kommt Matt?«

Matt. Susannah hatte ihn in den vergangenen vierundzwanzig Stunden fünf Mal angerufen, ihn aber nie erreicht, und er hatte sie auch nicht zurückgerufen.

»Am Tag vor Thanksgiving.«

»Was meinte er zu Katies Gedicht?«, fragte Betty und setzte sich auf eine der hölzernen Stufen vor ihrem Haus.

»Ich weiß es nicht. Seit gestern früh haben wir nicht mehr miteinander telefoniert.« Susannah hielt bei ihrer Suche inne und lehnte sich an einen weinroten hölzernen Fensterladen. »Ich glaube, ich habe unterschätzt, wie schwierig es für ihn ist, dass wir hier draußen sind. Aber das wird Ihnen sicher albern vorkommen. Sie hatten damals, als Ihr Mann weg war, noch nicht einmal Handys oder E-Mails.«

»Wir haben uns Briefe geschrieben.«

Susannah erinnerte sich an Matts ärgerliche Stimme am Telefon. »Vielleicht war das besser.«

Betty sah sie nachdenklich an. »Wir haben im Grunde nicht viel kommuniziert, wenn Bill fort war.«

Susannah seufzte: »Matt kommuniziert selbst dann nicht viel, wenn wir zusammen sind.«

Betty schlang die gekreuzten Arme um ihre Brust, um

sich vor der Kälte zu schützen. »Viele Männer tun das nicht. Ich hatte das Glück, einen Mann in meinem Leben zu haben, dem es gelang, mich zu verstehen, der ein guter Zuhörer war und der sich gern über alles Mögliche unterhielt.«

Susannah seufzte erneut: »Dann haben Sie für Ihre Ehe eine gute Wahl getroffen.«

Betty sah Susannah an und hob eine Braue. »Ich habe nicht gesagt, dass dieser Mann mein Ehemann war.«

17. Kapitel

Betty 1962

1962 war ein schweres Jahr. Selbst jetzt noch, fast fünfzig Jahre später, lag vieles davon für Betty hinter einem grauen Schleier. Im September reiste Bill wieder ab, für eine neunmonatige Arbeitsphase. Im Oktober verfing sich der sechsjährige Jim beim Rennen über eine Wiese mit dem Fuß in einem Loch und brach sich ein Bein. Der Gipsverband, den er daraufhin tragen musste (nach einer Reise ins Krankenhaus, zu der eine knochendurchrüttelnde Fahrt im Pick-up zur Landebahn von Sounder gehört hatte, wo sie ihr Freund Wiley Loughran mit seinem Flugzeug erwartete, um sie nach Bellingham zu fliegen), reichte unten von seinem Fuß bis ganz nach oben zu seinem Hüftknochen. Als sie wieder zu Hause waren, musste ihn Betty überallhin tragen – vom Wagen ins Haus, von Zimmer zu Zimmer und vom Bett zur Couch. Jim war groß für sein Alter und wog weit über zwanzig Kilo. Es war schwere körperliche Arbeit, ihn herumzutragen.

Im November zog Claire mit Don und den Jungs nach San Francisco. Sie fehlte Betty sehr. Claires unbekümmerte Art und ihre Loyalität hatten Bettys Einsamkeit auf Sounder sehr gemildert, und ihre Söhne waren Jims beste Spielkameraden gewesen. Und im Dezember bekam Betty dann ein Telegramm von Bobbie, dass ihre Mutter und ihre Großmutter einen Autounfall gehabt hatten. Als Betty endlich jemanden gefunden hatte, der Jim für ein paar Tage zu sich nehmen konnte, und per Boot, Fähre und Wasserflugzeug die Reise nach Seattle bewältigt hatte, war Grammy bereits tot.

Betty blieb zur Beerdigung und bis geklärt war, was mit ihrer Mutter, die noch mindestens zwei Monate am Stock gehen und Krankengymnastik würde machen müssen, und mit Mel geschehen sollte, die nach dem Unfall derart von Angst gelähmt wurde, dass sie nicht mehr imstande war, das Haus zu verlassen. Schließlich kamen sie überein, dass ihre Mutter für ein paar Monate zu Bobbie ziehen und Mel bis zum 1. März bei Betty auf Sounder wohnen sollte.

In den nächsten zwei Monaten fand Betty keinen Schlaf, oder zumindest hatte sie den Eindruck, dass es so war. Jim wachte jede Nacht mindestens ein Mal auf und musste zur Toilette, und obwohl sie ihm einen Eimer in sein Zimmer gestellt hatte, in den er nachts pinkeln konnte, benötigte er wegen seines klobigen Gipsverbands ihre Hilfe, um sich aufrichten zu können. Mel schlief wenig und lief nachts in dem kleinen Haus umher, wobei sie ständig den Esstisch umrundete, zwischendurch ihre Hände am Holzherd wärmte und dann ihre Wanderung fortsetzte. Betty fuhr Jim jeden Tag zur Schule und wieder zurück und trug ihn die Holztreppen der Schule rauf und runter. Zu Hause versorgte sie die Ziegen und Hühner und kochte und wusch die Wäsche, wovon ihre Hände schwielig und rau wurden. Mel half ihr bei den kleinen Dingen. Sie liebte es beispielsweise, die Wäsche zusammenzulegen und konnte gut Karotten und Kartoffeln schälen. Aber in vielerlei Hinsicht war Mel wie ein weiteres Kind, um das sich Betty nun kümmern musste.

An einem späten Februarnachmittag, als die Kiefern schon lange Schatten über die Wiese warfen, stieg Betty in den Wagen und fuhr zum Haus von Barfuß, um getrocknete Schlüsselblumen und Betonien für Mel und einen speziellen Tee für Jim zur Stärkung seiner Knochen zu holen.

Sie fand Barfuß in der Küche, wo er grübelnd über fünf Häufchen mit getrockneten Kräutern stand, die auf der Theke aneinandergereiht waren. Er trug eine Khakihose und ein weißes T-Shirt mit V-Ausschnitt und war wie immer barfuß. Ein Bandana hatte er sich nicht um den Kopf gebunden, und sein dichtes dunkles Haar ringelte sich in seinem Nacken. Er nahm das erste Häufchen und rieb die Kräuter über einer Schüssel zwischen seinen Händen, bis sie zu winzigen Stückchen zermahlen waren.

»Hallo.«

Barfuß blickte kurz zu ihr hin, dann wieder zur Schüssel. »Ich mache gerade einen Tee für Jim.«

»Was ist da drin?«

»Haferstroh, Zinnkraut, Brennnesseln, Rotklee und Beinwell. Gib ordentlich Honig dran, und er wird's in einem Zug austrinken.«

»Sein Bein heilt gut. Ich hoffe, er kann diesen Sommer viel schwimmen. Der Arzt hat gesagt, dass Schwimmen gut für ihn wäre.«

»Das ist es.«

Barfuß zerkrümelte auch die übrigen Kräuter. Dann wandte er sich um und musterte sie, wobei seine blauen Augen von ihrem Gesicht über ihren Körper zu ihren Stiefeln und wieder nach oben wanderten. Sie fühlte sich wie entblößt durch seinen eindringlichen Blick und drehte ihren Kopf weg.

»Du siehst aus, als könntest du selbst ein Stärkungsmittel gebrauchen«, meinte Barfuß. »Wie viel Gewicht hast du verloren?«

»Das weiß ich nicht. Wir haben keine Waage.«

»Kannst du schlafen?«

Sie schüttelte den Kopf: »Nicht viel. Ich wache häufig auf. Wenn Jim nachts auf die Toilette muss, braucht er mich. Und Mel schläft schlecht und läuft manchmal durch das Haus. Die Fußbodendielen knacken, weißt du.«

Barfuß nahm eine kleine Metallschaufel vom Tresen und begann, die Kräutermischung von der Schüssel in eine kleine braune Papiertüte zu füllen.

»Wann kommt denn dein Mann nach Hause?«

Betty lehnte sich an den Türrahmen. »Am 15. April.«

Sie wollte nicht über Bill sprechen. Sie hatte ihm ein Telegramm geschickt, als sich Jim das Bein gebrochen hatte, und ihm einen Brief über Mel geschrieben. Sein Antwortbrief war voller Anteilnahme für Jim gewesen, aber er hatte nicht angeboten, früher nach Hause zu kommen, und sich auch in keiner Weise besorgt um sie geäußert, weil sie sich möglicherweise allein und erschöpft fühlte, da sie nun für Jim und Mel gleichzeitig sorgen musste.

»Ich hätte gern eine Zigarette«, sagte Betty.

»Du solltest nicht rauchen. Ich habe niemals Tabakrauch an meine Lunge gelassen.«

Sie sah sich in dem Raum um. Ihr gefiel die Küche von Barfuß, mit ihren Sprossenfenstern, durch die golden die Nachmittagssonne hereinfiel, der weißen Porzellanspüle, den schlichten Holzflächen, den weißen Schränken und der schönen Brücke mit ihren Orange- und Türkistönen. Sie sah auch zu dem in schwarzen Buchstaben geschriebenen Zitat hoch, das über der zum Gewächshaus führenden Hintertür hing:

Seit mein Haus niedergebrannt ist,
habe ich einen besseren Blick
auf den aufgehenden Mond.
MIZUTA MASAHIDE

»Warum hast du das Zitat da oben aufgehängt?«

»Es gefällt mir.«

»Warum?«

Er sah sie wieder an. »Weil es mich daran erinnert, dass nur die Art, wie man die Dinge betrachtet, darüber entscheidet, welche Bedeutung ein Erlebnis hat.«

Plötzlich war sie zu Tode erschöpft, und zum ersten Mal spürte sie am eigenen Körper, was das im Wortsinn bedeutete. Schlagartig schienen ihre Knochen zu schwer für ihre erschöpften Muskeln und Sehnen zu sein, und sie hatte das Gefühl, als würde sie gleich in sich zusammenfallen wie ein Kartenhaus und ins Nichts stürzen.

»Setz dich«, sagte Barfuß. Er kam zu ihr, nahm ihren Ellenbogen, führte sie zu einer breiten roten Couch im Wohnzimmer und zwang sie mit leichtem Druck, sich zu setzen. »Ich mach' dir einen Tee und etwas zu essen. Kommen deine Leute im Moment klar?«

Sie sah zu ihm hoch. »Ja. Jim ist bei einem Freund zu Hause, und Mel schläft. Darum bin ich hergekommen. Ich hatte ein wenig Zeit.«

»Elizabeth«, sagte er, »du bringst dich langsam, aber sicher durch zu viel Arbeit und zu viele Sorgen um. Lieber Gott, warum trinkst du nicht einfach Laudanum, und fertig?«

»Mir bleibt keine Wahl. Was soll ich denn tun? Jim sagen, dass ich ihn nicht mehr ins Bad oder die Treppen zur Schule hochtrage? Oder soll ich meiner armen verrückten Schwester erklären, dass sie in einer Irrenanstalt leben muss?« Sie war kurz davor, in Tränen auszubrechen, was sie selbst während der vergangenen fünf langen Monate kein einziges Mal getan hatte. Und sie wollte verdammt sein, wenn sie jetzt vor Barfuß anfing zu weinen.

»Sag deinem Arschloch von einem Ehemann, dass er nach Hause kommen soll.«

Betty erhob sich. »Bitte, ich bin zu erschöpft, um mit dir zu streiten.«

Er kam zu ihr und nahm sie in seine Arme. Sie lehnte ihren Kopf an seine Brust, nur einen Moment lang. »Ich sollte das nicht tun«, dachte sie. Aber seine Sanftheit überrollte sie. Er trat von ihr zurück und küsste ihre Lider, ihre Nasenspitze, ihr Ohr und ihren Hals. Er küsste ihr Schlüsselbein und ihren Kiefer. Er berührte sie nicht weiter, nur mit seinen Lippen. Sie fühlte, wie ihr Körper unter seinen Berührungen erblühte und pulsierte.

Sie schüttelte den Kopf. Er trat zurück und sah sie mit seinen blauen Augen eindringlich an.

»Was willst du?«, fragte er.

»Ich will nach Hause«, antwortete sie.

Er nickte langsam: »In Ordnung.« Er ging durch das Wohnzimmer des Farmhauses und öffnete die Eingangstür. »Soll ich dich fahren?«

Sie schüttelte erneut den Kopf: »Nein.« Aber sie rührte sich nicht vom Fleck. Er kam zu ihr zurück. »Ich bin so müde«, sagte sie.

Er hob sie auf seine Arme, als wäre sie ein kleines Kind und nicht die große, unbeholfene Frau, als die sie sich selbst immer empfunden hatte, trug sie die schmale Treppe hoch in sein Schlafzimmer und legte sie auf sein Bett. Er breitete eine Bettdecke über sie, die leicht nach Zedernholz roch, und bevor sie groß protestieren konnte, war sie schon in einen tiefen, traumlosen Schlaf versunken.

Als sie erwachte, war es dunkel. Entsetzt bei dem Gedanken an Mel und Jimmy fuhr sie hoch und warf die Decke von sich. In diesem Moment öffnete Barfuß die Schlafzimmertür. In der einen Hand trug er eine Petroleumlampe.

»Steh nicht auf«, sagte er. »Ich bin zu Alice MacDonald rübergefahren und habe sie gebeten, die Nacht bei deinen beiden Schützlingen zu verbringen. Sie hat früher als Krankenschwester gearbeitet und wird sie gut versorgen.«

»Ich kann nicht die Nacht über hierbleiben.«

»Ich werde auf der Couch schlafen. Warte hier, ich hab' was zu essen für dich.«

Er verschwand und tauchte kurz darauf mit einem Tablett in den Händen wieder auf. Auf einem schönen Teller mit Goldrand lag frisch gegrillter Lachs. Außerdem hatte Barfuß selbst gebackenes Brot, einen Salat aus grünem Gemüse und Kräutern und ein Glas dunkelroten Wein mitgebracht. Sie ließ sich auf das Kopfende des Betts zurückfallen, und er stellte das Tablett auf ihren Schoß. Sie wusste nicht mehr, wann sie zuletzt etwas gegessen hatte, das nicht zuvor von ihr selbst angebaut oder geschlachtet oder eingekauft oder zubereitet worden war. Sie verspürte einen unbändigen Hunger.

Barfuß setzte sich ihr gegenüber auf einen schlichten Holzstuhl mit gerader Rückenlehne und sah ihr beim Essen zu. Als sie fertig war, nahm er das Tablett, trug es nach unten und kam mit einer Kanne heißem Kräutertee und einer dicken Scheibe Schokoladenkuchen zurück, die sie ebenfalls aufaß.

»Warum tust du das für mich?«, fragte sie schließlich, während sie sich gesättigt zurücklehnte und in kleinen Schlucken ihren Tee trank.

»Ich möchte mich um dich kümmern«, antwortete Barfuß.

Betty lachte. In ihren ganzen einunddreißig Lebensjahren war sie stark, unabhängig, kompetent und eine ständige Betreuerin gewesen. Sie hatte sich um ihre jüngeren Geschwister gekümmert, sie hatte sich um Bill gekümmert, und nun kümmerte sie sich um Jim und Mel.

Sie hatte seit über zehn Jahren nicht mehr in einem Büro gearbeitet, aber sie erledigte zu Hause sämtliche neben dem Haushalt anfallenden Arbeiten, von der Geldverwaltung über die Reparatur der Pumpe bis hin zur Impfung der Ziegen.

»Um mich muss sich niemand kümmern«, entgegnete sie. »Vielmehr kümmere ich mich um alle anderen. So ist es nämlich.«

»Nun, ich will nicht, dass man sich um mich kümmert«, meinte Barfuß. »Vielleicht bist nun mal du an der Reihe.«

Und in diesem Moment gab etwas in ihr nach, all die Nüchternheit und Selbstkontrolle, die es ihr ermöglicht hatten, ihre Ehe mit Bill fortzuführen, Jim großzuziehen und die Farm allein zu betreiben. Sie stellte ihre Teetasse auf den Tisch neben dem Bett und sah Barfuß an.

»Schon seit langer Zeit hat sich niemand mehr um mich gekümmert«, sagte Betty.

Er zuckte mit den Schultern.

Ohne weiter nachzudenken, glitt sie zur Bettkante, beugte sich vor, legte ihren Kopf an seinen und schloss die Augen. »Danke«, sagte sie. Und diesmal war sie es, die ihn mit den Lippen berührte, zunächst sanft, dann drängender, bis er sich zu ihr auf das Bett schob. Zunächst fühlten sich seine Lippen und Hände, sein ganzer Körper fremd an – Bill war der einzige Mann, den sie bisher je geküsst hatte –, aber Barfuß berührte sie so sanft, und sein Interesse an ihr war so klar und direkt, dass sie sich entspannte und ihren Körper reagieren ließ, wie schon seit Jahren nicht mehr. Er sprach zu ihr, während er sich in ihr bewegte, und sah ihr unverwandt in die Augen und sagte ihr, wie schön sie sei, bis seine Worte und der gemeinsame Rhythmus ihrer Körper in ihr explodierten.

So wurde Betty, die keine Betrügerin war, zu einer. Und Barfuß, der kein Monogamist war, wurde zu einem.

18. Kapitel

Susannah 2011

Susannah war betrunken. Zumindest fühlte sie sich so, obwohl sie nicht mehr als ein oder zwei Gläser des von Barfuß hergestellten Brombeerweins getrunken hatte. Der selbst gemachte Wein war offenbar stärker, als sie gedacht hatte. Sie musste etwas essen. Seit dem Mittagessen hatte sie außer einem Törtchen nichts mehr zu sich genommen, und jetzt hatte sie einen *Mordshunger*. Und genau in dem Augenblick, in dem sie überlegte, ob sie aufstehen und nach einem Stück Brot suchen sollte, trug Jim eine riesige Platte herein und stellte sie, nachdem er ein dickes Geschirrtuch untergelegt hatte, auf den Tisch. Dann trat er zurück.

»Voilà«, sagte er. »Meine Paella.«

»Ja!«, rief Baker und machte mit der Faust eine Pumpbewegung in die Luft.

Die alten Kiefernholzwände des Waschsalons leuchteten im sanften Licht des Kamins und des Holzofens. Jim hatte angeboten, ein Essen für die Delaneys zu kochen, um Susannah auf diese Weise für die Plakate zu danken. Betty hatte den Waschsalon mit seinem großen Versammlungsraum und dem langen Tisch als perfekten Ort dafür vorgeschlagen.

»Was ist da drin?«, fragte Quinn und beäugte das Essen auf der Platte misstrauisch.

»Huhn«, erklärte Jim, »Shrimps, Tintenfisch, Venusmuscheln, Miesmuscheln, Schinken. Und dank Barfuß viele Kräuter.«

Barfuß war ebenfalls anwesend. Er hatte Jim und den Kindern im Herbst geholfen, beim Schulgebäude einen Garten anzulegen.

»Riecht mal«, sagte Betty, schloss die Augen und sog den von der Platte ausströmenden Dampf ein. »Unglaublich.«

Susannah wurde bei dem Gedanken, Tintenfisch zu essen, ein wenig übel. Das Problem beim Tintenfisch war das Kauen, weil man dabei so viel Zeit hatte, daran zu denken, auf was man da herumkaute. Irgendetwas an der Vorstellung, Tintenfisch zu kauen, kam ihr komisch vor, und sie kicherte.

»Ist irgendetwas an der Paella lustig?«, fragte Jim lächelnd.

Susannah schüttelte den Kopf: »Nein, nein. Sie sieht toll aus.« Sie sah zur Paella hin und dachte an all die Miesmuscheln und Venusmuscheln und Shrimps, von den Tintenfischen gar nicht zu reden. »Ist da auch *SpongeBob SquarePants* drin?«, fragte sie und fand das so witzig, dass nicht aufhören konnte zu lachen. Sie lachte so heftig, dass ihr die Augen tränten und sie gegen Betty kippte, die neben ihr saß. »Entschuldigung«, sagte Susannah und wischte sich die Augen trocken. »Ich weiß nicht, was mit mir los ist. Ich habe wohl zu viel Wein getrunken.«

»O mein Gott«, stöhnte Katie.

Susannah richtete sich auf und trank einen Schluck Wasser. »Ich kann es nicht erwarten, davon zu kosten«, sagte sie und füllte sich eine große Portion auf ihren Teller, wobei sie es vermied hinzusehen, um nicht wieder in Gelächter auszubrechen.

»Wie läuft die Arbeit denn?«, fragte Jim und reichte Katie die hölzerne Salatschüssel.

»Gut, vermute ich, wenn es einem nichts ausmacht, für jemanden zu arbeiten, der *verrückt* ist«, antwortete Katie und warf Barfuß über den Tisch ein schelmisches Lächeln zu. »Wussten Sie, dass Barfuß ein Wildschwein als Haustier hatte, als er im Iran lebte? Es wog fast zweihundertdreißig Kilo.«

Susannah verharrte mit der Gabel in der Luft und wartete auf einen Wutausbruch von Barfuß. Aber der lächelte. »Er mag sie«, dachte Susannah.

»Das ist cool!«, meinte Quinn.

»Es war ein *Schwein!*«, betonte Katie.

»Das sind die intelligentesten aller Lebewesen«, erklärte Barfuß.

Susannah betrachtete die Paella. »Dann bin ich gerade dabei, einen klugen Schinken zu essen?«, fragte sie und brach wieder in hilfloses Gelächter aus.

Barfuß sah sie an. »Was ist denn jetzt so lustig?«, erkundigte er sich.

»Ich weiß nicht«, antwortete sie. »Nichts.«

Sie schloss die Augen und schob sich eine Gabel voll Paella in den Mund. Der buttrige Geschmack der Venusmuschel, gefolgt von einem kräftigen Stoß Knoblauch und der herrlichen Salzigkeit des Schinkens, kitzelte ihre Zunge. Es war das Beste, was sie je gekostet hatte.

Zum ersten Mal seit ihrer Ankunft auf Sounder fühlte sie sich völlig entspannt. Sie trank noch einen Schluck Wein und lehnte sich in ihrem Stuhl zurück. Sie nickte und lächelte, ohne wirklich aufmerksam zu sein. Es war ein schönes Gefühl, wenigstens ein Mal nicht aufmerksam, sondern unachtsam zu sein. Sie betrachtete Jims Gesicht, der sich ihr gegenüber mit Barfuß über Søren Kierkegaard unterhielt. Sie fand Jims Gesicht lebendig und interessant. Sie war von seinen leicht abstehenden Ohren fasziniert, die ihm trotz der Furchen auf seiner Stirn und den Fältchen um seine Augen etwas Jungenhaftes gaben.

»Also was macht Ihre Kunst?«, fragte Jim.

Susannah brauchte einen Augenblick, um zu bemerken, dass er mit ihr sprach. »Was meinen Sie?«

»Mom hat mir erzählt, dass Sie sich eine ziemliche Menge Abfall aus ihrem Schrotthaufen zusammengesucht haben.«

Sie wollte nicht über ihre »Kunst« sprechen, wenn man das denn überhaupt so nennen konnte.

»Es ist keine wirkliche Kunst«, wehrte sie ab. »Nur eine Art Projekt, an dem ich herumprobiere.«

Nach der Durchsicht von Bettys Schrott hatte sich Susannah in einer Ecke der Scheune ein Studio eingerichtet. Mit Bettys Erlaubnis hatte sie sich unter anderem alte Garten- und Fischfanggeräte herausgeklaubt und all ihre Fundstücke in einer Ecke gestapelt, in die durch ein kleines nach Süden gerichtetes Fenster viel

Licht hereinkam. Den übrigen Abfall hatte sie nach Keramik- und Glasscherben, Metall- und Gummiteilen und Thermoskannen sortiert und in getrennten Haufen aufgetürmt. Es machte sie glücklich, wieder mit ihren Händen zu arbeiten und weg von den beengten Räumen des kleinen Hauses zu sein. Sie musste in der Kälte auf und ab gehen und zwischendurch hüpfen, um warm zu bleiben, aber sie genoss selbst das und lief in kleinen Kreisen oder vollführte alberne Tänze in der Scheune, in der sie außer den Ziegen niemand sah.

Sie hatte sich von Barfuß eine Bohrmaschine und eine Lötpistole geliehen und sich in Friday Harbor Holzleim, Farbe und weitere Dinge, die sie zum Arbeiten brauchte, gekauft. Sie hatte anfangs etwas Angst davor gehabt, die Lötpistole zu verwenden, aber Barfuß hatte sie sorgfältig eingewiesen.

»Heiliger Himmel, Frau«, hatte er gesagt. »Gibt es irgendetwas, wovor Sie keine Angst haben? Sie hätten in ihrem reinlichen Vorstadthaus bleiben und weiter Spitzendeckchen häkeln sollen!«

»Ich bemüh mich, oder?«, hatte Susannah entgegnet, und Barfuß hatte sie anerkennend angelächelt und bestätigt: »Ja, das tun Sie.«

Da es auf Sounder keine Schaufenster zum Dekorieren gab, hatte sie sich entschlossen, an Spießen befestigte Gartenobjekte herzustellen, die man in den Boden stecken konnte, um die vielen Gärten auf der Insel mit verrückten Skulpturen und ein wenig Farbe zu bereichern. Aber ihre ersten Versuche hatten zu lächerlichen Ergebnissen geführt: Kupferrohrleitungen, an die sie Sprungfedern gelötet hatte, die absurden Blütenblättern glichen und nun noch mehr nach Abfall aussahen als das Ausgangsmaterial. Sie hatte die schmalen Spieße in den Boden vor dem Schuppen gesteckt und war, die Hände in die Hüften gestemmt, zurückgetreten, um sie zu betrachten. Diese kleinen Skulpturen waren schmal und sicher, wie ihr ganzes Leben. Sie wollte etwas Großes, Kühnes und Ausdrucksvolles schaffen, das ganz anders war als sie und ihr Leben in Tilton.

»Mögen Sie uns denn etwas über Ihr Projekt erzählen?«, fragte Jim.

»Ich mache eine Vogelscheuche aus weggeworfenen Metallteilen«, antwortete Susannah.

Barfuß hob seine buschigen Brauen.

»Gute Idee«, sagte Jim. »Die Krähen sind ständig in unserem Getreide.«

»Das Problem ist nur, dass ich nicht weiß, ob meine Vogelscheuche wirklich furchterregend ist«, sagte Susannah und kicherte. »Eigentlich ist sie eher vogelfreundlich. Ich glaube nicht, dass man sie als ›vogelverscheuchend‹ bezeichnen kann.«

Katie warf ihr einen irritierten Blick zu.

»Dann wäre sie im Grunde genommen eine ›Krähenmutmacherin‹«, meinte Jim.

»Ja!«, rief Susannah. »Ganz genau. Aber ich weiß nicht, wem sie tatsächlich Mut macht – dem Farmer oder den Krähen.« Sie dachte darüber nach. Machte die Vogelscheuche dem Farmer Mut? Oder machte die Vogelscheuche den Krähen Mut? Es schien ziemlich kompliziert zu sein.

»*Mom.*«

Der eindringliche Ton in Quinns Stimme ließ Susannah aufblicken.

»Mom, ich rede schon seit etwa zehn Minuten mit dir«, sagte er. »Ich geh' jetzt mit Toby spazieren, nach unten an den Strand, okay?«

Susannah nickte. »Ja. Aber geh nicht im Dunkeln auf den Anlegesteg.«

Toby bellte bei der Erwähnung seines Namens, und Quinn ging zur Tür mit dem Hund an seinen Fersen.

»Willst du nicht noch auf den Nachtisch warten?«, fragte Betty. »Ich glaube, ich habe gehört, dass jemand etwas von Törtchen sagte.«

»Ich mag keine Schokolade«, entgegnete Quinn. »Und Katie hat natürlich Schokoladentörtchen gemacht. Jemand andres kann meins haben.« Er verschwand durch die Tür.

Barfuß fing Susannahs Blick auf. »Toby wird auf ihn aufpassen, keine Angst«, versicherte er. »Der klügste Hund, den ich je gehabt habe.«

»Ich hol' die Törtchen«, sagte Katie und stand vom Tisch auf, um gleich darauf mit den auf einer leuchtend orangefarbenen Platte aneinandergereihten Törtchen wieder zu erscheinen. Sie hatte Susannah eins zum Probieren gegeben, während sie mit dem Pick-up zum Waschsalon gefahren waren. Aber als Katie den Tisch erreichte, stolperte sie über den geflochtenen Läufer und stürzte. Dabei ließ sie die Platte fallen, sodass die Törtchen über den Boden verstreut wurden.

»O nein, das tut mir leid!«, rief Katie. »Die sind hin, wir können sie nun nicht mehr essen.«

Sie begann, die Fragmente der Törtchen einzusammeln und auf die Platte zu legen.

»Woher hast du die?«, fragte Barfuß und erhob sich.

Katie sah ihn an und erwiderte mit seltsam zittriger Stimme: »Ich habe sie gemacht. Heute Morgen, während meine Mom hier die Wäsche gewaschen hat.«

Barfuß bückte sich und hob eins der Törtchen vom Boden auf. »Sie sehen ziemlich genauso aus wie die Törtchen, die ich gestern gebacken habe. Die Törtchen, die du auf meiner Theke gesehen hast und die anzurühren ich dir verboten habe.«

»Das sind sie nicht!«, widersprach Katie. »Ich habe sie gemacht.«

Barfuß steckte einen Finger in die Glasur und leckte ihn ab. Er riss die Augen auf und packte Katies Schulter.

»Das sind meine Törtchen, du verlogene kleine Närrin! Oder willst du mir etwa weismachen, dass dir spontan ein identisches Rezept für eine Glasur aus Schokolade mit Lavendel und Thymian eingefallen ist? Was zum Teufel ist los? Du weißt, dass die nicht für dich waren. Diese Törtchen waren für jemand anders bestimmt!«

Katie starrte ihn an. Alle am Tisch starrten ihn an. Barfuß murmelte etwas vor sich hin, während er die Törtchen einsammelte und sie zu einem krümeligen Stapel auf der Platte anhäufte. Dann stand er auf und schleuderte alles in den offenen Kamin. Die Platte knallte gegen die Rückwand des Kamins, und die süße Glasur erzeugte ein zischendes Geräusch, als die Törtchen in den Flammen landeten.

»Mein Gott, Barfuß!«, rief Betty.

»Die waren nicht zum Verteilen gedacht!«, erklärte er und sah Katie mit zornfunkelnden Augen an. »Und du weißt das. Du bist gefeuert!«

»Wo liegt das Problem?«, fragte Jim.

»Das weiß ich nicht«, antwortete Barfuß, der Katie noch immer anstarrte. »Aber es stinkt wie verfaulender Seehund. Ich habe einen Freund auf Orcas, der an multipler Sklerose leidet – Walter Katz, ihr kennt ihn vielleicht. Mit Marihuana kann man einige seiner Symptome sehr gut in den Griff bekommen. Ich bringe ihm jede Woche solche Törtchen. Katie weiß das. Sie hat sie in meinem Haus gesehen, und ich habe ihr gesagt, dass sie die Finger davon lassen soll, weil sie Medizin sind. Ich habe ihr gesagt, dass sie *nichts* von meinem Zeug anfassen soll.«

»Pot-Törtchen?«, fragte Jim.

»O nein«, jammerte Susannah.

Barfuß sah zu ihr hin. »Haben Sie eins davon gegessen?«

»Ja.« Katie hatte ihr vorab eins zum Probieren gegeben, und das hatte so lecker geschmeckt, dass sie sich heimlich noch eins genommen hatte, während Katie Betty beim Tischdecken half. Susannah sah ihre Tochter an. »Kate?«

Katie drehte ihren Kopf zur Wand. »Du bist so ausgerastet wegen meines Gedichts und so voreingenommen gegen das Rauchen von Pot, dass ich dachte ….« Sie presste die Lippen aufeinander und zögerte, bevor sie weitersprach: »Ich habe die Platte absichtlich fallen lassen, damit niemand sonst davon isst.«

»Das erklärt, was an der Paella so witzig war«, meinte Jim.

»Wenn ich nicht so bekifft wäre«, dachte Susannah, »dann wäre ich jetzt wirklich stinksauer.«

»Damit bist du eindeutig zu weit gegangen«, sagte Jim zu Katie.

Barfuß wandte sich Susannah zu. »Es wird Ihnen bald wieder gut gehen. Aber *niemandem* sollte je irgendeine Medizin ohne sein vorheriges Wissen und Einverständnis gegeben werden.«

»Tatsächlich habe ich zwei gegessen«, gestand Susannah.

»*Zwei?*«, fragte Barfuß. »Nun, es wird Ihnen trotzdem bald wieder gut gehen, aber es könnte sein, dass Sie sich morgen ein wenig benommen fühlen. Verdammt noch mal, Katie!«

Susannah hatte es nie gemocht, das Gefühl, die Kontrolle zu verlieren. Darum trank sie nie zu viel, rauchte kein Marihuana und nahm auch sonst keinerlei Drogen. Aber sie musste zugeben, dass sie sich jetzt auf äußerst angenehme Weise entspannt und erdenfern fühlte. Der Gedanke, dass sie verärgert oder sogar erschrocken sein sollte, kam ihr zwar, aber er verschwand auch gleich wieder. Sie beobachtete, wie der Gedanken gleich einem Wölkchen am blauen Himmel vorbeizog.

Barfuß schrie Katie weiter an, die daraufhin zu weinen begann. Währenddessen versuchte Jim, die Scherben der zerbrochenen Platte aus dem Kamin zu fegen, ohne dass der Besen dabei Feuer fing. Und Betty sammelte weitere Törtchenbrösel vom Boden auf. Die ganze Situation war wirklich zu komisch. Susannah presste die Lippen aufeinander und versuchte, nicht zu lachen, weil Katies Verhalten tatsächlich ungeheuerlich war. Sie versuchte, an etwas anderes zu denken, um nicht lachen zu müssen, aber das Einzige, was ihr einfiel, war das Bild von SpongeBob SquarePants, der in der Paella tanzte. Sie lachte. Und als sie erst einmal damit begonnen hatte, konnte sie nicht mehr aufhören. Schließlich gab sie nach und lehnte sich in ihrem Stuhl zurück und ließ das Gelächter aus sich herausrollen wie das überkochende Wasser in einem Kessel.

»O nein«, stöhnte Katie.

»Ich fahr' euch nach Hause«, sagte Jim.

Susannah hörte Quinn draußen rufen.

»Mom! Mom!«

Sie wischte sich die Augen trocken und versuchte, ihr Gelächter zu dämpfen. »Ja!«, antwortete sie.

»Mom! Komm her!«

Susannah erhob sich und ging auf die Veranda hinaus. Quinn stand auf der Straße vor dem Waschsalon und schrie nach ihr. Sie konnte in der Dunkelheit den weißen Streifen auf seiner Jacke kaum sehen. Toby stand neben ihm und bellte ununterbrochen etwas an, das weiter unten auf der Straße war und das Susannah nicht sehen konnte. Dann rannte Quinn zum Anlegesteg und verschwand.

»Quinn?« Susannah trat an den Rand der Veranda,

lehnte sich über das Geländer und spähte in die abendliche Dunkelheit. »Quinn?«

Eine vertraute Gestalt kam die Straße heraufgeschritten, in der einen Hand eine Reisetasche und den anderen Arm um Quinns Schultern gelegt.

»O mein Gott!«, murmelte Susannah.

Matt sah zu ihr hoch und lächelte sein vertrautes schiefes Lächeln. »Überraschung!«, sagte er.

19. Kapitel

Betty 1963

Natürlich hatte sie Schuldgefühle. Was auch immer Bill getan hatte und weiterhin tat, sie war seine Frau und hatte ein Gelöbnis abgelegt und ein Versprechen gegeben, beides in der aufrichtigen Absicht, es einzuhalten. Aber sie war auch müde. Es war nicht bloß eine physische Erschöpfung, obwohl sie sich manchmal bis in die Knochen hinein ausgelaugt fühlte und eine bleierne Müdigkeit auf ihr lastete, die ihre Bewegungen verlangsamte. Sie empfand auch eine geistig-seelische Erschöpfung. Sobald sie und Barfuß ein Liebespaar geworden waren, erkannte Betty, wie umfassend die Einsamkeit ihr Leben durchdrungen hatte, ähnlich wie Wasser, das in ein Fundament gesickert war und das sich nun in den tiefsten Winkeln ihrer Seele sammelte. Sie war am Verhungern gewesen und hatte es noch nicht einmal gewusst.

Zunächst fiel es ihr schwer, ihre Gefühle für Barfuß von der überwältigenden Macht ihres physischen Verlangens nach ihm zu trennen. Sie hatte ihr Sexualleben mit Bill genossen, aber Bill war der einzige Mann gewesen, mit dem sie je geschlafen hatte. Zu Beginn ihrer Ehe war Bill ein eifriger Liebhaber gewesen, und sie, jung und unerfahren, war einfach glücklich gewesen, wenn er glücklich war. Seine Berührungen erregten sie, aber sie zögerte, ihm ihre Erregung zu zeigen, weil sie fürchtete, das sei nicht »damenhaft«, und auch, weil sie ein wenig Angst vor der Gewalt ihrer eigenen Sinnlichkeit hatte. Und sie wusste auch nicht, wie sie ihm sagen sollte, dass sie es möglicherweise mehr genießen würde, wenn er sie nur ein wenig anders berührte. Sie sehnte sich nach einer Verbundenheit mit ihm, der sie sich annäherte, die sie aber nie ganz erreichte. Bill mochte keine Unterhaltung, während sie sich liebten. Und er schloss seine Augen stets und wandte sein Gesicht von ihr ab, als sei ihm sein eigener Drang ein wenig peinlich.

Als Barfuß sie das erste Mal liebte, lag sie im Bett auf dem Rücken, und er drang langsam in sie ein, wobei er ihr die ganze Zeit in die Augen sah. Als sie der Intensität seines Blicks nicht mehr standhalten konnte und den Kopf zur Seite drehte, schob er eine Hand unter ihren Hals und drehte ihr Gesicht wieder zu seinem hin. »Elizabeth«, sagte er, und der Name wirkte kostbar und zärtlich, wie er ihn aussprach – ein Flüstern, ein Gebet. Der Kontrast zwischen seiner Person – schlank und wie aus Stein gemeißelt, jeder Muskel durch viele Stunden Liegestütz und Laufen geformt, unabhängig, stürmisch, geistreich und schroff – und dem unmittelbaren Erleben seiner Sanftheit ihr gegenüber war fast zu groß, um ihn auszuhalten. Die ersten Male, die sie sich liebten, weinte Betty jedes Mal, überwältigt von Dankbarkeit für sein Einfühlungsvermögen und von Erleichterung darüber, bei ihm sie selbst sein zu können. Er erforschte ihren

Körper bedächtig, sprach mit ihr und fragte sie, ob es ihr gefiel, hier oder dort berührt zu werden, sanft wie jetzt oder stärker. Und sie lernte durch seine Berührungen ihren eigenen Körper kennen. Er sagte ihr wieder und wieder, wie sehr er ihren Körper liebe, ihren langen Hals, ihre festen Schenkel und sogar die leichte Rundung ihres Bauches, die sie seit ihren Schwangerschaften hatte. Er wollte sie bei Tageslicht lieben oder im Leuchtschein des Feuers oder im Licht von Lampen, sodass er sie sehen und in ihr schwelgen konnte.

Ihr Glück riss sie mit und fegte meist auch ihre Schuldgefühle hinweg. Bill ging schließlich auch seine eigenen Wege. Aber dasjenige Schuldgefühl, dem sie nicht entkommen konnte, entsprang ihrem Glauben, ihren Sohn zu betrügen. Barfuß berührte sie nie in Jims Gegenwart; dann legte er noch nicht einmal eine Hand auf ihren Arm. Sie blieb auch nie über Nacht bei Barfuß und liebte ihn nie in ihrem Haus; selbst dann nicht, wenn Jim in der Schule oder bei einem Freund war. Aber sie rang mit ihren Dämonen, und Barfuß wusste es.

»Du quälst dich unnötig«, sagte er eines Morgens, als sie auf seiner Veranda saßen und Kaffee tranken. Jim war in der Schule, und sie war, sobald sie ihre häuslichen Pflichten erledigt hatte, zum Farmhaus von Barfuß gefahren, wie sie dies nun an vielen Tagen tat. Die Seitenmauer entlang blühten Pfingstrosen tiefrosa in der Maisonne, und die dicken Knospen an den Apfelbäumen begannen sich zu öffnen. Bill würde in vier Wochen nach Hause kommen. Es würde das erste Widersehen mit ihm sein, seit sie ihre Affäre mit Barfuß begonnen hatte.

»Es geht nicht um Bill«, sagte sie.

Sie lehnte sich in ihrem Schaukelstuhl zurück und legte ihren nackten Fuß auf das Geländer der Veranda. Sie hatten sich über eine Stunde lang geliebt, dann war sie aus dem Bett aufgestanden und hatte sich eines der Flanellhemden von Barfuß übergezogen, sonst nichts. Dies war auch etwas, das er ihr beigebracht hatte: Er fühlte sich so absolut wohl in seinem Körper, dass er häufig nackt im Haus herumlief, und er verehrte ihren Körper so unverhohlen, dass ihr Selbstbewusstsein wuchs. Statt sich gleich, nachdem sie ihren Liebesakt beendet hatten, anzukleiden, setzte sie sich nun häufig nackt im Bett auf, während er ihr Tee brachte, oder sie schlüpfte in eines seiner Hemden, um sich gegen die Kälte zu schützen, und setzte sich hinaus auf die Veranda.

»Zumindest geht es nicht in erster Linie um Bill. Bill und ich haben nie darüber gesprochen, ob ich ihm treu bin oder nicht, während er fort ist. Ich glaube, er nimmt einfach an, dass ich das bin. Und wie du weißt, hat er ein paar Jahre nach unserer Heirat unser Ehegelübde gebrochen und weiß Gott wie viele Male noch seitdem.« Sie schloss die Augen und sah erneut die Frau in dem gelben Kleid, die sich lachend an die Reling der Fähre lehnte, während Bills Hände um ihre schmale Taille gelegt waren. Aber der Stich, den sie damals empfunden hatte, war verschwunden. »Natürlich habe ich gegenüber Bill ein *gewisses* Schuldgefühl – aber was mich wirklich bedrückt, ist Jimmy. Ich bin das moralische Zentrum seines Universums. Ich will nichts tun, was seine Welt durcheinanderbringt.«

»Das will ich auch nicht.« Barfuß stand ihr gegenüber, an das Geländer gelehnt, und streichelte mit einer Hand ihren Fuß. »Du bist eine gute Mutter, ein gutes Vorbild und hast diesem Jungen alles beigebracht, worauf es ankommt. Du hast ihm durch deine Art zu leben und durch das, was du wertschätzt, gezeigt, wie man lebt.«

»Aber wenn er herausfände, dass ich …«

Barfuß hob eine Hand, um sie zum Schweigen zu bringen. »Pst! Er wird es nicht herausfinden. Weiß er, dass sein Vater untreu ist?«

»Nein, natürlich nicht. Zumindest glaube ich das. Ich habe Jimmy gegenüber oder in Jimmys Beisein nie schlecht über Bill gesprochen.«

»Ich weiß. Aber dein Junge ist nicht dumm, und er ist sensibel. Ihm ist das mit Bill vielleicht nicht bewusst klar, aber ich bin mir sicher, dass er es unbewusst weiß. Er merkt, dass sein Vater zu viel Zeit woanders verbringt, mehr, als er es müsste.«

Sie richtete sich auf. »Aber meinst du nicht, er spürt dann auch, dass ich seinem Vater untreu bin? Dass ich …«

»Elizabeth.« Er ließ ihren Fuß los, beugte sich vor, legte beide Hände auf ihre Knie und blickte ihr eindringlich in die Augen. »Du verwechselst Schuld mit Scham. Ich verstehe, warum du ein gewisses Schuldgefühl wegen der Beziehung zu mir hast. Diese Beziehung überschreitet die Grenzen der Konventionen und der Erwartungshaltungen in unserer Kultur. Es ist in Ordnung, wenn du dich wegen etwas, das du *tust*, schuldig fühlst. Aber diese *Scham*, dieses schlechte Gefühl wegen etwas, das du *bist*, ist unnötig, und es ist falsch.«

Er richtete sich auf, nahm seinen Kaffeebecher von dem abgewetzten Verandageländer und trank einen großen Schluck daraus.

»Jim ist ein kleiner Junge. Aber je älter er wird, desto mehr wird er sich fragen, warum sein Vater so viel weg ist, und verstehen, wie viel du geopfert und wie hart du gearbeitet hast, um ihm ein gutes, sicheres Leben zu bieten. An einem bestimmten Punkt wird er vielleicht sogar in der Lage sein zu verstehen, warum du die Art von Liebe und Respekt, die du verdienst, womöglich erst außerhalb deiner Ehe gefunden hast.«

Sie schüttelte den Kopf: »Nein«, sagte sie. »Ich will nicht, dass er hierüber Bescheid weiß. Er vergöttert seinen Vater.«

»Er ist sieben Jahre alt. In neun oder zehn Jahren wird er die Welt mit anderen Augen sehen.« Barfuß lehnte sich wieder gegen das Geländer der Veranda. »Dies ist alles sehr neu. Wir wissen nicht, was noch geschehen kann und wohin uns dies im Lauf der Jahre vielleicht führt. Ich kann dir allerdings jetzt schon sagen, dass ich es nicht als etwas Oberflächliches empfinde.«

Sie sah zu ihm hoch. »Ich auch nicht.«

Schweigen füllte den Raum zwischen ihnen für eine Weile, aber es war ein behagliches Schweigen. Schließlich ergriff Barfuß das Wort.

»Am 15. Juni reise ich nach Indien.«

Sie spürte, wie ihr Herz zu taumeln begann. »Für wie lange?«

»Vier Monate.«

Sie atmete tief durch. »Das ist eine lange Zeit.«

»Nicht wirklich lang. Ich werde während des Sommers fort sein, wenn dein Mann zu Hause ist. Das wird dir die Sache erleichtern.«

»Ja.« Sie legte beide Hände um den warmen Keramikbecher. »Was wirst du dort tun?«

»In Indien werde ich über Melonen forschen und Samen sammeln. Es gibt Sorgen wegen des Mehltaus, der vor ein paar Jahren in Kalifornien die Melonenernte zunichtegemacht hat. Sie haben mich gebeten, nach ein paar krankheitsresistenten Sorten zu suchen, vielleicht Wildsorten, die wir hier noch nicht angebaut haben. Ich werde auch in Tibet und Nepal nach ein paar Kräutern suchen.«

»Claire hat mir mal erzählt, dass du eine Frau in Tibet hast.«

Barfuß hob eine Braue in ihre Richtung. »Ach ja?« Er lächelte: »Das habe ich nicht, obwohl ich dort einst eine Frau geliebt habe. Die Buddhisten haben eine andere Einstellung gegenüber der Ehe.«

»Wieso?«

»Für die Buddhisten ist die Ehe eine soziale Vereinbarung, kein Sakrament wie bei uns. Die meisten buddhistischen Texte sagen nichts zum Thema ›Monogamie‹, auch wenn die dritte Grundregel vor ›sexuellen Verfehlungen‹ warnt. Aber meiner Auffassung nach ist Sex zwischen zwei Menschen, die einander lieben, keine Verfehlung.«

»Ich bin keine Buddhistin«, meinte Betty.

»Und das heißt?«, fragte Barfuß. »Denkst du, das hier …« – er gestikulierte in ihre und dann in seine Richtung – »… ist Sünde?«

»Nein. Ich weiß nicht.«

»Aber *ich* weiß es. Ich glaube, dass Liebe – wirkliche Liebe, nicht Wollust oder Schwärmerei, sondern romantische Liebe, zu der eine tiefe, mitfühlende, großzügige, liebenswürdige und häufig selbstlose Hingabe gehört – ein alles überragender und übersteigender moralischer Wert ist. Er übertrumpft das Ehegelübde. Wir verwirklichen unser tiefstes menschliches Potenzial innerhalb liebender Beziehungen. Das kann nicht falsch sein.«

»Es fühlt sich auch nicht falsch an.«

»Vertrau dem, Elizabeth.«

Sie sah zu ihm hoch. »Warum nennst du mich immer Elizabeth? Niemand nennt mich so, noch nicht einmal meine Mutter.«

»Betty ist eine Magd«, erwiderte er und sah ihr in die Augen, »Elizabeth ist eine Königin.«

Sie errötete verlegen und senkte ihren Blick auf ihren Kaffeebecher, bevor sie ihn wieder ansah. »O bitte, das ist doch ein wenig kitschig, nicht?«

Er zuckte mit den Schultern. »Entscheide selbst, welchen Namen du bevorzugst, und so werde ich dich dann nennen.«

Sie spürte die ganze Fülle seiner Liebe zu ihr, spürte, wer sie in seiner Gegenwart war. »Nenn mich Elizabeth«, bat sie.

Als Barfuß im Juni abreiste, vereinbarten sie, bis zu seiner Rückkehr im September keinerlei Kontakt zu pflegen. Sie verbrachte das späte Frühjahr und den Sommerbeginn damit, die Schafe zu scheren, Salat zu pflanzen, Brunnenkresse auszusäen und intensiv über ihre Ehe und sich selbst nachzudenken. Wie sie jetzt erkannte, bestand das Problem mit Bill darin, dass er etwas anderes wollte, als er zu wollen glaubte, und dass er sich selbst nicht gut genug kannte, um das zu begreifen. Er hatte gedacht, er wolle eine starke und unabhängige Frau, eine, die temperamentvoll und andersartig war, aber tatsächlich wünschte er sich eine Frau, die sechsundneunzig Prozent der Zeit tat, was *er* wollte.

Das Leben auf Sounder mochte eine unkonventionelle Entscheidung gewesen sein, aber alles andere an ihrer Ehe war so traditionell, wie es nur sein konnte. Sie hatte für Bill ihre Arbeit aufgegeben, war für Bill nach Sounder gezogen, verbrachte für Bill Monat um Monat allein und hatte beschlossen, seine Seitensprünge zu ignorieren – Teufel –, sie zu billigen.

Und wenn sie ganz genau in den Spiegel ihrer Ehe blickte, gefiel ihr auch nicht sonderlich, welches Bild sie von sich selbst sah. Sie hatte einen Beruf, den sie liebte, aufgegeben, weil Bill nicht gewollt hatte, dass sie außerhalb ihrer vier Wände arbeitete. Sie hatte seinen Alaska-Träumen zugehört und ihn darin bestärkt, obwohl das ein Ort war, den aufzusuchen sie sich nicht sehnte, geschweige denn, wo sie leben wollte. Sie war mit ihm nach Sounder gezogen, obwohl sie Seattle und ihre Familie nicht hatte verlassen wollen. Sie hatte mit der Landwirtschaft begonnen – *Landwirtschaft, um Himmels willen!* Wenn man ihr mit achtzehn, also im Jahr vor ihrer Heirat, gesagt hätte, dass sie einmal jeden Morgen um halb fünf aufstehen würde, um Hühner zu versorgen und Ziegenställe auszumisten, und dabei eine schmutzige Latzhose tragen und abends über Saatkatalogen brüten würde, dann hätte sie über eine derartig aberwitzige Vorstellung nur gelacht. Wohl oder übel hatte sie sich Bills Wunschbild von ihr angepasst. *Das* fühlte sich wie eine Sünde an.

Barfuß hatte Seiten von ihr freigelegt, deren Existenz ihr überhaupt nicht mehr bewusst gewesen war. Während der vergangenen Monate hatte er sie nach Autoren gefragt, die ihr gefielen, und daraufhin hatte sie aus den Tiefen einer Reisetasche in ihrem Wandschrank einige der Romane hervorgeholt, die sie liebte – in den acht Jahren, die sie auf Sounder war, hatte sie sie nicht ausgepackt. Und dann hatten sie und Barfuß einander daraus vorgelesen: aus *So grün war mein Tal* und *Ich zähmte die Wölfin. Erinnerungen des Kaisers Hadrian* und ihrem Lieblingsroman *Jenseits von Eden*. Sie sprachen und diskutierten über die Bücher, und er machte sie mit weiteren Büchern bekannt: *Siddhartha* und *Der Traum der roten Kammer* und *Tausendundeine Nacht*.

Er hörte nie auf, ihren Körper zu bewundern, und sie entwickelte wieder einen Stolz auf ihre sehnige Stärke. Als Kind und Teenager war sie draufgängerisch und körperbetont gewesen. Als Einzige der vier Kinder in ihrer Familie hatte sie Ski- und Wasserskifahren gelernt, und sie war in jedem Wettrennen die Schnellste gewesen. Er ermutigte sie zu Liegestützen und Klimmzügen und lobte ihre wachsende Stärke. Er forderte sie zu einem Wettbewerb in Liegestützen heraus, bei dem er jeweils zwei für einen von ihr machen musste, und lachte, als sie gewann. Er kochte für sie: frische, in Weißwein und Butter gedünstete Kammmuscheln; mit Sojasauce, Ingwer, Knoblauch und Minze marinierte Lammkoteletts; Bouillabaisse mit lokalem Fisch und Meeresfrüchte in Kokosnussmilch. Er stellte ihr das Essen in einer großen Eisengusspfanne mit Deckel auf ihre Veranda, damit sie es zum Aufwärmen auf den Herd stellen konnte, bevor Jim aus der Schule nach Hause kam.

Sie lauschte seinen Geschichten, diskutierte mit ihm über religiöse und philosophische Themen, rieb seine schmerzenden Muskeln mit Sesamöl ein und fragte nicht weiter nach, wo er gewesen war, wenn sie ihn mal ein paar Tage lang nicht sah. Manchmal fand sie, wenn sie zu ihm hochfuhr, das weiße Bauernhaus auf Crane's Point leer und den Kamin kalt vor, und dann fuhr sie wieder nach Hause zu ihren häuslichen Pflichten und ihrem Kind. Früher oder später erschien Barfuß dann auf ihrer hinteren Terrasse – manchmal innerhalb von ein oder zwei Stunden, manchmal nach zwei oder drei Tagen. Sie wusste, dass er ein wildes, unabhängiges Geschöpf war, und hatte nicht den Wunsch, ihn zu zähmen. Seine Abwesenheiten gaben ihr zudem die Möglichkeit, sich wieder zu sammeln und sich ein wenig von ihrer durch ihn erzeugten Trunkenheit zu erholen.

Und dann war Barfuß fort und Bill zu Hause. Bill war jetzt fast vierzig und hatte vom Wetter während seiner vielen Jahre auf See gegerbte Falten um seine Augen und quer auf seiner Stirn. Aber seine Augen leuchteten noch immer im selben intensiven Grün, und er hatte noch immer dasselbe verführerische Lächeln. Er brachte natürlich Geschenke mit – echte indianische Pfeilspitzen für Jimmy und eine purpurne Perlenkette für Betty. Er staunte, was sie während seiner Abwesenheit auf der Farm sowie am und im Haus geleistet hatte und wie sehr Jimmy gewachsen war. Er half ihr bei den Hausarbeiten, aber mehrere Male hörte sie ihn über seinen Sommer auf Sounder als »meinen Urlaub« sprechen. »Na toll«, dachte sie, »und wann ist mein Urlaub?«

Sie fürchtete, dass er, wenn sie sich liebten, irgendeinen Unterschied an ihr bemerken würde – in der Art, wie sie sich bewegte oder ihn berührte oder auf seine Berührungen reagierte. Aber er war genauso wie immer, begierig nach Sex, rücksichtsvoll genug, um darauf zu achten, dass sie vor ihm kam, und anschließend schläfrig oder gleichgültig. Sie fand es schwieriger als erwartet, sexuell auf ihn zu reagieren. Sie hatte sich an Barfuß' Hand hinter ihrem Kopf, sein kräftiges Gewicht auf ihr, seine glatte Brust und seinen glatten Rücken unter ihren Händen gewöhnt. Bill, ihr Mann, fühlte sich für sie nun wie ein Fremder an. Er war größer und schmaler als Barfuß und hatte eine dicht behaarte Brust. Ihr fehlte die Art, wie Barfuß mit ihr sprach, während sie sich liebten, und es fehlte ihr, selbst reden zu können. Sie versuchte ein oder zwei Mal mit sanfter Stimme, Bill zu sagen, dass sie sich wünschte, von ihm auf eine bestimmte Weise berührt zu werden oder dass sie sich in einem anderen Rhythmus bewegen wollte oder sogar, dass ihr etwas gefiel, was er tat. Doch ihre Worte schienen ihm peinlich zu sein, und er reagierte nicht.

Aber Jim war glücklich. Sie besuchten das große Grillfest am Vorabend des Nationalfeiertags am Shell Beach und setzten tags darauf nach Friday Harbor über, um die Parade der mit Lampen geschmückten Schiffe und das Feuerwerk zu sehen. Sie machten einen Campingausflug nach Patos Island und von dort zu den kleinen Inseln Sucia und Matia. Sie angelten Tigerstachelkopf und Königslachs und im späten August Silberlachs. Und Bill baute Jim ein Baumhaus in der alten Oregoneiche an der Wiese.

Es schmerzte sie, Bill mit ihrem gemeinsamen Sohn und Jims erwartungsvolle Liebe zu seinem Vater zu sehen. Sie fragte sich, ob sie ihre Ehe in eine wirkliche Ehe verwandeln könnte, wenn Bill mal für mehr als einen oder zwei Monate zu Hause bliebe, wenn sie ihm gegenüber sie selbst wäre und er sie kennenlernen könnte, wie sie jetzt war, nämlich erheblich stabiler und authentischer als das Mädchen, das er geheiratet hatte. Sie hatte das Gefühl, Jim diesen Versuch schuldig zu sein, und sie beschloss, Barfuß darüber zu informieren, wenn er heimkehrte. Dann versuchte sie, mit Bill darüber zu reden, dass er mehr Zeit zu Hause verbringen sollte.

»Weißt du, gegen welche Konkurrenz man sich durchsetzen muss, um auf ein Krabbenboot zu kommen?«, fragte er sie. »Wenn ich sagen würde, dass ich eine ganze Saison lang nicht arbeiten kann, dann würden da zehn Kerle Schlange stehen, die mit Freuden meinen Job übernehmen würden. Wir brauchen das Geld zu dringend. Ich kann das nicht machen.«

»Wir brauchen es nicht mehr so dringend wie früher. Die Farm trägt sich jetzt – jede Saison.«

Bill neigte den Kopf zur Seite und sah sie an. »Du willst mich zu Hause haben?«

Sie dachte an Barfuß, an all ihre gemeinsamen späten Morgen- und frühen Nachmittagsstunden; an die blauen Augen, mit denen Barfuß sie ansah, wenn sie sich liebten, an die Zärtlichkeit, die in seiner Stimme lag, wenn er ihren Namen aussprach.

Sie beantwortete Bills Frage nicht, sondern sagte: »Sieh doch nur, was es Jim bedeutet, dich diesen Sommer hierzuhaben.«

»Ich kann jetzt nicht für die kommende Saison absagen«, meinte Bill. »Dafür ist es zu spät. Aber ich werde diesen Winter mit dem Kapitän und mit ein paar von den anderen Jungs sprechen und sehen, ob sie von irgendwelchen Schiffen wissen, die jemanden nur für ein paar Monate brauchen. In Ordnung?«

Das war typisch Bill. Eine Antwort, die keine Antwort war. Und sie dachte plötzlich: »Einverstanden.«

Bill reiste am 1. September ab. Als sie dann eines Tages Mitte September bei der Post vorbeischaute, um ihre Post abzuholen, erwähnte Frances, dass Barfuß Jacobsen aus Tibet zurückgekehrt sei.

»Tatsächlich?«, fragte Betty. Sie spürte, wie ihr das Herz in der Brust klopfte, und bemühte sich, ihre Stimme beiläufig und unbefangen klingen zu lassen. »Wann ist er denn zurückgekommen?«

»Vorgestern. Er ist gestern wegen seiner Post vorbeigekommen.«

»Hatte er eine gute Reise?«

»So gut wie immer, vermute ich«, sagte Frances. »Ich habe gehört, dass er dort eine Frau hat.«

Betty lächelte: »Ja, das habe ich auch gehört.«

»Er ist schon merkwürdig«, meinte Frances.

Betty nickte. Sie nahm ihre Post und gab vor, wegen Jim nach Hause zu müssen, und verließ die Post. Sie wollte nicht weiter über Barfuß sprechen, damit nicht ihr Gesicht oder ihre Stimme oder ihr Körper ihre Aufgeregtheit und ihr Verlangen verriet.

Sie ging nach Hause und bereitete Jims Mittagessen und dachte über ihren gemeinsamen Sommer mit Bill als Familie nach. Sie dachte an die zwölf Jahre, die sie mit Bill verheiratet war, der wenig mehr getan hatte, als seine eigenen Bedürfnisse zu befriedigen. Sie dachte über Barfuß nach. Vielleicht hatte er sich verändert. Vielleicht hatte ihn seine viermonatige Reise in ferne Länder daran erinnert, warum er nie geheiratet hatte, und ihm bestätigt, wie schön es war, die Freuden der Freiheit genießen zu können.

Er kam am nächsten Morgen zu ihrem Haus, nachdem Jim zur Schule gegangen war. Er war zu Fuß, sodass sie ihn nicht den Schotterweg heraufkommen hörte und auch dann seine Schritte nicht vernahm, als er über die Wiese zum Trockenschuppen kam, wo sie Zwiebeln und Knoblauch für den Winter auslegte.

»Elizabeth.«

Sie drehte sich um und sah ihn vor der Tür stehen, und seine blauen Augen durchbohrten ihr Herz. Sie ging zu ihm und umfasste seinen edlen Kopf mit ihren Händen, sah in sein gebräuntes, sturmzerfurchtes Gesicht, blickte ihm in die Augen und empfand so viel Liebe für ihn, dass sie nichts sagen konnte.

Er schlang seine Arme um sie, vergrub sein Gesicht in ihrem Nacken und atmete ihren Geruch ein. Sie sah zum Himmel über seinem Kopf hoch und erlebte einen Augenblick vollständigen und reinen Glücks. »Wenn das Sünde ist«, dachte sie, »dann will ich mit Freuden zur Hölle fahren.«

»Willkommen daheim!«, sagte sie.

20. Kapitel

Susannah 2011

Am Tag nach Thanksgiving stand Susannah als Erste auf. Sie legte Holz im Herd nach, damit es im Wohnzimmer warm wurde, mahlte die Kaffeebohnen, setzte Wasser auf. Matt und die Kinder schliefen noch. Sie hatten ihre Mutter am Mittwoch in Friday Harbor abgeholt und sich dann gemeinsam mit den Pavalaks im weißen Cottage zum Thanksgiving-Essen getroffen. Durch das viele Kochen, Backen und Abwaschen hatte Susannah noch keinen Moment mit ihrer Mutter allein verbracht, was ihr weniger war. Mit Matt hatte sie ebenfalls noch keinen Augenblick allein gehabt, was ihr nicht so recht war.

Sie ging auf die Veranda, um die frei laufenden Katzen zu füttern. Der Himmel färbte sich am östlichen Horizont bereits blassrosa, während er über ihr noch dunkelblau war. Ein paar letzte Sterne funkelten am Himmelszelt. Der Morgen war kalt und ruhig, und der nächtliche Nebel blieb in Form von Tautröpfchen zurück, die sich auf den glänzenden Salatblättern sammelten und sich auf die hohen Grashalme in der Wiese klammerten. Sie konnte den süßen Rauch riechen, den das Feuer im Küchenherd verströmte, und das leise, heisere Trillern der Schneeammern hören.

Katie hatte sich wieder und wieder dafür entschuldigt, dass sie ihr das Marihuana-Törtchen gegeben hatte. Sie hatte sowohl Barfuß als auch Susannah einen Brief geschrieben. »Mir gefällt es hier, Mom«, hatte sie geschrieben. »Es war eine gute Idee herzukommen. Ich will hier bei dir sein. Bitte schick mich nicht nach Haus!«

Sie atmete tief durch. Eine Bewegung weckte ihre Aufmerksamkeit, und sie sah eine Gestalt auf dem Weg. Es war Lila, das Haar ordentlich gekämmt, und einen karamellfarbenen Trenchcoat über ihre Schultern gelegt. Susannahs Magen krampfte sich zusammen.

»Guten Morgen, Mom«, sagte sie, als sich ihre Mutter genähert hatte. »Hast du gut geschlafen?«

»Ja«, sagte Lila. »Es ist so *still* hier. Und so dunkel.« Sie trug einen roten Lippenstift, kleine Perlenohrringe und eine dazu passende Kette. Der Kragen ihrer weißen Bluse ragte leicht über den Ausschnitt ihres Pullovers hinaus. Alles, was man kontrollieren konnte, fein säuberlich gerichtet. Sie kam auf die Veranda und blieb neben Susannah stehen. »Es ist sehr friedlich hier. Ich kann verstehen, warum du dies wolltest. Du warst in Tilton ständig so *beschäftigt*. Ständig unterwegs.«

»Ja«, bestätigte Susannah.

»Außerdem ist es kalt«, bemerkte Lila und rieb ihre Hände aneinander. »Es gibt eine Menge gute Argumente für eine Zentralheizung.«

»Komm rein. Ich habe Feuer im Herd gemacht, und ich koche einen Tee.«

Susannah führte Lila ins Haus und bereitete eine Kanne starken Tee. Nachdem sie durch das Fenster auf die Wiese und die Tannen gestarrt und mit der Hand über den abgwetzten Cordstoff des Sofas gefahren war, setzte sich Lila an den Tisch und umfasste ihren Becher mit beiden Händen. Susannah musterte ihre Mutter – ihr scharfes Profil, das sich deutlich von Susannahs rundlichen Gesichtszügen unterschied; ihr feines weißes Haar, das so ganz anders war als Susannahs dickes dunkles Haar; ihre blassblauen Augen, die so gar nichts mit Susannahs braunen gemein hatten. Selbst mit dreiundsiebzig war ihre Mutter noch eine auffallend attraktive Frau, feingliedrig und schön. Äußerlich entdeckte Susannah nicht den geringsten Zug von sich an ihrer Mutter, genauso wenig wie umgekehrt. Physisch glich sie ganz und gar ihrem Vater, aber gemütsmäßig kam sie nach ihrer Mutter: ein ständig ängstliches Nervenbündel.

»Ich hatte gestern Abend ein schönes Gespräch mit Katie«, berichtete Lila. »Sie hat mir erzählt, dass sie an einem Boot oben auf irgendeiner Klippe arbeitet. Sie hat gelernt, mit allen möglichen Werkzeugen umzugehen.«

»Das stimmt«, bestätigte Susannah. Sie schlug drei Eier in eine große weiße Keramikschüssel, um Pfannkuchenteig zu machen. »Sie lernt, mit Holz zu arbeiten und ein wenig Verantwortung zu übernehmen. Barfuß Jacobsen, der Mann, für den sie arbeitet, lebt schon lange auf der Insel. Und er ist ein erstklassiger Botaniker. Katie hatte ein paar Probleme in der Schule, und ich wollte, dass sie beschäftigt ist. Die Arbeit an Barfuß' Boot hat ihr sehr gutgetan.« Susannah hatte nicht die Absicht, ihrer Mutter die Geschichte von Katies Gedicht oder von den Törtchen zu erzählen.

»Aber von dem zu schließen, was Katie mir erzählt hat, scheint er sehr exzentrisch zu sein, vielleicht sogar gewalttätig. Sie hat mir davon berichtet, dass er einmal einem Mann in die Hand geschossen hat. Und sie ist da oben allein mit ihm.«

»Er ist exzentrisch, aber absolut zurechnungsfähig«, entgegnete Susannah. »Und er ist nicht gewalttätig. Das ist eine alte Geschichte, die sich vor fünfzig Jahren im Mittleren Osten zugetragen hat. Das war eine andere Zeit und ein anderes Land. Er bringt Quinn bei, alle möglichen Arten von Pflanzen zu bestimmen.«

Lila hob die Augenbrauen: »Quinn hält sich ebenfalls da oben auf? Machst du dir keine Sorgen darüber, welchen Einfluss dieser Mann auf deine Kinder ausüben könnte?«

»Nein«, sagte Susannah.

»Nun gut, es sind deine Kinder«, meinte Lila und rührte Milch in ihren Tee.

»Was bitte soll das heißen?«

»Nichts. Ich bin sicher, dass du weißt, was das Beste für sie ist.«

Susannah verquirlte die Eier heftiger als nötig.

»Katie hat sich sehr verändert, seit ich sie das letzte Mal gesehen habe«, sagte Lila. »Sie ist so groß geworden und sieht so erwachsen aus. Und sie ist so …« – Lila suchte nach einem passenden Wort – » … *freimütig*. Wie alt ist sie jetzt? Dreizehn?«

»Vierzehn. Sie ist im September vierzehn geworden.«

»Ah, stimmt. Ich versuche gerade, mich zu erinnern, wie du mit vierzehn warst.«

Im Stillen dachte Susannah: »Ich bin zwei Monate nach Janies Tod vierzehn geworden. Du warst ein Zombie.« Aber sie sagte: »Ich war still.« Sie nahm einen Stieltopf, in dem sie Butter geschmolzen hatte, und goss die goldgelbe Flüssigkeit in die Schüssel mit den Eiern. »Es war kein tolles Jahr.«

Lila schloss die Augen. »Nein«, sagte sie. »Es war kein tolles Jahr.« Sie öffnete die Augen wieder und sah zu Susannah hoch. »Ich wünschte …« Sie brach ab. »Egal. Es ist, wie es ist. Dennoch – wir haben nie darüber gesprochen.«

»Mom, nein.« Susannah begann, Eier, Butter und Milch miteinander zu verquirlen. »Es war eine Tragödie, Janie zu verlieren. Ich gebe dir nicht die Schuld an der schweren Zeit danach.« *Obwohl ich nie verstehen werde, warum du uns überhaupt hast fahren lassen.* »Wie du sagtest: Es ist, wie es ist. Wir brauchen nicht darüber zu reden.«

Susannah erinnerte sich an einen Tag zehn Monate nach dem Unfall. Ihr Vater war ausgezogen, und Lila hatte eine Stelle als Sekretärin an der örtlichen Highschool gefunden. Sie stand jeden Morgen auf, zog sich an, ging zur Arbeit, kochte Essen und verhielt sich wie eine normale Mom. Tante Tessa drängte Susannah, etwas zum Muttertag vorzubereiten, aber Susannah hatte Vorbehalte. Sie konnte sie nicht formulieren, auch sich selbst gegenüber nicht, aber es bedurfte keiner hellseherischen Fähigkeiten, um zu erkennen, dass der Muttertag das Potenzial hatte, Lilas instabile Rückkehr zur Normalität ebenso gründlich zu zerstören wie ein Fuß, der auf einen winzigen grünen Spross trat.

»Sie wird am Muttertag traurig sein«, sagte Susannah zu Tessa, »weil sie an die Sache mit Janie erinnert wird.«

»Glaubst du, dass sie es je vergisst?«, entgegnete Tessa. »Sie muss sich aber auch daran erinnern, dass sie lebende Kinder hat, die sie lieben, und dass sie ihnen eine gute Mutter ist. Mach etwas.«

Also ging Susannah, stets die pflichtbewusste Tochter, mit Jon in den kleinen Supermarkt hinüber und suchte zwei Karten und eine kleine Packung mit Süßigkeiten aus. Aber sie war unsicher. Waren die Karten zu fröhlich? Zu ernst? Sollte sie lieber selbst eine Karte basteln? Es war so lange her, seit Lila wirklich einmal Appetit auf irgendetwas gehabt hatte, dass sich Susannah nicht erinnern konnte, ob Lila überhaupt Süßigkeiten mochte. Als sie dann an der Kasse stand, fiel ihr ein winziger roter Vogel aus gefaltetem Papier ins Auge.

»Was ist das?«, fragte sie die Kassiererin.

»Ein Origami-Kranich«, antwortete die Kassiererin. »Das entsprechende Material verkaufen wir, es ist dort drüben.«

Susannah besah sich eine Schachtel mit kleinen Papiervierecken in unterschiedlichen leuchtenden Farben. »Wenn man tausend Papierkraniche faltet, drückt man damit Hoffnung und Wohlwollen aus«, stand auf der Schachtel. »Dieses schöne Symbol ist ein perfektes Geschenk für besondere Anlässe. Die Packung enthält alles, was man zum Herstellen und Arrangieren von tausend bunten Kranichen benötigt.«

Susannah brachte die Süßigkeiten zurück und kaufte die Schachtel. Zu Hause las sie die Anweisungen und faltete nach ein paar Fehlversuchen ein rosa (Lilas Lieblingsfarbe) Blatt Papier zu etwas, das einem Vogel glich. Sie faltete einen weiteren in Violett und sagte zu Jon, dass er ihn ihrer Mutter geben könne. Sie hatte nicht die Zeit, tausend Vögel anzufertigen, was beängstigend und langweilig klang. Aber wenn sie Lila diese beiden zusammen mit den Karten gaben und ihr sagten, dass sie Hoffnung und Wohlwollen symbolisierten, dann war das möglicherweise ein gutes Geschenk zum Muttertag.

Vor dem Abendessen stellte Susannah die Karten und die Kraniche neben Lilas Teller auf den Tisch.

»Was ist das?«, fragte Lila. Sie nahm den rosa Kranich in die Hand. »Der ist aber hübsch.« Sie lächelte Susannah an; es war ein warmes Lächeln, das auch ihre Augen erfasste.

Susannah konnte sich noch an die Hoffnung erinnern, die damals voller Wärme und Erleichterung in ihr aufstieg.

»Es ist Muttertag«, sagte sie. »Viel Glück …«, setzte sie an, brach dann jedoch ab. Das waren nicht die richtigen Worte, noch nicht. »Wir wollten etwas für dich tun.«

Lilas Augen füllten sich mit Schmerz, und die Finsternis kehrte zurück. »Oh«, sagte sie. »Muttertag. Das habe ich vergessen. Es ist gut, dass ihr Kinder daran gedacht habt.« Sie stellte den rosa Kranich auf die ausgestreckte Handfläche ihrer linken Hand und betrachtete ihn von allen Seiten, indem sie ihr Handgelenkt drehte. »Hast du ihn gemacht?«

Susannah erzählte ihr von den tausend Papierkranichen und dass sie zehn pro Tag falten wolle, damit sie bis Weihnachten tausend fertighabe, die sie dann gemeinsam wie auf dem Bild auf der Schachtel zu Glücksketten aufziehen und irgendwo hinhängen konnten.

Lila starrte lange auf den Kranich, während Susannah und Jon Lila anstarrten. Susannah erinnerte sich an den Eindruck, dass ihre Mutter innerlich mit sich kämpfte und diesen Kampf schließlich verlor, weil sich ihre Augen mit Tränen füllten und sie ihren Stuhl vom Tisch wegschob und in ihr Zimmer ging. Sie schloss die Tür hinter sich und ließ die Karten ungeöffnet auf dem Tisch liegen und Jons violetten Kranich dort allein zurück.

Kurz darauf kam Tante Tessa vorbei. Sie sagte Susannah, sie habe das Richtige getan, es werde eben nur seine Zeit brauchen. Dann verbrachte Tessa eine lange Zeit im Zimmer ihrer Mutter, hinter der geschlossenen Tür, und Susannah und Jon versuchten, die murmelnden Stimmen und die Schluchzer zu ignorieren. Am nächsten Tag fand Susannah den rosa Kranich zusammengeknüllt im Papierkorb neben dem Bett ihrer Mutter. Sie erinnerte sich nicht gern daran.

»Hier.« Sie reichte ihrer Mutter eine andere, kleinere Schüssel mit den trockenen Zutaten. »Verrühr die mal, ja? Ich muss nach der Pfanne suchen, und ich muss Matt wecken. Die Kinder wollen dir die Insel zeigen. Es wird dir Spaß machen, alles zu sehen.«

»Oder ich könnte hierbleiben und dir beim Essenmachen helfen. Dann könnte Matt ein wenig Zeit allein mit den Kindern verbringen. Das würde uns die Möglichkeit geben, miteinander zu reden.«

»Ich brauch' keine Hilfe, ich schaff' das schon«, wehrte Susannah ab.

Sie wollte keinen Nachmittag mit ihrer Mutter im Cottage verbringen und beim Kartoffelschälen die Versuche ihrer Mutter abwehren, über Dinge zu reden, über die gut drei Jahrzehnte lang nicht gesprochen worden war; über Dinge, über die Susannah nicht reden konnte und wollte. Für all das war es jetzt zu spät.

»Geh du mit Matt und den Kindern. Vielleicht komme ich auch mit.«

Lila lehnte sich in ihrem Stuhl zurück. Plötzlich wirkte sie älter auf Susannah; die Falten gruben sich tief in ihr Gesicht, und unter ihren Augen lagen dunkle Schatten. Sie suchte den Blick ihrer Tochter, aber Susannah wandte sich ab und kramte nach der gusseisernen Pfanne.

»Gut«, sagte Lila. »Ich werde gehen.«

Den Nachmittag verbrachten sie damit, Lila alles zu zeigen – die Scheune, Jims Hütte, Shell Beach, den Waschsalon. Sie fuhren sogar zu Crane's Point hoch, um ihr das Haus von Barfuß und das Boot zu zeigen, und beendeten ihre Tour mit einem Halt bei der Schule.

Katie hatte mit Hood angeln gehen wollen, aber Susannah hatte es ihr verboten. Sie wollte nicht, dass die beiden zu viel Zeit allein miteinander verbrachten. Und dies war ein Familienausflug, bei dem Katie dabei sein musste. Sie kam mit, aber sie verhielt sich wie ein gefesseltes wildes Tier, während sie alle Orte aufsuchten. Sie lief unruhig herum, verdrehte die Augen und strich sich nervös durch die Haare. Als Quinn schließlich damit begann, auf die Grassorten hinzuweisen, die am Rand der Straße bei der Schule wuchsen, und sie zu benennen, hatte seine Schwester genug.

»Ich halt's nicht aus«, stöhnte Katie. »Du solltest dich mal selbst hören! Du klingst wie ein hundertjähriger Biologieprofessor. Du glaubst doch wohl nicht, dass sich irgendjemand um die Namen von *Gräsern* schert. Das ist der Grund, warum dich in Tilton niemand mochte.«

Quinn sah sie wütend an: »Halt den Mund!«

»Es reicht, Katie«, sagte Susannah. »Lass ihn in Ruhe.«

»Oh, natürlich«, meinte Kate. »Sei auf *mich* sauer. Hast du irgendeine Ahnung davon, was zu Hause mit ihm passiert ist? Oder was *ich* tun musste, um ihn zu beschützen?«

»Halt den Mund! Ich brauche niemanden, der mich beschützt!«, rief Quinn und funkelte Katie an.

»Was meinst du damit?«

»Er war der Außenseiter der gesamten sechsten Klasse«, sagte Katie. »An der Bushaltestelle haben ihn zwei Mädchen ständig umarmt und sich an ihm gerieben, bis er rot geworden ist, und dann haben alle gelacht, und die Jungs haben ihn herumgeschubst und beleidigt. Ich hab's ihnen schließlich heimgezahlt, und dann bin *ich* in Schwierigkeiten gekommen.«

»Hör auf!«, schrie Quinn mit knallrotem Gesicht.

»Du bist in Schwierigkeiten gekommen?«, fragte Susannah.

»Ja!« Katie war jetzt wütend, und die Worte sprudelten aus ihr heraus. »Eines Tages verspätete sich mein

Bus, sodass ich immer noch an der Haltestelle stand, als Quinn kam. Und diese Arschlöcher – entschuldige, Mom, diese *miesen Typen* – haben ihn gehänselt, und ich habe es ihnen schließlich gegeben. Ich habe meinen Bus verpasst, also bin ich zu Fuß Richtung Schule gegangen. Unterwegs bin ich auf Hillary gestoßen, und sie fragte mich, ob ich nicht gemeinsam mit ihr die Schule schwänzen wolle. Ich war so verrückt, ›Klar!‹ zu sagen. Dann habe ich riesige Probleme bekommen. Alles wegen Quinn.« Sie spie seinen Namen regelrecht aus.

Hillary. Das Mädchen, das zwei Mal wegen Drogenhandels verhaftet worden war.

»Ich *hasse* es, ihn beschützen zu müssen«, erklärte Katie. »Und ich hasse es, dass du so ahnungslos bist.«

Quinn warf Katie einen letzten erbosten Blick zu, dann rannte er quer über den Schulhof und die Schotterstraße und verschwand auf dem Weg, der in den dahinterliegenden Wald führte.

»Quinn!«, rief Matt hinter ihm her. »Quinn!«

»Schon gut«, beruhigte ihn Susannah. »Lass ihn in Ruhe. Der Weg führt nach Hause.«

»Darum habe ich die dämliche Frau von Otis zerschmettert«, sagte Katie. »Ich hatte versucht, mit ihm darüber zu reden, dass er sich am ersten Tag in der Schule hier wie ein *normaler* Mensch benehmen sollte, aber er hat nicht zugehört. Da bin ich wütend geworden.«

»Ich wusste, dass die Dinge zu Hause nicht gut liefen«, bekannte Susannah, »aber ich habe nicht gemerkt, dass …«

»Du hast doch keine Ahnung von irgendwas!«, entgegnete Katie. »Du sorgst dich um total alberne Dinge wie zum Beispiel, dass Barfuß Marihuana anbaut oder was ich mit Hood mache. Vielleicht solltest du dir mal darüber Sorgen machen, was für ein absolut neurotischer Mensch du bist. Ich kann es nicht ertragen, dich am Hals zu haben. Selbst Dad kann dich nicht ertragen. Darum hat es ihm nichts ausgemacht, dass du hierher gezogen bist.«

Susannah sah Matt an, der mit beiden Händen in den Taschen dastand und unangenehm berührt wirkte.

»Wir müssen dieses Gespräch beenden«, sagte er. Er wandte sich Lila zu. »Es tut mir leid, dass du all dies mit anhören musstest, Lila. Kommt, lasst uns in den Wagen steigen und nach Hause fahren.«

»*Matt!*«, rief Susannah und lief ein paar Schritte, um ihn einzuholen, bevor er den Wagen erreicht hatte. »Du musst etwas zu ihr sagen. Du musst sie für ihre Unverschämtheit in die Schranken weisen.«

»Susannah.« Er blieb stehen und drehte sich zu ihr um. »Ich habe meine Kinder sechs Wochen lang nicht gesehen. Ich bin nun zehn Tage hier und habe die meiste Zeit damit verbracht, Katie Strafpredigten über alles zu halten, was sie falsch gemacht hat. Ich reise in ein paar Tagen wieder ab und werde sie dann wieder einen Monat lang nicht sehen. Ich werde ihr nicht jedes Mal zusetzen, wenn sie sich wie ein typischer Teenager verhält und ihren Bruder drangsaliert oder frech zu dir ist. Quinn muss lernen, ihr Kontra zu geben und sich selbst zu verteidigen, und du musst das, offen gesagt, ebenfalls lernen.«

»Was?« Susannah war außer sich vor blinder Wut. »*Nein*, das muss ich nicht. Du bist dermaßen stocksteif und verkrampft, dass du überhaupt nicht begreifst, was es heißt, wenn deine Gefühle verletzt werden.«

»Machst du Witze?«, fragte Matt ungläubig.

»Nichts dringt zu dir durch, nichts berührt dich. Es stört dich nicht, wenn Quinn schikaniert wird oder Katie gemein ist oder wir uns entschließen zu gehen ...«

»Das ist doch nicht zu fassen!«

»Glaubst du, ich wäre hierher gefahren, wenn du mich auch nur ein Mal in die Arme genommen und gesagt hättest: ›Geh nicht!‹?«

Aber natürlich hatte er das nicht getan. Niemand, *niemand* konnte sie so sehr lieben.

»Und wenn ich das getan hätte, wärst du wütend auf mich gewesen, weil ich dich zurückgehalten hätte. Ich kann nicht gewinnen. Was glaubst du, wie es sich anfühlt, derjenige zu sein, der zurückbleibt? Dies ist schließlich nicht das erste Mal, dass du weggelaufen bist.«

»Ach, komm. Ich bin für ein paar Tage weggegangen, als wir noch nicht verheiratet waren.«

»Und wirst du das nächste Mal, wenn es Probleme gibt, wieder gehen?«

Lila und Katie hatten sie eingeholt, und Lila legte eine Hand auf Susannahs Schulter.

»Susie?«, fragte sie. »Was ist los?«

Susannah wirbelte zu ihr herum. »Als wenn *dich* das interessieren würde! Ist es nicht komisch, dass ich jemanden geheiratet habe, der genau wie du ist – jemanden, der meint, ich sei es nicht wert, beschützt zu werden?«

Nachdem sie das ausgesprochen hatte, rannte Susannah am Wagen vorbei in den Wald und auf den nach Hause führenden Pfad. Sie rannte, bis ihre Lungen schmerzten und sie nicht mehr rennen konnte, woraufhin sie ihr Laufen zu einem Gehen verlangsamte. Sie blieb kurz stehen und beugte sich, die frische Luft tief einatmend, mit den Händen auf den Knien nach vorn. Direkt neben dem Weg hüpfte eine Drossel mit ihrer bräunlich-orangefarbenen Kehle auf dem Boden. Aus dem Stumpf einer umgefallenen Zeder wuchs dickes grünes Moos, das sich leuchtend von der graubraunen Borke abhob. Sie richtete sich auf. Dies alles zu betrachten, beruhigte sie auf merkwürdige Weise. Sie war von Verfall umgeben – dem verrottenden Baumstumpf, den verwesenden Blättern, dem lehmigen Boden –, doch all das bildete den Nährboden für neues Leben.

Katies brüske Haltung während des vergangenen Jahres hatte alte Wunden bei ihr aufgerissen. Irgendwie hatten sich Katie und ihr Vater miteinander vermischt, und Katies verletzende Kritik erinnerte sie an all ihre Versäumnisse und Schwächen. Lila war nie für sie eingetreten, und Matt würde nicht für sie eintreten. Vor Katies Pubertät hatte Susannah nie daran gezweifelt, dass Matt auf ihrer Seite stand, selbst wenn sie es als schwierig empfunden hatte, auf ihrer Seite zu sein.

Sie dachte an ihren Hochzeitstag, als er vor allen in der Kirche Anwesenden ihrem Vater die Stirn geboten hatte. Sie hatte geplant, sich von beiden Elternteilen zum Altar führen zu lassen, um so ihre Mutter zu würdigen, ohne ihren Vater auszuschließen. Aber ihr Vater –

noch immer Alkoholiker mit dem für Alkoholiker typischen Jähzorn und einer Überempfindlichkeit gegenüber jeder vermeintlichen Herabsetzung – war wütend, weil er sich seines Rechts beraubt fühlte, seine einzige Tochter ihrem Ehemann zuzuführen. »Schließlich werde ich Janie nie zum Altar führen.«

Am Tag der Hochzeit erschien er betrunken. Zwar lallte er nicht, aber er war betrunken genug, um eine boshafte Wut durch sein Lächeln funkeln zu lassen. Hinten in der Kirche hatte er, bevor die Musik einsetzte, Lila mit den Ellenbogen weggestoßen und gesagt: »Ich führe meine Tochter *allein* zum Altar.« Lila hatte Susannah einen Blick zugeworfen, zu ihrem Exmann hinübergesehen und war zur Seite getreten. »Sie will auf meiner Hochzeit keine Szene machen«, hatte Susannah gedacht. »Ich will auf meiner Hochzeit auch keine Szene machen. Und dieser Bastard weiß es, er kennt uns beide gut genug.« Sie hatte angesetzt, zu ihrem Vater zu sagen: »Dad, wir hatten doch vereinbart …«, aber ihre Mutter hatte den Kopf geschüttelt und geflüstert: »Nicht!«

Die Musik begann zu spielen, die Brautjungfern setzten sich in Bewegung, und die Gäste drehten sich erwartungsvoll in ihren Sitzen um. Susannahs Vater nahm ihren Arm und führte sie zur Tür. Und dann sah Matt, der mit seinen Brüdern und Jon vorn in der Kirche stand, dass Susannah nur von ihrem Vater geführt wurde und ihre Mutter hinter ihnen herging. Er presste die Lippen zusammen, wartete einen Moment, bis sich die Brautjungfern vorn in der Kirche aufgereiht hatten, und ging dann unter dem überraschten Flüstern der Menge schnurstracks den Gang hinunter.

»Du bist schön«, flüsterte er Susannah zu. Und dann sagte er zu ihrem Vater: »Mr. McGilvra, Sie sehen gut aus. Großartiger Tag, nicht wahr?«

Seine Worte waren freundlich, aber in seiner Stimme klang ein unterschwelliger Zorn, der so erbittert war, dass Susannah zurückwich. Er ging um sie herum zu ihrer Mutter, zog Lila nach vorn und stellte sie wild entschlossen an Susannahs andere Seite.

»Wir alle lieben Susannah«, sagte er. »Also wollen wir gemeinsam mit ihr gehen.«

Und dann gab er ihnen einen Schubs, nickte dem Pfarrer zu, der dem Organisten ein Zeichen gab, und sie gingen alle vier den Gang entlang – Susannahs Eltern zu ihren beiden Seiten und Matt, der den Gästen lächelnd zunickte, hinter ihnen. Er war ihr Held gewesen, weshalb sie sich umso mehr verraten gefühlt hatte, als er es im vergangenen Jahr versäumte, sie auch Katie gegenüber zu verteidigen.

Sobald sie am Wiesenrand aus dem Wald kam, steuerte Susannah die Scheune an. Sie schob die schwere Holztür zur Seite und trat ein. Fahles Nachmittagslicht drang durchs Fenster. Sie ging zu ihrem unvollendeten Werk und betrachtete es. Ihre Vogelscheuche war ein knapp meterhoher Engel, zusammengesetzt aus Metallteilen, Holz und Glas. Angefangen hatte sie damit, dass sie auf ein Stück Weißblech das Gesicht eines Mädchens mit leuchtend rosa Lippen, goldbraunem Haar und durchdringenden braunen Augen gemalt hatte. Irgendetwas an den Augen hatte auf Susannah einen beseelten Eindruck gemacht, und so war aus einer Fahrradfelge samt Speichen ein Heiligenschein geworden, den sie mit angeschwemmtem Strandglas in Hellblau und Grün sowie mit glänzend rotem Kupferdraht verzierte. Anschließend hatte sie aus Metallschrott riesige Flügel geschnitten. Die Arme des Engels bestanden aus dünnen Leitungsrohren und der Körper aus einem langen farbenfrohen Patchwork-Kleid, gefertigt aus alten Konservendosen, bei denen die Farben und Aufschriften noch direkt auf das Blech und nicht auf Papieretiketten gedruckt worden waren. Susannah hatte sie aufgeschnitten, geglättet, Löcher hineingebohrt und die Teile dann mit Kupferdraht verbunden.

Sie arbeitete inzwischen seit drei Wochen daran, aber plötzlich sah sie die Engelsskulptur mit anderen Augen. Sie war ohne Frage schrullig. Vielleicht sogar kühn oder faszinierend, wie Jim möglicherweise sagen würde. Aber jetzt sah sie zum ersten Mal, dass der Engel mit dem breiten Lächeln, den braunen Augen und den gewellten Haaren ihre Schwester Janie darstellte, den Geist, der sie ständig verfolgte.

21. Kapitel

Betty 2011

Betty setzte sich in den Sessel vor Barfuß' Kamin. Der weiße Sessel war bequem – ausladend und weich, aber nicht so tief, dass man darin versank und feststeckte. Barfuß holte den tibetischen Reisemedizinkoffer, den er als Beistelltisch benutzte, und stellte ihn neben ihren Sessel. Dann ging er in die Küche und kam mit einem Glas Weißwein für sie und einem Bier für sich zurück. Er stellte sein Bier auf den Kaminsims und bückte sich, um einen weiteren Holzscheit ins Feuer zu legen. Das Holz knackte, und die Flammen loderten auf und züngelten nach oben, wobei sie ein rötlich-goldenes Licht auf die noch immer fein geschnittenen Wangenknochen und den Kiefer von Barfuß warfen. Er war ein schöner Mann, trotz seiner Stirn- und Augenfalten und dem jetzt weiß gewordenen Haar. Sie wurde es nie müde, sein Gesicht zu betrachten.

Er nahm sein Bier und setzte sich ihr gegenüber in einen Sessel.

»Ist Katie diese Woche hier gewesen?«, fragte Betty.

»Nein. Allerdings hat sie mir vor ein paar Tagen einen Brief mit einer Entschuldigung unter der Tür durchgeschoben.«

Betty trank einen großen Schluck von dem Wein. »Der ist aus Trauben gemacht«, sagte sie und blickte ihn über das Glas hinweg an.

Er schüttelte den Kopf: »Aus Hagebutten. Magst du ihn?«

Sie nickte: »Er schmeckt sehr gut.« Sie trank noch einen Schluck. »Was wirst du Katie sagen?«

»Ich werde ihr sagen, dass ich ihr nicht trauen kann und nicht will, dass sie weiter für mich arbeitet.«

Betty stellte ihr Glas auf den Koffer. Sie wusste, dass es sinnlos gewesen wäre, um einen Untersetzer zu bitten. Barfuß war der Überzeugung, dass man Dinge – selbst kostbare Dinge – benutzen, nicht verehren sollte.

»Sie ist kein böses Kind«, meinte sie. »Sie hat sich auf dem Boot kräftig abgerackert und gute Arbeit geleistet. Außerdem ist sie intelligent.«

Er stand auf, um das Feuer noch einmal zu schüren. »Und diese Mutter von ihr sollte ab und zu mal ein wenig Anti-Ängstlichkeitsmedizin einnehmen. Ich weiß ja nicht, ob sie noch mal ein wenig Marihuana probieren will, aber ich könnte ihr einen guten Beruhigungstee machen.«

Betty lächelte: »Ich mag Susannah. Sie hat ein gutes Herz. Sie würde sich die Arme ausreißen, um jemandem zu helfen. Aber zugleich ist sie eine ständige Grüblerin. Sie ist wie Jim. Sie nimmt alles zu wichtig und denkt zu viel nach.« Betty strich mit der Hand über den glatten weißen Stoff auf der Armlehne. »Manchmal befürchte ich, dass sie sich zu sehr für Jim interessiert. Ich bin froh, dass ihr Mann jetzt hier ist.«

»Wo zum Teufel steckt Fiona?«

»Sie wird rechtzeitig zu Weihnachten wieder da sein.«

Barfuß hob die Brauen. »Das glaub ich, wenn ich's sehe. Sie ist eine tolle Frau, aber sie sollte Jim und die Jungen nicht für eine so lange Zeit allein lassen.«

»Susannah macht's genauso.«

»Und sie verhalten sich beide falsch.«

»Es ist das, was Bill getan hat.«

Barfuß schüttelte den Kopf. »Ne, ne, ne, du, in diese Falle werde ich nicht mehr tappen! Ich habe seit dem Tag, an dem dein Sohn seinen Schwimmunterricht beendet hat, kein Wort gegen deinen Mann gesagt, und ich werde jetzt auch nicht damit anfangen.«

Betty lächelte und nickte anerkennend. »Ich hatte meine Vorbehalte gegenüber Fiona, wie du weißt, aber ich glaube, dass sie Jim und die Jungen liebt. Ich glaube, dass sie einfach Platzangst bekommen hat. Wie du weißt, ist sie ein Dutzend Jahre jünger als Jim, und als sie ihn geheiratet hat, war sie zwanzig. Sie hat viele Jahre damit verbracht, hier zu arbeiten und zu leben. Ich gönne ihr diese Auszeit, zumindest inzwischen.« Betty sah zum Fenster, vor dessen Scheiben es dämmerte, und in den endlosen Himmel über der Klippe. »Sie steht täglich per E-Mail mit ihm in Kontakt. Jim hat mir ein paar ihrer Briefe gezeigt. Ich habe den Eindruck gewonnen, dass sie sich hinreichend klar darüber geworden ist, dass sie es braucht und mag, irgendeiner Arbeit nachzugehen, aber dass Sounder ihr Zuhause ist und dass sie ihren Mann liebt.«

»Um deines Sohnes willen hoffe ich, dass das wahr ist.«

»Du bist schon immer zynisch gewesen.«

»Ich bin schon immer realistisch gewesen, Elizabeth.«

»Ich auch.«

»Das stimmt.«

Er hatte sie ein Mal gebeten, ihn zu heiraten. Das war zwei oder drei Jahre nach Bills Tod gewesen. Sie hatte an einem kühlen Aprilabend Rote Beete gepflanzt, als er mit einem Korb frischer Kräuter und Blattgemüse aus seinem Gewächshaus die Zufahrt heraufstieg. Er kam nie mit leeren Händen zu ihr. Eines Tages hatte er ihr zwei glänzende schwarze Federn mitgebracht, die er oben auf der Klippe gefunden hatte. »Sie stammen von einer Pinselscharbe«, hatte er ihr erklärt. Ein anderes Mal war es eine warme Filzmütze, die er auf einer Reise in der Türkei gekauft hatte.

Er sah ihr zu, bis sie die Reihe fertig gepflanzt hatte. Sie richtete sich auf und drehte sich zu ihm um.

»Ich würde dich heiraten, Elizabeth«, hatte er gesagt.

Sie konnte sich noch an die Zärtlichkeit in seinen blauen Augen und den Ernst in seiner Stimme erinnern.

»Ich weiß, dass du das würdest«, hatte sie geantwortet. »Aber du musst das nicht. Ich brauche es nicht.«

Jetzt ließ ein Klopfen an der Tür beide aufschrecken. Barfuß, der durch die Jahre, die er an wilden entlegenen Orten verbracht hatte, stets wachsam und auf der Hut war, ergriff den schmiedeeisernen Schürhaken, packte ihn schlagbereit und ging damit zur Tür. Als er sie öffnete, sah er Katie mit von der Kälte geröteten Wangen auf der Veranda stehen. Er musterte sie finster.

»Darf ich reinkommen?«, bat Katie. »Bitte?«

Barfuß starrte sie einen Moment lang an und nickte dann: »Aber mach es dir hier nicht zu behaglich.«

Katie trat ein und stand auf dem farbenprächtigen Gebetsteppich bei der Tür. Sie zögerte, ob sie einen Schritt weitergehen sollte. Barfuß schloss die Tür hinter ihr.

»Bist du zu Fuß hergekommen?«

Katie nickte.

»Das ist ein langer, kalter Spaziergang. Wissen deine Eltern, dass du hier bist?«

Katie nickte erneut.

»Und?«

»Ich habe Ihnen einen Brief geschrieben. Haben Sie ihn bekommen?«

Barfuß nickte: »Das habe ich.«

»Ich möchte gern weiter mit Ihnen arbeiten«, sagte Katie. »Es tut mir wirklich leid!«

»Meine Kräuter sind Medikamente. Ich kann niemanden hier brauchen, dem ich nicht trauen kann.«

»Ich weiß. Ich habe mich wirklich falsch verhalten. Ich werde so etwas nie wieder tun, das verspreche ich.« Sie sah ihn unverwandt an. »Bitte!«

Barfuß drehte sich von ihr weg, ging zu seinem Sessel zurück und setzte sich. Dann begann er, ihre Verfehlungen an seinen Fingern abzuzählen. »Erstens, du hast mich bestohlen«, sagte er. »Zweitens, du hast ein von mir zubereitetes medizinisches Kraut genommen und es ohne meine Genehmigung jemandem gegeben. Drittens, du hast jemandem ein medizinisches Kraut ohne dessen Wissen und Einwilligung gegeben. Viertens, du hast einen Haufen verdammt guter Törtchen zerstört, als du sie hast auf den Boden fallen lassen, um dein Tun zu verschleiern. Und fünftens, nun, fünftens kotzt mich die ganze Sache an.«

»Ich weiß.« Katie stand noch immer in Jacke und Handschuhen auf dem Gebetsteppich. Ihre Nase tropfte von der Kälte draußen, und sie hob den Arm, um sie an ihrem Ärmel abzuwischen. »Ich weiß, dass ich Mist gebaut habe. Aber ich arbeite wirklich gern auf dem Boot und lerne gern, wie man all die Werkzeuge einsetzt. Ich finde es erstaunlich, dass Sie so viel über die Kräuter und ihren Gebrauch wissen. Und es ist echt cool, dass Sie in Persien und an all den anderen Orten gelebt haben. Ich häng' gern hier rum. Ich mag sogar Ihr Zeug.« Sie zeigte auf den gemeißelten Pferdekopf auf dem Kaminsims, das in leuchtenden Farben gemalte Porträt eines adeligen Sikh und seiner Geliebten über dem Kamin, die kupferrote Perserbrücke auf dem Boden.

»Es ist mir egal, was du magst!«, erwiderte Barfuß.

Betty warf ihm einen Blick zu. Er brauchte nicht ganz so barsch zu sein.

»Was hast du getan, um die Sache mit deiner Mutter wieder in Ordnung zu bringen?«, fragte Barfuß.

Katie seufzte: »Ich habe mich entschuldigt. Und ich habe ihr ebenfalls einen Brief geschrieben.«

»Worte sind leicht gesagt«, meinte Barfuß.

»Nun ja, es ist nicht leicht, mit meiner Mutter klarzukommen.«

»Du hast es ihr auch nicht leicht gemacht, nicht wahr?«, erwiderte Barfuß. »Ich habe erfahren, dass du dich fast zu

Tode getrunken hast, bevor sie dich hierher gebracht hat.«

»Ich kann's nicht glauben, dass sie Ihnen das erzählt hat«, sagte Katie.

»Stimmt es?«

»Hm, ja, aber …«

»Dann hat sie lediglich die Wahrheit erzählt.«

»Herrgott!«, stöhnte Katie und riss sich ärgerlich die Strickmütze vom Kopf. »Wenn Sie wüssten, wie meine Mutter in Tilton war, würden Sie nicht mir die Schuld geben.«

»Die Schuld für was geben? Dass du dir selbst einen Vollrausch angetrunken hast oder dass du deiner Mutter Marihuana-Törtchen verabreicht hast?«

»Für alles!«, rief Katie, und vor Wut stiegen ihr Tränen in die Augen.

Betty wäre am liebsten zu Katie gegangen, um sie in die Arme zu nehmen und ihr zu sagen: »Schon gut. Eines Tages wirst du nicht mehr derart impulsiv auf alles reagieren.« Aber stattdessen wandte sie sich an Barfuß und sagte: »Geh und mach diesem Mädchen eine Tasse heißen Kakao und lass sie sich am Feuer aufwärmen. Bitte.«

»Schon gut«, meinte Katie. »Ich muss nicht bleiben. Ich wollte nur sicher sein, dass Sie meinen Brief bekommen haben.«

»Zieh deine Jacke aus«, sagte Barfuß, stand auf und ging in die Küche.

Katie sah Betty unsicher an, bevor sie ihre Jacke auszog und an den Haken neben der Eingangstür hängte. Dann ging sie zum Kamin und setzte sich neben Toby, der auf der Brücke vor dem Feuer schlief, auf den Boden. Sie legte eine Hand auf seinen Kopf und ließ sie dort liegen.

»Sein Gebell ist schlimmer als sein Biss«, meinte Betty. »Und ich meine Barfuß, nicht den Hund.«

Katie lächelte. Es war ein echtes Lächeln, das ihr gesamtes Gesicht öffnete.

Betty rutschte mit ihren Hüften nach hinten und lehnte sich bequemer in ihrem Sessel zurück. »Deine Mom ist jemand, der sich ständig Sorgen macht. Ich weiß, dass es schwer sein kann, damit zu leben.«

»Das kann man wohl sagen«, bestätigte Katie. Sie war jetzt entspannter – vielleicht, weil Barfuß nicht im Raum war oder weil er sich hatte erweichen lassen, sie hereinzulassen oder weil sie vor einem warmen Feuer sitzen und Toby streicheln konnte. »Sie haben ja keine Ahnung. Sie macht sich über *alles* Sorgen. Wenn ich Fieber habe, denkt sie, ich hätte Leukämie. Wenn ich eine halbe Stunde zu spät komme, denkt sie, ich wäre von einem Auto überfahren worden.«

»Sie hat eine sehr lebhafte Fantasie«, meinte Betty.

Katie verdrehte die Augen. »Genau. Aber es gibt mir das Gefühl …« – sie suchte nach dem richtigen Wort – »… Ich weiß auch nicht, es verunsichert mich nur noch mehr. Als wenn alles gefährlich wäre oder gefährlich sein könnte. Ich hasse das.«

Betty nickte: »Das verstehe ich.«

Katie schwieg ein paar Minuten, während sie gedankenverloren mit einer Hand Tobys Ohr streichelte. »Bei Zach, diesem Jungen, mit dem ich ausgegangen bin und den meine Mom hasst, war das umgekehrt: Er hatte vor gar nichts Angst und machte sich nie um etwas Sorgen. Darum habe ich mir auch keine Sorgen gemacht, wenn ich mit ihm herumgehangen hab'.«

»Du magst es bloß nicht, dass du dir im Grunde genau wie deine Mutter Sorgen machst«, sagte Barfuß. Er kam mit einem dampfenden Becher in der einen und einem Teller voll Kekse in der anderen Hand aus der Küche und brachte Katie den Becher. Den Teller stellte er auf den Medizinkoffer neben Bettys Weinglas. »Schokoladenchips aus Hafermehl«, sagte er. »Nichts sonst, kein Marihuana.« Er sah Katie finster an, aber sein Ärger hatte die Schärfe verloren.

»Ich bin nicht wie meine Mom!«, widersprach Katie.

»Doch, das bist du«, insistierte Barfuß und setzte sich in seinen Sessel. »Ob du dir das nun eingestehen willst oder nicht. Glaub mir, erst als ich zu akzeptieren lernte, wie ähnlich ich meiner Mutter war, begann ich, mich wohler zu fühlen. Vermutlich wirst auch du dies eines Tages feststellen. Unsere Mütter haben den größten Einfluss darauf, dass wir werden, wer wir sind. Solange du deine Mutter mit Widerwillen betrachtest, wirst du nicht in der Lage sein, dich selbst mit Wohlwollen und mit jener Freundlichkeit und Selbstannahme zu betrachten, die für dein Glück wesentlich sind. Versetz dich doch mal in die Lage deiner Mom und sieh die Welt, dich eingeschlossen, aus ihrer Perspektive. Wenn du das tust, wirst du möglicherweise anfangen, glücklicher zu werden und die Qualen und das Unbehagen, die uns alle in der Pubertät plagen, hinter dir lassen.«

Barfuß hatte seine Rede beendet. Katie sah ihn weiter an. Betty musste lächeln. Alles, was er sagte, war so ganz und gar Barfuß. Sie war sich jetzt dessen bewusst, dass sie beide über achtzig waren und dass ihre gemeinsame Zeit nicht so endlos war, wie sie es einst zu sein schien. Er war etwas sehr Kostbares für sie.

»Ehrlich gesagt«, meinte Katie schließlich, »ohne jemanden beleidigen zu wollen, aber wenn ich wirklich denken würde, dass ich gerade so bin wie meine Mutter, wäre ich nicht imstande, mich selbst zu ertragen.«

Barfuß zuckte mit den Schultern: »Nun gut, dann wählst du dir einen steinigen Weg durchs Leben. Es liegt an dir.«

Es folgte ein langes Schweigen, das nur durch den regelmäßigen Schnarchton von Toby und das gelegentliche Knacken des Feuers unterbrochen wurde. Schließlich beugte sich Barfuß vor und sagte zu Katie:

»Ich werde dich auf die Probe stellen. Du kannst morgen wieder herkommen, um am Boot zu arbeiten, aber du darfst mein Haus und das Gewächshaus nicht betreten, bevor du nicht bewiesen hast, dass ich dir wieder trauen kann. Das bedeutet, dass du pünktlich zur Arbeit kommst, alles tust, was von dir erwartet wird, aufräumst und dein Werkzeug weglegst und mir keinen Scheiß erzählst. *Falls* du das einen Monat lang durchhältst, lasse ich dich vielleicht wieder rein. Kapiert?«

Katie nickte: »Danke.« Sie stand auf und stellte ihren Becher auf den Kaminsims. »Ich sollte jetzt gehen. Mom denkt sonst, dass ich im Wald von einem umstürzenden Baum erschlagen wurde.«

Betty lächelte. »Du hast eine Taschenlampe?«

»Ja.« Katie ging zur Tür, nahm ihre Jacke vom Haken, schlüpfte hinein, zog ihre Mütze aus der Tasche und blieb, eine Hand auf dem Türknauf, zögernd stehen. »Nochmals danke.«

Barfuß ging zur Tür hinüber und öffnete sie. »Vermassel es nicht«, sagte er.

Betty sah zu, wie sich die Tür hinter Katie schloss, und fischte die Zigaretten aus ihrer Hemdentasche, schüttelte eine heraus und zündete sie sich an. Sie inhalierte und stieß den Rauch langsam und genüsslich aus.

Barfuß kam zurück und stellte sich mit dem Gesicht zu ihr vor das Feuer. »Du musst mit dem Rauchen aufhören, Elizabeth!«

Sie sah zu ihm hoch. »Hat mich bis jetzt auch noch nicht umgebracht. Außerdem gibt es mir vermutlich die Chance, vor dir zu sterben.«

Er schüttelte den Kopf: »Du willst zuerst gehen?«

Sie nahm einen weiteren tiefen Zug und drehte ihren Kopf von ihm weg, um den seidenen Wandteppich aus Keschan zu mustern. Darauf wand sich ein Pfad aus weißen Steinen zwischen blühenden Bäumen und üppigen Beeten mit roten und gelben Blumen, und anmutige Vögel stießen elegant aus einem blauen Himmel herab. Sie wurde nie müde, den Teppich zu betrachten.

»Es ist schwer für mich, mir mein Leben ohne dich vorzustellen«, antwortete sie schließlich.

»Ich weiß, weil ich mir meins manchmal ohne dich vorstelle. Verarmt.«

»Was?« Sie sah ihn wieder an.

»Verarmt.« Seine blauen Augen sahen in ihre und bohrten sich in ihre Seele. »Mein Leben wäre verarmt ohne dich.«

»Ja«, sagte sie. »So wie es meins ohne dich wäre.« Und sie prostete mit ihrem Glas dem Mann zu, der nicht ihr Ehemann war, den sie aber mehr liebte als jeden Mann, dem sie je begegnet war – hier und jetzt und in jedweder Welt, die, falls es denn so sein sollte, noch kommen würde.

22. Kapitel

Susannah 1978

Susannahs Vater war an jenem Morgen fröhlich. Er pfiff auf die ihm eigene seltsame Art irgendeinen alten Song von den Beatles, indem er die Luft zwischen seinen Zähnen einsog, um die Töne hervorzubringen, statt sie auszublasen. Ihre Mom packte Sandwiches, Heidelbeeren, Karamellbonbons und Ginger Ale in eine Kühlbox. Lila wollte mit ihrer Schwester, Tante Tessa, in Harbor Springs shoppen gehen, während Dad mit den Kindern die Bootsfahrt unternahm. Susannah freute sich auf den Tagesausflug, aber sie bemerkte, dass ihre Mutter geistesabwesend war, weil sie ihre blaue Strickjacke falsch herum trug. Lila ermahnte alle, vorsichtig zu sein, aber dann vergaß sie beinahe, Janies kleine Schwimmweste mit in die Tasche zu packen.

»Jeder von euch muss die ganze Zeit eine Schwimmweste tragen. Jonny, ich weiß, dass du ein guter Schwimmer bist, aber euer Dad muss auf euch alle drei aufpassen, also müsst ihr sie anlassen. Kein Herumalbern. Ihr müsst sitzen bleiben und euch festhalten, solange das Boot fährt«, sagte Lila und vermied es, ihren Mann anzusehen, bis sie fast aus der Tür waren. »Bist du sicher, dass es nicht zu viel ist, Hank?«, fragte ihn Lila. »Zwei

Kinder und ein Knirps sind viel. Vielleicht sollte ich mitkommen.«

Er warf ihr einen böse funkelnden Blick zu, der Susannah irritierte. »Du solltest bleiben. Ich schaff das schon! Susannah kann die Kleine im Auge behalten, und Jon hilft mir mit dem Boot. Okay?«

Der damals elfjährige Jon nickte nachdrücklich.

Im letzten Moment, als ihre Mutter gerade aus dem Zimmer war und nach Janies Sonnenhut suchte, steckte ihr Vater noch schnell einen Sechserpack Bier und einen silbernen Flachmann in die Kühlbox. »Man kann kaum von mir erwarten, dass ich den ganzen Tag draußen in der Sonne bin, ohne etwas zu haben, das meinen Durst löscht«, sagte er und zwinkerte Susannah zu. Die bekam es mit der Angst zu tun, aber sie wollte diesen ganz besonderen Tagesausflug nicht gefährden. *Der erste Fehler.*

Nachdem sie ins Auto gestiegen waren, rannte ihre Mutter hinter ihnen her und begann, etwas zu sagen, brach dann aber ab. »Beobachtet den Himmel. Es kann schnell ein Unwetter aufkommen«, war alles, was sie sagte. *Als wenn das Unwetter die einzige Gefahr gewesen wäre.* Sie öffnete die hintere Tür und küsste Janie und Jon, dann beugte sie sich durch das offene Fenster der Vordertür, um Susannah zu küssen. »Sei vorsichtig, Hank!«, sagte sie.

Nun wusste Susannah, dass ihre Mutter ihrem Vater nicht recht traute. Aber ihr Vater legte eine Hand auf Susannahs Knie und drückte es, womit er sie an das Geheimnis erinnerte, das sie teilten – als wären sie Freunde, Kameraden. Und sie konnte nichts von dem Bier sagen, konnte nichts tun, was einen Streit heraufbeschworen hätte.

»Mach's gut, Lila«, sagte er. »Ich hoffe, es klappt alles.«

Ihre Mutter senkte den Blick, zog sich aus dem Fenster zurück, richtete sich auf und strich sich mit den Händen die Vorderseite ihres Kleides glatt. Ihr Vater betrachtete sie, wie sie so dastand, die Hände auf dem Bauch, aber er sagte nichts, sondern presste die Lippen zusammen und drehte den Schlüssel im Zündschloss herum.

»Auf geht's«, sagte er. »Bis später.«

Und sie fuhren zum Yachthafen, wo das große gelbe Boot mit dem dunkelblauen Rennstreifen und ihr vergnüglicher Tag auf sie warteten.

Susannah sah den hellen blauen Himmel über dem Lake Michigan und die vereinzelten Schäfchenwolken. Sie sah ihren Vater auf der kleinen Plattform am Heck, mit dem Rücken zum Wasser, die Knie gebeugt, bereit zum Losspringen. Er stieß sich ab und vollführte einen perfekten Salto, und sie und Janie applaudierten. Jon versuchte, es ihm nachzutun, aber er drehte sich seitwärts und klatschte aberwitzig verknotet ins Wasser, sodass sie alle lachen mussten.

Ihr Vater kletterte wieder an Bord, wobei sein dunkles Haar glatt nach hinten fiel. Er war attraktiv, nicht wie die Väter anderer Kinder, und hatte dichtes dunkles Haar und strahlend blaue Augen – ein schwarzhaariger irischer Typ, wie er stets voller Stolz sagte. Außerdem war sein lang gestreckter Oberkörper auch jetzt noch, mit über vierzig, schlank und muskulös.

Er hatte gute Laune und schlug noch mehr Saltos. Er stand auf der Plattform, beugte die Knie, stellte Jon auf seine Oberschenkel und ließ ihn ins Wasser schnellen. Dann hielt ihr Dad Janie, während Susannah schwamm. Sie streifte ihre Schwimmweste ab, wie Jon es getan hatte, damit sie in das kühle dunkelgrüne Wasser tauchen und dann wieder zur Sonne zurück aufsteigen konnte. Es fühlte sich gut an. Sie und Jon gaben wechselseitig mit ihren Kopfsprüngen an und sagten Janie, sie solle bei dem Kopfsprung, der ihr am besten gefiel, laut in die Hände klatschen.

»Bleibt dicht am Boot, wo ich euch sehen kann«, sagte ihr Dad. »Nicht wegschwimmen!«

Susannah war glücklich, dass er aufpasste. Das bedeutete, dass sie nicht mehr ständig wachsam sein musste und den Tag genießen konnte. Sie mochte das Gefühl des gegen ihre Haut strömenden Wassers, wenn sie nach unten tauchte, und es gefiel ihr, das Band aus Luftblasen zu spüren, das sie hinter sich herzog.

Ihr Dad öffnete die Kühlbox und nahm sich ein Bier. Außerdem holte er für Janie ein Sandwich heraus. Er riss das Sandwich in kleine Stücke und tat so, als wäre Janie ein Pelikan, und warf ihr die einzelnen Stückchen in den offenen Mund. Sie liebte das Spiel und schlug begeistert mit ihren imaginären Flügeln und jauchzte jedes Mal entzückt, wenn es ihr gelang, einen winzigen Brocken Brot oder Schinken mit dem Mund aufzufangen. Susannah und Jon tauchten weiter an der Oberfläche, und dann begann Jon, Susannah bei jedem Abtauchen seinen nackten Hintern zu zeigen, wobei sich seine weiße Haut hell gegen die dunkle Oberfläche des Wassers abhob. Ihr Dad machte unterdessen Witze über die Sonne, die auf Jons Hintern schien. Nass und zufrieden kletterten sie und Jon schließlich wieder an Deck des Boots und setzen sich, um selbst etwas zu essen.

»Meine Schwimmweste ausziehen!«, rief Janie und riss an dem Band ihrer Weste. Sie zeigte auf Susannah und Jon, die jetzt nur ihre Badeanzüge trugen.

»Nein, du musst sie anbehalten«, sagte ihr Dad.

»*Nein!*«, rief Janie. »Aus!« Sie zog und zog an der Schleife, die ihr Susannah unter dem Kinn gebunden hatte, und zog sie auf. Dann riss sie an der Schnalle an ihrer Taille. »Zieh sie jetzt aus!«

Susannah sah ihren Vater an. Fünf leere Bierdosen lagen auf dem Boden des Boots. Sie hatte Angst wegen des Biers. Ihr Vater war so unberechenbar. Man wusste bei ihm nie, ab welchem Glas oder Schluck genau er sich plötzlich von einem ruhigen und freundlichen Menschen in etwas anderes verwandelte, etwas Dunkleres.

»Behalt deine Schwimmweste an, Janie«, sagte sie. »Siehst du? Ich trage meine auch.« Schnell zog sie sich ihre Schwimmweste über den Kopf und schnallte sie um ihre Taille. »Siehst du?«

»Nein!« Janie begann zu weinen: »Zieh sie aus!«

»Behalte deine verfluchte Schwimmweste an, zum Teufel!«, rief ihr Vater.

Susannah und Jon tauschten Blicke, und Jon nahm seine Schwimmweste und zog sie sich an.

»Siehst du, Janie? Wir alle tragen sie!«

Aber jetzt gab es kein Halten mehr bei ihr. »Zieh sie aus! Zieh sie aus!« Janie begann zu schreien und stieß einen schrillen, lauten, hohen Heulton aus.

»Du musst die verdammte Schwimmweste tragen!«, schnauzte sie ihr Vater an.

Susannah hörte die Schärfe in seiner Stimme, aber Janie schrie noch lauter.

»Du willst sie ausgezogen haben? Schön! Dann zieh sie aus!«, rief ihr Vater, beugte sich vor und öffnete die Schnalle.

Erstaunt hörte Janie auf zu schreien und sah ihn an. Tränen liefen ihr über die Wangen und hingen an ihren langen, dichten Wimpern.

»Na, jetzt zufrieden?«, fragte er.

Janie sah ihn an, schob den Daumen in den Mund und nickte. Sie zog noch nicht einmal die Schwimmweste aus. Sie schien einfach froh zu sein zu wissen, dass sie es konnte, wenn sie es wollte.

»Du weißt, Dad, dass wir bald nach Hause fahren sollten«, sagte Susannah. »Wir haben Mom gesagt, dass wir um vier wieder da sind.« Damit wollte sie weitere mögliche Vorkommnisse verhindern, die seine Stimmung umschlagen lassen konnten.

»Wir haben noch viel Zeit bis zur Heimfahrt. Eure Mutter ist beschäftigt. Sie ist shoppen gegangen. Sie wird es nicht merken, wenn wir erst später zurückkommen.«

Er wischte sich den Mund mit dem Handrücken ab und legte den Kopf mit geschlossenen Augen zurück, um die Wärme der Sonne auf sein gesamtes Gesicht fallen zu lassen.

»Aber wir gehen um fünf zu Tante Tessa zum Essen«, hakte Jon nach. »Henry und ich sollen vor dem Essen noch Blaubeeren pflücken, und ich habe gesagt, dass ich vorher da bin.«

»Verdammt noch mal!« Ihr Vater richtete sich auf und knallte die Bierdose auf das Armaturenbrett. »Ich fahre mit euch Kindern für einen Tag auf den See hinaus, bringe ein Picknick mit, schwimme mit euch, und alles, was ihr könnt, ist euch zu beschweren und zu betteln, dass wir wieder nach Hause fahren. Na gut, dann fahren wir halt nach Hause.«

Susannah nahm Janie auf ihren Schoß und setzte sich auf den gepolsterten Sitz hinten im Boot, neben dem Innenbordmotor. Ihr Dad war wütend, aber wenn sie jetzt einfach nach Hause fuhren, war das gut so. Sie wollte nicht mit ihm auf dem engen Boot gefangen sein, wenn er richtig wütend wurde. Jon saß auf der anderen Seite des Motors.

Ihr Dad zog die Leiter am Heck hoch, startete den Motor und drückte den Gashebel nach vorn. Der Wind war seit dem Morgen aufgefrischt, und es hatten sich kleine glucksende Wellen mit winzigen Schaumkronen auf dem See gebildet. Das Boot sauste über das Wasser und hüpfte auf den größeren Wellen auf und ab. Susannah schloss Janie enger in ihre Arme.

»Nein!«, rief Janie und drückte Susannahs Arm weg.

Ihr Vater schob den Gashebel bis zum Anschlag, und das Boot fuhr noch schneller; es flog regelrecht über das

Wasser. Susannah sah ein anderes großes Schnellboot, das ebenfalls mit Höchstgeschwindigkeit fuhr, kurz vor ihnen ihre Bahn kreuzen. Sie erinnerte sich, dass es weiß war, ein großes weißes Boot. Janie winkte, wie sie das bei allen tat. Die Leute auf dem Boot winkten zurück. Susannah sah die weiße Wasserfontäne hinter dem Boot und das Anschwellen der Heckwelle. Und bevor sie Zeit hatte, darüber nachzudenken, krachte ihr Boot mit vollem Tempo auf die Heckwelle.

Der Aufprall riss das Boot in die Luft, hob den Bug des Bootes hoch und immer höher, sodass Susannah einen entsetzlichen Moment lang dachte, das Boot würde sich überschlagen. Janie schoss aus Susannahs Armen. Jon flog durch die Luft und landete neben den Füßen seines Vater auf dem Boden, als sich das Boot wieder senkte. Susannah wurde von ihrem Sitz geschleudert und stieß mit dem Kopf gegen die gepolsterte Kante des Sitzes vor ihr.

»Halt!«, schrie sie ihren Vater an.

Jons Schreie mischten sich mit ihren. Und Janie? – Wo war Janie?

»*Halt!*«, schrie sie. Sie hechtete auf dem Boden vor und packte das Fußgelenk ihres Vaters. »Daddy, *halt an!*«

Ihr Vater drosselte das Tempo des Boots.

»Tut mir leid«, sagte er über das Brummen des Motors hinweg. »Ich habe die Heckwelle nicht kommen sehen und habe sie ein wenig zu schnell genommen. Nichts passiert. Ich ...«

»Ich kann Janie nicht finden! Ich kann Janie nicht finden!«

Susannah kroch in panischer Verzweiflung in dem Durcheinander aus nassen Handtüchern, Seilen und Wasserskiern auf dem Boden des Boots herum. Ihr Vater blickte sie an, dann Jon und dann auf den Boden. Er riss den Kopf hoch und sah sich um und suchte mit den Augen das Wasser hinter ihnen ab. Susannah richtete sich auf und sah sich ebenfalls um und konnte kurz einen leuchtenden orangefarbenen Fleck auf den Wellen tanzen sehen: Janie in ihrer Schwimmweste.

»O mein Gott, wie konntest du sie loslassen?«, schrie ihr Vater.

Er wendete das Boot in einem weiten Bogen, stieß den Gashebel nach vorn und schoss auf den orangefarbenen Fleck zu.

»Brems ab!«, schrie Susannah. »Du überfährst sie!« Sie stand neben ihm und umklammerte den Metallrahmen oben an der Windschutzscheibe, die Augen auf den leuchtenden orangefarbenen Fleck auf dem dunklen Wasser fixiert. »Der Stoß war so stark, dass sie aus meinen Armen geschossen ist«, erklärte sie. Das schreckliche eiskalte Grauen, das sie gefühlt hatte, als Janie aus ihren Armen geschleudert wurde, stieg in ihrer Brust auf, floss durch ihre Adern und ließ ihre Zähne klappern. »Ich habe versucht, sie festzuhalten. Aber der Stoß war so stark. Aber wenn sie im Wasser gelandet ist, wird alles mit ihr in Ordnung sein, ja? Ja, Daddy?«

Ihr Vater drosselte den Motor und fuhr dichter an die Schwimmweste heran. Er antwortete nicht.

»Ich habe gesagt, dass alles mit ihr in Ordnung sein wird, ja?«

»Du hättest sie festhalten müssen!«, sagte er. »Ich kann es nicht fassen, dass du sie losgelassen hast.«

Er steuerte das Boot nach links und stellte sich auf die Zehenspitzen, um über die Windschutzscheibe und den Bug zu sehen.

»O mein Gott!«, rief er. »O mein Gott!«

Susannah drückte das in die Windschutzscheibe eingelassene Klappfenster auf, kroch auf den Bug, kniete sich an die kleine silberne Rehling und beugte sich vor. Dort, rechts vom Boot, war die orangefarbene Schwimmweste – sie trieb leer auf dem Wasser.

Susannah stand auf und sprang hinab. Das Wasser war kalt, kälter und dunkler, als sie es in Erinnerung hatte. Sie spähte in die Tiefe vor sich, aber dann zog ihre Schwimmweste, die im Gegensatz zu Janies fest zugeschnallt war, sie Stück für Stück wieder nach oben an die Wasseroberfläche. Sie bemühte sich, sie auszuziehen.

»Janie!«, brüllte sie.

»Mayday! Mayday!«, schrie ihr Vater in das Funkgerät und rief ihr zu, sie solle zurück ins Boot kommen.

Jon saß wie versteinert in dem Sitz neben seinem Vater.

»Janie!«

Susannah fingerte an den Schnallen ihrer Rettungsweste. Wenn sie die aufbekam, konnte sie tauchen und nach unten schwimmen und Janie finden, die im Wasser trieb und trieb, und sie nach oben bringen und das Wasser aus ihr herauspumpen und sie nach Luft schnappen lassen. Und dann würden sich Janies warme Arme nach ihr ausstrecken und ihren Hals umarmen, und sie würde ihren warmen Atem an Susannahs Ohr pusten, und sie würden alle weinen und lachen über den Schrecken, den sie erlebt hatten. Wenn sie nur diese verdammte Schwimmweste loswerden konnte.

»Susannah!« Sie fühlte, wie die Hände ihres Vaters ihren Arm packten. Sie sah hoch und sah, wie er sich über den Bug beugte und sie zurück ins Boot zog. »Komm wieder ins Boot!«, befahl er. Seine Augen waren rot und geschwollen, seine Wangen feucht, und von seiner Nase tropfte es unaufhörlich. Sie starrte ihn fasziniert an. Noch nie zuvor hatte sie ihren Vater weinen sehen. »Komm rein«, sagte er. »Ich will nicht zwei von euch verlieren.«

»Janie ist nicht verloren!«, schrie ihn Susannah an. »Sie ist nicht verloren! Ich werde sie finden! Lass mich los!«

Aber er hielt sie weiter fest und zog sie an den Armen hoch, über die niedrige silberne Reling auf den Bug neben sich. Sie war seiner Stärke nicht gewachsen. Heftig schluchzend blieb sie neben ihrem Vater liegen, der ebenfalls einfach nur dalag.

Schließlich setzte er sich auf und stützte den Kopf auf die Hände. »O mein Gott«, sagte er wieder und wieder. »O mein Gott.« Dann stieg er zurück ins Bootsinnere. Jon wiegte sich mit umklammerten Knien vor und zurück und weinte still vor sich hin. Ihr Vater sah ihn an, als würde er ihn nicht erkennen und nicht begreifen, was er dort machte. Er blickte auf den Boden des Boots. »Muss die hier loswerden«, murmelte er. Susannah richtete sich auf, um zu sehen, was er meinte. Sie beobachtete, wie er zunächst eine und dann vier weitere leere Bierdosen aufsammelte und sie in einen Plastikbeutel warf. Er öffnete die Kühlbox und zog die letzte Bierdose hervor und warf sie ebenfalls in den Beutel. Schließlich öffnete er das Handschuhfach, nahm seinen Flachmann und ließ ihn ebenfalls hineinfallen. Er hob den Beutel mit einer Hand, um sein Gewicht abzuschätzen, und überlegte. Dann ergriff er den schweren Krocketball, den Janie am Morgen mit auf das Boot genommen hatte, tat ihn noch dazu und verknotete den Beutel. Er beugte sich weit über die Seite des Boots, warf den Beutel ins Wasser und beobachtete, wie er tiefer und tiefer sank.

»Die Küstenwache wird nicht verstehen, dass ich gerade ein oder zwei Bier getrunken hab'«, erklärte er. »Ihr Kinder werdet nichts von dem Bier sagen. Es könnte uns allen eine Menge Schwierigkeiten einbringen.«

Susannah starrte ihren Vater entgeistert an. Er machte sich Sorgen wegen des *Biers*?

»Los, hol sie!«, rief Susannah. »Du bist größer. Du kannst runtertauchen und sie finden. Was ist los mit dir? Los, hol sie!«

Jon begann jetzt lauter zu weinen, und seine von Entsetzen und Kummer erfüllten Klageschreie durchbohrten die Luft, übertönten das sanfte Rauschen der Wellen und zerrissen das klare Blau des Himmels. Susannah sah seine Schreie mehr, als sie sie hörte – leuchtende, schmerzerfüllte Streifen schossen hoch, breiteten sich aus und fielen rings um sie nach unten, wie die Asche eines Feuerwerks. Aber sie selbst fühlte keine Traurigkeit, noch nicht.

Weil Janie nicht tot war.

Aber ihr Vater rührte sich nicht.

»Los, hol sie!«, rief Susannah erneut. »Du musst los und sie holen!«

Ihr Vater sah sie mit leeren Augen an und schüttelte den Kopf: »Sie ist tot«, sagte er.

Dann setzte er sich hin und begann zu schluchzen, und seine Schreie mischten sich mit Jons und schließlich mit ihren eigenen – alles Asche, die um sie herum fiel und fiel, ein endloser Schmerz.

23. Kapitel

Betty 1968

Das Seltsamste an dem Unfall war, dass sich Betty beim besten Willen nicht daran erinnern konnte, worüber sie sich gestritten hatten. Sie erinnerte sich nur an das Datum: 9. Januar. Es war Jims halber Geburtstag (er wurde zwölfeinhalb). Sie hatte ihm am Vortag einen halben Kuchen gebacken, und sie wollten die Halbzeit der Ferien und Bills Rückkehr feiern.

Sie erinnerte sich, wie sie am Anlegesteg stand und beobachtete, wie das Postschiff in den Hafen fuhr. Sie erinnerte sich auch an ihren ersten kurzen Blick auf Bill, als er sich duckte, um aus der Tür der Kabine an Deck zu treten. Sein Haar wurde nach hinten geweht, und der Stoff seiner Hose umflatterte seine Beine. Sie wusste noch, wie die silbernen Strähnen in seinem dichten Haar sie überraschten, obwohl es erst sechs Monate her war, dass sie ihn das letzte Mal gesehen hatte. Ihr treuloses Herz schlingerte noch immer bei seinem Anblick, auch wenn sie und Barfuß inzwischen seit drei Jahren ein Liebespaar waren. Bill war ihre erste Liebe, der Vater ihres einzigen Kindes, und wegen ihrer langen gemeinsamen Geschichte – schwierig und kompliziert, wie sie war – kannte er sie auf eine Art, wie sie jemand anders nie kennen würde.

Sein Grinsen und seine grünen Augen waren unverändert. Er umarmte sie und packte spielerisch ihren Hintern durch ihre Jeans.

»Du hast mir gefehlt«, sagte er.

»So sehr, dass du zehn Tage später hier bist als angekündigt«, erwiderte Betty trocken.

Sie war noch immer verärgert, da er versprochen hatte, am Silvesterabend zu Hause zu sein, nur um ihr dann am Telefon mitzuteilen, dass er aufgehalten worden sei und später kommen würde. *Aufgehalten, du Blödmann,* dachte sie.

»Na komm schon, Betty, du hast mir wirklich gefehlt. Sieh mal einer an.«

Er schob sie auf Armeslänge von sich weg, die Hand noch immer auf ihrer Schulter, und ließ seine grünen Augen von ihren Stiefeln zu den Konturen ihrer Hüften und hoch zu ihrer Kehle, ihren Lippen, ihren Augen wandern. Er sah ihr in die Augen und hielt ihrem Blick stand. »Ganz im Ernst. Sieh mal einer an. Sechsunddreißig, und du hast es noch immer.«

»Was ich habe, ist ein hungriger Fast-Teenager und ein Pferch voll brüllender Ziegen, die gemolken werden müssen«, entgegnete Betty.

Bill warf seinen Seesack auf die Ladefläche des Pickups und glitt hinter das Steuer. Es war ein ungewöhnlich trockener Januar gewesen, und sie holperten über die harten Fahrwege. Trotz der kalten Luft waren die Fenster heruntergelassen, damit Bill die Luft von Sounder riechen konnte. Trockene Blätter raschelten in den Furchen am Straßenrand, als sie an ihnen vorbeifuhren. Es war ein schöner klarer Tag. Betty sah kleine weiße Schneekleckse auf dem braunen Boden am Waldrand. Bill hielt mit einer Hand das Steuerrad und mit der anderen ihren Oberschenkel umklammert.

Sie unterhielten sich über Jim, daran erinnerte sie sich; ebenso wie daran, dass sie Bill von dem Fallschirmunfall im August erzählte. Jim hatte eine Begeisterung für Fallschirme entwickelt und damit experimentiert, aus alten Seilen und Plastiksäcken und Leinwandplanen selbst Fallschirme zu bauen. Eine Weile lang hatte er sich damit amüsiert, Äpfel oder Flaschenkürbisse an seine Fallschirme zu hängen und sie vom Dach des Cottages hinunterzuwerfen. Dann hatte er die brillante Idee, einen riesigen Fallschirm für einen alten Zedernstamm anzufertigen, der schon seit Jahren oben auf Crane's Point lag. Der Fallschirm, den er mit der Hilfe von zwei Freunden baute, hatte gewaltige Ausmaße.

Aber Jim hatte außer Acht gelassen, wie lange ein schweres Objekt erst fallen musste, damit genug Luftwiderstand aufgebaut werden konnte, um es tatsächlich an einem Fallschirm *gleiten* zu lassen. Als er und seine Freunde den Stamm mit einer Nylonschnur am Fallschirm befestigten und den Stamm über die Klippe rollten, fiel er wie eine Bombe ins Wasser direkt hinter dem Boot von Bill Chevaliers, der gerade vom Fischen kam.

»Hätten sie den Stamm zwei Sekunden früher von der Klippe geworfen, dann hätten sie ihn getötet«, sagte Betty zu Bill.

Sie erinnerte sich, wie Bill mit nach hinten geworfenem Kopf lachte, eine Hand am Steuer und die andere noch immer auf ihrem Bein. Und dann? Sie wusste es nicht mehr. Kaum waren sie in den langen Schotterweg zur Farm eingebogen, begannen sie, sich über irgendetwas zu streiten. Vielleicht ging es darum, dass er über eine Woche später nach Hause gekommen war, oder darum, dass er so lange fort gewesen war oder dass er Weihnachten verpasst hatte. Oder es ging um die Hausarbeit oder um seine nächste Fahrt. Später fragte sich Betty, ob sie den Streit aufgrund ihrer Schuldgefühle wegen Barfuß vom Zaun gebrochen hatte. Was auch immer der Grund gewesen sein mochte – als sie an das erste Gatter kamen, hielt er den Wagen an und sprang hinaus, um das Tor zu öffnen. Den Motor ließ er laufen.

Betty rutschte auf den Fahrersitz und dachte: »Du Mistkerl, du kannst verdammt gut den Rest des Wegs laufen.« Sie hatte vor, sich mit dem Pick-up durchzuschieben, sobald er das Tor öffnete, um dann mit Tempo zum nächsten Gatter zu fahren, damit sie herausspringen und es öffnen und durchfahren konnte, bevor es ihm gelang, sie zu Fuß einzuholen. Aber als sie die Kupplung drückte und den Gang einlegte, ruckte der Pick-up plötzlich und schoss dann nach vorn.

Sie fühlte und hörte den Aufprall gleichzeitig. In der einen Sekunde war Bill noch da, mit dem Rücken zu ihr, während er das Tor zur Seite schob, und in der nächsten war er verschwunden. Der Schlag klang, als fiele ein reifer Kürbis zu Boden. Betty nahm ihren Fuß vom Kupplungspedal, rammte ihn mit aller Kraft auf die Bremse und riss das Steuer scharf nach rechts, weg von Bill oder von dort, wo Bill eben noch gewesen war. Der Pick-up holperte über die gefrorenen Furchen auf dem Feld und kam in einer Mulde am Waldrand zum Stehen. Sie versuchte, die Tür aufzustoßen, was schwierig war, weil der Pick-up schräg stand und die Tür auf ihrer Seite nach oben ragte.

»Bill!«, rief sie und kurbelte das Fenster runter, kletterte hindurch und kraxelte auf Händen und Knien aus der Mulde, bis sie Halt fand und aufstand.

Jetzt sah sie Bill reglos neben dem Tor liegen. Sein Körper war in einem merkwürdigen Winkel gekrümmt, und ein Arm war hinter seinen Rücken weggedreht.

Sie rannte zu ihm. Seine Augen waren geschlossen, aber sein Mund war geöffnet. Sie sah, dass ein Rinnsal leuchtend roten Blut aus seinem Ohr floss. Sie legte die Hände auf seine Schultern, um ihn zu schütteln und aufzuwecken, aber dann wurde ihr klar, dass es besser wäre, ihn nicht zu bewegen, falls sein Genick oder sein Rücken verletzt worden waren.

Und in diesem Augenblick, in dem ihre Hände durch die dicke Wolle seines Mantels seine Schultern packten, bemerkte sie die seltsame Stille. Bills Schultern waren reglos unter ihren Händen. Sein Mund stand offen, aber seine Brust bewegte sich nicht.

Sie glitt mit der Hand seitlich an seinem Hals entlang zu der Kuhle direkt hinter seinem Kiefergelenk – diese Kuhle hatte sie oft geküsst, während sie sich liebten und sie eine Bahn von Küssen von seinem Ohr den Kiefer entlanggezogen hatte, bis sie seine Lippen fand. Aber diese Kuhle, an der eigentlich hätte ein Puls zu fühlen sein müssen, war ebenfalls still.

Sie packte seine Schultern noch fester. »*Bill!*«

Nun schüttelte sie ihn und schrie seinen Namen wieder und wieder, damit sich seine Brust heben und senken und seine Lider flackern sollten. Aber Bill blieb reglos, mit nach hinten hängendem Kopf.

Sie schüttelte ihn weiter und weiter, bis ihr Sohn, der ihre Schreie gehört hatte, über die gefrorenen Felder herbeigerannt kam. Dort fand er sie, den leblosen Körper seines Vaters in ihren Armen.

Es war Januar und der Boden hart, doch einer ihrer Nachbarn besaß einen Bagger, und so waren sie in der Lage, auf dem kleinen Friedhof von Sounder ein Grab für Bill auszuheben. Seit seiner Kindheit in Massachusetts hatte er keinen Fuß mehr in eine Kirche gesetzt, aber Jim wollte ein hölzernes Kreuz zimmern, um das Grab zu markieren, und Betty hatte nichts dagegen. Wenn es Jim ein besseres Gefühl gab, dass sein Vater unter einem Symbol für Gott beerdigt war, dann sollte es so sein.

Ted Ross, der sich mit Autos hervorragend auskannte und jeden Motor reparieren konnte, überprüfte den Pick-up nach dem Unfall und stellte eine mechanische Funktionsstörung fest, die dazu geführt hatte, dass der Gang herausgesprungen war. »Es war nicht deine Schuld, Betty«, sagte er und hielt ihr das defekte Teil zur Begutachtung hin. »Es hätte jedem passieren können.«

»Aber das ist es nicht«, sagte sie. »Es ist mir passiert.«

Der Gerichtsmediziner teilte ihr mit, dass unglückliche Umstände Bills Tod verursacht hätten. Wegen seiner verhängnisvollen Position bei dem Aufprall sei Bill nach vorn geschleudert worden und mit dem Kopf so heftig auf den harten Boden geschlagen, dass er eine Schädelfraktur erlitten habe.

Jim gab ihr nie auch nur mit einem Blick die Schuld an dem Unfall. Doch er trauerte mehr um seinen Vater, als sie es angesichts der Tatsache, dass Bill so wenig Zeit zu Hause verbracht hatte, für möglich gehalten hätte. Aber sie verstand, dass er zum Teil auch um den Verlust all der Möglichkeiten trauerte, deren Realisierung er sich von seinem Vater erhofft hatte.

Er versuchte, sich um sie zu kümmern, so weit ihm das als zwölfjähriger Junge möglich war. Er machte unbeholfen überbackene Käsesandwiches zum Essen und stellte sie vor Betty hin, obwohl sie keinerlei Appetit hatte. Er verbrachte weniger Zeit mit seinen Freunden und mehr Zeit zu Hause, um auf sie aufzupassen. Bobbie bat sie, zu ihr nach Seattle zu ziehen, aber Betty lehnte ab. Sounder war die einzige Heimat, die Jim je kennengelernt hatte. Außerdem musste sie hierbleiben, wo Bill zuletzt gewesen war und wo er nun für immer war.

Mit seinem Tod verblasste viel von der Bitterkeit, die sie wegen seiner Seitensprünge empfunden hatte, und ebenso ihr Schmerz über die Monate und Jahre, die sie hatte allein verbringen müssen. Sie blieb mit den Überresten ihrer Liebe, ihrer Sehnsucht und mit einem alles verzehrenden Schuldgefühl zurück.

Als Bill noch am Leben war, hatte sie kaum Schuldgefühle wegen ihrer Affäre mit Barfuß gehabt. Barfuß liebte und förderte sie in einer Weise, wie es Bill nie getan hatte. Sie vertraute Barfuß vollständig. Sie hatte genug über sich selbst gelernt, um zu erkennen, dass ihre Ehe ohne Barfuß unter dem Gewicht ihres Zorns und ihrer Einsamkeit zusammengebrochen wäre. Und das hätte ihren Sohn zerstört, der nichts von der Untreue seines Vaters wusste. Aber nun erschien ihr ihre Beziehung zu Barfuß schäbig. In manchen ihrer schlimmsten Augenblicke mit Bill hatte sie Bill den Tod gewünscht. Und jetzt *war* er tot, und sie trug die Verantwortung dafür.

Sie wurde von den Was-wenns verfolgt: Was, wenn sie nicht so wütend gewesen wäre und nicht beschlossen hätte, ohne ihn durch das Tor zu fahren, oder wenn sie selbst rausgesprungen wäre, um das Tor zu öffnen …

Sie hatte Bills Gegenwart in ihren Tagen und Nächten häufig selbst dann gespürt, wenn er fort war. Nun, in seiner endgültigen Abwesenheit, war diese Gegenwart intensiver denn je. Sie konnte nicht schlafen, weil sein Körper ihr Bett füllte. Sie konnte nicht essen, weil sie ständig sein Gesicht auf der anderen Seite des Tisches vor sich sah. Sie konnte nicht auf der Veranda sitzen, weil sie auf das Geräusch seiner Schritte auf der Schotterzufahrt wartete. Zu Barfuß, der sofort zu ihr kam, nachdem er von dem Unfall gehört hatte, sagte sie, dass sie ihn für eine Weile nicht sehen könne, noch nicht einmal als Freund. Sie brauche Zeit zum Nachdenken.

Barfuß bemühte sich. Er kam zu ihrem Haus, stellte sich auf die Veranda und sprach durch die Tür zu ihr. Er stellte ihr Kräuter und Tee, Wein und Essen hin. Er schrieb ihr, aber sie ließ die Briefe auf dem Boden bei der Eingangstür liegen und einstauben. Sie hatte es nicht verdient, so geliebt zu werden.

Als der Frühling kam, stürzte sie sich in die körperliche Arbeit auf der Farm. Es war eine Erleichterung, bis zur Erschöpfung arbeiten und dann ein paar Stunden schlafen zu können. Sie musste bis Ende Mai mit der Aussaat des Getreides, der Bohnen und der Kürbisse warten, aber sie verbrachte den Februar und den März damit, Brombeerbüsche auszugraben, die neben dem Feld hochwucherten, und die Scheune auszuräumen und den Hühnerstall auszubessern.

An einem Tag im April grub sie gerade die Erde im Garten um und bereitete die Beete für die Kartoffeln vor, als Barfuß die Zufahrt heraufkam. Er blieb stehen und beobachtete sie eine Weile. Sie konnte spüren, wie seine Augen auf ihr ruhten, während sie den Spaten in den Boden stieß, Schaufeln voll Erde anhob und den Spaten umdrehte, um die gewendete Erde auf den Boden zurück fallen zu lassen. Schließlich hielt sie inne und sah ihn an. »Hallo«, sagte sie.

Barfuß machte sich gar nicht erst die Mühe, ihren Gruß zu erwidern. »Sieh dich mal an«, sagte er. »Du bist völlig ausgezehrt. – Stell dich hier mit ausgebreiteten Armen hin, und niemand würde merken, dass du keine Vogelscheuche bist.« Er trat auf sie zu, nahm eine ihrer Hände, musterte ihren Handrücken, drehte sie um und betrachtete dann die Handfläche. Ihre Fingerknöchel waren geschwollen und aufgeplatzt, ihre Handflächen mit Schwielen übersät und ihre Fingernägel eingerissen und abgebrochen. Er ließ ihre Hand wieder los und sah sie an.

»Trägst du ein Büßerhemd unter dem Flanell?«, fragte

er. »Oder peitschst du dich einfach nur aus, bevor du zu Bett gehst?«

»Das geht dich nichts an«, sagte sie.

Er trat noch dichter an sie heran und beugte sich zu ihr vor, bis sie die rauen Stoppeln seines unrasierten Gesichts an ihrer Wange spürte. Es rüttelte etwas in ihr wach, eine Erinnerung.

»Hör mir mal zu«, sagte er ihr mit leiser und bedächtiger Stimme ins Ohr, »du klammerst dich daran und lässt es weiterhin zu, dass sich all deine Schuldgefühle wie Efeu um deine Seele wickeln, und bald wird dein Sohn beide Eltern verloren haben. Ist es das, was du willst?«

Er trat zurück und starrte sie jetzt mit seinen blauen Augen durchdringend an, was Jim immer als Barfuß' »Scharfschützen-Starren« bezeichnete.

»Ich kümmere mich um Jim«, sagte sie. »Daran hat sich nichts geändert.«

»Ich bin mir sicher, dass du das tust«, erwiderte Barfuß. »Du willst doch, dass er zufrieden und stolz und in dem Glauben aufwächst, ein wertvoller Mensch zu sein, oder?«

Sie war zu müde für ein Gespräch. »Natürlich.«

»Man kann seinen Kindern nicht geben, was man selbst nicht besitzt«, entgegnete Barfuß.

Sie sah ihn an. Sie versuchte, sich daran zu erinnern, wie es sich anfühlte, sich für etwas zu interessieren, für irgendetwas.

»Es spielt keine Rolle, ob du dich zu Tode schuftest oder noch ein wenig atmest. Du bist jetzt schon so gut wie tot, wenn du so weitermachst.« Er schwieg kurz und beugte sich dann wieder vor zu ihr. »Wenn du zu dem Schluss gekommen bist, dass du ein wertloses Stück Scheiße bist, weil bei deinem Laster der Gang rausgesprungen ist und die Weichen des Schicksals falsch gestellt waren, dann geh und erhänge dich und bring es hinter dich. Aber wenn nicht, wenn du es als das sehen kannst, was es war, ein tragischer Unfall, an dem niemand Schuld hatte, dann behandle dich mit derselben Rücksichtnahme, die du jedem anderen unter derartigen Umständen entgegenbringen würdest. Es ist *deine* Wahl.«

Sie wandte ihren Kopf ab, um nicht mehr in diese Augen blicken zu müssen. Barfuß streckte die Hand aus und nahm ihr den Spaten ab.

»Geh rein«, sagte er. »Ich habe dir etwas Tee auf die Arbeitsplatte in der Küche gelegt. Lass ihn zehn Minuten lang ziehen. Er wird dir helfen zu schlafen.« Er legte seine Hand an ihre Wange. »Ich liebe dich, und ich werde dich nicht aufgeben. Du musst mich nicht zurücklieben oder mit mir ins Bett gehen oder irgendetwas anderes tun, als aufhören, dich selbst zu quälen. Das reicht mir.«

An jenem Abend trank sie nach dem Abendbrot den Tee von Barfuß und schlief anschließend zehn Stunden lang durch. Am nächsten Morgen ging sie nach dem Aufstehen in die Küche, machte kleine Pfannkuchen und gebratenen Speck und aß ein üppiges Frühstück. Anschließend ging sie zur Post und sagte Chet McNabb, dass sie Hilfe beim Pflügen benötige; ob er bitte herumfragen könne, sie würde von dem Geld aus Bills Lebensversicherung einen fairen Preis für die Hilfe bezahlen. Und am Abend wusch sie sich vor dem Zubettgehen gründlich die Hände, schnitt ihre Nägel und rieb etwas von der Salbe, die Barfuß dagelassen hatte, auf die schmerzhaften Risse in ihrer Haut. Eine Woche später waren die Risse verheilt.

24. Kapitel

Susannah 2011

Es tut mir leid«, sagte Susannah zu ihrem Engel aus Metallabfällen. »Es tut mir leid.«

Sie spürte, dass sie jetzt nicht um Janie, sondern um sich selbst trauerte. Sie erinnerte sich an den Tag, an dem sie im Baum gesessen und sich mit Betty unterhalten hatte. Was hatte Betty gesagt? Irgendetwas über das Betrauern des Verlusts von Möglichkeiten. Der Unfall war lange her. Susannah hatte keine Vorstellung davon, zu wem Janie möglicherweise geworden wäre, wenn sie weitergelebt hätte. Sie wusste nur, dass sie selbst ein völlig anderer Mensch wäre, nämlich jemand, der ihr erheblich besser gefallen würde.

Die Scheunentür ging auf, und Matt kam herein.

»Hallo«, sagte Susannah. Sie erhob sich vom Boden, wo sie neben ihrem Engel gekniet hatte. »Es tut mir leid, was ich vorhin gesagt habe. Es war nicht so gemeint. Ich hätte das alles nicht sagen sollen.«

»Ich bin ein wenig sprachlos«, erwiderte Matt. »Du warst wirklich *gemein* zu deiner Mutter. Sie ist keine böse Frau, Susannah.«

»Ich wollte nicht grob zu ihr sein. Ich weiß auch nicht warum, aber sie wirkt auf mich wie ein rotes Tuch.«

»Vielleicht solltest du mal versuchen herauszubekommen, warum das so ist.«

»Vermutlich. Es ist wie bei einer Reihe Dominosteine. Meine Mutter macht mich verrückt, und ich mache Katie verrückt. Ich kann es kaum erwarten, Enkelkinder zu haben, damit Katie sie verrückt machen und so das Familienerbe fortführen kann.«

»Das ist nicht witzig«, entgegnete Matt. »Irgendetwas stimmt nicht mit dir.«

»Immer liegt es an *mir*«, sagte Susannah. »Ich gehe rüde mit meiner Mutter um, ich kontrolliere die Kinder zu sehr. Ich bin alles und jedes für dich, weil du nie sagst, was du tatsächlich empfindest.«

»Hör auf, die Märtyrerin zu spielen. Du machst zahllose Dinge richtig. Aber diese ganze Sache mit Katie, die im vergangenen Jahr begann, hat dich verändert. Du bist zu einer überspannten, überfürsorglichen, verrückten Frau geworden, und du musst damit aufhören.«

»Verrückte Frau?«, fragte Susannah. »Sag mir, was verrückter ist: meine Kinder zu heftig zu lieben oder Gefahren gegenüber gleichgültig zu sein wie meine Mutter, wie *du*, und dadurch ihr Leben zu gefährden.«

»Ich glaub's nicht!«, stöhnte Matt, der in der Scheune auf und ab ging und schließlich stehen blieb und sie ansah. »Jetzt bin ich schon ›gleichgültig gegenüber Gefahren‹, weil ich nicht an jeder Ecke den Tod lauern sehe? Manchmal ist der Bär, von dem du glaubst, er werde gleich deine Kinder fressen, wirklich nur ein Baumstumpf.«

Sie standen einander aufgebracht und schwer atmend gegenüber.

»Ich bin hergekommen, um Katie zu beschützen.«

»Du bist hergekommen, um vor der Tatsache wegzulaufen, dass Katie erwachsen wird. Du kannst sie nicht beschützen, Susannah. Du kannst es versuchen. Aber du musst auch versuchen zu lernen, mit einer gewissen Unsicherheit zu leben. Du musst ihnen vertrauen. Und du musst uns vertrauen und darauf, dass wir einen ziemlich guten Job gemacht haben, als wir sie großzogen. Du kannst nicht alles kontrollieren, was passiert, weder zu Hause noch hier.«

»Ich bin keine Idiotin«, sagte sie. »Mir ist das bewusst. Aber von allen Menschen solltest du als Erster verstehen, warum ich überfürsorglich bin, *falls* ich das denn bin. Das Unvorstellbare geschieht, Matt, und es passiert normalen Menschen wie dir und mir und meiner Mutter. Und es geschieht, wenn man überhaupt nicht daran denkt oder darauf vorbereitet ist oder es erwartet. Und ich will verflucht sein, wenn das einem *meiner* Kinder widerfährt.«

Sie sah ihn an, und der Schmerz, der sie verfolgte, seit sie auf Sounder angekommen war, erfüllte ihre Seele.

»*Unserer* Kinder«, sagte er, und seine Gesichtszüge wurden weicher. »Susannah, mein Gott. Dein Wachen über unsere Kinder hat sich in eine Art von Selbstkasteiung verwandelt, und das sollte es nicht. Es muss nicht so sein.«

Sie wandte sich ab. »Ich will nicht darüber sprechen.«

»Gut«, sagte er. »Weißt du was? Ich habe genug hier.«

Er drehte sich um und verließ die Scheune, und sie

hörte, wie sich die Tür des weißen Cottages öffnete und schloss. Sie folgte ihm.

Matt marschierte ins Schlafzimmer, zog seine Reisetasche aus dem Schrank, riss die oberste Schublade der Kommode auf, nahm seine T-Shirts, Socken und Boxershorts heraus und stopfte sie in die Tasche. Dann öffnete er den Schrank, ergriff seine Hosen und Hemden, rollte sie mitsamt den Bügeln zusammen und schob sie ebenfalls in die Tasche.

»Was machst du da?«, fragte Susannah.

»Ich gehe«, antwortete Matt. »Dieses Mal werde *ich* weglaufen. Ich nehme das Postschiff, das heute hier abfährt.«

»Aber du wolltest doch bis Sonntag hierbleiben. Wir haben dich über einen Monat lang nicht mehr gesehen. Nun komm schon, Mattie, sei vernünftig.«

»Vernünftig?« Er richtete sich auf und sah sie an. Sein Gesicht war rot vor Ärger, wobei sich die Narbe auf seinem Wangenknochen weiß davon abhob. »Ich war vernünftig. Ich habe zugestimmt, dass du *meine* Kinder nimmst und mit ihnen für neun Monate auf diese dämliche Insel ziehst, während ich zu Hause allein herumsitze. Wie vernünftig soll ich denn bitte noch werden?«

Susannah zuckte zusammen. »Beschimpf mich nicht. Du weißt, dass ich das hasse. Hör mal, bei dem Ortswechsel ging es nicht um dich und mich, sondern um Katie und Quinn und darum, das zu tun, was das Beste für sie ist.«

»Wirklich?« Er zog den Reißverschluss seiner Reisetasche zu. »Na vielleicht wären wir alle glücklicher, wenn du dir ein wenig mehr Sorgen um dich und mich und etwas weniger um Katie und Quinn machen würdest.«

Susannah überkam ein so intensives Panikgefühl, dass sie den Drang verspürte, aus dem Raum zu stürzen und loszurennen, über die Wiese in den Wald und die Schotterstraßen hinunter. Und was dann? Sie befand sich auf einer Insel und konnte nur so weit rennen, wie diese Insel reichte.

»Matt, bitte. Bleib hier und lass uns über diese Sache reden. Du hast recht. Ich weiß, dass es Dinge gibt, an denen wir arbeiten müssen.«

Er stand auf und hängte sich die zum Platzen vollgestopfte Reisetasche über die Schulter. Dann sah er ihr in die Augen. »Wir reden, wenn du wieder nach Hause kommst.«

»Aber ich kann die Kinder jetzt nicht hier aus der Schule reißen, mitten im Jahr, und sie nach Tilton zurück bringen.«

»Ich habe nicht gesagt, dass du das tun sollst. Ich habe gesagt, dass wir reden, wenn du wieder nach Hause kommst.«

»Aber was soll ich zu ihnen sagen? Wie soll ich erklären, dass du früher abfährst?«

»Ich werde sie jetzt suchen«, sagte er. Er sah auf seine Uhr. »Wann kommt das Postschiff? Um vier? Ich werde ihnen sagen, dass ich von meinem Arbeitsgeber zurückbeordert wurde.«

»Aber …«

Sie stand, noch immer im Regenparka, Matt gegenüber in der Schlafzimmertür.

»Susannah. Was auch immer es ist – Janie oder dein Vater oder Katie oder deine eigenen verworrenen Vorstellungen davon, wie perfekt du sein solltest –, du musst es herausfinden.«

»Ich dachte, ich könnte es hier herausfinden. Ich versuche es, Matt.«

Er schüttelte den Kopf: »Ich weiß nicht, wie die Antwort lautet. Ich weiß nur, dass es nicht funktioniert, geduldig zu sein und dich deinen eigenen Weg finden zu lassen. Zumindest funktioniert es nicht für mich.«

»Also gehst du?«

»Das ist das, was du getan hast, als du nicht mehr klargekommen bist, nicht wahr?«

»Mattie …«

»Ich geh' jetzt und such' die Kinder«, sagte er. »Weihnachten bin ich wieder da.« Er kam zu ihr und quetschte sich an ihr vorbei durch die Tür. Dabei streifte seine Brust ihre Schulter und sein warmer Atem ihr Gesicht. »Ich liebe dich, Susannah. Aber ich bin mir nicht sicher, ob ich mit dir verheiratet sein kann.«

Und bevor sie noch Zeit hatte, etwas zu sagen oder ihre Arme um ihn zu schlingen, war er weg.

Am Nachmittag fuhr Matt mit dem Postschiff ab. Susannah fuhr ihn mit dem Pick-up zum Anlegesteg. Während der Fahrt schwieg sie benommen. Bevor er an Bord des Schiffs ging, umarmte er sie. Aber er entschuldigte sich nicht und beruhigte sie auch nicht. Und sie wusste nicht, was sie zu ihm sagen sollte, außer: »Du wirst mir fehlen. Ich liebe dich. Es tut mir leid.« Sie wusste, dass das nicht ausreichte.

Das Komische daran war, dass sie Matts Liebe als einzige Sache in ihrem Leben nie infrage gestellt hatte. Seit sie sich als Siebenjährige am Strand getroffen hatten, hatte er sich zu ihr und sie sich zu ihm hingezogen gefühlt. Ihre Emotionen spielten sich dicht unter der Oberfläche ab, seine waren tief in seinem Inneren verborgen. Sie war konzentriert und gut organisiert, er dagegen konnte sich nie an Sachen erinnern oder sie finden. Sie wusste, wie sie reden und zuhören musste, um andere aus ihrer Reserve zu locken; Matt blieb gern für sich. Mit Matt war sie kreativ und interessant, einfühlsam und großzügig – die Version von sich selbst, die zu sein sie sich ersehnte. Sie wiederum war ein Prüfstein für ihn, das emotionale Zentrum seines Lebens, und sie wusste das. Aber was wusste sie nun?

Das Schiff legte ab, und sie beobachtete, wie es hinter dem Felsvorsprung von Crane's Point verschwand. Dicke Wolken verhängten den Horizont, und ihre Stimmung verfinsterte sich mit dem Himmel. Susannah stieg wieder in den Pick-up und fuhr nach Hause.

Das weiße Häuschen war leer, und Matts Abwesenheit war so mächtig, dass sie jeden Raum ausfüllte und sich drückend auf Susannah legte, bis sie nicht mehr atmen konnte. Katie und Quinn waren mit Lila bei Betty und kochten Brombeermarmelade ein. Susannah empfand ein verzweifeltes Bedürfnis nach einem Freund und beschloss, Jim zu suchen.

Über der Anhöhe hinter ihrem weißen Cottage sah sie Rauch aus dem schwarzen Ofenrohr aufsteigen, das aus dem Dach von Jims Hütte ragte. Jim hatte die Hütte in einem leuchtenden Königsblau gestrichen, das Susannah jedes Mal, wenn sie es sah, lächeln ließ. Schindeln aus Zedernholz bedeckten das Dach, und eine rustikale Bank aus knorrigem Wacholderholz stand neben der Eingangstür. Die Hütte war hoch und schmal und bestand aus einem Erdgeschoss mit einem Schlafzimmer unten und einem Dachgeschoss darüber.

Normalerweise ging Susannah seitlich um die Hütte zu der Tür, die erst in den Vorraum für nasse Schuhe und Kleidung führte, aber heute sah die Eingangstür mit dem leuchtenden Heidelbeerzweig in einem Krug neben der Bank so einladend aus, dass sie davon angezogen wurde und beschloss, den dorthin führenden Weg zu nehmen. Sie klopfte nicht an, sondern öffnete die Tür und ging ins Wohnzimmer, das ein Ende des großen Raums bildete, aus dem das Erdgeschoss der Hütte bestand.

Rechts von ihr stand ein kleiner Tisch und gegenüber von ihr, in der Nähe des Holzofens, eine marineblaue Couch, wo zu Susannahs Überraschung Hood auf Katie lag und sie, eine Hand auf ihrer Brust, küsste. Katies Shirt war bis über ihre Rippen hochgeschoben, und ihre Arme umschlangen Hood. Als sie hörten, wie sich die Tür öffnete, fuhren sie auseinander, und Hood sprang hoch. Katie stand auch auf und zog ihr Shirt herunter. Der oberste Knopf ihrer Jeans war geöffnet.

»Was zum Teufel geht hier vor?«, fragte Susannah, obwohl völlig klar war, was da vorging.

»Wow. Oh, wow. Tut mir leid«, sagte Hood. »Es ist nicht so schlimm, wie es aussieht.«

»Wirklich?« Der Eisberg, der ein ferner Punkt am Horizont gewesen war, ragte nun riesig und bedrohlich vor Susannah auf.

»Mensch Mom, klopfst du nicht an?«, fragte Kate.

»Ich dachte, du wärst bei Betty und würdest mit deiner Großmutter Marmelade einkochen.«

»Quinn und Baker sind da«, sagte Katie. »Es war langweilig.«

»Das nehme ich an.«

Hood griff nach etwas, das auf dem niedrigen Holztisch vor der Couch lag.

Susannah ging darauf zu. »Was ist das?« Sie sah es, kurz bevor er es nahm und in seine Tasche gleiten ließ. »Ein Kondom? Mein Gott! Rumknutschen ist eine Sache. Aber hier allein zu sein mit einem Kondom, ist eine ganz andere Sache.«

»Mom! Wir haben das nicht gemacht. Wir hatten nicht vor, es zu benutzen.«

»Katie, du bist noch viel zu jung dafür. Ich weiß nicht, was du dir dabei gedacht hast.«

»Susannah«, sagte Hood. »Es ist nicht so, wirklich. Es war ein Scherz von mir.«

»Ich finde nichts witzig daran.«

»Ich weiß, ich weiß«, sagte Hood. Er stand neben der Couch, die Hände in den Taschen. »Aber es ist nicht so. Ich mag Katie wirklich. Ich meine, ich würde nicht …«

»Darauf kannst du wetten, dass du das nicht würdest!«, fauchte Susannah.

»Hören Sie«, bat Hood und räusperte sich. Sein Gesicht war rot vor Verlegenheit, und er blickte auf den

Boden vor ihren Füßen. »Katie und ich haben einen Dauerwitz darüber, wie ich ›allzeit bereit‹ bin, wie irgendein Pfadfinder. Ich denke immer daran, irgendwelches Zeug mitzubringen wie ein Fernglas oder ein Schweizer Armeemesser oder Taschenlampen, wenn wir etwas machen. Als wir das letzte Mal in Friday Harbor waren, haben Baker und ich die hier mitgebracht, wissen Sie …« Seine Röte wurde noch dunkler. »Das war Teil des ›Allzeit-bereit‹-Witzes. Wissen Sie, wenn Sie hier wohnen, können Sie nicht zum Drogerieladen rennen, wenn … o nein. Egal.« Er sah zu Susannah auf. »Es war nur ein Scherz.«

Hood war ein guter Junge, das wusste Susannah. Aber der Anblick von Hood und Katie auf dem Sofa erinnerte sie noch an etwas anderes. Da war zum einen die übliche tiefsitzende Angst – *Katie ist in Gefahr!* –, aber außerdem war da auch noch etwas. *Matt.*

Sie erinnerte sich daran, wie sie, damals nur ein oder zwei Jahre älter als Katie jetzt, mit Matt zusammen gewesen war. Sie erinnerte sich an den feurigen Sturm des Gefühls, dass er, der so sportlich, loyal, klug und leidenschaftlich war, sie stärker liebte und begehrte als alle anderen. Sie erinnerte sich an die Verletzlichkeit in seinem Gesicht und in seiner Stimme, als er sie Jahre später fragte: »Hast du schon mal darüber nachgedacht zu heiraten?«, und wie klar und aufrichtig seine Liebe und sein Verlangen nach ihr dabei zum Ausdruck kamen. Sie erinnerte sich an ihre Freude, das kleine Arbeitszimmer für ihn in ihrem viktorianischen Apartment zu schaffen, und an seine Überraschung und Dankbarkeit und an ihr gemeinsames Ziel in jenen Tagen. Sie wollte all das wiederhaben und zwar sofort.

»Wir fahren zurück nach Tilton«, verkündete sie.

»Was?«, fragte Katie.

»Du hast mich verstanden. Ich brauche euren Vater. Ihr Kinder braucht euren Vater. Ich werde zu den Pavalaks gehen und es ihnen sagen. Wir werden nächste Woche abfahren, wenn die Schule für die Weihnachtsferien endet.«

»Ich will nicht hier weg!«, rief Katie.

»Es ist meine Schuld«, sagte Hood. »Fahren Sie bitte nicht. Ich verspreche, dass Katie und ich nur Freunde sein werden. Es tut mir leid.«

»Ich bin mir sicher, dass es dir leidtut. Aber dies hat wirklich nichts mit dir zu tun«, erwiderte Susannah. »Ich muss auf meine Familie achtgeben. Wir fahren nach Hause.«

25. Kapitel

Betty 2011

Der Friedhof von Sounder war einer von Bettys Lieblingsorten auf der Insel. Er lag in einem Feld an der Straße und war durch keinerlei formelle Zeichen markiert und noch nicht einmal durch einen Zaun abgegrenzt. Lediglich diverse Felsbrocken, Pflanzen, Holzkreuze, Holzblöcke, Steinlaternen, Faschingsperlenketten und andere Erinnerungsstücke kennzeichneten die Gräber, die unsystematisch über das Feld verstreut lagen. Auf den ersten Blick wirkte der Friedhof wie ein halb verwilderter Garten mit kleinen Flecken exzentrischer Bepflanzungen mitten in hoch wucherndem Gras und welkem Laub.

Betty parkte ihren Pick-up am Straßenrand und blieb noch einen Augenblick darin sitzen. Sie betrachtete den Friedhof. Dann stieg sie aus und ging durch das kleine Tor, das dort eine Art Eingang bildete, obwohl es keinen Zaun gab. Sie schlenderte an den Gräbern entlang. Manche Gräber waren lediglich durch verstreute Muscheln, die winzige Statue eines lachenden Buddha oder eine blau glasierte Keramikschüssel gekennzeichnet, und sie wurden nur von jenen besucht, die wussten, wo sie zu finden waren.

Sie sah das Grab von Joel Thurlow, einem Bootsbauer, der samt Hammer an der Hüfte in einem seiner aus Zedernholz und Segeltuch gebauten Kanus statt in einem Sarg beerdigt worden war. Dorothy Watson, die über dreißig Jahre lang Lehrerin an der Schule von Sounder gewesen war, lag unter einer Bank aus Zedernholz begraben – der perfekte Ort zum Sitzen und Lesen. Zwei aus Stein gehauene Engel markierten die Gräber der Zwillingstöchter von Andrew und Ella Burns, die 1923 bei einem Bootsunfall ertrunken waren.

Ein großer Teil des Friedhofs lag im Schatten, aber an ein paar Stellen warf die Nachmittagssonne leuchtende goldene Flecken auf das Gras. Jemand hatte auf eines der Gräber einen Krug mit frischen Calla-Lilien gestellt, die im Lauf der vergangenen Woche vom Festland mitgebracht worden sein mussten.

Sie fand das handgefertigte Kreuz, das aus Bills Grab ragte, und blieb stehen und betrachtete es. Jim hatte den Namen seines Vaters, William Thomas Pavalak, sowie seine Lebensdaten, 1926-1968, in das Holz geschnitzt. Betty blickte sich nach einem Platz um, wo sie sich hinsetzen konnte, und ließ sich auf Dorothy Watsons Bank nieder, die gut fünfzehn Meter entfernt stand. Die Sitzfläche der Bank bestand aus dem in der Mitte gespaltenen Stamm einer roten Zeder, der seidig glatt abgeschliffen worden war.

In der Nähe von Bills Grab standen Holunderbüsche. Betty hatte lange darüber nachgedacht. Es würde nicht zu schwierig sein, sie herauszureißen und dort ein Grab auszuheben, neben Bill. Sie wollte nichts Hochtrabendes, vielleicht eine Nootka-Rose oder einen Amerikanischen Storaxbaum mit seinen anmutigen, wohlriechenden Blüten. Es würde eine gewisse Ironie haben, dort an Bills Seite die folgenden Jahrhunderte zu verbringen.

Sie hatte einmal zu Barfuß gesagt, dass sie neben ihm beerdigt werden wolle.

»Ich lasse mich nicht beerdigen«, hatte Barfuß entgegnet. »Warum auch? Damit du kommst und mich beweinst? Verbrenn mich in einem Gestrüpphaufen und verstreu meine Asche im Garten, wo sie noch einen Nutzen bringt.«

»Aber ich liebe dich«, hatte sie gesagt. Es war einer jener Augenblicke gewesen, in denen sie ihm gegenüber eine ganz besondere Zärtlichkeit empfunden hatte, eine Mischung aus Dankbarkeit und Liebe, die sie erfüllte, ihre Seele überschwemmte und ihre natürliche Zurückhaltung ertränkte.

»Ich liebe dich auch«, hatte er geantwortet. »Aber in vierzig Jahren wird es für keinen von uns beiden mehr den geringsten Unterschied machen, ob ich begraben oder verbrannt wurde.«

Sie hatte ihm noch nicht erzählt, dass sie bei einem Arzt in Bellingham gewesen war, und dass man bei einem CT-Scan einen Flecken in ihrer Lunge und zwei Flecken auf ihrer Wirbelsäule entdeckt hatte. Ihr blieben nach Aussage des Arztes noch fünf oder sechs Monate. Jim hatte sie es auch noch nicht gesagt. Aber sie hatte Bobbie angerufen. Betty wollte bis zu ihrem Ende zu Hause auf Sounder bleiben. Es gab in Friday Harbor ein Hospizprogramm. Bobbie hatte ihr angeboten, mit ihr dort einzuziehen. »Was auch immer du brauchst«, hatte Bobbie gesagt.

Sie würde es Jim und ihren Enkeln sagen müssen. Und sie würde es Barfuß sagen müssen. Aber noch nicht jetzt. Betty behielt das Wissen um ihre Krankheit inzwischen seit einer Woche für sich, verbarg ihr Geheimnis wie etwas Kostbares und zog es, wenn sie allein war, hervor, um es im Geist von allen Seiten eingehend zu betrachten. Es würde Jim zweifellos schwer treffen. Sie und Jim waren viele Jahre lang ein Team gewesen, sie beide zusammen. Selbst ihre lange Beziehung mit Barfuß hatte das Band zwischen ihr und ihrem Sohn nicht ausfransen lassen. Und es war ihr zuwider, daran zu denken, Hood und Baker zu verlassen, bevor sie die beiden in ihrer Lebensgeschichte nicht ein Stück weiter begleitet und mehr darüber erfahren hatte, wohin ihr Leben möglicherweise führte.

Und Barfuß. – Sie wusste nicht, wie sie es ihm sagen sollte. Er trat ihr gegenüber noch immer äußerst beschützend auf, und es würde unerträglich für ihn sein, sie leiden zu sehen. Vielleicht war es ihr ja vergönnt, leicht und schnell dahinzuscheiden. Barfuß hatte einmal zu ihr gesagt, er hoffe, dass sie vor ihm sterben würde, damit sie nicht den Schmerz erleiden müsse, ihn zu verlieren und trauernd allein zurückzubleiben. Er wollte sie behütend durch alles hindurch begleiten, und nun würde er die Möglichkeit haben, genau das zu tun. Betty seufzte.

Eine Bewegung erregte ihre Aufmerksamkeit. Sie sah, wie jemand die Straße herabkam und sich durch das gelbe Gras am anderen Ende des Friedhofs näherte. Sie erkannte Susannahs roten Parka und ihr langes dunkles Haar. Susannah schirmte ihre Augen mit der Hand gegen die Sonne ab. Als sie Betty auf der Bank entdeckte, ging sie auf sie zu.

»Das ist ein wunderschöner Platz«, sagte Susannah und kam zur Bank. Ihre Wangen waren von der Kälte gerötet, aber unter ihren Augen lagen dunkle Schatten.

»Nicht wahr?«, lächelte Betty. »Ich habe früher gedacht, dass ich zu Hause in Seattle beerdigt werden wollte. Ich war so wütend, als Bill hierher zog, fern von meiner Familie. Ich pflegte zu ihm zu sagen: ›Wage es nicht, mich hier zu begraben oder gar etwas von meiner Asche in der gottverdammten Bucht zu verstreuen!‹ Aber jetzt ist hier mein Zuhause.«

Susannah setzte sich neben sie.

»An einem Ort wie diesem wirkt es nicht ganz so beängstigend, nicht wahr?«, meinte Betty.

»Stimmt.«

Ein behagliches Schweigen erfüllte sie.

»Hood und Baker werden nächstes Jahr von hier fortgehen, um die High School zu besuchen«, erzählte Betty. »Fiona wird ein Apartment in Friday Harbor mieten und die Woche über dort mit ihnen wohnen. Wenn sie allerdings eine neue Lehrkraft für Sounder finden, könnte es sein, dass Jim mit ihnen geht.«

»Dann werden Sie hier ganz allein sein?«, fragte Susannah.

»Nein«, dachte Betty, »ich werde dann nicht mehr hier sein.« Aber sie antwortete: »Vielleicht. Das Leben steckt voller Veränderungen und Überraschungen.« Sie neigte ihren Kopf nach hinten und hielt ihr Gesicht in die Sonne. »Ich bin nie besonders religiös gewesen, aber an diesem Ort und an einem solchen Tag ist es schwer, nicht an *irgendetwas* zu glauben.«

Susannah schlang beide Hände um ein Knie und lehnte sich zurück. »Ich bin ebenfalls nie sonderlich religiös gewesen«, bekannte sie. »Als Kind habe ich mir Gott immer als jemanden vorgestellt, der meinem Dad bei einem seiner Wutanfälle ähnelte – vor allem, nachdem ich das Alte Testament gelesen hatte.«

»Sind Sie in die Kirche gegangen?«, fragte Betty.

»Ab und zu. Mehr ab als zu. Wir sind in die presbyterianische Kirche gegangen. Alles, woran ich mich bei der Kirche wirklich erinnere, ist die Musik, ein sehr attraktiver Junge namens Felipe, der ständig Fragen stellte, mit denen er die Lehrer in der Sonntagsschule wirklich wütend machte – ich glaube, weil sie sie ihm nicht beantworten konnten – und der weite Blick aus dem Fenster des Altarraums über den Lake Saint Clair.«

Betty lachte: »Das klingt ziemlich treffend.«

»Ich muss Ihnen etwas erzählen, das Katie einmal gesagt hat«, meinte Susannah und sah Betty an. »Ich hoffe, Sie finden es nicht kitschig, aber es ist mir immer in Erinnerung geblieben.«

»Nur heraus damit.«

»Wir sind irgendwohin gefahren – zur Vorschule oder zum Supermarkt –, und plötzlich sagte Katie: ›Mommy, weißt du wie Gott aussieht?‹« Susannahs Gesicht belebte sich, während sie die Geschichte erzählte. »Und ich sagte: ›Ich bin mir nicht sicher, ob irgendwer weiß, wie

Gott aussieht.‹ Und Katie sagte: ›Aber ich weiß es.‹ Sie war damals vier und hatte riesige dunkle Augen zu ihren dunklen Haaren. Jedenfalls fragte ich: ›Na, wie sieht Gott denn aus?‹«

Susannah legte eine Pause ein und konzentrierte sich auf etwas, das in einem fernen Winkel ihres Bewusstseins lag. Dann fuhr sie fort: »Und Katie sagte – ich werde das nie vergessen, weil sie so konkret und so *sicher* dabei war –, sie sagte: ›Weißt du, wenn ein Baby geboren wird, sind Gott und alle Engel genau dort in dem Raum. Wenn das Baby also rauskommt, sieht es sie alle. Aber wenn das Baby dann älter wird und weiter weg kommt von dem Tag, an dem es geboren wurde, vergisst es Gottes Gesicht. Aber ich erinnere mich noch daran.‹

Dann sagte sie: ›Gott hat ganz langes Haar und trägt einen Pferdeschwanz. Er trägt einen leuchtend gelben Pullover mit lila Tupfen und eine gebatikte Hose. Und dazu trägt er große lila Schuhe. Ich werde möglicherweise auch vergessen, wie er aussieht, wenn ich älter werde.‹ Und sie sagte mir, ich solle es aufschreiben, wenn wir nach Hause kämen, damit sie sich daran erinnern könne. Und ich habe das getan!« Susannah hatte ihre Geschichte beendet. »Aber das hat mich immer verfolgt«, fügte sie hinzu. »Die Vorstellung, dass Gott und die Engel unmittelbar anwesend sind, wenn ein Kind geboren wird, bestens sichtbar, und dass wir unser gesamtes Leben damit verbringen, zu versuchen, dem Heiligen wieder so nahe zu kommen.«

Betty lächelte: »Und wer hätte gewusst, dass Gott wie dieser Hippie-Clown aussieht? Wavy Gravy, ist das nicht sein Name? Er war in den Sechzigerjahren sehr beliebt.«

Betty sah nach oben und beobachtete, wie der Wind die Äste der Bäume bewegte. »Ich habe nie wirklich an Gott oder ein weiteres Leben geglaubt. Ich habe nur versucht, dieses Leben bestmöglich zu leben. Mein Sohn ist ein guter Mann. Er hat eine anständige Frau gefunden und geheiratet, und ich hatte das Glück, in ihrer Nähe zu leben und meine Enkel zu kennen. Ich bin in der Lage gewesen, hier zu leben …« Sie zeigte mit einer ausholenden Bewegung zum Feld, zum Wald und zum wolkenverhangenen Himmel. »Ich hatte in vielerlei Hinsicht ein besseres Leben, als ich erhoffen konnte. Aber wenn es dort einen Gott gibt, der darauf wartet, über mich zu richten, dann hoffe ich, dass Katies Version zutrifft. Es ist schön zu denken, dass ein freundlicher Mann mit einem Pferdeschwanz dort sein wird, um uns zu Hause willkommen zu heißen.«

Die fahle Dezembersonne brach erneut durch die Wolken. Ein Vogel hüpfte ihnen gegenüber durchs Gras und suchte nach Insekten.

Susannah seufzte und sagte dann: »Ich bin gekommen, weil ich nach Ihnen gesucht habe, um Ihnen zu sagen, dass wir nach Hause fahren. Ich weiß, dass ich gesagt habe, wir würden das Cottage bis Juni mieten, und ich werde Ihnen die Miete bis dahin bezahlen, obwohl wir nicht hier sein werden.«

»Sie reisen ab?«, fragte Betty ungläubig.

»Ich muss es tun.« Susannahs Stimme schwankte. »Es hat sich für mich als wirklich schwierig erwiesen, allein mit Katie zurechtzukommen. Das Marihuanagedicht und die Törtchen. Und heute habe ich sie mit Hood gefunden, und sie waren – nun ja, sie waren zusammen, zu eng zusammen. Und Matt und ich haben ernsthafte Probleme, und ich weiß nicht, ob er mit mir verheiratet bleiben will, und ich kann das nicht in Ordnung bringen, wenn ich fast fünftausend Kilometer weit weg bin.«

»Oh, Schatz!« Betty legte einen Arm um Susannahs Schultern und drückte sie. »Niemand von uns ist perfekt. Sie haben das getan, was Sie für das Beste für Ihre Kinder gehalten haben. Und es klingt, als wäre es nun das Beste für Sie und Ihre Ehe, nach Hause zu fahren. Sie tun, was Sie tun müssen.«

»Aber ich habe einige große Fehler gemacht«, bekannte Susannah.

»Ich auch«, sagte Betty. »Und ich habe eine Menge Entscheidungen in meinem Leben getroffen, die in mancherlei Hinsicht falsch zu sein schienen. Aber jetzt, nach all den Jahren, weiß ich, dass sie genau richtig waren. Und ich habe gelernt, mir meine Fehler zu vergeben.«

Bettys Mitgefühl für Susannah war echt. Sie wünschte, ihr erklären zu können, dass mit zunehmendem Alter einige der Ängste verblassten und die Freuden süßer wurden. Sie dachte an all die Qualen, die sie wegen Bill, seiner Affären, ihrer Fehlgeburten, des Umzugs nach Sounder und sogar wegen Barfuß und ihrer eigenen Untreue durchlitten hatte.

Wenn sie jetzt auf ihr Leben zurückblickte, erkannte sie, dass sie einen Mann geheiratet hatte, der ihre Ruhelosigkeit stillte, dessen eigene Ruhelosigkeit sie aber letzten Endes nicht zu stillen vermochte. Sie hatte sich mit Dingen abgefunden, die sie früher als unvorstellbar betrachtet hätte, aber aus Gründen, die wichtiger waren als ihre eigenen Sehnsüchte. Sie hatte Ehebruch begangen – etwas, das sie einst für unverzeihlich gehalten hatte –, aber sie bereute es nicht. Sie bedauerte Bills Tod aus ganzem Herzen, doch sie akzeptierte, dass sie ihn nicht willentlich herbeigeführt hatte, sondern dass es sich um eine zufällige Grausamkeit des Schicksals gehandelt hatte. Es war, wie Barfuß sagte, alles eine Frage der Perspektive, für die man sich entschied.

»Ich weiß nicht«, meinte Susannah. »Ich bezweifle, dass Sie solche Fehler begangen haben wie ich. Ich habe einmal einen Fehler gemacht, den niemand verzeihen kann.«

Betty erinnerte sich an etwas, das Barfuß vor vielen Jahren zu ihr gesagt hatte, und sie antwortete: »Verwechseln Sie nicht Schuld mit Scham. Es ist in Ordnung, wenn man sich wegen etwas, das man getan hat, schlecht fühlt. Aber lassen Sie es nicht zu, dass Sie ein schlechtes Gefühl gegenüber dem haben, wer Sie sind. Sie sind eine gute Mutter und eine gute Frau und Tochter. Ich kenne Sie lange genug, um all das zu wissen. Sie sind ein guter Mensch, Susannah! Ein wirklich wertvoller Mensch, den zu kennen sich lohnt.«

Susannahs Augen füllten sich mit Tränen, und sie legte ihren Kopf auf Bettys Schulter und weinte, wie sie seit Jahren nicht mehr geweint hatte.

26. Kapitel

Susannah 2011

Am nächsten Samstag erwachte Quinn mit Bauchschmerzen. Beim Frühstück schob er seine Eier mit der Gabel auf dem Teller herum. »Ich mag nichts essen, Mom.«

»Gut, mein Schatz.« Susannah nahm den Teller weg und legte eine Hand auf seine Stirn. Sie war warm, aber nicht heiß. »Willst du ein wenig Tee und dich auf die Couch legen und dir einen Film ansehen?«

Er nickte. Sie versorgte ihn mit einer Wärmflasche, Decken, dem Laptop und einer DVD, schob ihm ein Kissen unter und stellte einen Becher Ingwertee auf den Couchtisch neben ihn. Er drehte sich mit angezogenen Knien zusammengerollt auf die Seite. Susannah musterte ihn und empfand Unbehagen, aber sie wusste nicht, warum. In mancherlei Weise war sie erleichtert, in der nächsten Woche nach Tilton zurückzufahren, wo es Ärzte und Krankenhäuser in der Nähe gab.

Katie kam ins Zimmer. »Was fehlt dem Schildkrötenjungen denn?«

Susannah warf ihr einen scharfen Blick zu. »Er hat Bauchschmerzen. Lass ihn in Ruhe.«

Katie setzte sich Quinn gegenüber in den Sessel. »Ich

muss in der nächsten Woche eine Projektarbeit in Englisch abgeben. Eigentlich sollte ich die am Wochenende fertig machen, was jedoch irgendwie sinnlos zu sein scheint, weil wir in zehn Tagen oder wann – *wieder* – umziehen. Das verdirbt mir meine Noten in diesem Jahr völlig, ebenso wie alles andere.«

»Das verdirbt dir deine Noten nicht«, widersprach Susannah. »Es wird alles gut mit dir.«

Aber ihr Gewissen plagte sie. Es *war* schrecklich, die Kinder zwei Mal in einem Schuljahr umziehen zu lassen. Als sie Quinn mitgeteilt hatte, dass sie wieder nach Hause fahren würden, hatte er beim Reden unablässig seinen Kopf geschüttelt.

»Nein, nein, nein«, hatte er protestiert. »Hier ist es viel besser. Ich will nicht nach Hause gehen.«

»Es ist hier nicht besser ohne Dad«, hatte ihm Susannah widersprochen.

»Das ist egal«, hatte Katie gemeint. »Insgesamt neun Monate von Dad weg zu sein, spielt keine Rolle.«

»Für mich spielt es eine Rolle«, hatte Susannah entgegnet.

Ihr gemeinsamer Wunsch, auf Sounder zu bleiben, hatte Katie und Quinn verbündet, und sie hatten die vergangene Woche mit dem Versuch verbracht, Susannah dazu zu bringen, ihre Meinung zu ändern. Sie schwankte. Es war selten, die Kinder so vereint zu sehen. Und noch seltener war es, sie so leidenschaftlich für etwas eintreten zu sehen, wie sie das für Sounder und all die Menschen und Dinge taten, die sie hier liebten: Barfuß, die Schule, die Pavalaks, die Arbeit auf dem Boot, die

Freiheit von Kontrolle. Aber das Einzige, was sie tun musste, war über Matt nachzudenken und über die Leblosigkeit in seiner Stimme, als er sagte: »Ich bin mir nicht sicher, ob ich mit dir verheiratet bleiben kann.« Und sie wusste, dass sie gehen musste. Diese Kinder waren das Wichtigste in ihrem Leben, aber Matt *war* ihr Leben und war es fast von Anfang an gewesen. Sie wollte gut zu ihm sein, und sie wollte seiner würdig sein.

Im Lauf des Morgens verschlimmerten sich Quinns Bauchschmerzen beständig. Susannah zog ihren Regenparka über und ging zu Jims Hütte, um zu fragen, ob er Pepto-Bismol dahatte. Aber die Hütte war dunkel und leer.

»Jim, Hood, Baker und Betty sind heute Morgen nach Anacortes gefahren«, informierte Katie sie, als sie zurückkam. »Ich hatte es ganz vergessen. Sie treffen sich mit Bettys Schwester zum Essen oder so.«

»Ich schau mal, ob Barfuß vielleicht etwas hat, was Quinn helfen könnte«, sagte Susannah. Die nagende Sorge in ihrem Hinterkopf wollte nicht vergehen. »Katie, bleibst du hier bei ihm, bis ich wieder da bin?«

»Ja. Aber wenn er sich übergibt, mach' ich das nicht weg.«

»Prima. Schön.«

Susannah fuhr die Zufahrt hinunter und die Straßen entlang zum Crane's Point. Der Himmel war finster, obwohl es noch nicht Nachmittag war, und der Wind beugte die Spitzen der Tannen und Kiefern und blies die Blätter die Straße entlang. Oben auf Crane's Point war der Wind noch schlimmer und zerrte an den zerfurchten

Ästen der alten Oregoneiche und peitschte die dicken Zweige der Küstenkiefern. Sie parkte hinter Barfuß' Bauernhaus, ging auf die Veranda und klopfte an die Tür: »Barfuß?«

Sie öffnete die Tür und trat ein. Es war dunkel, aber sie sah einen halbvollen Becher mit Tee auf dem Kasten vor dem Kamin. »Barfuß?« Sie ging durch das Wohnzimmer in die Küche und von dort durch die Hintertür zum Gewächshaus. Aber sie konnte ihn nicht finden. Auch Toby war nirgendwo zu sehen, was bedeutete, dass Barfuß irgendwo draußen unterwegs war. Sie fragte sich, ob er in dem auf der Spitze der Klippe aufgebockten Boot, der *Gota*, sein konnte und ging seitlich um das Bauernhaus herum.

Ein Rotschulterstärling zwitscherte in der Ferne, und Susannah hörte die Wellen hart gegen die Sandsteinklippen am Fuß von Crane's Point schlagen. Als sie auf die Lichtung hinaustrat, riss ihr der Wind die Haare hoch, ließ ihre Wangen und Ohren rot werden und blies schmerzhaft in ihre Augen. »Unglaublich, dass der Wind das Boot nicht wegbläst«, dachte sie und schob ihre Hände in die Taschen ihres Parkas, um sie gegen die Kälte zu schützen. Aber dann sah sie das ausgeklügelte System aus Gerüstverstrebungen und Seilen, mit dem die *Gota* gesichert war. Barfuß wusste, was er tat.

»Barfuß?«, rief sie erneut. Aber bei dem Wind würde er ihre Stimme natürlich nicht hören können. Sie stand da und sah zum Boot hoch. Katie hatte sie nie mit reingenommen und ihr die Arbeit gezeigt, die sie für Barfuß hier verrichtet hatte. Neugierig stieg sie eine Trittleiter hoch, die seitlich an das Boot gelehnt war, und ging an Deck. Sie hob die schwere Segeltuchplane vor dem Steuerhaus und trat ein. Links vom Steuer befand sich eine kleine zwergenhafte Tür, die in die Kabine unter dem Bug führte. Sie senkte den Kopf, stieg zwei Treppen hinab, öffnete die kleine Tür und ging hinein.

Die Kabine war geräumiger, als sie erwartet hatte. Sie war dreieckig, hatte zwei, sich an den Kopfenden treffende Kojen, die gegenüber den Stufen ein umgekehrtes V bildeten. Gleich links befand sich eine Holzarbeitsplatte mit einem Spülbecken und einer Kochstelle, und rechts lag ein winziger Raum mit einer Toilette. Über jeder Koje verlief ein langes, schmales, rechtwinkliges Fenster. Susannah erinnerte sich, dass ihr Katie erzählt hatte, sie habe die Schränke und Regale gemacht, die über den Kojen und Fenstern angebracht waren. Sie hatte auch die abschließenden Feinarbeiten an der Arbeitsplatte, den Betten und der Toilettentür ausgeführt.

Susannah strich mit der Hand über die glatte, glänzende Oberfläche der wirklich schönen Holzplatte. Alles in dem kleinen Raum war sauber, akkurat und perfekt. Sie fragte sich, wie Katie hatte lernen können, so viel so gut zu machen. Die Matratzenbezüge in den Kojen, die fast die gesamte Länge der Kabine einnahmen, waren sonnengelb. Die kleine Arbeitsplatte, die Regale, die Toilettentür und die Innenwände der Toilette bestanden alle aus prächtigem, schimmerndem Mahagoni. Susannah betrachtete alles und dachte überrascht: »Katie ist ebenfalls eine Künstlerin.«

Ein Windstoß schüttelte das Boot, und die kleine Tür

schlug zu. Susannah packte den metallenen Türgriff, aber der ließ sich nicht bewegen. Sie schüttelte ihn, dann stieß sie mit der Hüfte heftig gegen die Tür, aber es rührte sich nichts.

»Verdammt!« Susannah lehnte sich gegen die Tür und unterdrückte erste Regungen von Klaustrophobie.

Noch einmal rüttelte sie am Griff und begann, mit ihren Fäusten gegen die Tür zu schlagen.

»Barfuß! Barfuß! Ist da jemand? Ich stecke im Boot fest! Holt mich hier raus!«

Erschöpft brach sie ab. Während sie tief durchatmete, fiel ihr auf, wie stark sie zitterte. Ihre Hände, Arme und Beine flatterten. Sie zog ihr Handy aus der Tasche, obwohl sie bei diesem Sturm sicherlich keinen Empfang haben würde. Prompt leuchteten ihr vom Display nur die Buchstaben »Netzsuche« entgegen. Sie wählte dennoch Katies Nummer, aber nichts geschah.

Sie überlegte fieberhaft. Die Pavalaks waren fort. Barfuß war nicht zu Hause und besaß auch kein Handy, und bei dem Sturm würde er ihr Rufen niemals hören. Ihre letzte Hoffnung blieb Katie, aber sie musste warten, bis ihr Handy wieder eine Verbindung bekam. Doch Quinn war zu krank. Sie konnte nicht warten. Sie musste etwas tun.

Sie lief in der winzigen Kabine herum. Die Fenster bestanden aus dickem, festem Glas und ließen sich nicht öffnen. Sie durchsuchte sämtliche Schubladen, Schränke und Fächer nach einem Reserveschlüssel oder einem Schraubendreher oder etwas, womit sie das Schloss aufhebeln könnte. Sie beugte sich vor und öffnete eine

Klapptür unter einer der Kojen und fand einen Schlafsack. Ein anderes Fach enthielt Decken. Über den Kojen, auf Regalböden hinter Schiebetüren, befanden sich Lebensmittelkonserven, Gewürze und Flaschen mit Wasser.

In einer Schublade entdeckte sie einen silbernen Flachmann, wie den, den Barfuß an jenem ersten Tag auf dem Boot dabeihatte, als er sie das Boot auf dem Weg nach Friday Harbor steuern ließ. Sie nahm ihn, schüttelte ihn und hörte das Schwappen von Flüssigkeit in seinem Inneren. Sie drehte das Fläschchen auf und roch daran. Ein starker Geruch von Whiskey und Orangen stieg in ihre Nase. Wenn sie je einen Schluck »Herzmedizin« gebrauchen konnte, dann jetzt. Sie nahm ein Schlückchen und spürte, wie etwas Warmes in ihrem Inneren nach unten lief. Sie trank erneut und wischte sich den Mund mit dem Handrücken ab. Dann schraubte sie den Verschluss wieder auf den Flachmann und ließ ihn in ihre Parkatasche gleiten.

Es gab hier keinen Schlüssel, Hammer oder Schraubendreher. Sie setzte sich auf eins der Kojenbetten. Sie war gefangen. Sie sah aus dem schmalen Fenster über der Koje auf die braun gewordene Wiese und die knorrigen verdrehten Äste der vom Wind verformten Kriechwacholder, die am Rand des Feldes auf der Sandsteinklippe wuchsen. Ein großer Granitbrocken – ein Beleg für das einstige Vorhandensein eines Gletschers – lag neben den Kriechwacholdern. Der Himmel dahinter war grau und verhangen.

»Ich versage«, dachte sie. Hier war sie nun gefangen,

und das in einem Moment, in dem ihr Sohn ihre Fürsorge und ihren Schutz mehr denn je benötigte, und sie ließ ihn im Stich und tat genau das, was niemals zu tun, sie geschworen hatte, dass sie es nie tun würde. Die Worte ihres Vaters am Tag des Unfalls hallten in ihrem Kopf nach: »Wie konntest du sie loslassen?« Susannahs gesamtes Leben war nichts als der ständige Versuch, jenen einen Augenblick wiedergutzumachen, jenen einen Moment, als sie dreizehn Jahre alt gewesen war. Und jetzt versagte sie erneut.

»Nein!«, brüllte sie durch die leere Kabine. »Du bist zu schnell gefahren! Du hättest die Heckwelle nicht so schnell schneiden dürfen!«

Wie konntest du sie loslassen?

»Nein!«

Susannah stand auf und durchwühlte erneut alle Fächer, Schubladen und die winzige Toilette auf der Suche nach einem Hammer, einem Beil oder irgendetwas, mit dem sie sich würde gewaltsam befreien können. Sie wollte die verschlossene Tür sprengen, diese beengende Kabine, ihr ganzes vorsichtiges, schuldbelastetes Leben. Sie dachte an den dämlichen Vergleich von Frauen in der Mitte ihres Lebens mit noch ihren in Kokons eingesponnenen Schmetterlingen, die darauf warteten, mit frischem Selbstvertrauen und neuer Kreativität in die zweite Hälfte ihres Lebens aufzubrechen. Nur fühlte sie sich nicht wie ein Schmetterling und auch nicht sonderlich selbstsicher oder kreativ. »Ich bin eine stocksaure Frau«, dachte sie, »und ich hasse diesen verfluchten Kokon.«

Sie sah sich erneut um und ihr blick fiel auf einen

metallenen Feuerlöscher, der über der Kochplatte an der Wand hing. Sie stand auf, packte ihn, hob ihn mit beiden Armen über den Kopf und schmetterte ihn mit aller Kraft gegen die Tür. Sie hörte ein Knacken, und zu ihrer Überraschung zerbarst die Tür in der Mitte. Bevor sie sich's versah, war Susannah frei.

27. Kapitel

Susannah 2011

Sie ging durch den Regen zum Pick-up und war einerseits stolz auf ihre Stärke und andererseits besorgt darüber, wie Barfuß wohl auf die Tatsache reagieren würde, dass sie die Tür seines geliebten Boots zerstört hatte.

Als sie mit dem Wagen in die Zufahrt einbog, sah sie Katie am Tor stehen. Katie kam herbeigerannt, während Susannah das Fenster herunterkurbelte, um mit ihr reden zu können.

»Wo bist du gewesen?«, rief Katie. »Mein Gott! Ich habe versucht, dich anzurufen, und du bist fast eine Stunde lang weg gewesen. Quinn ist wirklich krank. Er steht nicht von der Couch auf, und ich glaube, er hat Fieber. Er hat sich auch übergeben. Er fühlt sich wirklich richtig heiß an.«

»Konntest du zur Klinik durchkommen?«

»Nein. Die Internet- und Handyverbindungen funktionieren wegen des Regens nicht.«

Kurz darauf kniete Susannah auf dem Boden neben der Couch, auf der Quinn zusammengerollt lag.

»Mein Bauch tut sehr weh«, sagte er. Sein Gesicht war rot und erhitzt, sein blondes Haar hing feucht über seiner Stirn.

»Ist es wie vorher?«, fragte Susannah. »Wie die anderen Male, als du Bauchschmerzen hattest? Hast du es mit der Wärmflasche versucht?«

Quinn begann zu weinen: »Ja, aber es hat nicht geholfen. Es tut wirklich ganz doll weh.«

Susannah maß seine Temperatur. Er hatte fast vierzig Grad Fieber. Sie nahm die medizinische Enzyklopädie und blätterte darin. Quinn zeigte alle Symptome einer Appendizitis, einer Blinddarmentzündung.

Susannahs Gedanken begannen zu kreisen. Die Pavalaks waren fort, Barfuß ebenfalls. Sie musste Quinn sofort nach Friday Harbor in die Klinik bringen. Jim war mit seinem Boot nach Anacortes gefahren. Sie konnte das Boot von Barfuß nehmen, die *Emma Jeanne*, bei der ihr Barfuß gezeigt hatte, wie man sie fuhr. Bei diesem stürmischen Wetter auf einem Boot – es war genau das, wovor sie sich am meisten fürchtete. Sie wandte sich an Katie.

»Wir müssen ihn nach Friday Harbor bringen.«

»Ich kann kein Boot fahren«, sagte Katie. »Ich meine, ich bin ein paarmal mit Hood draußen gewesen, aber ich habe nicht aufgepasst. Ich …«

»Ich werde das Boot steuern«, erklärte Susannah. »Ich kann das. Barfuß hat mir gezeigt, wie es geht. Weißt du, wo seine Schlüssel für das andere Boot sind, die *Emma Jeanne*?«

»Er lässt sie immer auf dem Boot«, sagte Katie. »Das hier ist Sounder. Jeder macht das so.«

»Gut. Dann lass uns aufbrechen.«

Susannah zog Quinn eine Regenjacke an, legte ihm eine Decke um und führte ihn zum Pick-up. Katie half und war bereit, alles zu tun, worum sie gebeten wurde, aber ihre Augen waren angstgeweitet und sie wirkte furchtsam. Quinn rollte sich auf dem Vordersitz zusammen, den Kopf auf Susannahs Schenkel. Katie sprang auf die Ladefläche. Susannah fuhr den Schotterweg langsam hinunter, aber Quinn schrie bei jeder Unebenheit der Straße und jedem Rütteln des alten Kleinlasters auf. Sie hielt und stieg aus.

»Katie, du fährst. Ich glaube, es ist besser, wenn ich neben dir sitzen und Quinn auf meinem Schoß halten kann. Vielleicht kann ich die Stöße abfangen, und es ist dann nicht so schlimm für ihn.«

Katie setzte sich ohne ein Wort hinter das Steuer. Susannah hielt Quinn, der sich heiß anfühlte, fest in ihren Armen, während sie den Zufahrtsweg hinunterfuhren. Katie sprang zwischendurch hinaus, um die Tore zu öffnen und zu schließen. Innerhalb weniger Minuten waren sie an der Straße beim Anlegesteg.

»Du bist gut gefahren, Katie«, sagte Susannah. »Danke.«

»Schon gut, Mom.« Katie erwiderte ernst ihren Blick.

»Wir ziehen hier an einem Strang«, dachte Susannah. »Sie hilft mir.«

Das Wasser in der Bucht war schwarz, kabbelig und trug vereinzelte Schaumkronen, und am anderen Ende der Bucht, wo der Ozean an die Klippen donnerte, sah man die Gischt. Der Himmel war wolkenverhangen, niedrig und grau, wie ein sprungbereites Tier. Dennoch hatte sie die Fahrt nach Friday Harbor mit Jim und Barfuß schon bei schlechterem Wetter als diesem gemacht.

Es regnete und war windig, aber die Boote waren so gebaut, dass sie dem standhielten. Sie versuchte, Quinn auf ihren Armen zu tragen, aber er war zu schwer für sie. Also formten sie und Katie gemeinsam einen Sitz mit ihren Armen und trugen ihn, während er seine Arme um ihre Schultern legte, zu dem Metallponton am Ende des Stegs. Katie band das grüne Beiboot los.

»Ich werde rausrudern, das Boot starten und euch hier abholen«, sagte Susannah zuversichtlicher, als sie sich fühlte. Sie hatte das Boot von Barfuß nur das eine Mal gesteuert. Was, wenn es ihr nicht gehorchte? Was, wenn sie gegen den Ponton und ihre Kinder krachte? Was, wenn … *Schluss! Du darfst jetzt nicht daran denken.*

»Ich komm' mit dir mit«, sagte Katie. »Vielleicht kann ich helfen.«

Susannah warf ihr einen dankbaren Blick zu. »Gut. Danke. Quinnie? Halt dich hier fest, Schatz. Ich bin in fünf Minuten mit dem großen Boot wieder hier.«

Die *EmmaJeanne* lag etwa fünfundvierzig Meter weiter draußen an einer Boje vor Anker. Susannah stieg in das Beiboot und begann zu rudern, wobei sie sich bemühte, den Bug direkt in den Wind zu halten. Katie saß ihr gegenüber im Heck. Neben der *EmmaJeanne* hielten sie an. Katie kletterte an der Seite hoch und beugte sich dann runter, um das Seil des Beiboots zu packen. Susannah kletterte ebenfalls an Bord und sah sich nach dem Ponton um, auf dem Quinn in seinem gelben Regenölzeug zusammengekauert hockte. Er verließ sich auf sie.

Katie fand den Schlüssel sofort in einem blauen Becher, der links vom Steuerrad direkt unter dem Kasten mit der Seekarte in einem Becherhalter steckte. Die *EmmaJeanne* war ebenfalls ein Albin-Boot, ein etwas neueres Modell als die *Gota*, aber ihr so ähnlich, dass sie fast wie ihr Zwilling erschien.

Susannah versuchte, sich an die Checkliste für das Starten zu erinnern, die Barfuß mit ihr durchgegangen war. Dort waren der Schalter zum Anschalten der Batterie und der Knopf zum Abschalten der Benzinzufuhr. Der Knopf stand heraus, also musste sie ihn reindrücken, um das Boot zu starten. Sie schloss die Augen und versuchte sich vorzustellen, wie es gewesen war, als Barfuß damals an jenem ersten Tag neben ihr gestanden hatte. Sie legte den Schalter für die Batterie um, drückte den Knopf hinein und drehte den Zündschlüssel um. Der Motor sprang an und begann mit einem gleichmäßigen, beruhigenden Brummen zu tuckern.

Katie sah Susannah überrascht an: »Wow. Du weißt ja tatsächlich, wie man das Boot startet.«

»Danke für die Vertrauensbezeugung.«

»Kannst du es auch steuern?«, fragte Katie mit einem Lächeln.

»Sehr witzig. Kannst du das Beiboot zum Ponton zurückrudern? Ich komm dann und hol euch.«

»Vergiss nicht, den Anker zu lichten.«

»Danke, Chef! Ich werde dran denken.«

Susannah merkte, dass Katie sie hänselte, aber auf eine sanfte Art und in dem Versuch, ihr dabei zu helfen, an all das zu denken, was sie tun musste. Katie stieg ins Beiboot und begann zu rudern, während Susannah das Armaturenbrett studierte. Es gab eine Anzeige für die Drehzahl des Motors, den Öldruck, die Temperatur des Motors und den Tankinhalt. So weit, so gut. Es war genauso wie bei einem Auto.

Sie sah aus dem Fenster. Katie war wieder beim Ponton angekommen. Sie drückte aufs Gaspedal, und das Boot rauschte durch das Wasser. All die alten Ängste stiegen wieder in ihr hoch, als sie die unbarmherzig um sie herum, und unter ihr tobenden Kräfte hörte und spürte. Sie zügelte ihre Gedanken, indem sie sich ganz auf eine Sache auf einmal konzentrierte und all ihre Aufmerksamkeit auf die jeweils zu erledigende Aufgabe richtete.

Sie wendete vorsichtig in einem weiten Kreis und fuhr auf den Anlegesteg zu. Der Wind kam aus Südwest und würde daher auf die Seite des Boots treffen, wenn sie längsseits am Ponton anlegte. Daher war es besser, ihn hinter sich zu lassen und erst in der letzten Minute zu wenden, damit der Wind und die Wellen das Boot nicht zu sehr ins Schwanken bringen konnten. Die Sicht zu behalten, war bei dem gegen die Windschutzscheibe prasselnden Regen allerdings schwieriger, als sie dies in Erinnerung hatte. Irgendwo musste sich ein Schalter für den Scheibenwischer befinden. Aber sie konnte jetzt nicht danach suchen, weil sie ganz damit beschäftigt war, das Boot zu steuern und zu versuchen, sich daran zu erinnern, wie es auf das Steuer in ihren Händen reagiert hatte. Sie spähte durch die regennasse Windschutzscheibe nach den beiden Gestalten, die in ihren gelben Regencapes auf dem Ponton auf sie warteten.

Wasser und Wind peitschten gegen das Boot. Susannah umklammerte das Steuer mit beiden Händen. Katie stand winkend auf dem Steg, während Quinn weiter hinten kauerte. Susannah wendete das Boot und fuhr im Winkel auf den Steg zu, um nicht seitlich anzulegen, aber das Boot reagierte nicht so schnell, wie sie erwartet hatte. Sie nahm das Gas weg, aber nicht schnell genug, sodass das Boot den Ponton mit einem dumpfen Schlag rammte.

»Herrje, Mom, du hättest mich umbringen können!«, rief Katie, nachdem Susannah das Boot gewendet hatte. Katie war durch den Aufprall umgeworfen worden und auf ihrem Hintern gelandet, aber der Metallponton und das Boot hatten keinen Schaden genommen. Auch Quinn war nichts geschehen. Allerdings stöhnte er vor Schmerzen auf.

»Tut mir leid!«, sagte Susannah.

»Schon gut«, meinte Katie und wischte sich die Hände an ihrer feuchten Jeans ab. »Obwohl ich jetzt völlig durchnässt bin. Denk einfach dran: Es fährt wie ein *Boot*, okay? Es reagiert nicht so schnell wie ein Auto.«

»In Ordnung«, nickte Susannah und verdrängte die Angst in ihrem Hinterkopf.

Katie half Quinn ins Boot. Susannah bestand darauf, dass sie Schwimmwesten trugen, und zog auch selbst eine an. Sie wollte, dass Katie und Quinn nach unten in die Kabine gingen, wo sie sicher waren, aber als sie die Kabinentür öffnen wollte, stellte Susannah fest, dass sie abgeschlossen war.

»Kate? Weißt du, ob der Schlüssel hier irgendwo ist?«

»Nein.«

»Warum ist die Kabine abgeschlossen?«

»Das weiß ich nicht. Möglicherweise lagert Barfuß da

irgendwelche Sachen, an denen sonst niemand rumfummeln soll.«

»Aber ihr Kinder müsst während der Fahrt in der Kabine sein.«

»Wir sind auch hier gut aufgehoben, Mom. Siehst du?« Katie half Quinn auf den Sessel gegenüber vom Steuer und rollte dann die schwere Segeltuchplane herunter, die eine Art Rückwand für das Steuerhaus bildete.

»Okay. Haltet euch bitte beide fest. Ich meine das auch so, Kate.«

»Ramm bitte nicht noch was«, meinte Katie, nachdem Susannah das Boot zurückgesetzt hatte und dann wieder vorwärts zu fahren begann, weg vom Anlegesteg und hinaus in die Bucht.

»Zu eurem Glück gibt es nicht viel, was ich rammen könnte, sobald wir draußen in der Bucht sind. Außer andere Inseln, und normalerweise kann ich die sehen, bevor ich auf sie drauffahre.« *Das hoffe ich zumindest.*

Katie sah ihrer Mutter prüfend ins Gesicht. »Machst du Witze?«

»Ich versuche dir klarzumachen, dass ich nicht so extrem inkompetent bin, wie du vermutest, selbst wenn ich gegen die Anlegestelle gestoßen bin.«

»Gestoßen! Draufgeknallt oder -gekracht trifft es eher«, meinte Katie, aber ihre Stimme klang sanft.

Sie fuhren aus der Bucht in den ausgedehnten Governor's Channel. Susannah wusste, dass die Strömungen hier am stärksten und die See am rauesten war. Sie konnte das Wasser fühlen wie ein Lebewesen, das unter ihnen strudelnd anschwoll. Die Bäume am Ufer hinter ihnen beugten sich im Wind. Die Wellen waren nun größer. Sie hielt den Bug des Boots gerade in den Wind. Mit jeder Welle stieg es hoch und senkte sich dann wieder, rauf und runter.

Susannah umklammerte das Steuerrad mit beiden Händen und versuchte, sich auf das Steigen und Fallen jeder Welle und darauf zu konzentrieren, das Boot gerade zu halten und genau auf die Windrichtung zu achten.

Katie nahm das Funkgerät. »Ich kann schon mal den Hafen von Friday Harbor anrufen und in Erfahrung bringen, ob sie einen Polizei- oder Krankenwagen schicken können, der uns abholt und in die Klinik bringt.«

»Gut mitgedacht!« Susannah hatte in der Aufregung gar nicht eingeplant, dass sie, sobald sie Friday Harbor erreicht hatten, Quinn vom Boot zum Arzt transportieren mussten.

Katie benachrichtigte über Funk kurz die Hafenaufsicht und schaltete das Gerät dann wieder ab.

»Ich dachte, du hättest Angst vor Booten«, sagte sie.

»Hab' ich auch. Oder hatte ich.«

»Hast du im Moment Angst?«

»Nein«, versicherte Susannah und hoffte, dass das auch stimmte.

Es war bereits nach vier Uhr, und es wurde dunkel. Susannah schaltete die Fahrtlichter des Boots an und warf einen Blick auf den Radarschirm.

»Katie, weißt du, wie man den Radar abliest?«

»Ja.«

»Gut. Kannst du bitte den Radar im Auge behalten?«

»Klar.«

Susannah fand den kleinen Handschalter für die Scheibenwischer und sah erleichtert, wie sie hin- und hersausten. Als sie in den Kanal einfuhren und das Wetter stürmischer wurde, erfasste Susannah eine immer größere Ruhe. Vielleicht verdankte sie dies der nachklingenden Wirkung von Barfuß' Herzmedizin oder einfach der Erkenntnis, dass es nichts mehr gab, was sie jetzt noch tun konnte, um den Ausgang dessen, was sich in den nächsten Stunden abspielen würde, zu beeinflussen. Sie beobachtete das Wetter, hielt das Steuerrad fest in ihren Händen und versuchte zu fühlen, wie das Boot auf das Anschwellen des Wassers unter ihnen und die wechselnden Winde reagierte.

»Du machst das gut, Mom«, sagte Katie. »Wir sind genau auf Kurs. Es sind noch rund fünfundvierzig Minuten bis Friday Harbor.« Sie schwieg eine Minute lang und sagte dann: »Ich bin beeindruckt. Ich meine, ich weiß, dass du keine Boote magst, aber du wirst mit diesem wirklich gut fertig.«

»Danke. Ich wäre nie imstande gewesen, das allein zu schaffen.«

Katie lächelte mit einer gewissen Selbstzufriedenheit. »Schon gut.«

Quinn setzte sich auf und übergab sich.

Katies Ruhe brach in sich zusammen. »O nein! Igitt!«

Er stöhnte.

»Mom!«, rief Katie. »Er ist wirklich sehr krank. Du musst etwas tun. Ruf die Küstenwache!«

»Die Küstenwache ist für wirkliche Notfälle da, etwa wenn das Boot leckschlägt oder jemand einen Herzinfarkt erleidet. Wir sind in einer halben Stunde in Friday Harbor.«

»Aber was, wenn wir es nicht schaffen?«

Susannah achtete einen Moment lang nicht auf die Wellen, gerade lange genug, um ihre Augen auf das Gesicht ihrer Tochter zu heften. »Ich kann das schaffen, Katie«, entgegnete sie. Sie war keine verängstigte Dreizehnjährige mehr, die sich vor der Kritik ihres Vaters und seiner sicheren Überzeugung, dass sie inkompetent wäre, wegduckte. Sie *konnte* es schaffen. »Mit Quinn wird alles wieder gut. Du machst es großartig. Halte noch ein wenig durch.«

»Okay«, sagte Katie. »Okay.«

Im Handschuhfach fand sie eine Rolle Papierhandtücher und warf sie auf den Boden, um das Erbrochene damit aufzunehmen. Sie half Quinn, sich in dem gepolsterten Sessel gegenüber von Susannahs Sitz zusammenzurollen und stellte sich dann hinter Susannah.

»Wird Quinn sterben?«, fragte sie leise.

Nein, nein, nein. »Natürlich nicht. Ich glaube, dass er eine Blinddarmentzündung hat. Das ist etwas Ernstes, aber sobald wir ihn nach Friday Harbor gebracht haben, können sie eine sichere Diagnose stellen und ihn mit einem Hubschrauber ins Krankenhaus bringen, wenn es sein muss. Er wird wieder gesund werden, das verspreche ich!« *Er muss es werden.*

Die Wellen erhoben sich nun draußen im Kanal höher, aber sie folgten einem bestimmten Rhythmus, den Susannah langsam erkannte. Sie konnte es. Ihre Zuversicht stieg, und so drückte sie aufs Gaspedal. Das Boot beschleunigte und schoss die nächste Welle hoch, verharrte kurz auf dem Kamm und krachte hinter der Welle mit einer Wucht in das Tal, dass es einem das Blut in den Adern gefrieren ließ. Quinn wurde aus seinem Sitz geschleudert und landete mit einem Schmerzens- und Angstschrei auf dem Boden. Katie flog vor und stürzte auf Quinn. Als sie die nächste Welle hochzufahren begannen, rollten beide Kinder über den Boden auf die Segeltuchplane zu, die an der Rückseite des Steuerhauses vor dem Heckteil des Boots und dem offenen Meer hing.

»Fahr langsamer!«, brüllte Katie. Mit Quinn verknäuelt, rollte sie unter der Segeltuchplane durch und war nicht mehr zu sehen.

Susannah ging vom Gas, und das Boot verlangsamte sein Tempo auf Kriechgeschwindigkeit. »Katie! Katie! Katie!«, schrie sie wieder und wieder. Sie sah ihre Kinder nicht, aber sie konnte das Steuer nicht loslassen.

»Fahr langsamer!«, hörte sie Katies Stimme hinter der Segeltuchplane, dann sah sie ihren Arm. Katie kroch ins Steuerhaus zurück und zog den weinenden Quinn hinter sich her. »Verdammt, Mom! Willst du uns umbringen?! *Fahr langsamer!* Du musst in große Wellen langsamer reinfahren, sonst steigst du die Wellen zu schnell hoch.«

Susannah spürte ihr Herz wie rasend gegen ihre Rippen schlagen. »Ich dachte, ihr wärt aus dem Boot gefallen«, sagte sie.

»Wir sind nicht aus dem Boot gefallen«, sagte Katie. »Wir sind gegen die große Bank hinten geknallt, und ich habe jetzt vermutlich eine riesige Beule.«

Susannah stockte der Atem. »Ich kann das hier nicht«, stieß sie hervor.

Quinn schluchzte. Katie sah zu ihm hin und dann in Susannahs angstverzerrtes Gesicht, und auch ihre Augen füllten sich mit Tränen.

»Was willst du damit sagen?«, rief Katie. »Du musst uns da hinbringen!«

Susannah schüttelte den Kopf: »Nein, nein, nein! Ich kann das nicht.«

»*Mom*«, herrschte Katie sie an. »Flipp jetzt nicht aus! Ich weiß nicht, wie man das Boot fährt. Du bist diejenige, die gesagt hat, sie könnte uns dahin bringen. Bloß weil du zu schnell über eine Welle gefahren bist, kannst du jetzt nicht aufgeben.«

Das Boot begann, die nächste Welle langsam und stetig emporzusteigen. Susannah hielt die Luft an, als sie den Wellenkamm erreicht hatten, aber dann glitt das Boot langsam und stetig nach unten und fuhr ins Wellental. Sie atmete aus.

»Okay«, sagte sie. »Okay.« *Dies ist nicht jener Tag.* »Woher weißt du, dass man in große Wellen langsamer reinfahren muss?«, fragte sie. Die Tatsache, dass das Boot eine Welle hochgerast und dann ins Wellental gekracht war, bedeutete für Katie nicht Tod und Zerstörung, sondern die Aufforderung, vom Gas runterzugehen. Zum ersten Mal erkannte Susannah die positive Seite von Katies Wagemut.

Katie rieb sich die Hinterseite ihrer nassen Jeans. »Puh, jetzt bin ich sogar noch nasser. Das weiß ich von den Bootsfahrten mit Hood. Ich weiß, dass du Hood für einen wüsten Typen hältst. Aber beim Bootfahren ist er wirklich vorsichtig. Jim ist da ziemlich pingelig.«

»Du bist ein intelligentes Mädchen.« Susannah drehte sich zu Quinn um. »Es tut mir leid, Schatz. Ist alles mit dir okay?«

Er nickte.

»Ich verspreche, nicht mehr schnell über große Wellen zu fahren.« Sie warf Katie einen Blick zu. »Ich brauche deine Hilfe. Ich kann in der Dunkelheit nicht sonderlich gut sehen. Kannst du mir helfen, durch die vordere Windschutzscheibe Ausschau zu halten? Ich will sichergehen, dass ich zum richtigen Zeitpunkt wende, um in den Hafen zu fahren.«

»Klar.«

Dann schwiegen beide, bis sie in den San Juan Channel einbogen und langsam an der Ostküste von San Juan Island entlangfuhren. Da sie sich jetzt im Windschatten der Insel befanden, war das Wasser ruhiger und der Wind schwächer. Susannah atmete tief durch und spürte, wie sich ihr Körper zu entspannen begann. Sie nahm eine Hand vom Steuer, um ihre schmerzenden Finger zu bewegen. Sie hatte das Steuerrad so fest umklammert, dass ihre Finger zu steifen Klauen geworden waren.

Katie stand neben Susannah, als sie in den Hafen einfuhren und sich der Hafenanlage näherten. Als Susannah an den Kai heranfuhr, wartete bereits ein Krankenwagen oben an der Rampe. Katie gab ihr leise Anweisungen, und es gelang Susannah, das Boot mit nur einem kleinen Stoß seitlich an den Kai heranzufahren. Erleichterung stieg in ihr auf und lockerte ihre Schultern. Bevor Susannah die Zeit hatte, den Motor abzustellen und sich zu versichern, dass alles in Ordnung war, hatte Katie das Boot bereits vertäut und die Rettungssanitäter die Rampe hinab in das Steuerhaus geführt, wo Quinn zusammengerollt lag.

Innerhalb von Minuten hatten sie die Klinik erreicht, wo ein Arzt Quinn abtastete und eine Ultraschalluntersuchung vornahm. Sobald sie der Arzt angesehen und gesagt hatte: »Ja, es ist sein Blinddarm, und es ist ein Durchbruch. Ein Hubschrauber kommt und bringt ihn zur Operation nach Bellingham ins Krankenhaus«, rief Susannah Matt an.

»Ich nehme den nächsten Flug«, sagte Matt.

Wenige Minuten später saß Susannah festgeschnallt auf einem Sitz neben Quinns Trage im Hubschrauber. Katie saß ihr gegenüber und ein Arzt auf der anderen Seite.

Im Krankenhaus verlief alles zügig und effizient. Quinn wurde auf eine Bahre gelegt und in einen Fahrstuhl gerollt, der nach unten in die Chirurgie fuhr. Susannah füllte Formulare aus, beantwortete Fragen und sprach mit dem Anästhesisten und dem Chirurgen. Bevor sie Quinn in den OP rollten, beugte sich Susannah über seine kleine schweißnasse Gestalt auf der Bahre, strich ihm die feuchten blonden Haare aus dem Gesicht und küsste seine sommersprossige Stirn.

»Es wird alles gut mit dir, mein Schatz«, sagte sie. »Wenn du aufwachst, werde ich hier sein.«

Die großen Türen schwangen auf, eine Krankenschwester rollte die Bahre hindurch, und Quinn war fort.

28. Kapitel

Susannah 2011

Susannah setzte sich im Warteraum auf eine Couch, deren Farbe eine Mischung aus Beige und Mauve war. Ein ehrenamtlicher Helfer brachte Sandwiches, die Katie hungrig verschlang.

Susannah lehnte sich völlig erschöpft zurück. Sie konnte die Salzkruste auf ihrer Haut fühlen, die von der Gischt des Ozeans stammte, und die steifen Strähnen in ihrem Haar, als sie den Kopf nach hinten an die Wand lehnte. Gott sei Dank gab es hier keinen Spiegel. Vermutlich glich sie einer ihrer aus Abfällen gebastelten Vogelscheuchen. Sie schloss die Augen, aber ihre Gedanken kamen nicht zur Ruhe. Sie fragte sich, ob der Chirurg bereits mit der Operation begonnen hatte und Quinn nun mit winzigen Instrumenten aufschnitt.

Aber es war nicht nur Quinn. Sie konnte nicht aufhören, an Janie, an ihre Mutter, an den Unfall zu denken und darüber nachzugrübeln, wie es sich angefühlt hatte, als sie auf die Welle getroffen war und die Kraft des Aufpralls gespürt hatte.

Sie sah zu Katie hinüber, die sich ihr gegenüber auf der Couch zusammengerollt hatte und schlief. Susannah wusste, dass sie ebenfalls versuchen sollte zu schlafen, aber sie konnte es nicht. Sie stand auf, durchsuchte die Taschen ihrer Jacke nach ihrem Handy und ging auf den Korridor vor dem Wartezimmer. Sie tippte die Nummer ihrer Mutter in das Handy.

»Susie? Wie geht es dir, Schatz?«

»Oje!«, seufzte Susannah, »wo soll ich beginnen?«

»Ich bin ganz Ohr«, sagte Lila.

»Ich bin im Krankenhaus. Quinn ist im OP. Er hat einen Blinddarmdurchbruch.« Ihre Mutter setzte an, etwas zu sagen, aber Susannah unterbrach sie. »Es wird alles gut mit ihm, Mom. Der Chirurg sagt, dass wir ihn noch rechtzeitig hergebracht haben.« Sie hielt inne, bevor sie weitersprach. »Ich musste das Boot fahren, um ihn in die Klinik zu bringen. Und nun muss ich ständig an jenen Tag denken.«

»Du meinst, an den Tag des Unfalls.« Es war eine Feststellung, keine Frage.

»Ja. Es gibt vieles, worüber wir nie gesprochen haben.«

»Ich weiß.« Die Stimme ihrer Mutter war leise. »Was mit Janie passiert ist, war nicht deine Schuld.«

»Stimmt.« Susannah bemerkte die Bitterkeit in ihrer Stimme und versuchte sie abzumildern. »Du konntest mich an jenem Abend noch nicht einmal ansehen, als wir schließlich nach Hause kamen. Ich hätte es gebraucht, dass du mir vergibst, Mom. Es wäre für mich wichtig gewesen zu wissen, dass du mich noch immer liebst und mich für wert hältst, geliebt zu werden. Aber du hast mich noch nicht einmal angesehen. Du bist *zu Bett gegangen*. Was glaubst du wohl, wie ich mich da gefühlt habe?«

Sie hörte, wie ihre Mutter tief und langsam einatmete; danach folgte ein Schweigen.

»Warum hast du uns an jenem Tag mit ihm fahren lassen? Warum hast du es zugelassen, dass er mit uns auf dem Boot rausgefahren ist? Du wusstest, dass er trank.«

Ein weiteres langes Schweigen.

»Weißt du, was passiert ist?«, fuhr Susannah fort. »Janie hat rumgequengelt, darum hat ihr Daddy ihre Schwimmweste aufgeschnallt, damit sie den Mund hielt. Er trank und wurde wütend, als wir zurückfahren wollten. Er fuhr sehr schnell mit dem Boot. Ich hielt Janie auf meinem Schoß. Ich hatte beide Arme um sie gelegt, Mom, und sie so fest gehalten, wie ich konnte. Aber er prallte auf eine Heckwelle, und Janie flog aus meinen Armen. Ich konnte sie nicht festhalten.« Susannah kämpfte mit den Tränen. Sie hörte, wie ihre Mutter am anderen Ende der Leitung mehrfach ein- und ausatmete, aber sie fuhr fort: »Ich konnte sie nicht festhalten. Aber Daddy sagte, er sagte: ›*Wie konntest du sie loslassen*?‹ Es war *meine* Schuld, dass sie starb. *Ich* habe sie losgelassen.«

»Es war nicht deine Schuld, Susannah!« Lilas Stimme klang bewegt, aber mitfühlend. »Es war *nie* deine Schuld. Ich habe dir nie, keine Sekunde lang, die Schuld gegeben. Wenn überhaupt, gebe ich mir die Schuld – gab ich mir die Schuld.« Lila atmete tief durch. »Ich habe dich an jenem Tag im Stich gelassen. Und das tut mir leid.«

»Ich möchte einfach nur verstehen, warum. Denn in letzter Zeit habe ich das Gefühl, ich könnte meine eigenen Kinder, meinen Mann, mich selbst verlieren, weil ich ständig darum kreise. Wenn ich nur verstehen könnte, was du gedacht hast …«

»Susannah, ich war schwanger. Dein Vater wollte das Baby nicht. Er hatte mir versprochen, er würde das Trinken aufgeben und ein guter Vater, ein guter Ehemann werden, wenn ich das Baby beseitigte.«

»Schwanger? Du meinst, nach Janie?«

»Ich meine, ich fand ungefähr einen Monat vor dem Unfall heraus, dass ich schwanger war. Ich hatte nicht schwanger werden wollen. Es war eine schlimme Zeit. Dein Vater trank selbst am Tag, und ihm war mit der Entlassung gedroht worden, wenn er sich nicht in den Griff bekäme. Ich hatte mit einundzwanzig geheiratet und nach dem College nie gearbeitet. Ich hatte drei Kinder. Ich war *vierzig*. Was sollte ich mit einem weiteren Baby und einem arbeitslosen, alkoholabhängigen Ehemann anfangen?« Ihre Stimme schwankte. »Ich konnte damals nicht mit dir darüber sprechen; ich konnte es nicht. Und als du älter warst … Ich wusste, dass du mich hasst, weil ich es zugelassen hatte, dass er euch mit auf das Boot nahm. Ich wollte dir nicht etwas erzählen, das dich mich noch mehr hassen ließ. Ich wollte es dir eigentlich sagen, ich wusste nur nie, wie. Als du dann deine eigenen Kinder hattest …«

»Mom, ich hasse dich nicht.« Susannah sagte es automatisch.

»Ich verüble es dir nicht, dass du wütend auf mich bist. Ich hätte euch nicht gehen lassen sollen. Aber er hatte mit dem Trinken aufgehört. Als er an jenem Tag den Ausflug mit euch machte, hatte er drei Wochen lang nichts mehr getrunken. Ich dachte, er hätte es überwunden. Ich dachte, er würde sein Wort halten. Also hielt ich meins.«

»Was heißt das?«

»Ich bin an jenem Tag nicht mit euch aufs Boot gekommen, weil meine Schwester mich zu einer Abtreibung gebracht hat.« Sie räusperte sich. »Wir dachten, dass ihr Kinder, wenn ihr den ganzen Tag auf dem Boot wärt, nicht so viel davon mitbekommen würdet, wenn ich mich an dem Abend nicht gut fühlen würde. Es gab da einen Arzt in Traverse City. – Zumindest war es damals Gott sei Dank legal.«

»Du meinst…«, fragte Susannah stockend, »du meinst, du hattest an dem Tag, an dem Janie starb, eine Abtreibung?«

»Ja.«

Die Antwort versetzte Susannah einen Schlag, der sie in ihren Grundfesten erschütterte..

»O Gott! Das tut mir leid. Warum hast du mir das nicht vorher erzählt?«

»Ich wollte dir nicht noch einen Grund geben, auf mich wütend zu sein und zu denken, dass ich versagt hatte.« Lila schwieg eine Weile. Dann sagte sie: »Lange Zeit über glaubte ich, dich und Jon nicht verdient zu haben und nicht eure Mutter sein zu dürfen. Ich dachte, ihr wärt besser dran, wenn ich tot wäre. Ich konnte es in jenem ersten Jahr nach Janies Tod nicht ertragen, als du mir zum Muttertag eine Karte gabst, als wäre ich irgendeine verdienstvolle Mutter. Und der rosa Kranich – erinnerst du dich?«

Susannah dachte an den Kranich, der zusammengeknüllt im Papierkorb lag. »Natürlich erinnere ich mich daran. Du hast ihn weggeworfen.«

Lila seufzte: »Es tut mir leid. … Er war schön. Und du warst so unschuldig und hoffnungsvoll. Ich dachte, ich würde das nicht verdienen – diese Unschuld und Hoffnung und Liebe.«

»Mir geht es genauso«, dachte Susannah. »Das fühle ich auch.«

»Aber meine Schwester gab nicht auf. Jeden Tag sagte sie zu mir, es sei nicht meine Schuld gewesen. Jeden Tag versicherte sie mir, dass sie mich liebe und bewundere. Sie brachte mich dazu, etwas zu essen. Sie kümmerte sich um euch Kinder. Und sobald euer Vater ging, musste ich mich aufrappeln. Aber ich musste den Rest wegsperren … Wenn ich darüber nachgedacht hätte, wäre ich verrückt geworden. Ich dachte, Gott hätte mich für die Abtreibung damit bestraft, dass er Janie zu sich nahm. Ich hörte auf, in die Kirche zu gehen, weil ich dachte, dass Gott mich selbst da nicht haben wollte.«

»*Mom!*«

»Susannah.« Die Stimme ihrer Mutter war jetzt klar und ruhig. »Ich weiß, dass ich dir dies schon vor Jahren hätte erzählen sollen. Ich habe Jahrzehnte und fünf oder sechs Therapeuten gebraucht und musste sehr viel Schmerz durchleben, um das alles zu verarbeiten. Ich dachte, du würdest dadurch, dass ich dich gleich nach dem Unfall zum Psychiater schickte und dann einfach unser Leben weiterführte, in der Lage sein, es hinter dir zu lassen. Aber als du in diesem Herbst auf die Insel zogst, begann ich mich zu fragen, was da nicht stimmte.

Ich wollte an Thanksgiving kommen, weil ich von Angesicht zu Angesicht mit dir sprechen wollte. Ich wollte es dir erklären. Ich wollte sichergehen, dass du dir nicht immer noch die Schuld gibst. Aber dann warst du mir gegenüber so aufgebracht … so verärgert. Ich dachte, du würdest nie wieder mit mir sprechen, wenn ich dir von der Abtreibung erzählte. Aber ich wusste, dass ich es dir sagen musste. Das ist der Grund, warum ich mit dir allein sprechen wollte.«

Susannah erinnerte sich an die wiederholt geäußerte Bitte ihrer Mutter: »Ich muss mit dir reden.«

»Ich habe das Gewicht dieser Schuld jahrzehntelang mit mir herumgetragen«, fuhr Lila fort. »Wo ich auch hinging, was ich auch tat. Erst seit Kurzem bin ich imstande, es als das zu sehen, was es war: ein Unfall. Ein reines Unglück.« Sie seufzte. »Ich habe mich so lange abgemüht. Dann gab mir Tessa im vergangenen Jahr ein Buch von einem christlichen Theologen. Ich habe mich unendlich darüber geärgert, dass Tessa immer versuchte, mir zu helfen, darüber hinwegzukommen. Aber ich schlug das Buch auf und stolperte über einen Satz, der irgendwie zu mir passte: ›Vergeben heißt, einen Gefangenen freizulassen und zu entdecken, dass man selbst der Gefangene gewesen ist.‹

Ich war es leid, eine Gefangene zu sein. Sobald ich mir vergab, war das Gewicht verschwunden. Es war ganz einfach. Das wünsche ich mir für dich, Susie.«

»Es ist schwer«, erwiderte Susannah. »Ich bin diejenige, die sie losgelassen hat.«

»Du warst *dreizehn*«, antwortete ihre Mutter. »Dein

Vater hat ihre Schwimmweste aufgeschnallt; er hat getrunken; er ist zu schnell gefahren. Keiner von uns hat es gewollt. Dein Vater hat seine Schuld nie verwunden. Ich glaube nicht, dass er mir nach jenem Tag noch einmal in die Augen gesehen hat. Es ist genug. Wir alle haben wieder und wieder und wieder dafür bezahlt. Wenn ich es loslassen kann, kannst du das auch. Ich hatte gehofft, du würdest das begreifen. Ich hatte gehofft, dass es bei diesem Umzug vielleicht darum ginge – darum, gut zu dir selbst zu sein. Ich habe erkannt, dass ich ein wertvoller Mensch bin. Wir alle sind das, Schatz.«

»Es tut mir leid«, sagte Susannah. »Es tut mir leid, dass du das alles durchmachen musstest. Ich kann es mir noch nicht einmal vorstellen. Es ist nicht fair. Du hast das nicht verdient.«

»Niemand von uns hat das. Noch nicht einmal dein Vater. Er war krank. Er hat Janie geliebt. Er hat dich und Jon geliebt. Er hat mich geliebt. Und ich weiß, *ich weiß*, dass es nicht meine Schuld war. Und ich hoffe aus ganzem Herzen, Susannah, dass du eines Tages begreifen wirst, dass es auch nicht deine Schuld war.«

Susannah dachte an die Welle, auf die sie vor ein paar Stunden gekracht waren, an die Wucht des Aufpralls, als sie auf sie trafen.

»Wir sind heute Abend auf eine Welle geprallt, als ich das Boot fuhr, um Quinn in die Klinik zu bringen«, berichtete sie. »Es hat sich angefühlt, als würden wir gegen eine Mauer prallen.« Sie dachte jetzt laut, ohne sich der Anwesenheit ihrer Mutter am anderen Ende der Leitung bewusst zu sein. »Es war wirklich so. Und seither habe ich über den Tag nachgedacht, an dem wir auf die Heckwelle geprallt sind …« Sie brach ab. Es war zu nahe. Was, wenn es heute Abend erneut passiert und Katie oder Quinn aus dem Boot in das schwarze Wasser geschleudert worden wäre? »Ich habe erst heute Abend, als ich gegen die Welle geprallt bin, gemerkt, dass es sich so anfühlen kann«, fuhr Susannah fort. »Wie ein Autounfall oder dergleichen, mit solch einer Wucht.«

»Lass es los«, sagte Lila. »Es war nie deine Schuld. Dein Vater war betrunken und ist zu schnell gefahren. Er hat Janies Schwimmweste aufgeschnallt. Das lag alles nicht an dir.«

Susannah wurde von ihren Tränen überwältigt: »Ich habe sie so fest gehalten, Mom, weil Dad so schnell gefahren ist. Ich habe sie so *fest* gehalten.«

Sie hörte, wie ihre Mutter scharf die Luft einsog und gegen ihre Tränen ankämpfte. »Es lag nicht an dir! Es war nicht deine Schuld, Susannah!«, sagte ihre Mutter erneut. »Ich werde es dir wieder und wieder sagen, jeden Tag deines Lebens, wenn ich das muss, bis du es glaubst. *Es war nicht deine Schuld!*«

Susannah umklammerte das Handy und drückte es mit aller Kraft an ihr Ohr. »Ich weiß«, sagte sie. Und das Gewicht, das dreiunddreißig Jahre auf ihr gelastet hatte, glitt von ihrem Herzen herab, sickerte aus ihren Poren hinaus und verdampfte und ließ sie leicht, atemlos und durchsichtig zurück. »Ich weiß«, wiederholte sie. »Es war nicht meine Schuld.«

Und dieses Mal wusste sie zum ersten Mal, dass es stimmte.

Susannah klappte das Handy zu. Sie lehnte sich an die Wand und glitt langsam nach unten, bis sie auf dem hell gefliesten Boden saß, das Handy noch immer mit der Hand umklammert.

»Mom?« Katie stand in der Tür des Warteraums und musterte Susannah. »Ist alles gut mit dir?«

Susannah wischte sich mit ihrer freien Hand die Tränen von den Wangen. »Ja. Mir geht es gut, Liebes.« Sie lächelte. »Mir geht es wirklich gut. Ich bin müde, aber mir geht es gut.«

Katie ging zu ihr und setzte sich neben sie auf den Boden. »Weinst du wegen Quinn? Er wird doch wieder okay werden, ja?«

»O Schatz, Quinn wird es wieder bestens gehen.«

Susannah holte tief Luft. Obwohl Quinn noch immer im OP war; obwohl Matt irgendwo in der Luft über einem dunklen Staat war und sich beeilte, zu ihnen zu kommen; obwohl sie physisch vollkommen erschöpft war von all dem, was sie in den vergangenen zwölf – konnten es wirklich nur zwölf sein? – Stunden durchgemacht hatte; trotz alldem empfand Susannah ein merkwürdiges Gefühl von Frieden.

»Wir müssen reden, Katie«, sagte sie. Sie hob eine Hand und schob eine Strähne von Katies dunklem Haar hinter ihr Ohr, und diesmal rückte Katie bei dem Körperkontakt nicht von ihrer Mutter weg.

»Ich war nicht drauf und dran, mit Hood Sex zu haben. Ehrlich. Es ist mir absolut peinlich, mit dir darüber zu reden, aber ich will, dass du das weißt.«

»In Ordnung«, sagte Susannah und sah sie an. »Ich

glaube dir. Ich vertraue dir.« Und zu ihrer eigenen Überraschung tat sie das auch. »Manchmal machen auch Erwachsene Fehler. Ich habe Fehler gemacht, indem ich versucht habe, dich zu sehr zu beschützen. Mein Dad hat an dem Tag, als meine Schwester starb, einige schreckliche Fehler gemacht.

Meine Mom ebenfalls. Wir alle machen Fehler. Wir alle müssen lernen, einander zu vergeben und uns selbst.«

»Okay.«

Susannah musterte Katies braune Augen und streckte ihre Hand aus, um damit durch Katies dichte Haare zu streifen. »Du erinnerst mich an meine Schwester. Ich frage mich die ganze Zeit, wie Janie in deinem Alter gewesen wäre oder als Erwachsene. Sie hatte sehr viel Mut, so wie du.«

»Du hast nie über sie gesprochen.«

»Ich habe gerade mit meiner Mom über sie gesprochen.«

»War sie das am Telefon?«

»Ja.« Susannah schloss die Augen. »Ich musste mit ihr reden. Ich musste wirklich ein paar Dinge über den Tag verstehen, an dem meine Schwester Janie starb. Meine arme Mom …« Susannah schüttelte den Kopf. »Jedenfalls habe ich eine Menge begriffen. Und alles, *alles* wird von jetzt an besser werden. Ich meine, was ich sage!«

Katie sah sie aus den Augenwinkeln an, wobei ihr Gesicht verriet, dass sie auf der Hut war. »Okay.« Sie warf ihren Kopf zurück und blickte zu den weißen Schalldämmplatten an der Decke hoch. »Du meinst, dass du nicht mehr jedes Mal, wenn ich etwas tun will, ausflippen wirst?«

»Genau«, nickte Susannah. »Zumindest werde ich versuchen, es nicht mehr zu tun. Ich bin wirklich stolz darauf, wie du dich auf dem Boot verhalten hast. Ohne dich hätte ich das nicht geschafft. Als ich nervös wurde, warst du großartig! Das ist eines der vielen Dinge, die ich an dir liebe: Du wirst nicht so schnell ängstlich und hast den Willen, Chancen zu nutzen. Du bist sehr tüchtig.« Susannah legte ihre Hand auf Katies Bein. »Du könntest ein wenig an dem Erst-denken-dann-handeln-Ding arbeiten.« Susannah hob Daumen und Zeigefinger so, dass sie einen kleinen Spalt bildeten. »Versuch einfach, so viel weniger impulsiv zu handeln, wenn du kannst.«

»Du meinst wie die Sache mit dem Marihuanatörtchen, das ich dir gegeben habe? Das tut mir leid.«

»Ich weiß.« Susannahs Ärger schien sich zusammen mit ihrer Angst und ihren Schuldgefühlen verflüchtigt zu haben. »Du könntest auch netter sein zu Quinn«, sagte sie. »Er ist ein guter Junge. Und er blickt wirklich zu dir auf, weißt du. Du besitzt viele Eigenschaften, die er auch gern hätte – Mut, Kontaktfreudigkeit, Unternehmungslust.«

»Ich bin gar nicht *so* fies zu ihm«, erwiderte Katie. »Mensch, er ist mein kleiner Bruder. Da werden wir nicht die besten Freunde.« Sie hob eine Hand zu ihrem Kopf und drehte an einer Haarsträhne, womit sie unbewusst eine von Quinns Angewohnheiten nachahmte. »Quinn ist wirklich nicht so schlimm. Ich meine, er ist erheblich interessanter als die meisten Kinder in seinem Alter. Er kapiert nur nicht, wie man sich benimmt, weißt du. Wie man sich einfügt. Und ich kann das nicht ausstehen. Ich hasse es, das Gefühl zu haben, dass ich ihn ständig beschützen muss.«

»Ja, ich weiß. Was glaubst du wohl, wie es ist, eine Mom zu sein und das Gefühl zu haben, seine Kinder ständig beschützen zu müssen?«

»Na ja, da gibt es zum einen die Rolle als Mom und dann gibt es *dich*«, entgegnete Katie, aber ihre Stimme klang liebevoll.

Susannah warf einen Blick auf ihre Uhr. Quinn war bereits über eine halbe Stunde im OP.

»Sie müssten bald fertig sein«, sagte sie und sah Katie an. »Willst du nach Hause? Ich meine, zurück nach Tilton?«

»Nein.« Katies Anwort kam schneller, als Susannah erwartet hatte. »Ich würde nicht für immer hier leben wollen, aber ich bin froh, dass wir hergekommen sind. Es ist anders hier.«

Die Türen zum OP öffneten sich und eine Krankenschwester kam heraus.

»Mrs. Delaney? Wir sind fertig mit der Operation. Der Arzt ist jetzt bereit, mit Ihnen über Ihren Sohn zu sprechen.«

»Susannah!«

Susannahs Augenlider schnellten hoch. Sie war auf dem Stuhl neben dem Bett eingedöst, in dem Quinn mit leicht geöffnetem Mund schlief. Katie schlief auf einer Klappliege auf der anderen Seite des Zimmers. Susannah war in den Aufwachraum gegangen und hatte gesehen, dass Quinn aus der Narkose erwachte. Der Arzt hatte ihr den Operationsverlauf erklärt. Die Infektion in Quinns Bauchraum hatte sich ausgebreitet, und er würde noch ein paar Tage im Krankenhaus bleiben müssen, damit man ihm intravenös ein Antibiotikum verabreichen konnte. Aber es ging ihm gut und er würde gesund werden. Sie hatte ihn geküsst und seine Hand gedrückt und ihm versprochen, später ein Foto von seiner Narbe zu machen (was ihm ein kleines Lächeln entlockt hatte). Als Quinn dann schließlich in sein Krankenzimmer gerollt wurde, war sie in den Stuhl gesunken und eingenickt.

»Susannah!« Matt stand auf der Türschwelle zum Krankenzimmer. Er trug eine zerknitterte Kordhose und ein langärmliges schwarzes T-Shirt. Unter seinen Augen zeichneten sich dunkle Ringe der Müdigkeit ab, und Wangen und Kinn waren von Bartstoppeln bedeckt. »Ist alles gut mit ihm?«

Susannah nickte: »Ich war mit ihm im Aufwachraum und habe mit ihm gesprochen. Der Chirurg sagte, er habe einen 7,5 Zentimeter langen Schnitt machen müssen, und darum habe ich Quinn versprochen, das ich seine Wunde fotografieren würde. Ihm gefiel das.« Sie stand auf und zuckte zusammen, weil ihr Rücken durch das Schlafen in der ungewöhnlichen Haltung auf dem Stuhl steif geworden war. »Du bist die ganze Nacht lang auf gewesen«, sagte sie.

Matt ließ seine Reisetasche und seinen Parka auf den Boden fallen. »Ja, ich bin die ganze Nacht auf gewesen. Ich konnte nicht schlafen, weil ich mich fragte, ob mein Sohn an einer Bauchfellentzündung sterben würde.« Er ging zu Quinns Bett und sah auf ihn hinab. »Er ist so blass.«

»Es geht ihm gut. Sein Fieber ist verschwunden. Er wird noch ein bis zwei Tage intravenös ein Antibiotikum bekommen, aber es wird ihm wunderbar gehen.«

Matt legte seine Hand auf Quinns Stirn und strich über seine dünnen Locken. Seine Augen wanderten vom Gesicht seines Sohnes zu der in seinen Arm tropfenden Infusion und dann über die Decke und über Quinns dünnen Körper, der in dem großen Krankenhausbett so schrecklich klein wirkte.

»Er ist seit seiner Geburt in keinem Krankenhaus gewesen«, stellte Matt fest. Er drehte sich um und sah Susannah an, und dann geschah etwas, was sie bei ihm nie vermutet hätte: Seine Augen füllten sich mit Tränen.

»Matt!« Sie eilte zu ihm, umarmte ihn und drückte ihn fest an sich.

Aber er stieß sie weg. »Ich will meine Familie wiederhaben«, sagte er. »Du musst zurückkommen und die Kinder nach Hause bringen. Ich kann das nicht machen.«

Sie stand mit leer herabhängenden Armen vor ihm. »Ich will nach Hause kommen«, sagte sie. »Ich habe die Dinge endlich verstanden. Ich weiß nicht – die letzten Wochen auf Sounder habe ich die ganze Zeit über Janie nachgedacht. Und als ich dann heute das Boot mit Quinn und Katie gefahren habe, bin ich gegen eine Welle geprallt, und zwar *hart.* Der Aufprall war so heftig, als würde ich gegen eine Mauer prallen. Und ich begriff, dass niemand, wirklich *niemand* Janie während so etwas hätte festhalten können. *Es war nicht meine Schuld.* Ich weiß, dass du mir das unzählige Male gesagt hast, ebenso wie meine Mutter und mein Bruder. Nur heute Abend war es so, dass ich es *gefühlt* habe. Ich habe endlich begriffen, dass ich es nicht gewesen bin.«

Matt setzte sich auf die Kante von Quinns Bett und sah sie an.

»Ich dachte, dass ich es nicht überleben würde, wenn es ein zweites Mal passierte, wenn wieder jemandem, den ich liebe und der in meiner Obhut steht, etwas Schlimmes zustieße. Darum habe ich versucht, diese Kinder zu beschützen.«

»Ja«, sagte Matt und rieb sich mit einer Hand die Stirn.

Sie musste sich ihm unbedingt verständlich machen. Also hob Susannah erneut an: »Aber es ging nicht nur darum sicherzustellen, dass ihnen nichts geschehen würde. Katie ist so impulsiv. Ich musste sicherstellen, dass sie nicht wie ich einen Fehler beging und etwas tat, wofür sie sich für den Rest ihres Lebens würde schuldig fühlen müssen. Verstehst du?«

Matt sah sie an. »Ja, ich verstehe.« Er rubbelte sich mit der Hand durch sein ungekämmtes Haar, das auch so schon wild nach allen Seiten abstand. Dann blickte er sich im Zimmer um und suchte nach den richtigen Worten. »Sieh mal«, sagte er und fixierte sie mit seinem Blick, »du und ich, wir sind sehr unterschiedlich. Ich bin nicht weiter kompliziert. Ich mag meine Arbeit, ich liebe meine Familie, ich trinke gern ein Bier und sehe mir dabei gern ein Baseballspiel an. Es fällt mir schwer, nachzuvollziehen, wie man sich ständig um Dinge Sorgen machen kann, so wie du das tust. Aber ich liebe dich, und so ist das alles Teil des Pakets. Du bist der großherzigste

Mensch, den ich kenne. Und ich werde deiner Gesellschaft nie müde. Mit dem Rest kann ich umgehen.«

»Matt. Es tut mir leid!«

»Herrje, dir braucht nichts leidzutun! Siehst du nicht, dass genau das der Punkt ist? *Bereue nichts.* Ich habe dir wegen Janie nie die Schuld gegeben. Keine Frage, in unserer Familie ist einiges durcheinander. Quinn ist anders als andere Kinder, und Katie kann einem ungeheuer auf die Nerven gehen, und du machst dir viel zu viele Gedanken, und ich könnte wahrscheinlich engagierter sein. Aber unterm Strich bin ich mit alldem zufrieden. Ich liebe das alles. *Das sind wir.*«

Sie betrachtete ihn. Sein Gesicht sah nach der langen Nacht und dem langen Flug müde und verquollen aus, aber noch immer verbarg sich darunter seine Schönheit – seine hohen Wangenknochen, die gerade Nase, die breite Stirn. Sie liebte es, sein Gesicht inzwischen zu kennen und sich daran erinnern zu können, wie es ausgesehen hatte, als er zehn und vierzehn und zwanzig Jahre alt gewesen war. All die Jahre war sie auch ein Teil davon gewesen. Sie sah die Narbe auf seiner Wange, die von einem Hockeyschläger stammte, und streckte die Hand aus und strich sanft mit einem Finger darüber. Sie starrte in seine blauen Augen, welche die Farbe von Gletschereis hatten, und er wandte sich nicht ab. Und sie hatte genau das gleiche Gefühl, das sie vor all den Jahren in der kleinen Hütte an dem See in Nordmichigan gehabt hatte. Sie spürte etwas in sich aufsteigen, wirbelnd und prall und warm. Selbst jetzt, nach all diesen Jahren, liebte er sie noch wie damals. Und am Ende von allem, nach diesem schweren letzten Jahr, wusste sie, dass sie ihn genauso liebte und sich mit ihm.

»Danke«, sagte sie.

Matts Augen musterten ihr Gesicht, und er lächelte. Es war ein liebevolles, beruhigendes Lächeln, das dem von Quinn so sehr ähnelte, dass ihr Herz zu taumeln begann.

Quinn bewegte sich im Bett und drehte sich auf die Seite. Bei dem Geräusch, das er dabei machte, stand Matt auf und beugte sich über ihn. Aber Quinn schlief. Matt ging zu Katie hinüber und sah sie an, wie sie auf der Pritsche auf dem Bauch schlief – ein Bein weit abgespreizt, ihr dunkles Haar wirr über das weiße Kissen ausgebreitet.

»Ist alles in Ordnung mit ihr?«

»Ihr geht es gut. Die vergangenen vierundzwanzig Stunden waren ziemlich anstrengend.«

»Es ist seit dem Tag, an dem sie geboren wurde, ziemlich anstrengend gewesen.«

Susannah trat neben ihn und legte einen Arm um seine Taille. Er drehte sich zu ihr hin und umarmte sie, und sie vergrub ihr Gesicht an seiner Brust.

»Ich liebe dich«, sagte er. »Ich liebe dich und die Kinder und unsere Familie mehr als alles andere sonst.«

»Ich weiß«, sagte sie. »Ich liebe dich auch.«

Er drückte sie noch enger an sich, und dieses Mal war sie zum ersten Mal, seit sie sich erinnern konnte, die Erste, die losließ.

29. Kapitel

Susannah 2012

Am Tag des Begräbnisses war es sonnig und klar. Nach einem langen, regnerischen Frühling war die Luft warm und roch lehmig, und jetzt, Ende Juni, war alles üppig und grün. Am Rand des Friedhofs saugten zwei Kolibris an einem blühenden Gewirr aus Prachtwinden, und Bienen summten in den wilden Nootka-Rosen. Über ihnen hackte ein Spechtpaar an dem abgestorbenen Holz einer alten Grautanne, um eine Nisthöhle zu schaffen.

Barfuß trug eine saubere schwarze Hose und einen warmen grauen Sweater und natürlich keine Schuhe. Diese Hose war die einzige, die Betty hatte finden können, die vorn nicht zugeheftet werden musste. Zwar besaß er vermutlich irgendwo ein Paar Schuhe, aber er hatte sie nie in seinem Leben angehabt, und so schien es nicht angemessen zu sein, dass er sie jetzt tragen sollte.

Quinn und Katie hatten ihn zusammengekrümmt auf dem Boden in seinem Bauernhaus gefunden, auf einer Brücke neben dem Holzofen, mit Toby an seiner Seite. Der Gerichtsmediziner sagte, er sei wahrscheinlich friedlich im Schlaf gestorben. Aus irgendeinem Grund hatte sein Herz aufgehört zu schlagen. Auf Katies Anruf hin waren Susannah und Jim wie wild die zerfurchten Straßen entlanggebraust und dann Hals über Kopf zum Farmhaus gerannt, wo sie Quinn und Katie neben Barfuß kniend angetroffen hatten. Die beiden hielten Toby umarmt und waren von einem Dutzend mit Erde und kleinen Setzlingen gefüllten Kaffeedosen umgeben.

»Barfuß hat seine Pflanzen nachts immer in die Nähe des Ofens gestellt, damit sie warm blieben«, hatte Quinn gesagt und sein tränenüberströmtes Gesicht zu Susannah erhoben. »Wie können sie am Leben bleiben, und er ist tot?«

Jetzt drängten sich über hundert Menschen um das Grab, dazu gehörten sämtliche Inselbewohner sowie Freunde, die aus so fernen Orten wie Ann Arbor oder San José gekommen waren. Betty, die inzwischen zu schwach war, um mehr als ein paar Schritte gehen zu können, saß mit der Sauerstoffflasche neben sich auf Dorothy Watsons Bank gegenüber vom Grab. Jim hatte sie dort hingebracht, bevor all die anderen eingetroffen waren. Sie wollte nicht, dass die anderen Inselbewohner das Ausmaß ihrer Schwäche wahrnahmen. Sie wollte Barfuß Ehre machen.

Susannah und Matt standen wenige Meter von ihr entfernt neben dem Grab. Quinn saß mehrere Meter weit weg im Schatten einer Espe und streichelte Toby. Katie stand dicht bei ihrer Mutter. Nach Quinns Operation und Genesung hatten sie beschlossen, das Schuljahr auf Sounder zu beenden. Das Leben, das sie begonnen hatten, sich hier aufzubauen, veränderte sie, und sie wollten es zu Ende führen und diesen Veränderungen die

Zeit geben, sich zu festigen, damit sie auch in Tilton noch fortwirken konnten. Matt reiste hin und her, um sie jeden Monat zu sehen, und Lila hatte in diesem Frühling zwei Wochen gemeinsam mit ihnen verbracht.

Susannah lehnte sich an Matts Schulter, während Jim die Grabrede zu verlesen begann, die er für Barfuß verfasst hatte. Jims heisere Stimme brach mehrere Male, während er an den Mann erinnerte, der sich seiner als Kind angenommen und ihm das Schwimmen und die Liebe zu den Pflanzen und ihren Anbau beigebracht und ihn Kunstwerke und schöne Dinge zu schätzen gelehrt hatte – an den Mann, der in jeder außer in biologischer Hinsicht sein Vater gewesen war. Er sprach über das Werk von Barfuß – die dreißigtausend Pflanzen, die er für das Herbarium der University of Michigan gesammelt hatte, und seine Entdeckung einer wilden krankheitsresistenten Melone in Kalkutta, dank derer seinerzeit die kalifornische Melonenernte gerettet wurde – und über die Medaille, die ihm wegen seiner Verdienste um die weltweite Landwirtschaft verliehen worden war. Während er sprach, erhob sich Toby und ging zu Jim, setzte sich vor ihn hin und blickte ihn mit auf die Seite gelegtem Kopf unverwandt an, als würde er ebenfalls zuhören.

Jim hatte seine Rede mit Zitaten von Goethe, Mencken und Dumas gespickt, wobei jedes ein so lebhaftes Bild von Barfuß hervorrief, dass Susannah geradezu sah, wie er sich in seinem Sarg aufsetzte und Jim befahl, mit seinem rührseligen Gejammer aufzuhören. Jim las ein Zitat von Mencken vor: »Jeder normale Mensch muss zuweilen in Versuchung geraten, in die Hände zu spucken, die schwarze Flagge zu hissen und ans Kehlenaufschlitzen zu gehen.« Die Menge lachte, und Jim erzählte von den Abenteuern in Barfuß' Vergangenheit: von den wilden Ritten auf Pferden durch die Ebenen von Usbekistan auf der Suche einer seltenen Sorte wilder Granatäpfel; von dem Räuber, den er in Tunesien überrascht hatte; von dem Wildschwein namens Judy, das er im Iran als Haustier gehalten hatte. »Jeden Tag sollten wir zumindest ein kleines Lied hören, uns ein gutes Gedicht zu Gemüte führen, ein erlesenes Bild betrachten und, wenn möglich, ein paar sinnvolle Worte sprechen«, las Jim vor. Jeden Tag hatte Barfuß seine nackten Füße an einem schönen, farbintensiven einhundert Jahre alten Gebetsteppich aus Belutschistan abgewischt und selbstgebackenen Apfelkuchen von zarten Minton-Porzellantellern gegessen, auf deren prächtigen tiefblauen Untergrund weiße Rosen gemalt waren. Er hatte schöne Dinge geliebt, sich mit ihnen umgeben und sie jeden Tag genossen.

Nachdem Jim seine Rede beendet hatte, standen die Insulaner einer der nach dem anderen auf, um aus ihren Lieblingserinnerungen an Barfuß zu erzählen. Evelyne Waters' Mutter, Andrea, erinnerte sich daran, dass sie Barfuß einst als Dank für ein paar Setzlinge, die er ihr gegeben hatte, eine Flasche guten französischen Wein vorbeibrachte.

»Er sagte zu mir: ›Nimm das Gesöff wieder mit nach Hause‹«, berichtete Andrea.

»Weil es kein süßer Riesling war«, rief jemand, als das Gelächter abgeebbt war. »Er trank nur *süße* Weine.«

Susannah erzählte die Geschichte von ihrer ersten Bootsfahrt mit Barfuß und davon, wie er ihr beigebracht hatte, mit dem Boot umzugehen, und ihr zur Stärkung ihrer Nerven einen Schluck seiner »Herzmedizin« zu trinken gegeben hatte. Fiona, die seit mittlerweile sechs Monaten aus Indien zurück war, erzählte ebenfalls eine Geschichte, und zwar eine über das Geschenk, das er ihr gemacht hatte, als die Zwillinge geboren worden waren: ein Buch über fernöstliche Geburtenkontrollmethoden.

Nachdem alle ihre Geschichten erzählt hatten, trat Jim wieder ans Grab. Er atmete tief durch.

»Ich kann die Reden über Barfuß Jacobsens Leben nicht beenden, ohne auch über meine Mutter Betty zu sprechen und darüber, was sie und Barfuß einander bedeutet haben«, sagte er.

Susannah sah ihn überrascht an und dann zu Betty hinüber, die aufrecht und mit glühendem Gesicht dasaß.

»Barfuß und Betty waren lebenslange Freunde«, fuhr Jim vor. »Darüber hinaus teilten sie eine Liebe, die so reich und erfüllt war, dass ich ehrlich gesagt nur voller Demut darüber sprechen kann.« Seine Stimme wurde belegt, und er hielt einen Moment inne.

Bettys Augen füllten sich mit Tränen, aber sie lächelte.

»Es ist schwer für mich, mir meine Mutter ohne Barfuß vorzustellen oder Barfuß ohne meine Mutter. Der Grund liegt nicht darin, dass sie unzertrennlich gewesen wären – tatsächlich verbrachten sie lange Zeitabschnitte getrennt voneinander. Vielmehr waren sie auf eine Weise miteinander verbunden, dass man nicht in der Nähe eines von ihnen sein konnte, ohne den anderen ebenfalls zu spüren und zu kennen. Wenn eine Beziehung darüber definiert wird, was in dem Raum zwischen zwei Menschen erschaffen wird, dann schufen Barfuß und Betty etwas, das voller Vertrauen, Akzeptanz, Großzügigkeit und Leidenschaft war.« Er sah seine Mutter mit feuchten Augen an. »Ich glaube nicht, dass es übertrieben ist, zu sagen, dass Barfuß meiner Mutter nach dem Tod meines Vaters in vielerlei Weise das Leben gerettet hat. Aber ich glaube, dass sie sein Leben ebenfalls rettete, indem sie ihn geerdet hat, und auch, indem sie ihn erblühen ließ. Sie waren beide miteinander ganz sie selbst. Sie schenkten einander Freude, und sie sagten das auch.

Sie haben mir gezeigt, was es heißt, wirklich zu lieben …« – Jim sah zu seiner Frau und dann zu seinen Söhnen hin, und seine Stimme brach – »… und ich versuche jeden Tag, ihrem Beispiel gerecht zu werden.

Ich habe ein Zitat gefunden, das Barfuß auf die Rückseite eines Fotos von meiner Mutter geschrieben hat, das er in seinem Portemonnaie aufbewahrte. Es stammt aus *Meine Antonia* von Willa Cather und scheint mir ein passender Abschluss zu sein.« Er räusperte sich, bevor er las: »›Ich war vollkommen glücklich. Vielleicht fühlen wir uns so, wenn wir sterben und Teil von etwas Ganzem werden, ob es nun die Sonne und die Luft oder Güte und Wissen sind. Jedenfalls bedeutet dies Glück: sich in etwas Vollständiges und Großes aufzulösen. Wenn es einen ergreift, geschieht das so natürlich wie der Schlaf.‹«

Susannah spürte den Wind, der sich erhob, die Blätter in den Baumkronen über ihnen rascheln ließ und ihr Haar hochwehte. Sie hörte Metall rasseln, wandte sich um und sah, dass sich ihr Janie-Engel im Wind drehte, wobei die an den Heiligenschein montierten Glasscherben an die Radspeichen schlugen. Vor ein paar Wochen hatte Susannah auf Bettys Bitte hin und mit Zustimmung der anderen Insulaner drei ihrer Vogelscheuchen-Skulpturen hier auf dem Friedhof aufgestellt. Die erste, der Janie-Engel, stand neben einem winzigen, frisch gepflanzten Rosenbusch nahe dem Eingang zum Friedhof. Die zweite, ein weiterer Engel, stand an dem Platz, den sich Betty für ihr eigenes Grab ausgesucht hatte. Und die dritte, Susannahs aus Metallschrott gefertigte Version von Katies pferdeschwänzigem Gott, stand im Zentrum des Friedhofs und trug eine regenbogenfarbene Hose aus Kupfer. Ihre Beine tanzten jetzt im Wind.

Die Skulpturen waren schön – wild und frei und übermütig, all das, was Susannah selbst nie gewesen war. Aber wenn sie ihre Werke nun betrachtete, dachte sie: »Die sind auch ich.« Sie war glücklich und ängstlich zugleich, dass sie Ende Juni nach Tilton zurückkehren würde: glücklich, wieder mit Matt zusammen zu sein, ängstlich, weil sie fürchtete, in die alten Muster und Ängste zurückzufallen. Katie würde im September auf die High School kommen, Quinn in die Middle School. Sie würden mit den altbekannten Risiken, den altbekannten Versuchungen konfrontiert werden, ebenso wie sie.

Aber die Kinder waren jetzt andere Menschen und sie eine andere Person geworden. Sie betrachtete die Skulpturen und dachte: »Die hätte ich vor einem Jahr nicht erschaffen können.« Sie wiederholte still die Worte, die Jim gerade darüber vorgelesen hatte, sich in etwas Vollständiges und Großes aufzulösen. Ihren Mann und ihre Kinder an ihrer Seite, überlegte sie, wie es war, loszulassen. »Es ist, als würde man ohne Netz fallen«, dachte sie. »Aber das ist erheblich besser, als in einem gefangen zu sein.«

Hood begann zu singen. Er hatte eine schöne, reine Altstimme und sang das Spiritual, das sich Barfuß in seinem Testament gewünscht hatte: *Ain't Got Time to Die*. Susannah sah, dass Betty lächelte und ihren Kopf wiegte, während Hood den Refrain sang. Als er aufhörte zu singen, erhoben sich plötzlich sechs Schneegänse, die zuvor im Stoppelfeld auf der anderen Seite der Straße geschrien hatten, und flogen über ihre Köpfe hinweg. Ihre weiten weißen Schwingen mit den schwarzen Flügelspitzen schlugen unisono, fast, als hätten sie sich aufeinander abgestimmt.

Susannah sah hoch und folgte den Gänsen mit ihren Augen, bis die Vögel in der Entfernung kleiner und kleiner wurden und schließlich nur noch winzige schwarze Punkte am wolkenlosen blauen Himmel waren.

»Hast du das gesehen?«, fragte Katie.

Susannah nickte.

»Das wäre toll, nicht? Wenn man fliegen könnte?«

»Ja.«

Die Menge begann sich zu zerstreuen. Gruppen bildeten sich um Betty, und man legte ihr die Hände auf die Schulter und murmelte Trostworte.

Susannah drehte sich um und folgte der Menge. Matt ging vor ihr und unterhielt sich mit Quinn. Katie rührte sich nicht.

»Kommst du, Kate?«, frage Susannah. »Das Fest für Barfuß im Waschsalon beginnt jetzt.«

»Ich weiß«, sagte Katie. »Ich komme später nach. Ich muss noch … Ich habe etwas für Barfuß geschrieben.«

»Hast du? Ich würde es unendlich gern sehen.«

Katie schüttelte den Kopf: »Nein. Es ist nur für Barfuß bestimmt. Ich will mit dem Kajak rausfahren und es lesen, allein. Dann komme ich.«

Susannah sah sie an. Allein im Kajak in der Abenddämmerung, während jede Seele auf der Insel im Waschsalon sein würde und niemand sie hören konnte, falls sie ihr Paddel verlieren oder durch ein vorbeifahrendes Schiff zum Kentern gebracht oder von der Strömung erfasst würde.

»Geh«, sagte Susannah zu ihrer Tochter. »Flieg.«

Danksagung

Ich möchte so vielen Menschen danken: Joël und Margaret Thorsen haben mich in ihrem Leben und ihrem Zuhause willkommen geheißen und es mir ermöglicht, einen Eindruck davon zu bekommen, wie ein Leben an einem Ort wie Sounder wirklich sein könnte. Ohne sie hätte ich dieses Buch nicht schreiben können. Ann Rittenberg, meine Agentin, wartete, las, wartete weiter, las noch etwas mehr, machte brillante Vorschläge und zog aus mir das Buch heraus, das sie immer in mir vermutet hatte, obgleich ich selbst das nicht tat. Mein Ehemann, Paul Benninghoff, arbeitete jeden Tag hart und gab mir die Freiheit – und den Ansporn – zu schreiben. Ferner schulde ich Jim Maya großen Dank, der mir am Anfang die San Juans zeigte, und dessen Liebe zu den Inseln ansteckend war. Jeder von Euch ist Teil dieses Buchs.

Mein Dank geht auch an Gracie Benninghoff, die mehrere Entwürfe zu diesem Buch las und wichtige Vorschläge machte, und an Emma Benninghoff, die mich anfeuerte. Ich liebe euch beide wie verrückt!

Und ich bin meiner Mom, Ann McCleary, sowie meinem Bruder, Tom McCleary, dankbar, die mich in guten wie in schlechten Zeiten lieben und unterstützen; und natürlich dem Menschen, der im Alleingang mehr Exemplare von meinem ersten Buch verkaufte als irgendjemand sonst auf der Welt: Dot McCleary.

Die einzelnen Teile des Puzzles passten nicht recht zusammen, bis Tessa Woodward, meine Lektorin, mir den Vorschlag machte, einen zweiten Erzählfaden einzubauen. Das tat ich, und ich bin zufriedener damit als mit allem anderen, was ich je geschrieben habe. Danke, Tessa!

Zu guter Letzt danke ich den vielen Freunden, die erste Entwürfe lasen und mich stets ermunterten: Stacy Hennessey, Debbie Alfano, Laura Merrill, Lori Kositch, Kevin und Holly Hess, Paul und Karly Condon, Sarah Flanagan, Anne Krueger, Wally Konrad sowie Julia und Wiley Loughran. Danke auch an die Fiction Writers' Kooperative: Ich bin sehr froh, in so guter Gesellschaft zu sein.

Ich bin sehr dankbar für all die Freude, Liebe, Fröhlichkeit und das unglaubliche Geschenk der Gnade. Ich weiß nicht, wieso ich so viel Glück gehabt habe, aber so ist es nun mal.